Tudo por amor

DAN JACOBSON

Tudo por amor

Tradução de
MARIA JOSÉ SILVEIRA

EDITORA RECORD
RIO DE JANEIRO • SÃO PAULO
2007

CIP-Brasil. Catalogação-na-fonte
Sindicato Nacional dos Editores de Livros, RJ.

Jacobson, Dan
J12t   Tudo por amor / Dan Jacobson; tradução de Maria José Silveira. – Rio de Janeiro: Record, 2007.

Tradução de: All for love
ISBN 978-85-01-07595-6

1. Louise, Princesa da Bélgica, 1858-1924 – Ficção. 2. Mattachich, Geza von, 1858-1923 – Ficção. 3. Romance inglês. I. Silveira, Maria José. II. Título.

07-1378
CDD – 823
CDU – 821.111-3

Título original inglês:
ALL FOR LOVE

Copyright © 2005 by Dan Jacobson
Os direitos morais do autor estão assegurados.

Todos os direitos reservados. Proibida a reprodução, no todo ou em parte, através de quaisquer meios.

Direitos exclusivos de publicação em língua portuguesa somente para o Brasil adquiridos pela
EDITORA RECORD LTDA.
Rua Argentina 171 – Rio de Janeiro, RJ – 20921-380 – Tel.: 2585-2000
que se reserva a propriedade literária desta tradução

Impresso no Brasil

ISBN 978-85-01-07595-6

PEDIDOS PELO REEMBOLSO POSTAL
Caixa Postal 23.052
Rio de Janeiro, RJ – 20922-970

EDITORA AFILIADA

Erros, como palhas, flutuam pela superfície da água;
Aquele que procura pérolas deve mergulhar mais fundo.

John Dryden, prólogo de *Tudo por amor* (1678)

I

Um

Ela era uma princesa, chamada Louise, filha de um rei que foi um dos homens mais ricos e odiados da Europa.

Seu amante, Géza Mattachich, segundo-tenente do 13º regimento dos ulanos, era enteado de um duque croata de uma região remota, que por muitos anos viveu um *ménage à trois* com a mãe e o pai de Géza.

E depois houve Maria Stöger, a encarregada da cantina dentro da prisão na qual Mattachich ficou encarcerado vários anos.

Tanto a princesa[1] quanto seu amante (que inadequadamente assumiu o título do padrasto)[2] escreveram livros sobre suas vidas. Neles, descrevem o amor casto, honrado que tiveram um pelo outro, e pelo qual sacrificaram a si mesmos, e por isso tiveram de pagar um preço exorbitante. Nem tudo o que escreveram deve ser tido como verdade. Em nenhum dos livros, por exemplo, é contada a parte de Maria Stöger na história; nem é

---

[1] *Autour des trônes que j'ái vu tomber,* da princesa Louise da Bélgica (Paris, 1921). Traduzido para o inglês por Maude M.C. ffoulkes como *My own affairs* (Londres, 1924). Os números das páginas que aparecem aqui referem-se à edição francesa original e todas as passagens foram retraduzidas.

[2] *Aus den letzten Jahren: Memoiren,* do conde Géza Mattachich-Keglevich (Leipzig, 1904).

feita nenhuma referência ao filho ilegítimo de Mattachich, que Maria deu um jeito de conceber e parir durante o encarceramento dele.[3]

Também estavam envolvidos na história o príncipe Philipp de Saxe-Coburgo, marido da princesa Louise, chamado por ela e por alguns de seus amigos de "Gordo" (*der Dicke*); o advogado do príncipe, Dr. Adolf Bachrach, descrito por um deputado socialista do parlamento austríaco como "um judeuzinho com pretensões feudais" (*ein keine Jude mit feudalen Allüren*); e o rei-imperador da Áustria-Hungria, Francisco José, o penúltimo dos monarcas dos Habsburgo, sobre quem Louise escreveu que "podia ser confundido com o chefe dos garçons, não fossem seus uniformes e comitiva".[4] O professor Richard von Kraft-Ebing, o barbudo autor de *Psychopathia Sexualis*, um livro que, antes e depois de sua morte, proporcionou prazeres culpados aos estudantes de muitas partes do mundo, também teve sua parte nos acontecimentos.

Assim, os coices e arremetidas de um garanhão não muito bem adestrado levaram ao primeiro encontro entre Géza Mattachich e a princesa Louise. Isso foi numa manhã do final da primavera, em 1895, nos Jardins do Prater, em Viena. De sua carruagem, ela ficou olhando enquanto ele tentava controlar o animal. Um olhar aconteceu entre os dois. Anos depois, Mat-

---

[3] O relacionamento entre Mattachich e Maria Stöger está documentado, junto com muitos outros assuntos, no estudo biográfico de Gerd Holler, *Louise von Sachsen-Coburgo: Ihr Kampf um Liebe und Glück* (Viena-Munique, 1991). Em suas memórias, Mattachich só se refere duas vezes a Maria Stöger: uma pelo nome, a outra de maneira anônima. Louise não se refere nenhuma vez a ela em sua autobiografia.

[4] Louise, *Autour*, p.105. Ela também escreveu que Francisco José "tinha dois hábitos ruins: quando ficava perplexo puxava e afagava as suíças, e em jantares formais ficava estudando o próprio reflexo na lâmina da sua faca" (p. 107).

tachich escreveu: "Senti como se tivesse experimentado um choque elétrico. Algo tinha acontecido comigo, mas eu não sabia o que era."[5] Como poderia saber "o que era"? Essa troca de olhares mudou sua vida. À frente deles, estendiam-se encontros amorosos, adultério, fuga, esbanjamento de uma fortuna (não dele, tampouco dela, como se viu), um duelo, prisão, falência, morfina, loucura (ou loucura alegada). Mattachich optou por escrever como se as conseqüências do encontro deles estivessem traçadas como uma sina desde aquele primeiro momento. No entanto, ele teve de se esforçar, embora também cegamente, para que essas conseqüências acontecessem.

Mais tarde foi a vez de a princesa assumir seu lugar — e escrever. Mais tarde ainda foi a vez de Stöger, de origem humilde, deixar claro que também desempenhou um papel significativo em parte do que se seguiu, mas sem deixar nenhum livro atrás.

Cada um deles — a princesa, o hussardo e a encarregada da cantina — se encantou com a aparente distância das suas (dele ou dela) circunstâncias e as do outro. A improbabilidade dessa ligação foi um dos laços mais íntimos entre eles.

As pessoas são o que são. São o que dizem. São o que querem. São o que se lembram e o que se esquecem; os motivos que revelam e os motivos que tentam esconder. São o corpo que têm, as vozes, o movimento dos olhos e das mãos. Além dessas e outras manifestações parecidas de cada individualidade, é impossível avançar. As "razões" por que as pessoas são o que são permanecerão para sempre ocultas não apenas dos de fora mas também delas mesmas.

---

[5] Mattachich, *Memoiren*, p. 17.

Você pode dar asas ao pavão e penas à avestruz? O falcão voa porque você assim o deseja?[6]

Exatamente.

Imagine, então, aquela primeira troca de olhares entre a princesa e o hussardo. Uma linda manhã de maio no Prater: sol, árvores, sombras, relva; jardins cuidadosamente cultivados e alamedas se estendendo em todas as direções; vozes humanas levantando-se e desaparecendo; uma banda de música agitando o ar a distância; rodas de carruagem moendo o cascalho dos caminhos e cascos batendo sem som na areia remexida; o cheiro penetrante de esterco misturado ao aroma mais profundo, mais espesso, do suor de cavalo — um cheiro inebriante para os que amam cavalos e rançoso para os outros. Imagine, no meio dessa aglomeração em lazer, um par de olhos castanhos encontrando um par de olhos azuis, e a passagem de um "choque elétrico" entre eles...

Não. Recue vinte anos. Imagine um jardim muito diferente nos arredores de outra cidade: Bruxelas dessa vez, e em outra estação. A distância, esse parece menos um jardim e mais um palácio ou uma pequena cidade de vidro. Há construções, como basílicas e catedrais, com seus telhados em forma de cumes ou domos no meio de outros não maiores que os das vilas suburbanas e pequenos bangalôs. Suas paredes são de vidro e também os telhados; tudo é sustentado por estruturas de ferro concêntricas ou quadradas. Entre as construções se estendem passagens para veículos e caminhos, praças, lances de escadarias de pedra, uma série de leões de pedra eretos segurando escudos heráldicos sobre o peito. Fontes lançam borrifos sibi-

---

[6] Jó: 13, 26.

lantes pelo ar e a água cai de volta em urnas e bacias de pedra em forma de estrelas ou conchas, dentro das quais semi-monstros de terracota espiam.

Dentro das construções, uma vegetação densa, viva, impregnada de vapor. Palmeiras de todos os tamanhos e dimensões. Árvores engrinaldadas com trepadeiras, ou envolvidas pelo que parece ser pele de animal deteriorada. Samambaias multifolhadas mais altas do que um homem e com vários metros de circunferência. Florações de todas as cores ostentando cavidades escuras e pistilos desavergonhados. Folhas de todos os formatos, algumas pendendo com o próprio peso, outras leves como penas. Centenas de tons de verde misturado com matizes improváveis de prata, creme, púrpura e escarlate. Texturas variando do sedoso a algo parecido com pele de crocodilo; do diáfano ao que parece cartilagem ou músculo. Pairando sobre tudo e parecendo entrelaçados, pendem pórticos de ferro forjado e escadas em espiral que parecem ter também se enraizado e brotado, emulando o crescimento ao redor. Canos pretos de água quente, e do calibre de um canhão, palpitando irregularmente, passam ao redor das paredes ao nível do chão.

Cada casa é uma selva em miniatura, uma imitação do Congo: a recriação feita pelo temível Leopoldo II dos belgas daquele enorme pedaço de terreno da África que ele já está maquinando possuir diretamente. A qualquer momento agora vintenas de jardineiros, pintores e construtores chegarão para continuar a labuta nesse reino de faz-de-conta de vidro e selva. Mas, nesse instante, tudo é um borrão. É de manhã bem cedo. Inverno. A alvorada que chega é uma diluição da sombra da noite, nada mais. Sozinha em um dos prédios está sentada a filha de Leopoldo, a princesa Louise. É jovem, ainda não é uma mulher, embora tenha o físico cheio. Usa uma manta prateada amarrada com cordão na cintura. O cabelo está coberto por um xale de renda branca e os pés estão dentro de chinelas forradas com pele branca. É a filha mais velha de Leopoldo, mas ele nunca se importou com ela. Ela não é um menino; nunca substituirá o futuro rei, o único filho a quem ele amou e perdeu (pneumonia) uma década antes. Por essa perda, ele acha impossível perdoá-la. (Suas duas irmãs mais novas são abominadas pela mesma razão.) Ela é apenas uma fêmea que ele finalmente conseguiu negociar em casamento com um rico e indistinto parente.

Imagine agora que um estremecimento prateado mostra que a criança-mulher se mexeu. Ela abriu a manta. Olha para sua camisola debaixo da manta. A mancha escura não é grande, mas é o bastante para mantê-la ocupada. Ela a examina, segurando-a distante de seu corpo por alguns minutos. Sua cabeça não se mexe. Seu rosto não tem expressão. "Com certeza não sou", escreverá anos mais tarde, "a primeira mulher que viveu nas nuvens durante seu noivado, só para ser subitamente atirada à terra em sua noite de núpcias..."

"Não sou a primeira vítima de um *pudeur* excessivo, baseada talvez na esperança de que a delicadeza do esposo, junto com a natureza como guia, compensaria a ignorância dela do que a esperava no leito nupcial.

"Seja como for, no final da recepção no palácio de Laeken, e enquanto toda Bruxelas dançava nas ruas e casas especialmente iluminadas, eu caí do céu em uma cama de espinhos, um monte de pedras. Psiquê, que era mais culpada do que eu, foi tratada melhor.

"O dia mal tinha raiado quando aproveitei a chance de um momento de solidão no quarto para pôr minhas chinelas, e com uma manta sobre minha camisola corri até a estufa, procurando esconder ali minha vergonha. Encontrei refúgio entre as camélias, e à palidez, doçura e pureza delas falei de meu desespero e do sofrimento pelo qual tinha passado. Essa doçura e silêncio reconfortantes, como a luz gélida da madrugada de inverno, me devolveram algo da inocência na qual eu vivera e agora perdera para sempre."[7]

De qualquer forma, essa foi sua versão de sua noite de núpcias. Na época em que escreveu esse relato, Louise tivera décadas para aperfeiçoá-lo; ela o havia ensaiado em proveito de uma variedade de ouvintes. Entre eles estava Mattachich, amantes que o precederam, suas damas-de-companhia, e muitos dos médicos e psiquiatras que a examinaram tanto dentro quanto fora das várias instituições nas quais foi confinada. Sem falar dos guardas e criadas. E de si mesma, claro, pois tinha um hábito — um prazer que era também compulsão — de falar consigo mesma, apaixonada e minuciosamente.

Naturalmente seu esposo, o príncipe, o Gordo, contava uma história diferente. Ele nunca escreveu sua versão dos fatos, mas falava sobre aquela noite nupcial de modo quase tão indiscreto quanto a esposa. Ele era um homem sociável; por natureza tinha predisposição para confiar; sentia-se usado. Ele tinha posição, dinheiro e uma mãe aduladora; morava com ela, o irmão e vários outros membros da família no palácio de Saxe-Coburgo, em Viena — um lugar enorme, frio, pé-direito alto, abundante em quartos exageradamente grandes, papel de parede desbotado, cornijas cheias de poeira, cortinas mofadas

---

[7]Louise, *Autour*, p. 77.

amarradas com cordões grossos o bastante para manter um iate atracado, quadros a óleo enfeixados por atormentadas molduras douradas pesando toneladas em que mais poeira se acumulava. Eram, principalmente, quadros de Saxe-Coburgo havia muito tempo falecidos, e cervos com cães famintos em seu pescoço, para quem a morte bondosa jamais chegaria.[8] Sim, ele tinha todas essas vantagens, e criados domésticos, um estábulo de cavalos, várias carruagens, muitos uniformes ridículos e conjuntos de roupas diárias e roupas formais. Também uma extensa coleção de estatuetas pornográficas em porcelana e bronze, adquiridas em suas viagens ao Oriente.

No entanto, ninguém o levava a sério. Nem mesmo seus criados. Como podiam, quando ele mesmo mal parecia se levar a sério? Ah, ele sofria, sim: sentia dor; era consciente de suas insuficiências; embaraçado, até humilhado pelo físico pouco elegante, a voz aguda e os olhos míopes. E, quanto mais grandioso o manto que era obrigado a usar, mais todo pendurado com condecorações, estrelas, faixas e bordões, quanto maiores os chapéus de pele ou astracã, bronze, couro ou veludo dos títulos que ostentava em ocasiões importantes, tanto mais dúvidas sentia sobre sua figura. Sobretudo em comparação com seu melhor amigo, seu companheiro favorito de bebida, gandaia e caça, o filho único de Francisco José, o destinado à coroa príncipe Rudolph. A barba imperial que tinha cultivado, Philipp sabia,

---

[8] Os Saxe-Coburgo eram governantes do relativamente obscuro ducado de Saxe-Coburgo-Gotha, então parte do império alemão. No entanto, os dois maiores palácios da família estavam em Viena e Budapeste, respectivamente — isto é, dentro do império austro-húngaro e, portanto, sob o domínio da dinastia imperial dos Habsburgo. Por essa razão, entre outras, depois que Louise se casou e mudou para Viena, estava sujeita à jurisdição do Ministro da Justiça da corte dos Habsburgo: um oficial cujas decisões com relação ao *status* dela não podiam ser desconsideradas por nenhuma outra autoridade judicial do império.

não dera a seu rosto redondo a severidade triangular que ele queria ter; seu pincenê oval, sem aro, com a fita preta balouçante que ele considerava outra humilhação mas era demasiado míope para dispensar; seu andar era gingado. Resumindo, ele era uma dessas pessoas que sofrem e, no entanto, são absurdas — e sabem que são; e que por essa razão parecem transformar seus sofrimentos em algo absurdo e esse absurdo em outro sofrimento.

Isso é feito deliberadamente? Como é feito? Por que é feito? É um mistério.

Imagine-o, então, fixando em você ou em algum outro interlocutor seu olhar firme, sofrido, o pincenê balançando levemente, enquanto conta mais uma vez a história daquela noite de núpcias, quando seus sofrimentos maritais e os de Louise começaram. Imagine-o insistindo com o rosto solene perto do seu, e uma voz aguda, quase de soprano, em desacordo com sua circunferência, que tudo até certo ponto tinha de fato ido bem, de acordo com o plano: eles foram declarados marido e mulher em uma missa solene no palácio e conduzidos em carruagem aberta por Bruxelas, com milhares de pessoas assistindo. Depois, foram para o palácio em Laeken, nos arredores da cidade, onde houve grande quantidade de banquete e bebidas para terminar.

Ele e Louise mal trocaram uma palavra durante tudo isso; mas e daí? Eles nunca tiveram muito a dizer um ao outro, mesmo quando estavam se cortejando. Ou pelo que foi tomado como cortejo entre eles. Cada um sabia que o outro era um par adequado, e também os respectivos pares de pais. Dado que eram primos por cerca de seis lados, Saxe-Coburgo ambos, dificilmente seria de outro modo. O ramo dele da família não era pobre; o dela, como resultado das depredações que Leopoldo fez do Congo e de seu povo, estava a caminho de se tornar rico além de qualquer cálculo. (Mesmo assim, Leopoldo nunca parava de calcular, tramar, forçando ainda mais os que estavam abaixo dele, exigindo mais de toda fonte de renda possível.) Portanto, quem poderia levantar objeções de qualquer dos lados? Nem mesmo os advogados de rostos compridos que redigiram os papéis poderiam inventar.

No entanto, ele sabia que haveria... problemas. Não era tolo. Não era um rufião. Nem um principiante. Teve seu primeiro contato real com mulheres com a idade de 13, 14 anos, algo assim; antes disso, bem, ele nem conseguia se lembrar com que idade começou a brincar com as babás, camareiras, ajudantes de cozinha, qualquer uma do tipo em que um garoto podia colocar as mãos. Apertar, perseguir, beijar, beliscar, espremer, agarrar, esfregar, empurrar nos armários, esse tipo de coisa. Com o negócio sério começando só alguns anos mais tarde. E desde então...! (Uma sobrancelha se ergue rapidamente e algo parecido com um sorriso se move por dentro de sua barba.) Ao passo que ela, sua noiva, nada sabia sobre os homens. Ele teria se casado com ela se ela soubesse? Nos dias anteriores que passaram juntos, tudo que havia acontecido entre eles eram alguns beijos e mãos dadas. Coisa de colegial casta. Com a mãe dela constantemente por perto, por suas próprias razões. E tanto foi assim que ele se lembrava de se perguntar se a mãe pensava que devia vigiá-lo para não deixá-lo avançar sobre a garota antes da noite de núpcias. Ou, talvez, estivesse esperando que ele avançasse sobre *ela*, sua querida futura *belle-mère*. Entre aquela turma desprezível tudo era possível.[9]

· [9]Louise mais tarde insinuou que Philipp realmente fora à Bélgica atrás de sua mãe, que se livrou dele desviando sua atenção para a filha. (*Leopold the Unloved*, por Ludwick Bauer, Londres, 1934, p.181.)

De qualquer maneira, ele fez o possível para não assustá-la nem desgostá-la. Realmente tentou. Não queria machucá-la — por que haveria de querer? Os poetas podem falar o quanto quiserem, mas todo mundo que já fez isso sabe que chegar lá pela primeira vez é sempre um negócio desajeitado. Deselegante. E não só a primeira vez. Sempre requer uma certa... manobra. Não é assim? Mas, seja como for (seus lábios semi-escondidos outra vez se mexem dentro da barba), onde estaria qualquer um de nós sem isso?

Ele tinha o direito! Esse era o ponto principal. Ele sabia disso, ela sabia disso, então que diabos estava acontecendo? Está bem, você tem de fazer concessões, mas era assim tão exorbitante para um esposo recém-casado esperar alguma boa vontade da noiva? Pelo menos curiosidade. Ou um sentido do dever, um desejo de se tornar uma verdadeira mulher, de deixar sua infância para trás? Começar com o pé direito?

Ah! Sem chance! Não com essa. Nunca. Foram necessários anos para que entendesse que ele, Philipp, 14 anos mais velho do que ela, fora o verdadeiro inocente naquele fiasco. Toda a performance dela — e foi uma performance! — nada tinha a ver com modéstia de garota ou medo do palco. Foi tudo obstinação, egoísmo, perversidade....

Quando foi a vez dos outros homens, mais tarde, ela soube se virar muito bem.

Filha do pai — isso é o que ela era, em todos os aspectos. Era por isso que ela e seu querido papai se odiavam tanto. Eles sabiam com o que estavam tratando, de ambos os lados: Louise com seus olhos castanhos e cabelos claros e bochechas redondas, e ele, o velho bode, o caçador de mocinhas, com seu nariz de machadinha sobressaindo à frente, um nariz que dava para cortar lenha, dava para arrancar os olhos de um homem, e que ele usava para sangrar a borracha daquelas árvores dele no Congo. Com sua barba comprida pendurada no queixo como embornal de um cavalo. E pernas magrelas, cada uma como uma régua de carpinteiro, você conhece o tipo, com juntas de metal, que se abrem, estendendo-se sempre, para muito além do que você imaginava que fossem.

Esse era ele. Grotesco. E sem consciência. O mundo todo agora sabe o que a turma dele fez com aqueles negros infelizes no Congo! Cortaram as mãos deles, estupraram, roubaram, calotearam, mataram, qualquer coisa desde que servisse para fazer sua sacola de moedas crescer.

E sua filha, também grotesca, embora uma grotesca bonita, se você gosta delas carnudas e de alguma forma... *passadas*. Sim, essa é a palavra. Contaminada, como comida — não do jeito que você pode cheirar, mas tampouco em bom estado. Também sem consciência, como o velho. Louca por dinheiro, outra vez como ele. Mas quem poderia saber disso ao olhá-la aos 16 ou 17 anos? A única diferença entre pai e filha era que ele era um grande sovina, exceto quando gastava dinheiro consigo mesmo e as putinhas adolescentes que sempre estava acossando, e ela era perdulária, especialmente quando o dinheiro que gastava era do esposo. Esse sempre foi um duplo prazer para ela.

"Primeiro, isso a fazia se sentir rica. Segundo, me fazia mais pobre."

Os lábios dele tremiam, uma ruga vertical profunda aparecia, ele tirava o pincenê, revelando os suaves olhos castanhos míopes e as sobrancelhas curiosamente truncadas. Seus olhos estavam úmidos até a borda. Um homem era apenas humano, afinal.

Agora dê outro salto de vinte anos, para a frente, dessa vez. Imagine aquela garota — que já era alta, de braços roliços, corpo grande, seios volumosos, cheia de cabelo, pescoço e queixo — adquiriu mais de tudo isso: busto maior, cabelos mais grossos (com o de outras mulheres anônimas amarrados ao seu), um queixo maior, um pescoço mais largo. Sua compleição perdeu o viço e a elasticidade; a própria pele parece ter sido achatada contra o tecido acumulado embaixo. Ela desenvolveu um olhar arguto, uma gargalhada alta e um gosto para gastar dinheiro em luxos de todos os tipos, que é extravagante até pelos elaborados padrões adornados de jóias de seu tempo e sua casta. Teve dois filhos de seu *der Dicke*, um menino e uma menina, a menina agora quase da idade que tinha a mãe na sua infame noite de núpcias, e o filho, seu primeiro, que começou agora a servir o exército no regimento de artilharia ligado à casa do rei-imperador.

Dentro de uma dúzia de anos esse seu filho morrerá de uma maneira tão horrorosa que na autobiografia ela escreverá que "não pode ser mencionada".[10] Quando começa o pas-

---

[10] "Meu filho Leopold [que recebeu o nome de seu avô da Bélgica] atingiu a vida adulta justo quando eu havia rejeitado um estilo de vida que havia se tornado odioso para mim. Ele acreditava que eu ao me recusar a continuar vivendo sob o teto dos Coburgo eu tinha tirado dele as centenas de milhões que um dia herdaria do avô [Leopoldo]... Assim, senti o ódio antinatural de um filho por sua mãe. Chorei como só aqueles que foram feridos no coração pelos de sua própria carne podem chorar. Mas Deus sabe que, embora eu tenha sofrido por causa da ambição deles pelo dinheiro, essa raiz de todo o mal, sempre os perdoei." (Louise, *Autour*, p. 99.)

A maneira como o jovem Leopold morreu, que Louise diz que "não pode ser mencionada", foi realmente terrível: uma prostituta, a quem ele havia ofendido, jogou um frasco de ácido em seu rosto (veja Holler, *Ihr Kampf*, p. 346). Ela também diz, no entanto, que "no momento de sua morte, havia muito ele já não estava vivo em meu coração... Quem ficou realmente afetado foi seu pai, Philipp, que havia tornado o filho corrompido uma imagem de si mesmo! Acredito que ele sobreviveu apenas para se arrepender (Louise, *Autour*, p. 148).

seio em sua carruagem pelas alamedas do Prater naquela bela manhã de primavera, em direção a seu primeiro encontro com Mattachich e seu garanhão rebelde, ela não tem a mais vaga idéia de que a vida do filho acabaria dessa maneira. Nem sabe que ela mal lamentará sua morte quando ele se for. Mas sabe, há anos sabe, que alguma coisa está errada, ausente, vazia, em branco, totalmente insatisfatória em sua vida e seus relacionamentos com todos a seu redor, incluindo o filho e a filha. O que dá impressão de ser uma pedra de desapontamento e ressentimento está alojada dentro dela, bem acima de seu diafragma; em momentos de ansiedade ou raiva, ela pressiona esse lugar com ambas as mãos fechadas com todos os seus anéis, como se empurrasse mais para dentro dela essa coisa indigesta que está condenada a levar consigo. Parece tão dura quanto os diamantes e safiras que pendem de seu pescoço ou dos lóbulos de suas orelhas, porém maior do que qualquer um deles. Ela tem até um tipo de imagem dessa coisa em sua mente: por fora tem incisões em um confuso padrão de volutas, como um caroço de pêssego ou uma digital ou como as ilustrações que vira de um cérebro humano.

Quanto a se livrar disso, o que precisaria ser feito? Ela não pode pedir à camareira para desprender essa coisa à noite, como uma jóia real. Se pudesse! Já consultara vários doutores e curandeiros (temendo um câncer), como fizera em relação às outras enfermidades implacáveis de que padece: menstruações irregulares e doloridas; manchas na pele inflamadas como psoríase que aparecem atrás dos joelhos e entre os dedos; problemas digestivos — cólicas no estômago; constipação; o oposto da constipação. Ela pressionava o lugar para mostrar aos médicos e curandeiros onde estava alojada essa coisa parecida com uma pedra, e eles tinham apalpado seu estômago, tirado seu sangue, colocado os ouvidos nesses lugares e em outros, examinado sua garganta, haviam pedido que inspirasse e expirasse, enfiaram os dedos em suas partes mais privadas, perguntaram sobre suas relações íntimas com o marido, garatujaram prescrições em pedaços de papel ou a enviaram a outros curandeiros como eles mesmos que lhe disseram para tomar águas, dormir em um eixo norte-sul, comer farelo de trigo, usar faixas de borracha em volta do estômago e magnetos nos pulsos...

Um desses doutores, ou pretensos doutores, um *Volksdeutscher* autoconfiante e charlatanesco de Bukovina, de cabelos compridos e oleosos, desconjuntado, dedos finos, pele ressequida e cabeça de homem ligada ao corpo frágil de menino, tinha insistido — por razões estritamente médicas, claro — que o que ela precisava era de "massagens internas" de um tipo que ele fora treinado a administrar em uma prolongada visita à Índia. Em suas sessões com ela, ele de fato chegou mais perto de temporariamente dissolver a pedra dentro dela do que qualquer dos outros homens que também a "massagearam" de forma muito parecida. (Da maneira como ela escreve sobre eles, pode-se supor que o irmão de seu marido, príncipe Ferdinando — também gorducho, assim como necromanta e habituado a usar uniformes malucos, e que mais tarde se tornaria rei da Bulgária —, foi um dos seus amantes, como também o foi o futuro marido de sua irmã, o arquiduque imperial Rudolph.)[11] No entanto, quando seu curandeiro bukoviniano cometeu o erro de lhe cobrar somas ainda maiores de dinheiro pelas sessões e por fim a ameaçou de "desmascará-la" se não pagasse, ela o fez ser fisicamente enxotado da mansão Saxe-Coburgo e nada mais se ouviu falar dele.

O que não impediu que, por semanas depois que ele se foi, ela ficasse andando para cima e para baixo em seu quarto particular, os punhos apertados no diafragma, encenando e revisando tudo o que tinha se passado entre eles, e imaginando o que lhe diria caso se encontrassem outra vez. Ela gesticulava, sussurrava, franzia o cenho, jogava com raiva a cabeça para trás; chegou mesmo a compor longas narrativas sobre o relacionamento dos dois como se as ditasse a um entrevistador ou a um amigo íntimo, o que ela não tinha.

O hábito de realizar performances secretas e criativas desse tipo se fortaleceu com a passagem dos anos. O prazer que elas lhe davam era sempre dolorido; era como render-se aos espasmos de coçar as manchas inflamadas da pele, como também fazia algumas vezes, ou puxar meadas do cabelo. Por vezes, a

---

[11]"Desde o momento em que entrei na corte, o príncipe real Rudolph e eu ficamos amigos. Ouso dizer que éramos parecidos em muitos aspectos... Logo senti que havia algo mais do que confiança em seu modo de se comportar comigo. Freqüentemente acontecia, nos meus primeiros anos em Viena, que eu não fosse tão cautelosa quanto deveria ser... Deus sabe, portanto, que foi um mérito de minha parte ter dito a ele, da maneira livre e afável que usávamos um com o outro, "Minha irmã mais nova se parece comigo. Case-se com ela" (Louise, *Autour*, p. 130,131).

E sobre Ferdinando: "Nós dávamos ao velho palácio a única vida que ele tinha; com ele eu conseguia esquecer meu tédio e amargura... Mas foi por minha causa que os irmãos Coburgo se desentenderam, embora a situação deles exigisse uma demonstração externa de amizade. Menciono isso porque ajuda a explicar a hostilidade que seria um dia dirigida a mim. E tudo vindo da mesma fonte infeliz que se encontra por trás de tantos dramas: ciúme e apetite frustrado de macho" (Louise, *Autour*, p. 148).

nitidez desses diálogos e monólogos imaginários a assustava; ela arquitetava esquemas para pará-los a meio caminho: contar até cem lentamente, com a mente vazia de tudo exceto a acumulação dos números, digamos, ou reconstruir nos mínimos detalhes possíveis a trilha favorita no bosque que costumava seguir quando criança, quando passava os feriados nos domínios da avó. Mas ela perdia a contagem dos números, ou abandonava a trilha, para se ver primeiro vagando e depois se precipitando uma vez mais nesses acessos de devaneio a *sotto voce* compulsivos, desgastantes, estranhamente gratificantes.

Ainda assim, o hábito revelou-se útil quando ela por fim decidiu escrever suas memórias.

"O garanhão teve de aceitar minha vontade", escreveu Mattachich, com orgulho, sobre o primeiro encontro entre ele e Louise no Prater, naquela inesquecível manhã primaveril, "e assim aconteceu que cavalguei perto da princesa várias vezes aquele dia."[12]

Pode apostar que ele fez mesmo isso. Você pode imaginar o ardor de suas olhadas e com que vigor a mão enluvada voava até a ponta preta de seu quepe, cada vez que ele passava por ela. E como ele, sub-repticiamente, cravava as esporas nos flancos do garanhão, para fazê-lo parar, empinar e jogar a cabeça, e assim ela tivesse mais uma oportunidade de admirar sua perícia de ginete.

Será que ela sabia o que ele pretendia? Com certeza. Ficou impressionada? Achando graça, mais exatamente, por esse garboso cavaleiro, esse Tenente Ninguém com um quepe de ulano

---

[12]Mattachich, *Memoiren*, p. 17.

e botas brilhando, ter a audácia de fazer tal exibição à sua frente. E encará-la sem pudor quando ela olhava. Ela não tinha dúvidas de que ele sabia quem ela era: na porta laqueada de sua carruagem ainda mais negra e brilhante que a ponta do quepe dele, havia uma pintura de armas que ele deve ter reconhecido; e, seja como for, ele certamente já a teria visto em carruagens muito mais ornamentadas do que esse negócio aberto em forma de barco, no qual estava sentada naquele momento, ou nas tribunas de inspeção junto com fêmeas enchapeladas como ela mesma, ao lado de seus homens uniformizados e de penachos. Além disso, a consciência da própria desfaçatez brilhava nos olhos castanhos dele, arregalados, e no brilho dos dentes brancos que se mostravam por baixo do bigode. Sem falar da inclinação de sua cabeça. Possivelmente ela o vira antes nas paradas e ocasiões de Estado; mas como podia saber? Ele então teria sido um entre centenas de outros como ele, cujo dever era não ser mais do que apenas elemento decorativo no espetáculo que se desenrolava à sua frente. Para eles, a questão toda era desaparecerem como indivíduos, divorciarem-se de suas vidas separadas a favor do todo do qual faziam parte. Portanto, quem se importaria se os olhos desse se moviam quando ela pegava sua mirada, ou se aquele tinha a pele mais escura do que os outros em volta, ou se a face desse outro era comicamente parecida com a de seu próprio cavalo?

No entanto, esse ninguém em particular, esse conjunto de quepe e calças, botões polidos e conhecedor de cavalos que, ela concluíra, era pelo menos mais novo do que ela, ousava exibir-se à sua frente! Agora ele avançava a meio-galope adiante para poder virar-se e voltar trotando tranqüilamente; agora ia a furta-passo bem à frente ou bem atrás da sua carruagem, em que a larga pista de corrida seguia paralela à trilha de veículos, antes de se arremeter para avançar e depois outra vez voltar. Se ele fosse menos bonito do que era, ela estaria se divertindo menos. Menos tolerante também. Mas ele era um sujeito de boa estampa — e sabia disso, e também sabia que ela havia notado isso. Era óbvio que tinha bastante prática em atrair e entreter olhares de admiração de mulheres de várias idades e posições sociais. Sua capa e culotes ajustavam-se-lhe muito bem, como também, de alguma maneira, seus traços. Faces lisas, de cores vivas; sobrancelhas elegantes e olhos escuros inocentemente abertos como os de uma criança e, no entanto, avaliadores como os de um homem; nariz pronunciado e bem proporcionado; cabelo castanho à escovinha, firme, ajustado ao crânio quase como um quepe debaixo do quepe menor e redondo que ele estava usando, de ponta preta e fita preta passando sob seu queixo; bigode macio e lustroso que se aninhava promissor sobre seu lábio superior. No entanto, uma parte irreprimível, intransigente de si mesma, também notou que as orelhas dele, sobressaindo para fora de ambos os lados do quepe, eram grandes demais e, de certa forma, pareciam esmagadas, vincadas e inferiores.

Para Mattachich foi suficiente, naquela primeira manhã, que ela não tivesse virado ostensivamente para o outro lado nem começado uma conversa com sua dama de companhia sentada ao lado nem tivesse dito ao cocheiro rechonchudo de chapéu cartola para dar um fim ao passeio — e, com isso, às suas extravagâncias. Nem, ele percebeu, nos dias que se sucederam, ela usou suas conexões ou as do marido para deixar o comandante do regimento de Mattachich saber a maneira ofensiva como um oficial menor estava se comportando diante de uma mulher de reconhecida posição real, embora não exatamente considerada um membro da família Habsburgo. Espantado com a própria audácia, olhando o próprio atrevimento como se fosse a performance de um estranho, ele tinha apenas um único pensamento na cabeça. Se ela ousasse, então ele ousaria! Ela nunca ousaria mais do que ele! Cada troca direta de olhares ele considerava um sucesso em si mesmo e um estímulo para fazer acontecer o próximo.

"Durante semanas sem fim diariamente fui cavalgar no Prater", escreveu ele mais tarde, "e com freqüência encontrei a princesa. Por assim dizer, vê-la fazia parte de minha vida. Eu saía em meu cavalo de manhã ansioso para saber se iríamos nos encontrar; quando a encontrava, voltava para casa feliz, meu coração satisfeito com o pensamento: 'Se puder voltar a vê-la outra vez amanhã!'

"Isso continuou durante meses. Avancei bastante no treinamento do meu garanhão, e sentia que Sua Alteza, a princesa, nos olhava como velhos conhecidos. Embora não houvesse nenhuma outra ligação entre nós, parecia evidente por si mesmo que esses encontros deveriam ocorrer. Às vezes acontecia de ir à ópera sem saber o que estava me atraindo até lá, e a via. Esperava nas esquinas da rua convencido de que ela passaria por ali — e não me decepcionava. E quando escutava a música "Conheço um coração para o qual dirijo minhas preces, e nesse coração encontro meu conforto", eu entendia perfeitamente o que isso significava".[13]

---

[13]Mattachich, *Memoiren*, p. 17.

Ah!, e a mística ligação que une dois verdadeiros amantes, o entendimento telepático que os guia em direção um ao outro, o sentido de um destino comum que confunde as leis do acaso, ou usa suas leis para realizar os fins pelos quais ambos meio inconscientemente anseiam... Só que não era exatamente assim. Ele havia examinado o palácio Coburgo com atenção: um prédio pomposo, nada bonito, como o cruzamento entre uma loja de departamentos e uma repartição pública, com uma fileira de pilares em cada um de seus dois pisos altos e balaustrada e figuras alegóricas na linha do telhado. E um grande escudo côncavo no meio. O tamanho e a aparência do palácio o impressionaram mas também o deprimiram — como poderia de alguma forma penetrar ali? Deixar qualquer tipo de marca? No entanto, cada vez que seus olhos e os da princesa silenciosamente reconheciam as respectivas presenças, seja no Prater ou em outro lugar qualquer de Viena, ele sabia que uma brecha naquela fortaleza já havia sido feita. Tudo que tinha a fazer agora era aproveitá-la. Embora, por enquanto, ele ainda não tivesse idéia de como isso poderia ser feito, consolava-se com o pensamento de que, no momento antes de levantar a cabeça de sua peleja com o garanhão e ver a princesa olhando para ele, tampouco tinha idéia de que ela estava lá. E veja como as coisas mudaram para ele desde então.

Ele precisava de um intermediário, e se pôs a procurar um com tamanho ímpeto que contrastava estranhamente com o vazio de sua mente quanto ao que faria quando o encontrasse. Do outro lado da rua do palácio havia um pequeno parque onde punhados de criados dos Saxe-Coburgo passavam um pouco de seu tempo de lazer; e era lá, não nas esquinas ao acaso dos quarteirões da moda da cidade, que Mattachich passava a maior parte de seu tempo puramente especulativo. Havia um tipo de quiosque ou café no canto oposto do parque, com mesinhas de ferro espalhadas, algumas ao ar livre, outras na parte coberta, e ele ia ali tão freqüentemente quanto podia. Imagine-o vestido com roupas civis (as quais usava com elegância militar), fumando, estudando um jornal, passando o tempo com uma xícara de café — e, por fim, na sua quarta ou quinta visita, começando a conversar com uma das empregadas, chamada Fiorenza, que trabalhava nos cômodos privados do príncipe Philipp e sua esposa. Ela era pequena, gorducha, crédula, de cabelos escuros (um cabelo macio, isso era, com um ondeado, e cortado mais curto do que ditava a moda); ela contou a ele que seu pai era um italiano, de Veneza, o que explicava seu nome e também o que ela chamava de seu "temperamento romântico". (Com um olhar de lado, demorado, para ele.) Também lhe contou que tinha um jovem em sua aldeia perto de Graz, e pretendia voltar para se casar com ele no momento devido. A ponta de seu pequeno nariz, claro e arqueado, movia-se para cima e para baixo em harmonia com seus lábios quando ela falava: uma peculiaridade que Mattachich nunca tinha visto antes. Isso o divertiu e excitou, mas ele sabia que era o tipo de coisa da qual um homem logo se cansaria; e depois acharia positivamente desagradável.

Dois anos mais tarde Mattachich seria descrito pelo ministro da Justiça da corte imperial, no decorrer de seu inquérito sobre o caso todo, como um homem que foi "corrupto em suas inclinações sexuais desde o tempo escolar" (*schon als Mittelschüler in sexueller Richtung verdoben*).[14] Será que você consideraria ate-

---

[14]Citado por Holler, *Ihr Kampf*, p. 19.

nuante dessas "inclinações" — ou uma manifestação delas — que desde a adolescência ele sempre tenha se emocionado muito com as próprias conquistas? (Ele certamente pensava o melhor de si mesmo pela emoção que sentia a cada vez.) Quanto mais modesta a moça, quanto mais tímida fosse, quanto mais assombrada pelos ensinamentos do seu pároco ou pelo medo de conseqüências não desejadas, tanto mais afetado ficava com sua capitulação final. Algumas vezes, até ao ponto das lágrimas. Do seu ponto de vista, as pobres criaturas *queriam* ser levadas a se perder, queriam ser colocadas em perigo, ter seus corações despedaçados. Por que outro motivo permitiriam que ele fizesse com elas o que fazia? Era isso o que tornava a flexibilidade delas tão comovente. O mesmo valia para o desamparo delas mais tarde, a incredulidade vã, quando compreendiam que (seja o que for que tivesse acontecido) agora estava terminado.

Não demorara muito, a seu juízo, para que o tempo das conversas e do café no quiosque com Fiorenza, e dos passeios sentimentais no Stadpark, interrompidos por pausas para beijos apaixonados atrás das árvores, chegasse ao fim. O restaurante que ele escolheu para celebrar esse fim exibe quantidades de tapeçaria de veludo vermelho, forro de mesa branco, cortinas azuis e douradas, garçons fitando Mattachich como aliado e Fiorenza como prostituta. No andar de cima, um *chambre séparée* espera por eles, com a mesa posta para dois e um divã contra a parede oposta. O sofá tem pernas perversamente curvas, como as pernas tortas de um anão, e o sofá também é forrado de veludo vermelho. Fiorenza está com um vestido inofensivo, de cor creme, que deixa à mostra sua nuca pálida e os braços imaturos. Pela primeira vez na companhia dela, ele está usando um de seus uniformes de passeio — não o completo mas um azul-escuro equipado com cadarços e botões dourados na túnica e faixas cor de vinho nos lados das calças. Depois que eles se sentam, o chapeuzinho de palha de Fiorenza é tirado. Muito vinho e conversa acompanham a refeição. Ela fala da princesa (um de seus tópicos favoritos): ela é tão preguiçosa, ela é tão rica, ela está muito gorda, ela fica linda com a camisola nova, às vezes tem um temperamento horrível; outras vezes é tão doce. Mattachich escuta essas confidências sem muito interesse, certo de que mesmo com sua distância em relação a Louise ele já sabe mais sobre ela do que Fiorenza, com sua proximidade de criada, jamais saberá. A conversa de seu lado é sobretudo sobre jogos, seus cavalos, e suas conquistas anteriores. Ele sabe pela experiência que este último tópico a fará sentir-se tanto ciumenta quanto rivalizada. Depois do licor e do café, os botões das costas do vestido dela são desabotoados; mais tarde uma faixa de pano comprida e macia, apertada ao redor de suas costelas e amarrada de lado a fim de levantar seus seios, é desamarrada. A faixa fica esparramada pelo chão, como uma cobra achatada. Ela lhe havia dito que era virgem, mas, quando o momento finalmente chegou, esse problema foi resolvido de modo eficaz.

Depois, mais palavras e beijos e algumas lágrimas de ambos os lados. Antes de deixarem o restaurante, ele lhe fala que tem um favor a pedir. Quer que ela lhe passe informações sobre os movimentos da princesa. Está fazendo isso, revela, por causa de um amigo que tem uma posição tão alta que ele não pode dizer seu nome. Mas não há nada de político no interesse desse homem pela princesa, ele assegura a Fiorenza. Ninguém quer assassinar sua patroa. (Brincadeira.)

"O homem está perdido de amor, é só isso, só de vê-la. Isso acontece o tempo todo. Veja o que aconteceu conosco."

A idéia de participar de duas intrigas ao mesmo tempo excita Fiorenza. Ela promete ajudá-lo e manter segredo de todos no palácio. Como prêmio por sua credulidade, Mattachich gentilmente beija uma, duas, três vezes, suas pálpebras. Seu coração se enternece ao sentir o delicado palpitar sob seus lábios, e a resistência dos globos oculares por baixo que não são vistos e nada vêem. Quem ousaria dizer-lhe que ele não a ama naquele momento? Lá fora, estava chovendo; as ruas agora estão secando de maneira suave, desigual, ao ar quente de verão. A distância, eles escutam o ranger e deslizar de um dos bondes elétricos recentemente introduzidos em Viena. Caminham de braços dados por alguns quarteirões antes que ele a coloque em um cupê. Ele continua a pé, abrindo caminho devagar por entre a multidão insone e inquieta da cidade. Toda a sua escuridão e luminosidade, silêncio e ruído, ruas e prédios, seus anéis exteriores e interiores, parecem acomodar-se ao redor enquanto ele caminha, de tal modo que ele sente estar sempre em seu centro, seja qual for a direção que tome. Essa noção grandiosa, central de si mesmo lhe veio durante sua primeira visita a Viena; embora soubesse que isso era uma ilusão, ele a amou naquele momento e ainda a ama.

Daí o truque que desenvolveu, com a ajuda clandestina de Fiorenza, de esperar por Louise nas esquinas apropriadas nos momentos apropriados, ou ir à ópera nas mesmas noites que ela. As esquinas das ruas eram mais baratas, o que não era uma consideração menor, mas as idas às óperas e teatros eram mais eficazes. Às vezes ele a via duas ou três vezes por semana, ou no

Prater ou na cidade; uma vez ela desapareceu por várias semanas, e, quando ele a viu outra vez, imediatamente soube, por sua expressão, que não fora o único a temer que a ausência dela (estava no campo, como soube mais tarde) pudesse ter provocado o fim desses encontros silenciosos.

Que amante não conhece aquele olhar de procura nos olhos do amado, e o alívio que ali se vê registrado quando encontra a resposta?

Imagine os dois, tão perto fisicamente mesmo naquela época e tão distantes pelas circunstâncias. Ela era uma princesa belga, 12 anos mais velha que ele, pertencente por sangue e matrimônio a uma família que estava ocupada povoando os tronos da Europa, uma mulher de grande riqueza e de uma riqueza inconcebível ainda por vir (depois que seu pai e sua tia louca, sem filhos, Charlotte, viúva do imperador Maximiliano, do México, fossem enterrados com a pompa exigida pela posição que ocupavam). Ela também era, tanto pelas ligações da irmã como do esposo, uma visitante freqüente do Hofburgo, o palácio real e imperial da dinastia dos Habsburgo, e ocupante de um lugar de honra em todas as ocasiões importantes de Estado. Ele era um subalterno desconhecido de 28 anos, sem importância, sem dinheiro, de origem dúbia; um jogador, ocioso, perdulário; um homem freqüentemente em apuros com seus superiores por se ausentar dos deveres e por ser descuidado com o dinheiro e as esposas de outras pessoas. Que ligação poderia haver entre os dois? O que ele poderia esperar dela? Ou ela, dele? Para ele, era grotesco sonhar com ela como amiga ou protetora, muito menos como sua amada, sua amante, uma mulher mais velha se aninhando nua em seus braços, escutando suas histórias da vida no exército.

No entanto, dormindo ou desperto, esses sonhos raramente deixavam sua mente. Ele procurava o nome dela nos jornais e revistas; ia às bibliotecas e tentava rastrear suas conexões familiares nas enciclopédias e no *Almanach de Gotha*. A vida que ela levara desde a infância era inimaginável para ele; mas, ao se aprofundar em suas "pesquisas", retratando-a como uma criança querida, mimada, aplaudida e admirada por todos que a viam (ele ficaria espantado ao saber por ela como sua infância na verdade fora severa, carente de assistência e afeição), seus pensamentos constantemente voltavam para trás, como se em ricochete, para as lembranças da casa triste e reservada de sua infância em Tomasevich, entre as montanhas de pedra e sobrecarregada de árvores do nordeste da Croácia. Os três adultos ali, sua mãe e os dois homens, seu pai bêbado e o amante dela, o conde Keglevich, compartilhando esse obscuro conúbio; os olhares insólitos e os gestos dos criados em sua direção e os risinhos abafados que escutava, cochichando sobre seus "dois pais"; a sensação que tinha de algo que era ao mesmo tempo desavergonhado e vergonhoso nas circunstâncias deles e sua; a convicção de que não havia nada em sua casa de que se orgulhar — tudo isso tinha sido parte de sua consciência desde muito cedo. E do lado de fora da casa? Tanto espaço imprestável cedido ao acaso às árvores eriçadas, cada uma delas a uma distância não amistosa da próxima, com declives de pedras quebradas conduzindo, acima ou abaixo, para mais da mesma coisa; uma vista ao redor da casa que na verdade não tinha nada a revelar a não ser mais e mais do que já tinha sido visto. Ele podia se lembrar de como, à maneira de um pequeno louco, ele colocara uma moeda sob uma pedra solta, achatada, cinza, que se encontrava perto do portão de madeira do quintal da casa, por onde o gado passava, e como, quando voltou do internato mais tarde, no final de seu primeiro período de três meses, encontrou a mesma moeda ainda debaixo da mesma pedra — e que sentimento estranho e degradado de justificação sentiu ao vê-la. Dá para se sentir como era o lugar! Como nada mudava! Compreende-se como nada nunca mudaria — nem ele, nem o lugar, nem as pessoas. E, quando eles morressem, outros apenas tomariam seus lugares e a coisa toda continuaria do mesmo jeito que antes.

Subseqüentemente, a inspeção da moeda debaixo da pedra tornou-se um ritual que ele tinha de realizar toda vez que deixava a casa e depois voltava. Sua casa era isso. Era nisso que ela o transformava. Era isso que o fazia, agora que estava longe de lá, jactar-se e correr todo tipo de riscos, alguns privadamente onde ninguém saberia deles; com mais freqüência em público. Mostre a eles! Mostre-lhes! Não era um homem talentoso, e sabia disso; mesmo sua perícia de ginete, da qual se orgulhava, tinha sido descrita pelos superiores no exército como apenas "boa", não como "muita boa" ou "excepcional", os graus que esperara receber. No entanto, ele era ambicioso e sempre o fora. Ansiava para mostrar a eles, os bocejadores, arrotadores e vadios de olhos vazios de sua casa, os colegas oficiais entediados do 13º regimento, os oficiais de regimentos superiores ao seu, os nascidos na Alemanha e na Áustria que reconheciam o sotaque croata em sua fala e, por isso, instintivamente o tratavam com desprezo, as multidões mutantes, anônimas, multirraciais de Viena, arrastadas de todos os cantos do império em frangalhos que ele jurara defender; croatas como ele, húngaros, sérvios, galicianos, italianos, poloneses, tchecos, eslovenos, rutenianos, judeus, ciganos, até turcos e albaneses. Mostre a eles!

Não, se ele não elevasse as apostas agora, estaria acabado, nunca faria nada que valesse a pena. E que razão poderia então dar a si mesmo por não ter sequer *tentado* levar avante esse conhecimento sem palavras com a princesa que um acaso incompreensível lançara em seu caminho? Que fracasso, que humilhação poderia ele sofrer do que a humilhação de nunca ter tentado? Apenas ele seria o juiz de si mesmo e seu veredicto seria que ele era um nada — para sempre. Um covarde. Um grande idiota. O filho de um corno inútil e bêbado que viveu durante anos por conta da liberalidade do amante da esposa. Sim, isso é o que seu pai era, e o filho agora se via diante da possibilidade de não ser coisa melhor. Um homem que passaria o restante de sua vida sabendo que era exatamente o que merecia ser — um fracasso que fora demasiado tímido para agarrar o prêmio mais implausível que alguém de sua posição jamais sonhara ganhar.

Então ele escreveu uma carta para a princesa, para lhe ser entregue por sua fiel Fiorenza. Com o objetivo de disfarçar o fato de que o admirador fictício da princesa em nome de quem dizia estar agindo tinha uma letra muito parecida com a dele, escreveu o nome da princesa com letras de fôrma no envelope (IHR KÖNIGLICHE HOHEIT PRINZESSIN LOUISE VON SACHSEN-COBURGO UND GOTHA) e usou uma pena e tinta de cor diferente daquelas que costumava usar quando escrevia para a própria Fiorenza. Ela não suspeitou de nada. Muito entusiasmada e sentindo-se importante, levou o bilhete lacrado para sua patroa real.

— O que aconteceu? — perguntou ele quando se encontraram de novo. (Imagine ser Fiorenza, afirmando amá-lo e não vendo a impetuosidade nos olhos dele, nem prestando atenção à rouquidão de sua voz.)

— Ela pegou a carta.

— E depois?

— Perguntou quem a dera para mim.

— E depois?

— Eu dei seu nome para a princesa. Você disse que eu podia. Eu disse que a carta não era sua, mas de outra pessoa.

— E depois?

— Ela imediatamente a leu.

— E depois? (A essa altura já quase gritando.)

— Ela disse: "Entendo", e deixou a carta de lado.

Dois

Quartéis e alojamentos militares, áreas para desfiles e arsenais, cercados para os cavalos e quadras para lavagem; toques de cornetas e transmissão de ordens (só em alemão); pelotões de homens a pé ou a cavalo passando; superiores aos quais se submeter; inferiores aos quais dar ordens; colegas subalternos com os quais beber, discutir e jogar; animais e equipamentos para inspecionar; elaborar rotas de marchas e manobras, algumas com duração de várias semanas e fazendo-o atravessar províncias inteiras, na verdade países, que de outra forma ele jamais conheceria — esses eram os cenários e rotinas que davam à vida de Mattachich uma continuidade que ele não teria conseguido encontrar em outro lugar. Para ele, como para qualquer outro em tempo de paz no exército, tédio e irritação eram sempre um problema; algo como trinta anos tinham se passado desde que o império estivera em guerra, portanto a carreira que escolheu tinha um ar de expectativa permanentemente irrealizada, de inutilidade imposta. No entanto, tinha muito orgulho de seu uniforme e do lugar que o uniforme lhe dava dentre o punhado de instituições através das quais o império se reconhecia como império. Croata em um regimento croata, ele tinha consciência de que sua unidade nunca serviria em seu próprio país, e que o mesmo era verdadeiro para todos os outros soldados trazidos dos povos "assujeitados" ao império ou "não-históricos". Por razões que lhe eram claras, e que aceitava com perfeito ceticismo, ele também sabia que apenas os alemães e os húngaros estavam isentos dessa regra de ferro.

E daí? Deveria sentir-se injuriado por isso, como alguns de seus colegas croatas e outros tipos não-germânicos se sentiam? Algumas vezes, talvez, mas em geral, não. *In deinem Lager ist Österreich* gabava-se o exército (sem dúvida, por falta de uma definição mais clara de como a "Áustria" queria ser definida), e esse sentimento sempre encontrou eco no coração croata de Mattachich.[15] Do seu ponto de vista, a Croácia estava em melhor situação subordinada aos Habsburgo, a qualquer momento, do que a uma Hungria independente, o que, de outra maneira, teria sido sua sina. E, quanto a si mesmo, um homem em fuga do que era antes e morrendo de fome por algo que não podia definir, a idéia do império, e sua concretude — linhas férreas e selos de correio, burocratas e cunhagem de moedas, desfiles e cerimônias públicas —, tinha um glamour ao qual não podia resistir. O império estava caindo aos pedaços, mas ainda era um império; estava todo cruzado por milhares de proibições e discriminações, no entanto ainda oferecia a suas raças díspares oportunidades que nunca teriam sem ele.

Croatas como ele incluídos. Por que deveria considerar apenas a provinciana Agram[16] sua capital quando (com sorte)

---

[15]"Seu campo é Áustria". Ou talvez: "Onde seu campo está, aí também está a Áustria."
[16]É assim que Mattachich invariavelmente se refere a Zagreb em sua *Memoiren*.

uma grande capital como Viena, a segunda cidade da Europa como ele gostava de pensar, também poderia ser sua? Só em Viena poderia ter passado uma manhã livre exibindo seu cavalo e sua perícia de ginete para todas as pessoas importantes que passeavam pelas alamedas do Prater. E veja a atenção de quem ele foi capaz de atrair para si mesmo.

No entanto, olhe para ele agora, apressando-se ansioso para cruzar as linhas do regimento em Lobau, nos arredores da cidade. Acabou de ser chamado por um mensageiro para se apresentar sem demora ao escritório do regimento e está convencido de que é algum problema. Nos últimos meses ele vem tomando mais liberdades do que o usual para ter mais tempo livre para perseguir sua obsessão com a receptiva mas ainda inatingível princesa. Subornou colegas oficiais para assumir seus plantões, trapaceou licenças e assinaturas na lista das tarefas, alegou doença e esgueirou-se da cama quando julgou seguro, ausentou-se do campo sem mesmo se incomodar em inventar alguma justificativa.

Qual desses delitos foi descoberto? Qual será sua punição? Tudo o que pode querer no momento é que o ordenança na frente do escritório lhe diga o que precisa saber antes de entrar no escritório do comandante. Mas essa esperança é frustrada no momento em que chega. Um braço anônimo aponta silenciosamente para uma porta. Ele bate e entra. O coronel Funke, as mãos unidas à frente, está sentado atrás de sua grande escrivaninha vazia. Ele é magro, careca, alto, de modos secos. Os traços de seu rosto estão imóveis; seus olhos são de cor tão clara que parecem quase transparentes, até mesmo vazios. O resultado desalentador é produzir um efeito não de ausência mas de segredo, reserva, penetração. Ele é famoso no regimento por seus olhares intimidadores. De forma pouco comum para qualquer adulto na época, e especialmente para um soldado, tem o rosto barbeado. No meio de sua testa há uma linha vermelha deixada ali pelo quepe que ele pôs de lado sobre a escrivaninha. Está perto de seu cotovelo direito, e sua insígnia dourada e pala preta estão viradas para Mattachich, como se o quepe também estivesse ansioso para tomar parte no interrogatório prestes a acontecer. Atrás da cabeça de Funke há estantes com pilhas de pastas cor de camurça, achatadas como almofadas empilhadas umas sobre as outras. Além do quepe intimidador de Funke, o único item sobre a escrivaninha é uma única folha de papel com um cabeçalho gravado e alguma coisa rabiscada.

Funke ignora a saudação de Mattachich e não o convida a sentar. Silêncio. Mattachich espera. Sempre soube que esse homem não o tem em boa conta. Funke fecha e abre as mãos. Então Mattachich vê algo estranho no olhar vazio de seu comandante; algo que não tinha visto ali antes e não esperaria ver. É constrangimento. Parece quase evasivo. Ele não é um homem de mostrar desconforto ao distribuir reprimendas e punições. Então, o que se passa por sua cabeça?

No momento em que ele abre a boca, incapaz de evitar a fala por mais tempo, a fonte de seu desconforto fica clara. Ele odeia ser o mensageiro de boas notícias para Mattachich.

— Fui instruído a lhe informar — declara com voz morta — que você foi promovido de segundo-tenente para tenente.

Mattachich começa a ofegar algumas palavras de agradecimento, mas é interrompido com um gesto.

— Isso não se deveu a nenhuma recomendação minha, você entende. Parece que você tem amigos em algum lugar em Viena. Pode ir agora.

— Senhor.

O recém-promovido *Oberleutnant* fecha a porta atrás de si. Os homens na sala da frente levantam as cabeças para olhá-lo com curiosidade. Ele os ignora. A alguns metros do conjunto de casas de madeira do escritório tem um arvoredo de bétula no qual ele se abriga — não da chuva, pois não chove, mas do espanto dentro dele. Louise! É obra dela. Tem de ser. Cinco vezes seu nome tinha sido apresentado para essa modesta promoção; sempre a lista dos candidatos bem-sucedidos era devolvida com seu nome entre os que foram riscados. E agora, sem nenhuma notícia, nenhum aviso, fora da "estação" dos anúncios das promoções — isso! Quem mais podia ser? Que outra fonte de apadrinhamento ele teria? Cheio de gratidão e entusiasmo, anda de um lado a outro entre as bétulas descarnadas. O chão está coberto com seus restos: tiras espiraladas de cascas; pequenas folhas serradas; galhos como cordões, alguns maiores do que a envergadura dos braços de um homem, semelhantes aos ainda dependurados nos ramos magros como se por pura fraqueza, incapazes de sustentar o próprio peso insignificante. Ele dá uns passos animados, vira-se, dá outros passos, vira-se de novo, e faz isso outra e outra vez, como um homem que tem de cobrir uma distância específica em período limitado e espaço confinado. Ou um prisioneiro sem lugar para onde ir. Seus calcanhares trituram a matéria caída no solo úmido e escuro. Seus pensamentos vão de Louise para o coronel humilhado — sim! foi isso o que aconteceu! o patife teve de engolir a própria bílis! — e daí a sonhos vagos de beijos em mãos enluvadas, abraços, liberdades e honras maiores do que essas, palavras sussurradas, amor imortal, viagens, Deus sabe o que mais. Ele se vê como um general, um duque, um governador de província, um embaixador em Paris.

Não, não. Essas fantasias são bobagens comparadas com o que ele tem nas mãos, esse momento precioso, aqui, sozinho, os barulhos familiares da rotina meio diligente, meio indolente, do campo ao seu redor. No final, ele afrouxa as passadas, volta lentamente a seu quarto e senta-se para escrever uma carta a sua benfeitora. Que lhe será devidamente levada por outra benfeitora, a crédula e (agora ele começa a achar) dispensável Fiorenza. Na carta, agradece à princesa pelo que fizera por ele ("Não tenho dúvida, sua Alteza Real, de que isso é obra sua") e fala de si mesmo como um servo eternamente grato e fiel. "Ainda tenho esperança de ouvir sua voz", pede. "Até um relance de seu manuscrito me foi negado. Mas não importa. Minha devoção é sua até a morte."

Ele gostou sobretudo desta última frase. Comoveu-se ao escrevê-la. Com certeza ela agora responderia diretamente a ele.

Ela não o fez — não diretamente. De qualquer maneira, o sinal pelo qual ele ansiava não demorou a chegar. Foi-lhe trazido por uma chorosa Fiorenza. Ela perdera o emprego. A princesa ia passar o inverno em Abbazia,[17] na costa do Adriático, onde sua irmã Stephanie, a enviuvada princesa consorte, alugara uma *villa*. Louise a seguiria dentro de algumas semanas — não para a *villa*, mas para uma suíte em Quarnero, o maior e mais novo hotel em Abbazia. Só levaria uma pequena *entourage* com ela. Portanto, tinha avisado a Fiorenza que não precisaria dela e, de fato, tinha decidido dispensá-la. Seu conselho é que ela voltasse para Linz e se casasse com seu jovem. Era o momento de fazer isso.

---

[17]Agora Opatija.

— Eu lhe perguntei o que tinha feito de errado — soluçou Fiorenza —, por que estava me mandando embora, mas tudo o que ela disse foi, não, eu tinha feito tudo direito, já tinha feito por ela tudo o que poderia fazer. Agora ela podia passar sem mim. O que isso quer dizer? Por que ela me disse isso?

— Não tenho idéia — disse Mattachich, mentiroso, escondendo seu prazer com o que acabara de ouvir. Aproveitando-se taticamente do momento, como deveria fazer um soldado, ele então lhe disse (também mentindo) que seu regimento acabara de receber ordens para embarcar em breve para a Eslováquia. Ele não queria lhe dar essa notícia, disse, mas agora não havia motivo para não deixá-la saber. Não, ele não sabia quando retornariam a Viena. Nunca, talvez. Ele tinha de ir para onde era mandado. É claro que se lembraria dela. É claro que escreveria para ela. É claro que eles se encontrariam outra vez. Ela era a sua querida.

Beijo, beijo. Seu desempenho, no entanto, foi superficial, e ele não se importava se ela percebesse. O que ela achava que ele era — um tolo? Um homem que não podia ler os sinais? A princesa tinha tido uma promoção para ele; ela estava deixando Viena e ao mesmo tempo se livrando da intermediária dos dois. Essa conjunção de acontecimentos não podia ser um acidente. Fiorenza já não era necessária. Acabara de levar para ele sua última e mais emocionante mensagem.

Algumas semanas mais tarde ele leu no jornal, na seção de "Notícias da Corte" (da qual se tornara um ávido seguidor), que a princesa tinha viajado para Abbazia, onde sua irmã, a enviuvada princesa consorte Stephanie, já se instalara. Em dois dias, ele estava no trem em marcha para o mesmo destino. (Seu padrasto, dissera ele ao ajudante de regimento, tinha adoecido de repente, e a mãe lhe implorara que voltasse para casa.)

Em Abbazia, longe de Viena, longe da corte e das centenas de aristocratas dependentes que se agrupavam em torno dela como vespas sobre uma fruta muito madura, eles ficariam livre. Ele e sua Louise.

Com um pequeno porto no centro, onde embarcações a vela e alguns iates a vapor atracavam, o recentemente estabelecido balneário de Abbazia, no Adriático, se espalhava de maneira otimista ao redor da enseada. Pequenos promontórios projetavam-se no mar azul-claro; mais além, ilhas de pedras pareciam reclinar-se confortavelmente, como nadadores olhando para trás para a fileira de hotéis floridos ao longo da praia. Dia e noite, as modestas ondas do Adriático desfaleciam sem cerimônia na areia; elas gorgolejavam por baixo dos chalés de madeira para os banhistas que os hotéis providenciavam para sua clientela, e banhavam os degraus inferiores das escadas que desciam diretamente dos chalés para a água rasa. Do lado da terra, levantavam-se declives pronunciados, misteriosos e aparentemente sólidos com loureiros selvagens, nos quais ainda mais hotéis haviam começado a fazer suas invasões. Magnólias e palmeiras, ainda tontas pela transplantação, enfeitavam o passeio público. E também os cafés e restaurantes, um coreto parecendo de brinquedo, um cassino menor que o usual, lojas com alguns dos nomes mais elegantes de Viena e Milão nos toldos, e uma das instituições mais freqüentadas de hidroterapia e irrigação do cólon. A qualquer hora do dia, fosse no começo da manhã ou começo da tarde, os visitantes passeavam por todos os cantos, os homens retirando os chapéus e olhando as mulheres; as mulheres olhando as roupas das outras mulheres e, mais discretamente, também os homens das outras mulheres.

Depois de dar uma lânguida inspecionada nessa novíssima "pérola da Riviera do Adriático", e seus patrocinadores, o príncipe real Francisco Ferdinando a tinha rejeitado como um "aquário judeu". Também havia se queixado do número de "eslavos e irredentistas" que freqüentavam o local.[18] Mesmo assim, a clientela aristocrática e da moda continuava indo ao balneário. Eles jogavam no cassino, submergiam cautelosamente no mar, excursionavam em barcos a vapor pela costa, passeavam de carruagem pelas montanhas, e ofereciam "pequenas *soirées*" (o termo de Mattachich), em uma das quais ele e Louise se encontraram e falaram um com o outro pela primeira vez.

Nunca, antes, um deles tinha se aproximado tanto do outro, nem visto o outro sem chapéu, nem escutado a voz do outro. Nunca, antes, eles tinham estado face a face e diretamente confrontados com a presença do outro. Suas próprias vozes soaram estranhas a seus ouvidos, como se estivessem participando de uma peça de teatro escrita por outra pessoa. Isso aconteceu na *villa* que Stephanie tinha alugado. Mattachich ficou sabendo da *soirée* por uma das empregadas de Stephanie e decidiu simplesmente ir como penetra à festa, confiante de que, se fosse questionado, Louise o defenderia. A recepção em si foi como outra qualquer, embora os convidados estivessem mais relaxados do que estariam em ocasião semelhante na corte. As compridas portas foram abertas; vasos de flores enchiam as lareiras de onde as grelhas foram retiradas; garçons de fraque

---

[18]Citado por Holler, *Ihr Kampf*, pp. 44-5. Menos de vinte anos mais tarde, esse mesmo Francisco Ferdinando, que se tornara o herdeiro natural depois do suicídio de seu primo Rudolph, seria assassinado por Gavril Princip — que, por coincidência, era tanto eslavo como irredentista. (Isto é, membro de um grupo nacionalista dedicado a "redimir" os territórios governados pelo poder vizinho.) O assassinato precipitou a deflagração da Primeira Guerra Mundial e o fim da monarquia dos Habsburgo.

azafamavam-se com suas bandejas; dois homens de casacas pretas arranhavam seus violinos com os ombros balouçantes e olhos apertados, enquanto um integrante menos arrebatado do trio apertava as teclas de um piano; vozes levantavam e ecoavam de volta a partir do teto, em que festões de gesso modelado envolviam tocheiros cruzados, também de gesso, que se estendiam mas jamais conseguiam se tocar; um trânsito discreto indo e vindo de um salão invisível denunciava os toques finais que estavam sendo dados a uma ceia informal que ainda aconteceria. Barbeado, elegante, cheirando a colônia, Mattachich se curvou gravemente; Louise estendeu-lhe a mão enluvada; ele a ergueu a milímetros dos lábios, sua cabeça debruçada sobre ela, antes de soltá-la. "Sua Alteza", disse ele, "tenente Géza Mattachich, 13º de Ulanos, a seu serviço."

A voz dele era baixa; o olhar, intenso. Ela o olhou em silêncio, também intensamente, mas com uma insinuação da diversão que ele vira nos olhos dela durante o primeiro encontro deles no Prater — e muitas vezes desde então.

— Você esperou um longo tempo por isso — disse ela.

— Agora... parece que não senti o tempo passar.

— Perguntei-me se você viria a Abbazia.

— Depois que recebi sua mensagem, não poderia haver dúvida disso.

— Minha mensagem...? Ah, sim.

Os olhos deles permaneceram cravados um no outro. Luz úmida, palpitante: isso era tudo que os dois conseguiam ver. Mesmo assim, o momento foi profético para ambos. Cada um sentiu a possibilidade de uma transformação do que previamente haviam sido. Nesse momento, não era mais do que um fantasma, uma promessa, uma ameaça; mas não podia ser negado. Tudo que já havia acontecido entre eles, por mais tênue que fosse — a primeira troca de olhares, os encontros silenciosos que se seguiram, a busca dele por ela nos lugares públicos, as cartas dele sem respostas, e as leituras, solitárias e repetidas, que ela fazia delas — agora tinham chegado ao fim. Outra situação começara. O jogo que vinham jogando um com o outro já não lhes pertencia; eles, ao contrário, é que pertenciam ao jogo. Ele os possuíra. Mattachich na verdade podia ser, como mais tarde seria descrito em um volume oficial depois de sua morte, "*un escroc...aussi dénué d'argent que de scrupules*", e ela (de acordo com a mesma autoridade) "*capricieuse et difficile*" — mas nenhum se equivocou quanto à importância dessa ocasião para eles.[19] Por longos momentos depois das primeiras palavras, ficaram em silêncio, um pouco distantes um do outro, embora sem nenhuma disposição de nenhum dos lados de se retirar. A imobilidade entre eles era um reconhecimento de que uma nova vida estava se oferecendo. Se eles quisessem.

Os olhos dela vacilaram e perderam a intensidade. Aqueles momentos tinham passado. Mesmo assim, ela ainda olhava para ele.

— Trouxe consigo seu cavalo? — perguntou ela.

Sorrindo, balançando a cabeça, ele sentiu uma inesperada compaixão por ela, essa princesa, essa mulher mais velha do que ele — e que assim parecia, apesar de todos os cuidados que tomara com o vestido, as jóias, a face maquiada e os brilhantes cabelos solidamente arrumados num coque na forma de um pão —, e que não tinha a menor idéia do modo como um ho-

---

[19]*Biographie nationale belgique*, vol. XVIII, suplemento 10. A tradução da descrição de Mattachich é "um escroque tão desprovido de dinheiro quanto de escrúpulos"; a de Louise dispensa tradução.

mem feito ele vivia. A idéia de um tenente sempre endividado com seu bilhete ferroviário de terceira classe de volta para Viena no bolso, que não sabia quanto tempo seus fundos lhe permitiriam prolongar a estada em Abbazia — a idéia dele trazer consigo sua única montaria...!

— Um belo animal — continuou ela, distraída. — Qual é o nome dele?

— Rebelde — respondeu ele, instantaneamente, dando-lhe um nome novinho em folha.

— Como o dono?

— Sua Alteza sabe o que fez por mim... e em mim. Tudo que peço é uma oportunidade para fazer seja o que for pela senhora. Em qualquer lugar. Sempre.

— Sim, temos bastante a conhecer um do outro.

Separaram-se, ele desejando ser mais alto; ela desejando ser mais jovem; ambos contentes pelo momento; pelo menos aliviados porque a corte silenciosa e canina dele — que para ela sempre esteve à beira do absurdo e para ele, do começo ao fim, envolvida pela incredulidade — finalmente tinha acabado.

Duas noites depois ele e a sua princesa estavam deitados juntos no quarto da suíte dela no primeiro andar do Hotel Quarnero. Ele chegara ali de maneira extremamente romântica, subindo por um dos pilares que sustentavam o terraço do quarto. Eram duas da madrugada quando ele apareceu nas compridas janelas envidraçadas até o chão. Ela havia apontado a janela de seu quarto com a sombrinha quando caminhava com ele pelo passeio público: ele, vestido com um terno de linho cor de camurça, completo com gravata e colarinho duro; ela, com um vestido leve de babados, o rosto sombreado por chapéu de palha redondo e bem ajustado com uma aba absurdamente larga, que fazia seu rosto sob ele parecer o planeta Saturno com todos os seus anéis inclinados. Tap-tap-tap em sua janela, ele bateu agora; e outra vez, tap-tap-tap, um pouco mais ansiosamente do que antes, pois, embora tenha tomado sua sombrinha apontadora como um convite, ele não lhe avisara que viria. Seu objetivo era não lhe dar escolha, surpreendê-la com sua ousadia e ardor. Mas não queria assustá-la; menos ainda despertar o hotel inteiro.

Uma vez mais: tap-tap-tap. Dessa vez, ela o escutou. Ao despertar, soube imediatamente o que o som significava. Não teve medo. Nem sequer pôs um manto sobre a camisola longa. Foi até a janela e, pelo vidro, viu uma vaga figura masculina. Um giro de sua mão e o ferrolho de bronze vertical que prendia tanto os trincos da parte superior e inferior da janela se moveu obedientemente para os lados. Ele entrou no quarto com facilidade. Um cheiro a essa altura familiar de colônia, fumaça de charuto e sabonete entrou pelas narinas dela, misturada com um picante novo, másculo, de ansiedade e desejo. Ela o puxou a seu encontro e pela primeira vez usou para ele a palavra que, em todos os anos que se seguiriam, nunca abandonaria quando estivessem sozinhos: *Geliebte*. E ele, pela primeira vez e desde então, quando estivessem a sós e até muito depois que deixaram de ser amantes, quando se tornaram apenas a sina um do outro, nada além disso — ele a chamava simplesmente *Prinzessin*.

Feito. Feito em um tumulto de incredulidade, orgulho, respiração sufocada, lençóis amarfanhados, a estranheza do corpo do outro (texturas, cheiros, sabores), e a evidência do que cada um procurava. Esse era o território escondido ao qual os últimos dias de passeio a cavalo, danças e conversas os levava; agora, final e irreversivelmente, eles entravam.

Afinal, entravam em cena.

Às perguntas faladas e não faladas de Stephanie sobre esse homem que primeiro se insinuou em sua casa e agora batia os calcanhares seja onde fosse que se encontrassem, curvando-se e sorrindo para ela como se fossem velhos conhecidos, Louise dava respostas evasivas, improvisadas, às vezes até sem sentido. Ah, ele é um ginete maravilhoso. (*É por isso que você vai cavalgar com ele todo dia?*) Ah, as pessoas do Estado-maior falam tão bem dele. (*Que pessoas? Quem?*) Ah, ele foi tão corajoso e gentil; ele salvou a vida dela. (*O quê?*) Ah, teve um cavalo que estava quase disparando no Prater e ele não deixou que se aproximasse dela. (*Quando? Como?*) Ah, ele vem de uma família croata antiga e verdadeiramente aristocrata.

Quanto mais incoerentemente Louise falava, mais convicta ficava Stephanie de que o súbito aparecimento de Mattachich em Abbazia tinha sido planejado com cuidado entre eles. Agora entendia por que Louise, apesar de lhe empurrar sua desajeitada filha Dora, tinha se recusado a compartilhar a *villa* que Stephanie alugara no sul da cidade e preferido, em vez disso, ficar numa suíte no Hotel Quarnero, onde os *nouveaux riches* arregalavam os olhos toda vez que ela aparecia nos espaços públicos. Obviamente, ela e seu seguidor tinham escolhido deliberadamente usar os planos de férias de Stephanie para cobrir seus arranjos. E, quando a história chegasse aos Hofburgo em Viena, o que certamente aconteceria, quem seria responsabilizado por isso? Não apenas Louise, com certeza. Stephanie podia ser a mais nova das irmãs, mas era superior em posição; era ela a única cuja residência continuou a ser o próprio palácio, não obstante sua condição de viúva. Naturalmente, eles presumiriam que ela fora cúmplice de todo o negócio sujo desde o começo.

Com seu grande corpo, ombros inclinados e seios pesados, Stephanie parecia com a irmã mais velha; só o formato do pequeno rosto pálido e oval era totalmente seu. Ambas as mulheres tinham herdado o nariz proeminente do pai (embora em versões mais bem proporcionadas que a dele); ambas eram coroadas com densas cabeleiras implausivelmente louras penteadas à mesma moda de duas camadas e formato de pão; ambas se moviam de maneira desajeitada, forçada, como se pernas e troncos estranhassem um ao outro. Suas vozes também eram parecidas: graves e inexpressivas em todas as várias línguas que falavam: francês, alemão, inglês, espanhol e — mal, no caso de Louise — húngaro. (Não o flamengo e nenhuma das línguas eslavas do império.) Elas se beijavam quando se encontravam e quando se despediam, mesmo se apenas por algumas horas; com freqüência, sentavam-se para conversar baixinho; em toda a temporada em Abbazia, não houve nada que se aproximasse de uma cena entre elas, a despeito da convicção de Stephanie de ter sido usada, até enganada.

Com Mattachich, Stephanie era menos contida — o que significa dizer que era até mais contida. Silenciosa, em outras palavras. Ela o ignorava ou se esforçava para isso; não lhe dirigia comentários; respondia a suas saudações com o mínimo dos gestos; deixava claro que não precisava de sua ajuda para montar em seu cavalo ou para subir em sua carruagem. Mas se a própria Louise, no entusiasmo e distração de ter esse novo jovem cavaleiro em sua presença, permanecia ignorante do quanto Stephanie se sentia ferida e explorada, Mattachich estava completamente por fora quanto a isso. Hábitos originados de distâncias e silêncios gélidos, das convenções brutalmente impostas e transgressões secretas do lar de Leopoldo, e fortalecidos pelo casamento que (como o de Louise) começou desastrosamente e continuou infeliz até terminar com o impactante suicídio duplo em Mayerling do esposo de Stephanie, o príncipe real Rudolph, e sua última amante — tudo isso estava bem além da compreensão de Mattachich.[20] Nem poderia adivinhar que, desde o momento da chegada dela a Viena muitos anos antes, Stephanie suspeitara que previamente seu novo esposo fora amante de Louise. O orgulho manteve-a em silêncio na época e também depois; mas suas relações com Louise nunca mais foram as mesmas.

Mattachich não tinha idéia de nada disso. Fez o melhor que pôde para cair nas boas graças de Dora, a filha obtusa e desajeitada de Louise, e acreditou ter feito alguns progressos nisso, por mais desinteressada que ela fosse. Como um simplório, também acreditou estar causando boa impressão em Stephanie. Até começou a suspeitar que ela tivesse uma quedinha por ele. No mínimo, achava que ambos tinham um entendimento recípro-

---

[20]A descrição de Stephanie de sua noite de núpcias é quase tão cheia de horror quanto a da irmã: "Não tínhamos nada a dizer um ao outro, éramos totais estranhos. Em vão esperei uma palavra suave ou gentil que pudesse distrair meus pensamentos.... Que tormentos! Que horror! Eu não tinha a mais leve idéia do que me esperava, mas fui levada ao altar como uma criança inocente. Minhas ilusões, meus sonhos de juventude foram destruídos. Pensei que a decepção pela qual passei me mataria. Eu estava gelada, tremendo de frio, e medo e tremores febris me atravessaram." (*Ich sollte Kaiserin werden, Leipzig*, 1935, pp. 82 e 83, princesa Stephanie da Bélgica, traduzido para o inglês como *Eu deveria ser Imperatriz*, Londres, 1937.) Não é de se surpreender que ela não diga no livro que foi infectada pela doença venérea do marido — motivo pelo qual, depois de dar à luz uma filha, não pôde dar outro filho a ele.

co. Louise e Stephanie eram irmãs, afinal; por que um homem que atraía uma delas não agradaria também à outra?

Foi um mal-entendido que, muito mais tarde, teria conseqüências desastrosas para ele e sua princesa.[21]

Dessa quase-lua-de-mel no Adriático, Louise e Mattachich retornaram às ruas ainda invernosas de Viena, onde folhas e botões estavam bem mais retardados de que suas contrapartes do Mediterrâneo e um vento siberiano incomodava toda orelha e dedo que a ele se expunham. Para os amantes, foi como se eles tivessem voltado no tempo, para uma cidade que continuava como eles a deixaram, climaticamente e em todos os outros aspectos, enquanto eles próprios tinham passado por uma mudança irreversível em relação um ao outro e ao mundo em geral. Antes de Abbazia eles não podiam imaginar o que fariam quando por fim conseguissem se encontrar e falar um com o outro, face a face; agora sabiam — sabiam muito mais, além disso. Aquele mistério fora resolvido; outras possibilidades insuspeitadas ainda estavam para se revelar a eles, uma a uma.

Portanto: de volta a Viena. 1896. O final do século se aproximando. O ponto alto de um período que levaria historiadores de uma geração posterior a fazerem referências exageradas à cidade como "o berço do mundo moderno". O que aqui apresenta uma tentação a que devemos resistir. Não há nenhuma necessidade de você imaginar que esse judeu bastante respeitável, frágil, barbudo, de olhar firme, que olha com interesse para Louise e seu séquito parado em frente ao palácio Coburgo em Seilerstrasse, seja

---

[21]Em sua autobiografia, Louise faz muitas referências a Stephanie (nem todas hostis), enquanto Stephanie se refere a Louise mais escassamente. Ela não menciona jamais Mattachich.

o Dr. Sigmund Freud (até o momento autor apenas dos *Estudos sobre histeria*). Ou que o distraído, vagamente sorridente jovem de 22 anos no lado oposto do parque seja Arnold Schönberg, escutando dentro de si fragmentos de sons que acabarão se tornando seu poema-sinfônico *Verklärte Nacht*. Ou que a várias quadras dali Gustav Klimt esteja fechando um preço com a prostituta tuberculosa que ele está ansioso por pintar à maneira excessiva, romântica, que logo abandonará por algo mais frio, mais estranho, mais hierático. Ou que o menininho de testa ampla, nariz afilado e olhos intensos, caminhando com sua obviamente intimidada governanta em direção a Franziskaner Kircher, seja Ludwig Wittgenstein, que nem ele mesmo tem idéia de que em poucas décadas transformará a direção da investigação filosófica no mundo de fala inglesa. Da mesma forma, não há razão para imaginar que qualquer uma daquelas pessoas — ou qualquer outro poeta, pensador e artista vienense que acabará adquirindo uma estatura comparável à desses — será casualmente esnobado por Louise, Philipp ou Stephanie (em uma recepção formal, digamos, ou uma representação teatral), que nunca saberão a importância que essa pessoa desconhecida terá quando eles próprios estiverem esquecidos por completo.

Sem dúvida Louise e Philipp foram a uma ou duas *premières* de Schnitzler; e Stephanie deve (mais tarde) ter visto Gustav Mahler subir à plataforma do *Stadtsoper*, depois de se ter dolorosamente convertido do judaísmo ao cristianismo para tornar-se elegível ao emprego de maestro. Mas nada disso lhes importava. Eles estavam preocupados com o que sempre consideraram verdadeiramente importante: a saúde, o relacionamento de um com o outro, o grau exato de precedência que lhes era dado nas ocasiões reais, suas roupas, apresentações públicas, compras, casos, fofocas, caça, jogo, crises políticas ocasionais, a exploração dos jornais em busca de menções aos próprios nomes. Em uma das frases memoráveis que Louise, de tempos em tempos, apresenta em sua autobiografia, ela resume a vida nos arredores do Hofburgo de Francisco José como uma "combinação de etiqueta espanhola e disciplina germânica": uma sociedade na qual era impensável que famílias de sangue real e ducal desposassem alguém de fora de sua espécie; na qual os elementos masculinos da corte imperial e da alta aristocracia (a "primeira sociedade"), sem falar nos subalternos como ministros de Gabinete e funcionários superiores civis, costumavam usar uniformes militares em público; e na qual a condição social e modos de tratamento eram tão cuidadosamente ajustados quanto as estrelas, fitas, faixas e dragonas que ornavam os paletós e túnicas dos homens. Entre as mulheres, os sinais das posições relativas eram ainda mais elaborados e mudavam mais de estação em estação, mas eram sempre óbvios aos olhos treinados para reconhecê-los.

No entanto, foi nesse mundo que Louise tentou inserir o amante, o obscuro enteado de um barão croata de quem ninguém em Viena nunca ouvira falar. (De seu verdadeiro pai, se ele alguma vez teve tal coisa, ainda menos se sabia.) Se ela discretamente tivesse um amante de uma família "aceitável" cuja presença em sua vida Philipp poderia ter admitido e ignorado, alguns teriam comentado e deixado que ela fosse em frente. Philipp e Louise não tinham nada mais que relações formais há tantos anos que ele não sentia ciúmes, nem mesmo desejo, ao pensar nela com outro homem, ou homens; apenas uma condescendente, vagamente incrédula surpresa quanto ao que eles tinham encontrado nela e por que uma pessoa, em sã consciência, escolheria ter algo a ver com ela.

Mas um presunçoso de baixa categoria como Mattachich...! Isso era outra coisa. Um *Mattachich*! Era assim que Philipp não podia evitar pensar e falar do homem, como se ele fosse uma raça de cachorro ou cavalo.[22] No entanto, mesmo uma relação com uma pessoa desse tipo, Philipp acreditava, ou mais tarde veio a acreditar, poderia ser tolerada se Louise pelo menos houvesse tido o bom senso de mantê-lo fora de Viena. Se pelo menos — e aqui, nos meses que se seguiram, ele cairia em uma espécie de devaneio — ela tivesse comprado um chalé de caça isolado, digamos, com um pouco de área em volta, e deixado o camarada lá cuidando dos cavalos e porcos, caçando o que tivesse disponível para ser caçado quando sentisse vontade, mandando em um punhado de camponeses, e certamente recebendo a visita de Louise de tempos em tempos... bem, nesse caso as coisas podiam ter sido... ajeitadas. Mais ou menos. Considerando o que ele gostava de chamar de sua natureza condescendente (a qual você pode preferir considerar o apego dele a seu próprio sentido de fracasso, sua não tão secreta prontidão para se ver como vítima da má sorte), ele poderia ter tolerado a situação. Facilmente. Sem problemas. Uma vez que o homem estivesse fora da vista, e as pessoas tivessem superado a novida-

---

[22]Quando tudo sobre Louise e seu amante ficou conhecido, claro, incontestável, em todos os jornais, Philipp fez uma declaração formal perante o procurador de Estado em Viena. Aí ele declara que nada além de uma profunda perturbação mental (*Geistesstöring*) poderia fazer sua esposa "esquecer tão completamente de si mesma a ponto de ir vagar por pequenas aldeias croatas na companhia de um Mattachich.... e pessoas desse jaez". Nada mais, ele continuou, poderia explicar como uma nobre de nascimento, a filha de um rei e esposa de um príncipe de Coburgo, "poderia perder tão completamente qualquer sentido da posição devida e dos valores reais nos quais foi criada" (citado em Holler, *Ihr Kampf*, p. 117). Os "valores reais" invocados com tanta unção por Philipp tinham permitido ao rei Leopoldo tratar sua esposa e filhas com desprezo brutal e se especializar em devassidão com garotas adolescentes. Sobre as políticas que os mesmos "valores reais" encorajaram Leopoldo a introduzir em suas possessões na África, ver mais adiante.

de do assunto, não teria importado nada a ninguém. E sem dúvida o desgraçado casal logo se cansaria um do outro.

Que esperança! Não muito tempo depois de voltar a Viena, Louise fez uma série de anúncios ao marido. Primeiro, que acabara de nomear Mattachich encarregado de seu estábulo privado, seu *Stallmeister*. Anteriormente, um criado de Philipp supervisionava suas montarias e cavalariços, como também as do chefe, mas isso não seria mais assim. Segundo, que seu amigo no Estado-maior tinha conseguido para esse novo *Stallmeister* dela uma licença especial de seu regimento. Terceiro, seria preciso conseguir acomodações para ele.

— Não no palácio — disse Philipp, imediatamente. — Não permitirei.

— Por que não? O que você tem contra ele? Você nunca o viu.

— Nem tenciono ver.

— Por que não?

— Sei o bastante sobre ele.

— Com quem você andou falando? — Então, como Philipp ficara em silêncio a sua frente: — Dora? Stephanie? Os criados?

Ele se virou para sair.

— Esta conversa chegou ao fim.

— É mesmo? Chegou? Chegou?

Philipp conhecia os truques dela: repetir uma pergunta curta muitas e muitas vezes, a voz subindo de tom a cada nova pergunta feita. Ele conhecia todos os seus truques. Em resposta, fez o que sempre fazia. Saiu do quarto, fechando a porta atrás dele. Em poucos minutos, ele escreveu uma mensagem a Stephanie, pedindo alguns minutos de seu tempo. Na manhã seguinte, ele e ela sentaram lado a lado em um sofá no quarto "Chinês" das manhãs em seu apartamento no Hofburgo. Xícaras de café de porcelana delicada, que eles tinham acabado de esvaziar, apoiavam-se nos ladrilhos (também chineses) do tampo da mesa à frente. A luz do sol entrava pelas janelas altas e brilhava nos móveis laqueados de preto e dourado e nos espelhos com dragões entrelaçados. Alguns dos dragões tinham escamas douradas, outros, verdes; todos estavam de bocas abertas, mostrando línguas escarlate curvadas e dentes brancos pontiagudos. Quando Philipp ou Stephanie se mexiam, também o faziam suas muitas imagens fragmentadas, refletidas nitidamente nos espelhos ou como imagens subaquáticas nos vidros chumbados e na laca dos móveis, como bisbilhoteiros que não percebem que também podem ser vistos e ouvidos.

Depois da troca das civilidades costumeiras, Phillip passou ao assunto. Contou a Stephanie a conversa que tivera com Louise e pediu seu conselho. Afinal, ela conhecia Louise melhor do que ninguém. Mesmo antes do retorno dela a Viena, ele escutara falar do aparecimento desse sujeito em Abbazia, mas tinha esperado que o final das férias fosse o final da questão. Você sabe, que esse... rufião... simplesmente desaparecesse. Mas não foi o que aconteceu.

Inclinando-se mais para a frente e abaixando a voz, ele olhou confiante para Stephanie, por sobre o ombro. Seu pescoço era curto e os ombros, roliços, portanto era difícil para ele fazer isso. Ela estava lá quando a criatura apareceu pela primeira vez. Será que sabia há quanto tempo o caso entre eles vinha acontecendo?

— Não, nenhuma idéia — respondeu Stephanie. — Não sei nada sobre isso. Você não deve pensar que tenho algo a ver com isso. Nunca o tinha visto antes. Nunca escutei falar dele. Nem por Louise nem por ninguém.

Sua voz e expressão convenceram Philipp de que ela estava dizendo a verdade. Ele inclinou-se para trás no sofá, junto a ela.

— Eu entendo — disse, tranqüilizando-a. — Eu não estava acusando você... Mas tinha de perguntar.

Então, ele tentou uma nova abordagem. Talvez, sugeriu, Louise estivesse passando por "uma fase", como fazem as mulheres quando chegam a certa idade — comportando-se de maneira excêntrica, fazendo coisas sem precedentes, saindo de seus hábitos à procura de amigos inadequados... Elas fazem muito isso, não? O que ela achava?

— Se não dermos atenção, talvez ela acabe deixando isso de lado. E, se não for isso, pode ser outra coisa... como as ondas de calor. Ou sabe-se lá o quê.

Sua coragem acabou bem antes que ele terminasse. Stephanie não perdeu tempo com sua última sugestão.

— Não tem nada a ver com ondas de calor.

— Então o que é?

Em silêncio, cada um examinou várias outras possibilidades. Capricho. Luxúria. Vingança. Desespero. Tédio. Estupidez. *Nostalgie de la boue.* Medo de envelhecer.

Mas nenhum ofereceu ao outro nenhum desses termos pouco atraentes.

— Tentei falar com ela — Stephanie acabou dizendo. — Mas ela não deixou. Não me deu oportunidade. Você sabe como ela é. Acredita que encontrou alguma coisa nesse tal de Mich-Mach-Mich, só Deus sabe o quê... Você poderia suborná-lo para desaparecer, talvez. Pode funcionar.

No mesmo tom de voz ela acrescentou, um pouco mais tarde:

— Ou mandar matá-lo.

Sob sua cabeça de cabelos brilhantes e de aparência compacta, sem nenhum fio fora do lugar, ela olhou diretamente para ele; ele fez o mesmo, olhando para ela por trás de óculos delicados. Ele ficou em silêncio abjeto, sabendo que não podia dizer se ela queria mesmo dizer o que acabara de dizer. Estaria zombando dele? Desafiando-o? Pedindo-lhe que o fizesse?

Impossível saber, com essas irmãs estranhas e extravagantes.

Portanto, ele pediu licença e se retirou. Quando retornou ao palácio Coburgo, sua triunfante esposa lhe informou que conseguira alugar um par de quartos não muito longe do palácio para seu *Stallmeister*. Não disse exatamente onde ficavam esses quartos. A primeira tarefa de Mattachich seria conseguir acomodações para os cavalos dela, que ela não queria mais que ficassem nos estábulos do palácio. Mas sua carruagem e seges ficariam onde estavam.

Philipp não reagiu a esses anúncios. No decorrer das semanas, e depois de meses, quando os mexericos sobre a princesa e seu "cavalariço" se espalharam amplamente entre pessoas que a conheciam e não conheciam, Philipp permaneceu em silêncio. Inativo. Um tipo de letargia se apoderara dele. Comportava-se como se achasse abaixo de sua dignidade falar ou agir em relação a esse assunto; ou pelo menos queria que as pessoas achassem que era assim que se sentia. No entanto, sabia que não estava abaixo de sua dignidade colocar-se por trás de persianas e cortinas de várias janelas do andar de cima dos fundos do palácio, de onde podia ver a área pavimentada do estábulo e espionar o *Stallmeister* supervisionando a preparação dos veículos e montarias de Louise antes de mandá-los para a frente do prédio, onde esperariam que ela descesse os degraus de pedra. Ou então Philipp *sabia* que essa atividade estava abaixo de sua dignidade, e era por isso que não podia evitá-la: era uma maneira de se mortificar. O garbo da figura de Mattachich o deprimia; como também sua juventude e a maneira convencida como se portava, com a parte superior das costas encolhida para dentro e o traseiro obsceno empinado. Sem falar de sua túnica marrom amarrada bem apertada na cintura e o colarinho alto e punhos pretos, botas de corte fino e do couro mais macio (e adivinhe quem pagava por isso), seus gestos, os movimentos de sua boca debaixo do bigode enquanto dava ordens para os cavalariços a sua volta. Tudo. Tudo que ele era. Repugnante.

Nas reuniões sociais, Philipp percebia que muitos conversavam e se afastavam quando ele se aproximava, os olhos curiosos e divertidos resvalando por ele. Estava surpreso por ver como dava pouca importância a isso; pelo menos por enquanto. Sentia-se do mesmo modo quando estava em casa, em seu próprio palácio, com o séquito de empregados para cada membro da família que morava ali: ele, a esposa, a mãe viúva, seu irmão e esposa, o filho depravado longe no exército, a filha silenciosa. Com seus salões de gala incrustados de ouro e pompa e os compridos e sombrios corredores, o palácio era mais como uma pequena vila descuidada do que uma residência particular.[23] Nesse ou naquele canto, as empregadas sussurravam e davam risadinhas. Aquelas que haviam visto Mattachich em ação em seus dias como pretendente de Fiorenza eram particularmente sarcásticas com o que estava acontecendo, e também mais satisfeitas: achavam que tinham uma ligação com o escândalo que os outros não tinham.

---

[23]"Tudo era velho, sem gosto, sombrio. Nenhuma flor, nem conforto, nada íntimo, nada com ar acolhedor. Quanto ao banheiro [em seu próprio aposento], não havia nem sinal. Só havia dois banheiros no palácio; distantes um do outro e com acessórios completamente antiquados. Quanto às condições 'higiênicas' dos outros, é melhor nem falar!" (Louise, *Autour*, pp. 83-4.)

Uma deles tomou a liberdade de entregar a Mattachich uma carta que Fiorenza lhe enviara, encoberta com um bilhete de despiste. Como um sujeito prudente, Mattachich a rasgou sem ler.

Por essa época, Mattachich escreveu a seu padrasto, dizendo-lhe que seria bom para sua carreira se fosse agora formalmente "adotado" como filho do conde. O homem mais velho respondeu depois de um tempo: sim, ele faria isso, daria início ao processo. Com essa convicção, Mattachich começou a instruir a todos em posição inferior à sua, no palácio e outros lugares, que se dirigissem a ele como *Herr Graf*.[24] Também acrescentou o sobrenome do conde ao seu e começou a assinar suas cartas "Mattachich-Keglevich". Acreditava que essas mudanças eram adequadas a suas novas circunstâncias, especialmente porque dizia a si mesmo que estava fazendo isso menos por si e mais pela princesa. Se, como ele dizia, era "conveniente que um oficial se dedicasse por completo ao serviço da filha de um rei", então era também conveniente que tal oficial tivesse um título. Ao mesmo tempo, estava encantado porque essa determinada filha de rei, sua patroa e amante, estivesse se entregando a fantasias que corriam paralelas às suas, embora em direção diretamente oposta. Agora que ela levara esse intruso para sua cama e sua vida, Louise começara a ostentar seus instintos democráticos, seus gostos informais, seu desprezo pela hierarquia e etiqueta da corte.[25]

---

[24]Holler (*Ihr Kampf*, p. 54) assinala que Mattachich necessitava de uma autorização especial do imperador para adotar o título. Isso nunca lhe foi concedido.
[25]"Meus sentimentos mais fortes são os de desgosto por tudo que é insincero, exagerado, rebuscado sem necessidade. Procuro o que é simples em pensamento e ação: foi por isso que minha família me condenou em meus primeiros anos como uma revolucionária... Como eu seria feliz se não tivesse nascido princesa!" (Louise, *Autour*, pp. 16 e 18.)

Assim, eles se apoiavam mutuamente nos mitos complementares que cultivavam sobre si mesmos. Mascarando-se com um auto-atribuído título de nobreza, Mattachich expressava seu espanto por alguém tão "majestática" quanto Louise, "uma figura de conto de fada transformado em realidade" não tivesse interesse em "posição e vida da realeza"[26] — enquanto ela, embora "fortemente democrática por instinto" como afirmava ser, procurava uma posição que fosse mais apropriada ao papel dele em sua vida do que o de *Stallmeister*. Não demorou a encontrar. Philipp, chegou à conclusão, deveria exonerar o barão Gablenz, seu ajudante, e substituí-lo por Mattachich. O descaramento da sugestão foi irresistível para ela. Como também a humilhação que infligiria ao Gordo, a despeito de ele aceitar ou rejeitar.

O cargo como tal, era uma sinecura, uma ficção. Já que Philipp tinha o título honorífico de general do exército imperial, em virtude de sua posição de príncipe, tinha o direito de ter um militar permanentemente em sua equipe. Gablenz o servira nesse posto durante vários anos. Um solteirão agradável, corpulento, franco, mais ou menos da mesma idade de Mattachich, Gablenz era sempre respeitoso com seu mestre, escutava suas histórias, organizava sua agenda, jogava cartas e bilhar com ele (freqüentemente fazendo o possível para perder), e acompanhava Philipp nas caçadas, rodadas de bebidas e outras expedições de tipo mais íntimo. Agora, de repente, aqui estava Louise exigindo que ele fosse posto para fora do palácio para dar lugar a esse infame cavaleiro croata de quem, como uma enrabichada jovem de 17 anos, ela não queria se separar. Como ele poderia aceitar isso?

---

[26]Mattachich, *Memoiren*, p. 23.

Louise mal falava com Philipp desde sua malsucedida tentativa de trazer Mattachich para dentro do palácio Coburgo; agora ela o perseguia com calúnias contra o inocente Gablenz. Ele era sujo, era preguiçoso, era insolente, ele roubava, era um glutão, assediava-a sexualmente, encorajava Philipp a ir atrás de prostitutas e bebedeiras. Como esses ataques não produziam resultados, ela começou a insultar não Gablenz mas o próprio Philipp. Nem mesmo seu cuidadoso fechamento dos conjuntos pintados de portas internas e exteriores com as quais os aposentos mais importantes do palácio eram equipados podia evitar que os ouvidos dos empregados, ou da deplorável Dora, ou da mãe dele, escutassem as ofensas que ela lhe dirigia. Ele era um "porco gordo", um "aproveitador de prostitutas", um "rufião", um "covarde", "não é um homem", um *Scheisskerl*. Embora o casal geralmente falasse em francês um com outro, ela repetia o último xingamento várias e várias vezes em tom peculiarmente triunfante, ao que parece acreditando que era de sua própria lavra. Em retorno, mantendo sua voz bem mais baixa que a dela, Philipp lhe dizia que ela estava se comportando como uma "louca", uma "criatura enrabichada", uma "falastrã na menopausa", uma "praga", uma "puta". Enquanto isso acontecia, Gablenz se arrastava como um condenado esperando a sentença: boca seca, amarelado, incapaz de olhar o patrão nos olhos. No final, ele acabou doente e ficava deitado com uma almofada sobre a cabeça, pensando em qual seria o pior caminho a seguir: demitir-se ou não se demitir. Também pensou em suicídio, mas o príncipe tirou a idéia de sua cabeça.

O nome de Mattachich jamais passou pelos lábios de Philipp. Nem mandou, embora Louise lhe gritasse várias vezes que o fizesse, chamar Mattachich, para que os dois pudessem conversar de "homem para homem" — outra frase que ela parecia ter adotado como sua. Ela e Mattachich saíam duas ou três vezes por semana em suas excursões, ela em geral em uma de suas carruagens e ele a cavalo, acompanhando-a; ou, de modo mais perturbador, ambos montados e acompanhados por um único cavalariço, eles iam cavalgar fora da estação nos bosques gotejantes de Viena. Essas saídas, também, eram humilhantemente espionadas por Philipp. Sobre a possibilidade de o cavalariço que os acompanhava ser subornado, ele não tinha ilusões. Sem dúvida, o homem se afastaria sozinho sempre que eles lhe dissessem para fazê-lo, e se manteria distante pelo tempo que fosse preciso. No começo, a hostilidade do clima quanto a essas saídas, e presumivelmente portanto ao acasalamento do casal, dava a Philipp alguma satisfação. Mas a folhagem da primavera continuava a desabrochar, os céus sobre a cidade se suavizavam e recolhiam, o sol brilhava com mais força a cada dia; logo as árvores amarronzadas se estariam transformando em grandes candelabros verdes, iluminadas mais uma vez com prodigalidade estrelada por suas velas brancas e vermelhas, tal como estavam quando os amantes primeiro deitaram os olhos um sobre o outro.

Na época em que os candelabros dos castanheiros se apagaram e se tornaram pouco mais do que objetos espigados, verdes, como granadas, Louise tinha abandonado suas tentativas de expulsar Gablenz do palácio; ela e Philipp agora se comunicavam apenas por meio de bilhetes, levados para um e outro pelos empregados. De qualquer maneira, quando necessário, o casal saía junto e sentava silenciosamente lado a lado na carruagem ou no camarote do teatro, ou em desfiles especiais e cerimônias formais. Ela e a mãe de Philipp nunca trocavam palavras, nem falada nem escrita. Dora, sempre que podia, escapava do palácio com sua governanta e um ou dois empregados: na verdade, sempre que era convidada a visitar um ou outro de seus inúmeros parentes na Áustria, Hungria e nos vários Estados-satélite da Alemanha. Philipp a acompanhava em algumas dessas viagens; mais freqüentemente, ele visitava sozinho alguma das propriedades dos Coburgo, em que chegava o mais perto do que jamais chegou do que você ou qualquer outro pode chamar de trabalho: isto é, deixava que os administradores o conduzissem através das listas de aluguéis, contas, notas de vendas (madeira, grãos, gado) e coisas assim.

Louise teve de permanecer em Viena, mesmo em agosto, o que nunca tinha feito antes. Ela não suportava deixar o amante e não podia levá-lo junto — não sem o tipo de cobertura que Stephanie lhes tinha oferecido em Abbazia. E ninguém queria fazer esse serviço para ela.

Assim se passou boa parte de 1897. Logo o verão, chegando atrasado, começou a aumentar, a se desenrolar, a se embotar, inflamar-se e se extinguir em turbilhões de folhas secas que se juntavam onde quer que o vento ou as vassouras dos jardineiros e limpadores de rua as levassem. Então as chuvas de outubro as transformavam em encharcada matéria vegetal em decomposição. Como se estivesse de fato esperando essa mudança do tempo, e embora nada tenha sido feito ou dito entre Philipp e sua esposa que já não tivesse sido feito e dito por eles muitas vezes antes, ele subitamente agiu. Era como um homem arremessando suas roupas de cama com repugnância pelo próprio torpor. Foi ver o ministro do Interior, que era um velho conhecido, e lhe disse que desejava que a polícia secreta vigiasse o casal e lhe trouxesse um relatório sobre o que se punham a fazer quando saíam juntos. Ele precisava de evidências, disse ele: evidências para os tribunais.

Poucos dias mais tarde, o emissário do ministro apareceu no palácio. A conversa com ele acabou não sendo de maneira nenhuma constrangedora, como Philipp temera. De fato, foi como um alívio. O emissário lhe disse que os espiões do ministro estavam vigiando o casal desde que eles voltaram de Abazzia. Já havia um dossiê completo sobre eles.

— É nosso trabalho — disse o homem. — Tudo sobre essa pessoa é suspeito. Não estamos sequer cem por cento convencidos de quem é seu pai: é um bêbado chamado Mattachich ou esse Keglevich? E o senhor sabe como são as coisas com os croatas... raspe qualquer um deles e por baixo encontrará um nacionalista. Portanto, quem sabe para quem ele está trabalhando? A quem é leal? O que de fato está buscando? Ter um forasteiro em tão íntima relação com um personagem nobre como Sua Alteza... e com outros até de posição mais alta... realmente não poderíamos deixar passar.

Entre sentenças e meias-sentenças o obeso visitante de Philipp parou para respirar. Ou talvez só para causar impressão. Uma desgrenhada cascata nitzschiana de bigode raiado de cinza escondia seu lábio superior e deixava exposto apenas um fragmento do lábio inferior; quanto ao resto, estava bem barbeado. Suas gordas bochechas palpitavam cada vez que um *b* ou *p* dali emergiam explosivamente.

— Não estamos dormindo — insistiu, os olhos meio fechados, como se para demonstrar como poderia parecer sonolento para despistar um suspeito. — Sempre estamos de vigília. O império está cercado de inimigos no estrangeiro, o que é ruim, e infestado deles em casa, o que é ainda pior...

Um ajudante tinha ficado do lado de fora, em uma antecâmara. Ele agora foi chamado à sala e lhe pediram que tirassem uma única folha de papel da pasta de couro que carregava. Ele a colocou à frente de seu senhor, que tateou pelos óculos em um bolso de seu colete preto, não encontrou, e teve de ler o documento segurando-o a distância de um braço, como se cheirasse mal.

Em seis ocasiões a princesa e Mattachich tinham deixado seus cavalos com o cavalariço nos bosques, e subido em um fiacre fechado à espera, que retornou uma hora depois. Em muitas outras ocasiões eles cavalgaram para longe do cavalariço, por períodos mais curtos. E em uma outra ocasião (que por acaso também foi observada pelo arquiduque Ludwig Victor, irmão caçula do imperador, que informara o assunto diretamente a Sua Majestade), eles foram visto entrando em uma *chambre separée* no Hotel Sacher.[27]

Nem o ministro nem o imperador, disse ele a Philipp, agiram a partir dessa ou de outra informação recebida; ao que parece por consideração aos sentimentos do príncipe. Agora, Philipp assegurou ao emissário, nenhum deles precisava hesitar mais tempo.

---

[27]Ludwig Viktor também estava entre os suspeitos de terem sido amantes de Louise anos antes. "Por muitos anos, ele fez uma exibição de sua afeição por mim. Todos em Viena sabiam disso, inclusive o imperador — de fato, especialmente o imperador, devido a seu gosto por mexericos. Ele vivia na esperança de ouvir que seu irmão tinha conseguido o que queria comigo" (Louise, *Autour*, p. 109; ver também Holler, *Ihr Kampf*, p. 34.)

Três

Seis semanas mais tarde, com efeito, Louise e Mattachich estavam exonerados, expelidos, expulsos de Viena. É possível imaginar como se sentiram ultrajados. Vistos de longe, no entanto, há algo irônico na indignação deles com o tratamento que receberam. Se Mattachich tivesse sido tratado mais asperamente — se tivesse sido ordenado a voltar imediatamente a seu regimento e depois despachado para algum remoto lugar da Rutênia ou Polônia, e ali deixado para bater seus calcanhares indefinidamente —, ele e Louise poderiam ter sido poupados de muito sofrimento posterior. Muitas vezes, outros oficiais que se tornaram inoportunos foram banidos para as províncias, então por que isso não foi feito com ele? E, se as autoridades pretendiam pôr um fim na ligação entre ele e Louise, então por que, depois que ele foi expulso de Viena, eles tornaram quase impossível para ela permanecer na cidade, onde estaria mais a salvo das abordagens dele?

É um mistério. O mais provável é que os oficiais do Hofburgo simplesmente não soubessem o que fazer com eles. De qualquer maneira, ambos, mais tarde, falariam de sua expulsão da cidade como uma evidência da crueldade da corte imperial. "A partir desse momento", escreveu Mattachich, "[a princesa] era uma mulher deserdada, desprotegida e eu era um oficial do exército imperial proibido de residir na cidade".[28] O ponto de vista dela sobre o que eles tiveram de passar foi um tanto mais melodramático que o dele: "Não tenho idéia de para onde teria ido e do que poderia ter acontecido comigo se Deus não tivesse me enviado o único homem com a coragem para me dizer: 'Madame, a senhora é filha de um rei... Uma mulher cristã vinga-se da iniqüidade de seus inimigos elevando-se acima dela.'"[29]

Para eles, mesmo visto em perspectiva depois, não houve nem mistério e nem ironia em todo o assunto. Eles foram vítimas. Foram punidos por uma sociedade falsa, opressiva, não por seus vícios, mas por suas virtudes.

"Um belo dia" (frase de Mattachich) um oficial chegou a sua porta com um grande envelope fechado nas mãos. Nas costas do envelope estava o selo real: uma protuberância achatada de cera, como um tomate severamente esmagado.

Com a barba por fazer, vestido de pijama e um roupão de seda com listras verde-claras e escuras (um presente de sua amada), Mattachich foi pego em desvantagem. Estava prestes a começar seu desjejum, mas o selo no envelope e a presença intimidadora de seu portador não lhe deram escolha. Teve de romper o selo para abri-lo e tirar o bilhete. Ao fazer isso, ele se lembrou da folha de papel manuscrita que um humilde ordenança do regimento lhe levou, convocando-o ao escritório do

---

[28]Mattachich, *Memoiren*, p. 23.
[29]Louise, *Autour*, p. 82.

coronel Funke. Desde então, tinha avançado muito. Essa comunicação fora trazida por um oficial uniformizado de um posto mais alto que o seu e vinha diretamente do secretariado real, o *Kabinettkanzlei*, do Hofburgo.

— Sim — disse o homem, no momento que Mattachich o leu. — Devo levá-lo imediatamente.

Segurando o espesso bilhete em alto-relevo, Mattachich se perguntou vagamente como essas pessoas souberam onde encontrá-lo. Louise lhe tinha assegurado, muitos meses antes, que não dera seu endereço exato para ninguém, incluindo o esposo. Bom, esse era um problema daqueles que o tinham encontrado; o dele era barbear-se e se trocar. Seu modesto desjejum de café e um pãozinho, que a senhoria trouxera momentos antes, tinha de ser esquecido. Depois de pensar um pouco, vestiu o uniforme-padrão de serviço, completo com o barrete alto, de pala reta. O visitante, que não se incomodara em dar o nome para Mattachich, esperou no pequeno saguão do aposento; depois saíram em silêncio para a rua onde um cabriolé, com um homem parado à frente, esperava por eles.

A breve ida até o Hofburgo teve um estranho ar de recapitulação para Mattachich. Lá no acampamento, ao atender à convocação de Funke, ele tinha sentido a ansiedade humilhante de um garoto de escola — e saíra de lá triunfante depois de alguns minutos. Agora, convocado por uma autoridade incomparavelmente superior, e com pouca expectativa de receber boas notícias quando estivesse a sua frente, sentia-se perfeitamente calmo, até satisfeito. A despeito do que o *Kabinettkanzlei* quisesse dele, fosse qual fosse a sentença que estavam prestes a lhe dar, o fato era que eles tinham sido obrigados a reconhecer sua existência, a mandar chamá-lo pelo nome, a exigir sua presença. No Hofburgo, nada menos! E por que não? Ele era agora o amante da filha de um rei, um homem que logo (para sua própria satisfação, seja como for) seria portador de um título; alguém que poderia olhar qualquer Hohenlohe nos olhos, qualquer Kottwitz, Möllendorf ou Waldstein.

Já não era mais um zé-ninguém da Croácia. Nunca mais seria um zé-ninguém.

Portanto, ele saboreou a ida até o Hofburgo. Não ia deixar que a altivez silenciosa do companheiro, nem o fato de ser um homem mais alto, mais jovem e de posto mais alto que o dele, estragasse seu prazer com a convocação. O mesmo se deu com a caminhada deles já na área do palácio, ou uma parte dela, depois que saíram do veículo. Ao caminhar, ele olhou ansioso ao redor, porém mais tarde foi do que escutou — e não do que viu — que se lembrou mais claramente. O som do cascalho triturado pelas botas; o bater dos saltos nas pedras da pavimentação do pátio fechado de um lado por um muro antigo; os múltiplos ecos produzidos por uma arcada que parecia um túnel penetrando pelo muro; o som de uma banda militar a distância, às vezes alto, às vezes forte, às vezes abafado; o deslizar e estalar das botas sobre o pavimento encerado até ter um brilho de prata pelos séculos de uso; finalmente, a caminhada pelo longo e amplo corredor assoalhado de ladrilhos pretos e brancos que, a cada passada, produziam um estridente som próprio de repique.

Ainda nenhuma palavra fora dita entre os dois. A meio caminho do corredor, um lacaio de luvas brancas emerge de um cubículo, como se não tivesse feito nada o dia todo a não ser esperar ali pelos dois. Ele os introduz em um escritório de teto alto mas surpreendentemente superlotado de aparência aconchegante. Um fogo de lenha crepita na lareira aberta. Armários sobem até o teto, alguns com as portas abertas e caixas dentro. Em frente a várias escrivaninhas grandes, estão sentados jovens muito parecidos com o acompanhante de Mattachich. A uma escrivaninha ainda maior senta-se um homem mais velho e mais gordo com o cabelo ralo caprichosamente penteado. O botão superior de seu paletó está aberto, e seus ombros estão ornados com um generoso suprimento de coroas e folhas de carvalho.

Ele é obviamente o senhor desse canto particular do palácio, portanto deve ser por sua legítima vontade que trabalha dessa maneira doméstica, amistosa. Tem uma aparência benévola — óculos, sobrancelhas prateadas, uma linha franzida na testa. Sua voz é desalentadoramente calma e macia e suas palavras parecem emergir sem esforço visível da boca; nem mesmo uma aspiração ou expulsão de ar. Tudo que ele tem a fazer, parece, é abrir e fechar os lábios, e suas palavras tornam-se audíveis, como se pela própria vontade. Desalentadora também é a velocidade e a falta de emoção com as quais trata a questão em sua mão. Literalmente em sua mão: uma única folha de papel com seu verso vazio virado para Mattachich. Nenhuma saudação, nenhuma hesitação, apenas uma rápida olhada para o homem em pé a sua frente, o quepe em ambas as mãos.

— É desejo das mais altas autoridades que o senhor deixe Viena imediatamente. Não me proponho a especificar os fundamentos dessa decisão. Sem dúvida o senhor as conhece.

Todos na sala pareceram prestar ao silêncio que se seguiu a mesma intensa atenção que prestaram às três breves sentenças pronunciadas momentos antes. De algum modo, de algum lugar, com um esforço que fazia o próprio Mattachich contrastar dolorosamente com a indiferença do homem a sua frente, ele conseguiu proferir algumas palavras por si mesmo.

— Excelência, eu lhe peço... eu tenho... eu preciso... há problemas...

— Quanto tempo você quer?

— Duas semanas, senhor?

(Por que duas semanas? Não pergunte a Mattachich. Foi só o que saiu de sua boca.)

O brigadeiro não inclina a cabeça nem diz sim. Diz apenas:

— Não me desaponte.

Mais tarde no mesmo dia, outra entrevista formal aconteceu em uma sala de uma parte diferente do Hofburgo. Ali, sentado a uma mesa, o envelhecido Francisco José, imperador da Áustria e rei da Hungria, esperava pela chegada de Stephanie e sua irmã.

Ao contrário do que Louise escreveria sobre ele muito depois de sua morte, ele não parecia de modo algum um *maître*. Nem ficava puxando seu bigode. Nem, como ela afirmou, parecia um tolo sem coração.[30] Imagine, em vez disso, que ele parecia o homem que era: um velho e cansado trabalhador, preso pelo protocolo e rituais, esperando ser tratado com um respeito perto da veneração, mas em geral bem-intencionado, que chegou ao trono com a idade de vinte anos, e nos quase cinqüenta anos que desde então se passaram (com outros 17 anos ainda por vir) sofreu muitas decepções e pesares. Entre eles o suicídio de seu único filho, Rudolph, o que significava que ne-

---

[30]"Tirem-lhe o título e a posição, os rituais e as condecorações, os cortesãos bajuladores e os discursos formais, o ritual dos eventos e as recepções de Estado, e o que vocês encontrarão? Um tolo sem coração. Um homem mecânico de uniforme." (Louise, *Autour*, p. 107.)

nhum filho ou neto o sucederia como governante das terras dos Habsburgo; derrotas na guerra pelas quais ele culpava não apenas seus inimigos e subordinados mas também a si próprio; a paixão não correspondida e incurável pela esposa, a bela, meio louca, Elizabeth da Boêmia (a qual nem mesmo seu duradouro "arranjo" com a atriz Katti Schratt tinha afetado); seu pressentimento, que se transformou em convicção, de que os setecentos anos do poder dos Habsburgo sobre a Europa Central, recebido por ele com a confiança sagrada de seus ancestrais e do Deus misterioso para o qual ele rezava, provavelmente chegariam ao final com seu próprio falecimento.

Portanto, ali estava ele, ainda com outro dever a cumprir, ao qual teria alegremente se poupado se sua consciência assim permitisse. A sala não lhe era familiar, mas como havia vários milhares de salas no escarrapachado Hofburgo, não o surpreendia não poder se recordar de ter estado antes nessa sala em particular. Nem o surpreendia, ao mesmo tempo, que nada na sala lhe parecesse novo ou inesperado — candelabros e lampadários, armários abarrotados de porcelanas, delicadas molduras rococós (guirlandas, festões, folhas e abundância de dourado), um relógio de corda em uma moldura de madeira talhada, papéis de parede prateado e vermelho-escuro, um grande retrato de duas crianças em vestes formais de um ou dois séculos atrás, cujos nomes ele não sabia, assim como não sabia os dos cachorros aos pés delas, mas cujo sangue sem dúvida corria em suas próprias veias. No intrincado veio mortiço intensamente polido da mesa de nogueira à qual estava sentado, ele podia discernir um vago reflexo de seu rosto e de sua túnica militar simples, com apenas duas pequenas condecorações no peito, uma delas como um punhado de cerejas vermelho-escuras. Como se para checar alguma coisa que teria evitado inspecionar se outras pessoas estivessem na sala, ele empurrou a cadeira um pouco para trás e olhou embaixo do topo da mesa para as pernas que a sustentavam. Sim, elas eram como ele as vira ao entrar na sala: atarracadas, umas coisas acaneladas, quase como vasos do jardim. Então, como qualquer outro idoso desocupado teria feito, sentiu a espessura do tampo da mesa com ambas as mãos, tentando ponderar se realmente precisava de suportes tão maciços. Não, concluiu, não precisava. Depois, passou a examinar suas mãos. A seus olhos, as palmas tinham um aspecto mais amigável e jovem do que suas costas empenadas e com manchas do fígado, em que as veias corriam aparentemente ao acaso, como os rios azuis de um mapa.

A sala para essa reunião fora escolhida por Stephanie. Ela a chamava de seu "salão" e raras vezes a usava. Junto com seu *chef de protocole*, Francisco José concluíra que seria impróprio para ele encontrar Stephanie e sua irmã extraviada nos próprios aposentos dele (já que isso implicaria que Louise era por direito um membro da família imperial — o que oportunamente ela seria lembrada de que não era), ou em uma das salas que ele usava para os negócios de Estado (já que isso implicaria que o assunto que ia tratar com Louise era de natureza constitucional — o que, de novo, não era). Essas apreensões foram devidamente transmitidas por seu encarregado a Stephanie, que, como esperado, logo pediu ao imperador que fosse bondoso o bastante para usar uma sala dos aposentos dela para o encontro. O *chef de protocole* então inspecionou o local proposto por ela, achou-o aceitável, combinou com ela uma hora para o encontro, e sobre a conveniência de o imperador estar de posse da sala antes dela e sua irmã entrarem.

Boa parte da vida de Francisco José era tomada com considerações de questões desse tipo. Para ele, estas tinham enorme importância. Dava-lhes o mesmo grau de atenção que dedicava aos documentos de Estado que recebia de seus ministros e governadores e aos despachos com seus embaixadores no estrangeiro. Agora, seu grosso bigode e suas suíças brancas e viçosas, esmeradamente lavadas com xampu e escovadas em cachos virados para trás, o queixo e os pômulos barbeados, por contraste, expostos como se estivessem nus, a pele de seu couro cabeludo sem brilho mas notadamente livre de erupções para um homem de sua idade, ele esperava a chegada das duas mulheres de quem jamais gostara nem confiara e em relação às quais sempre se comportara com a cortesia que era sua segunda natureza.

O relógio da sala batia de modo discreto, incitando os relógios das outras salas e do pátio lá fora a responderem sucessivamente de leve, mais ou menos ou muito forte. Instantaneamente, as portas se abriram e um lacaio todo abotoado com botões de prata e meias pretas apareceu no espaço vago que ele próprio acabara de criar. Inclinou-se diante ao imperador, deu um passo de lado e esperou que as irmãs entrassem, Stephanie na frente. Um momento depois o lacaio tinha desaparecido por trás das portas que estava fechando. De pé, lado a lado, os ombros se tocando, as mulheres curvaram-se em uma cortesia tão profunda quanto seus vestidos engomados e meias-anquinhas permitiam. Só depois elas deram um passo à frente. Permaneceram de pé na frente do soberano assim como Mattachich, poucas horas antes, tinha ficado de pé frente ao representante do soberano em um escritório no outro canto do palácio.

Os assuntos a serem tratado em ambos os casos eram muito semelhantes. Mas o imperador demorou mais.

Ele limpou a garganta, fixou os olhos em Louise e começou.

— Foi trazido à nossa atenção, madame...

Sua voz era aguda, a voz de um velho, mas era também segura; os olhos eram pequenos e piscavam, mas ele os manteve fixados nos delas; seu rosto não tinha expressão. Ele pegou uma pasta de couro que estava sobre a mesa e a abriu. Depois disso, no entarto, não a consultou. As acusações se seguiram. Ela fora vista entrando em uma *chambre séparée* com um homem que não era o marido. Em várias ocasiões, foi vista entrando em um fiacre fechado com o mesmo homem. Repetidas vezes cavalgou com ele a sós nos Bosques de Viena. Em cada caso, ficou claro que ela e seu acompanhante fizeram o possível para evitar serem observados, o que com freqüência conseguiram. O que Francisco José também sabia, mas nada disse, era que Stephanie lhe contara como Mattachich aparecera em Abbazia e a maneira como o casal tinha chegado a um acordo ali.

Feita a narração, e sem mudar o tom da voz, ele convidou Louise a responder ao que ele acabara de dizer.

"Eu estava tão ultrajada", escreveu ela anos mais tarde, "que simplesmente tive de lhe expressar frente a frente o que achava dele."[31]

Considerar-se virtuosa era um de seus talentos. Como também sua capacidade de se sentir injustiçada. Portanto, tudo veio à tona. Assombro por ter sido espionada. Cólera pela culpa dos outros. Negação dos próprios erros. Desprezo por todos os difamadores e intrigantes. Insistência na probidade de seu *Stallmeister*. Afirmações de lealdade à casa dos Habsburgo. Advertência sobre a fúria do pai quando soubesse o que fora dito

---

[31]Louise, *Autour*, p. 112. Ver também Mattachich, *Memoiren*, p. 22.

à filha. Insinuações obscuras sobre como sua ira se manifestaria. Lágrimas ao pensar na vergonha da mãe. Mais lágrimas ao pedir a proteção do imperador contra os conspiradores. Mais lágrimas, mais impetuosas do que antes, acompanhando a confissão de que seu esposo já não merecia confiança para proteger sua reputação contra as línguas dos mentirosos e os fazedores de escândalos. Daí sua necessidade de procurar o imperador para protegê-la contra a imerecida hostilidade ao qual estava exposta.

Tudo isso, escreve Louise, sem dar nenhum detalhe, "pode ser imaginado". Francisco José escutou pacientemente sua explosão, os olhos tremeluzindo de tempos em tempos sob as grossas sobrancelhas brancas. No final, sua paciência se esgotou. Ele levantou uma das mãos. Ela ficou em silêncio. Ele esperou para se certificar de que Louise tinha se controlado. Então falou.

— Nós sabemos de tudo. Deve ficar claro para você que fomos perfeitamente informados do que estava acontecendo. — Procurou com cuidado a palavra seguinte. — Erros... foram cometidos. — Fez uma pausa, como se considerasse se deveria repassar uma vez mais as acusações contra ela. Concluiu que não.

— Sabemos de tudo — disse outra vez, com o ar, e o olhar, de um homem que sabia que ela havia feito sua defesa e não ousaria interromper o que ele estava prestes a dizer. — Nós a aconselhamos a sair de Viena, ir para o estrangeiro e lá ficar nos próximos meses, permanecendo longe até esse escândalo se extinguir. Então, poderemos rever sua posição. Não lhe será permitido comparecer a nenhuma das funções de Estado previstas para esta estação. Os convites para o palácio que você já recebeu estão agora cancelados. Você não tentará se comunicar conosco até indicarmos a seu esposo a permissão.

Antes que ela pudesse responder, e usando a primeira pessoa do singular pela primeira vez, como se estivesse falando no seio da família, ele disse mais uma vez:

— Eu sei de tudo.

Essas foram as últimas palavras que ela escutaria dele. Ele alcançou um sininho de prata sobre a mesa e o tocou vigorosamente. Como as asas de um pombo se abrindo, as altas portas duplas se separaram, o lacaio apareceu, curvou-se e desapareceu. O imperador pôs-se de pé, segurando com ambas as mãos a mesa que antes testara. As mulheres se curvaram em reverência, Louise menos profundamente do que antes: um gesto, ou uma ausência, que ele notou. Quando se ergueram, ele procurou e captou o olhar de Stephanie. Ela não tinha dito uma palavra até então, e por isso recebeu um minúsculo aceno de aprovação. Ele ignorou Louise. Os dois nunca mais se veriam. Cada um ficou com uma sincera abominação pelo outro.

E agora?

Imagine os amantes conscientes de si mesmos como figuras em um drama da vida real que eles próprios inventaram, falando para causar impressão (pelo menos um para o outro), reordenando a visão que tinham do passado, manejando suas esperanças para o futuro, mudando os papéis que desempenhavam à medida que as circunstâncias se modificavam. Agora continue imaginando algo que é mais difícil reter na cabeça. Imagine que para eles não há nada "de época" nem defasado no mundo em que vivem: as roupas que usam, as expectativas que têm sobre como as outras pessoas deveriam se comportar, as carruagens que usam, as velas e lâmpadas a gás que iluminam os quartos e as ruas. Eles não têm consciência dos dispositivos que lhes faltam: antibióticos, colhedeiras automáticas, aparelhos para o coração e pulmões, mísseis guiados a laser, rádio, televisão, supermercados. Nem sentem falta dos inumeráveis ruídos que aqueles que virão depois considerarão banais: carros mudando de marcha, aviões sobre a cabeça, perfuratrizes, o chocalhar de nozes do teclado do computador, zíper se abrindo ou fechando com seu rangidinho diferente. Como eles nada sabem dessas coisas, sua ausência não os fazem sentir-se desvalidos. Ao contrário, têm orgulho do que possuem e do que seus pais e avós não tinham: uma rede européia de ferrovias e telégrafo elétrico, bondes elétricos em algumas cidades, automóveis (de um tipo), aeroplanos (também de um tipo), as primeiras películas cinematográficas, mercadorias fabricadas em máquinas de todos os tipos. Metralhadoras também.

O que Louise e Mattachich sentiram, antes de tudo, foi alívio. Excitação. Quase um sentimento de onipotência. Aqui estavam eles, prestes a serem expulsos da cidade que tinha dominado a vida de um e os sonhos do outro desde que se tornaram adultos. Portanto, que outro mal poderia ser feito a eles? Já não havia mais que temer a vergonha; nem a expulsão. Estavam livres para fazer o que quisessem, respondendo apenas a eles mesmos, não mais sujeitos a nenhum dos constrangimentos sociais que os limitara por tanto tempo. O mundo deles fez o pior que podia com eles? Muito bem. O que importava? Se Louise agora decidia abandonar o palácio Coburgo por sua própria conta pela primeira vez desde que entrou na casa como uma noiva adolescente, quem poderia impedi-la? Antes, ela havia saído do palácio a pé — para dar um passeio ou acompanhar os filhos (quando eles ainda eram crianças) ao parque. Mas agora era diferente. Nenhuma dama de companhia, nenhum lacaio para carregar seja o que for que pensasse precisar, nenhum cavalariço e carruagem leve para acompanhá-la caso se sentisse cansada, nenhuma ama, nem marido para o qual voltar, graças a Deus: só Louise, ela mesma, por si só, fazendo uma coisa sobre a qual pensava fazia tempo e sempre tivera medo de tentar.

Portanto, deixemos que ela abandone os criados embasbacados e o prédio feio e exagerado com suas balaustradas e estátuas tocando o céu em fileira, olhando para ela de uma maneira mais estupidamente horrorizada do que nunca. Era como ser outra vez uma criança travessa, mas sem o medo. O que tinha a perder? Nada. O que tinha a ganhar? O acesso aos aposentos do seu amante, pelo qual tinha pago mas nunca via desde que ele se mudara.

Ali eles caíram um sobre o outro como se ele tivesse acabado de voltar do campo de batalha e ela, do exílio ou da prisão. Agora, ninguém poderia importuná-los ou ameaçá-los e ninguém poderia impedi-los de fazer um com o outro o que quisessem, aqui, no espaço dos aposentos de Mattachich, com sua mobília alugada e estrado de cobre e ferro que em todos os seus anos de serviço nunca tinha sido obrigado a trabalhar de modo tão ruidoso, a ranger e retinir tão vulgarmente, como fez naquela tarde com a princesa e seu autodesignado conde.

Foi desavergonhado, aviltante e maravilhoso. Tudo junto. E continuou por um longo tempo. Repetidamente. Como um tormento. Depois eles ficaram deitados juntos, observando a escassa luz embranquecida do anoitecer do começo de fevereiro invadir o canto do quarto, lá em cima, onde duas paredes encontravam o gesso rústico do teto, e dois quadrados de luz também se encontravam, um em cada parede como as páginas de um livro aberto, antes de desaparecem rapidamente sem deixar vestígio. Agora apenas as sombras permaneciam, algumas mais escuras do que outras, desfazendo os objetos que envolviam. Sons de fora — rodas e pés de pessoas, gritos, sinos, conversa, risada — cresceram antes de subitamente sumir, cada som outra vez se tornando distinto de todos os outros depois que as lojas fecharam e as pessoas foram para suas casas para beber e comer, e gotas de chuva começam seu tique-tique-tique irregular contra a única janela do quarto, como se alguma coisa lá fora não tivesse ousado se apresentar antes e ainda relutasse em fazer isso agora.

Noite. Amarfanhados, subitamente estranhos, eles olham um para o outro sob a luz da lâmpada de gás que Mattachich acendeu.

— Tenho de voltar — disse Louise, abruptamente, mas não se mexeu. Não conseguia. Em outro lugar da casa, alguém subiu correndo as escadas, abriu uma porta, falou, foi respondido, voltou a descer devagar, espirrou. Outra vez silêncio. Ela havia passado algum tempo em quartos humildes como este, quando forçada a procurar abrigo em viagens ou em alguns dos alojamentos das casas mais rústicas que conhecera. Mas esse quarto era diferente. Estava no meio de Viena, não em algum trecho desconhecido do campo, encharcado pela chuva. Estava apenas a poucos quarteirões do palácio que fora sua casa por vinte anos. Um homem nu estava dentro dele. Havia o cheiro do que eles tinham se comprazido em fazer. Era como o quarto de uma prostituta, mas por certo não era como as ilustrações das fotogravuras de tais quartos que ela examinara na coleção de livros pornográficos do marido. De qualquer maneira, a maioria deles era japonês, que Philipp trouxera de suas viagens, portanto, como ela poderia saber?

— *Yoshivara...* — disse ela para si mesma. As estranhas sílabas tomaram posse de sua língua e ela se viu murmurando-as muitas e muitas vezes, voltando a cabeça para um lado e para outro no acanhado travesseiro.[32] Alarmado com o som dessa algaravia, Mattachich apoiou-se em um cotovelo e tentou segurar suas têmporas e manter a cabeça dela parada. Ele queria que ela olhasse para ele, mas ela resistia, rindo primeiro, até sua risada adquirir vida própria, como fizera a palavra. Ele despejou um pouco de água em um copo e se pôs de pé ao lado da cama, tentando fazê-la beber. Quando ela se acalmou o suficiente para lhe explicar o que as sílabas significavam e como o nome tinha aparecido em sua cabeça, ele sorriu, embora não tenha gostado de ver seu quarto comparado ao de uma prostituta (que ele sabia que não era parecido; o quarto dele era simples, vazio, masculino).

Ele voltou para a cama e eles continuaram deitados lado a lado. Como se em uma visão que era também uma sensação, ambas ao mesmo tempo, ela se viu e se sentiu como parte da casa, nada mais, tão imóvel como as pedras com as quais a casa foi construída. Cada pedra tinha sido socada contra outras de todos os lados; a própria casa estava socada entre as casas adjacentes; o porão em algum lugar lá embaixo estava socado dentro da terra. Mas a terra por fim não estava socada contra nada;

---

[32]"No palácio Saxe-Coburgo, em Budapeste, vi algumas peças muito 'curiosas': lembranças da área de prostituição de Yoshivara que nenhuma jovem mulher poderia ver sem se envergonhar, mesmo depois de ter perdido sua inocência nas mãos de seu dono e professor. Que escola!" (Louise, *Autour*, p. 58.)

era um objeto suspenso, girando no espaço, ou pelo menos foi o que lhe disseram, e ela mesma em algum lugar dentro dele. Onde estava ela e o que fazia aí? O que seria dela? Não poderia viver em um lugar como esse com um homem que nada possuía exceto o que ela própria lhe dera. O que ele faria se ela não tivesse mais o que dar? E ela? Seu pai a aceitaria? Ela voltaria algum dia a ver seus filhos?

— Tenho de ir embora — disse ela no mesmo tom de antes, mas dessa vez conseguiu levantar da cama. Vestiu-se e eles foram até ao palácio em uma carruagem alugada. A chuva miúda tinha parado, sem deixar poças, no entanto tudo ainda cintilava, como se através de um orvalho negro. Mattachich a acompanhou até a entrada e a deixou ali. Ela perguntou a um dos lacaios onde estava o marido e foi direto à sala que o homem indicara. Philipp fumava um charuto no que chamava de seu estúdio. Gablenz estava lá, também fumando.

Ela parou na soleira da porta. Sua roupa estava amarfanhada, seu rosto, borrado, a pele que sobressaía sob os olhos manchada de matizes de iodo: marrom, violeta, amarelo. Ela fez um gesto para que Goblenz saísse e Philiph fez para que ele ficasse. Gablenz ficou.

— Estou deixando Viena — disse ela.

— Você não tem escolha. Foi-lhe ordenado que partisse.

— Quero que Dora venha comigo.

— Não vou discutir acordos com você. Não vou discutir nada. Bachrach verá você amanhã. Fale com ele.

— Devo falar com seu judeu?

— Sim, Bachrach.

Mais cedo, nesse longo dia, ela e Francisco José tinham trocado as últimas palavras que haveriam de dirigir um ao outro.

Embora nenhum dos dois soubesse, Louise e Philipp também nunca mais se falariam. Ela ficou no palácio, fazendo preparativos para sua própria partida e a da filha. Algumas vezes, ouvia a voz de Phillip a distância; às vezes ele escutava a dela. Mas as mensagens entre eles eram levadas pelos empregados ou pelo Dr. Adolf Bachrach, doutor em jurisprudência, *Geheimer Justizrat, Regierungsrat, Hof-und Gerichts-Advokat.*[33]

Sobre Bachrach, falaremos mais tarde. No momento ele pode ser deixado fazendo o que sempre soube fazer melhor: tratando dos seus deveres como intermediário indispensável e conselheiro do patrão; um homem que sabe a quem deve lealdade, mas que sempre tenta ser tão justo com os outros quanto as circunstâncias o permitem. Ou pelo menos aparentar que é isso que está fazendo.

Mattachich não esperou os 14 dias de adiamento que havia pedido quando lhe comunicaram sua expulsão de Viena. Não havia motivo, ele concluiu, em protelar. Depois da visita de Louise a seus aposentos, as mensagens que ele lhe enviara ocasionaram apenas respostas breves e distantes, como se ela não pudesse perdoá-lo por algo que tivesse dito ou feito a ela. Seus pedidos de um encontro foram ignorados. Ela não tentou visitá-lo outra vez. Lembrando como o ânimo dela estava estranho quando a encontrara da última vez, não ousou ir até o palácio para procurá-la. De qualquer maneira, ele não desejava ver Phillip por acidente, ou ser expulso do local pelos empregados com ordem de mantê-lo distante. Um tumulto era a última coisa que desejava.

---

[33]Conselheiro particular, procurador do Estado, advogado da Suprema Corte e do Supremo Tribunal.

Assim, depois de recolher no quartel várias coisas que havia deixado lá, e tendo se certificado de que oficialmente o exército ainda o mantinha em licença prolongada, ele deixou Viena e foi para Lobor, na Croácia. Do telégrafo na cidade mais próxima, enviou um telegrama a Louise, dizendo-lhe onde estava mas sem lhe dar indicação do que pretendia fazer em seguida. Essa "tática militar" — como ele a considerava — funcionou. O primeiro telegrama que recebeu dela foi de reprovação. Como pôde deixar Viena sem avisá-la? O que ela fizera para merecer tal tratamento? Ele não respondeu. A mensagem seguinte foi de súplica. A partir daí as mensagens foram e voltaram com bastante freqüência entre eles, embora cada uma que ele recebia ou enviava envolvesse uma manhã de viagem — a cavalo, carruagem leve ou bicicleta — para ir e voltar da cidade. Ambos eram cuidadosos na linguagem que usavam, pois suspeitavam que as autoridades os estivessem monitorando. Na ida e na volta, Mattachich gostava de pensar como o telegrafista local devia estar impressionado com o que transmitia para Louise, e imaginar o homem falando sobre isso com os colegas. Quantas pessoas naquele lugar de mortos-vivos enviavam telegramas para uma alteza real e recebiam carinhosos telegramas de volta?

E, se fazia parte dos deveres do telegrafista passar cópias desses telegramas para a polícia em Agram, ou dirigi-los a algum escritório em Viena, por que ele se importaria? O que ficariam sabendo sobre ele que já não sabiam? O que poderiam fazer a ele que já não tivessem feito?

Mattachich era criança quando seu padrasto, Oskar Keglevich, foi expulso da casa da sua família, Schloss Lobor, pelo próprio pai. Do ponto de vista do velho Keglevich, já era ruim o bastante que seu filho Oskar tivesse se engraçado com uma mulher casada, Anna Mattachich; o que tornava tudo ainda pior era ela ser filha ilegítima de um padre católico romano e assim duplamente, e de modo irredimível e mesmo sacrílego contaminada, aos olhos dele.[34] Oskar reagiu a seu banimento de Schloss mudando-se para a casa em Tomasevich que a amante compartilhava com o marido e o filho — e ali permaneceu. Quinze anos mais tarde, o velho Keglevich morreu e Schloss caiu nas mãos de Oskar. Ele voltou para lá imediatamente e logo depois Anna o seguiu.

Seu marido, o pai de Mattachich, continuou em Tomasevich, onde se pôs tranqüilamente a beber até se matar. Ou assim todos pensavam. Mas ele fez melhor. Continuou bebendo e não morreu. Géza, o filho, estava no último ano do colégio no momento em que a mãe mudou, e escolheu o novo lar dela e não o antigo. Ele nunca mais voltou para ver o pai. A única coisa da casa de Tomasevich da qual ele ocasionalmente sentia falta era da moeda talismânica que enterrara e desenterrara tantas vezes no passado. Mas não era o bastante para levá-lo de volta. Nada o levaria de volta. O marido de Anna acabou concordando com o divórcio (ou foi pago para cooperar com a questão) e Oskar Keglevich por fim estava livre para desposar Anna e assim fazer dela uma honesta *Gräfin*.

Foi dessa maneira que ela se tornou a castelã oficial de Shloss Lobor.[35] O estuque na frente e dos lados, pintado com uma cor

---

[34]Veja Holler, *Ihr Kampf*, p. 18.

[35]"Aqui temos uma das grandiosas casas de campo... construída e reconstruída desde o século XVII ao final do século XVIII. Foi erguida pelos Keglevich e tornou-se sua casa principal. Oskar Keglevich (1829-1910) foi o último membro de sua família na Croácia. Em 1905, ele vendeu a casa para o comerciante Moric Stlenger. Até 1935 ela não havia sido usada, e então foi comprada por Janko Pejas. Durante a Segunda Guerra Mundial, a casa lamentavelmente adquiriu uma imagem negativa, pois foi utilizada como lugar para agrupar os judeus que depois seriam transportados para campos de concentração. Hoje, é usada pelo Instituto de Saúde Social, patrocinado pelo Estado. (www.lobor.nefirms; texto traduzido do croata pelo Dr. Ivan Danicîc.)

limão desbotada, dava para os campos arados e pântanos grosseiramente ceifados; mais além havia colinas escarpadas salpicadas aqui e ali de abetos e bétulas. Não muito distante, no passo mais próximo das colinas, estava o antigo povoado de Lobor, completo com o campanário de uma igreja, uma taverna, duas ou três lojas, um moinho, uma ponte, um médico e outras amenidades do gênero. Das janelas mais altas do Schloss podem-se ver algumas de suas casas projetadas para fora do passo, como a pata descorada de um animal sobressaindo.

Mattachich só ocasionalmente visitara o palácio desde que deixara a escola. Na sua primeira noite de volta, ele disse a Keglevich e a sua mãe que a princesa Louise e sua filha Dora estavam preparando uma viagem pela França e Alemanha, e ele aceitara o convite da princesa para acompanhá-las como seu *Kammerherr*, ou camarista. Um amigo seu, um conterrâneo croata e ulano, de nome Artur Ozegovich, ficaria em seu lugar como *Stallmeister* da princesa. Não, ele não sabia quanto tempo ficaria fora ou até onde as viagens de sua patroa a levariam. Ele viera a Lobor simplesmente para ver a mãe e Oskar antes de empreender essas viagens. Também para saber se havia alguma coisa que pudesse fazer para apressar o assunto da adoção — pelo que ele sempre seria mais grato ao conde do que conseguiria expressar.

Ele estava calmo, contido, desprendido, minimamente verdadeiro. Sempre havia se protegido contra os dois e contra seu pai dessa maneira.

Nos dias seguintes nada mudou. As mensagens de Louise lhe contaram que ela estava "discutindo sobre o dinheiro"; não ia se deixar "afobar" pelo advogado de Philipp, que estava tentando "fraudar" seus direitos; imediatamente avisaria Mattachich quando as coisas estivessem "resolvidas". Outra vez seguro da dependência dela em relação a ele, Mattachich telegrafou de volta que ficaria contente em esperar até que ela mandasse buscá-lo. Ele conhecia poucas pessoas na vizinhança, mas era sociável o bastante para se dar bem com os arrendatários da propriedade e as pessoas com quem bebia na taverna, que o tratavam com agradável deferência. O nome do conde podia não ser lá grande coisa em Viena, mas significava muito aqui. Ele foi a Agram duas vezes e lá pernoitou em ambas as ocasiões: ali também o nome "Keglevich" era reconhecido. A cidade era mais animada e mais populosa do que se lembrava; desde sua última visita, adquirira alguns novos prédios públicos vistosos e jardins. Ele achou agradável ser um croata na capital da Croácia uma vez mais, e constantemente escutar a seu redor a língua que primeiro aprendera e sempre saberia melhor do que qualquer outra.

Os dias curtos eram frios mas ensolarados, com ocasionais nuvens se fechando subitamente e curtas caídas de neve. Em Lobor, a neve ficava presa nas grossas faixas de agulhas dos abetos, mas deixava as bétulas desnudas. Elas pareciam vassouras invertidas, cabos enfiados no chão e cabeças levantadas para o insensível céu azul. À noite, ele ia para o quarto e ficava olhando para o fogo de lenha perfumado que sempre estava queimando ali, ou se postava perto da janela, olhando para a escuridão. As estrelas apareciam aos punhados, em enxames de fogo. As colinas esculpiam formas oblíquas na janela e o mesmo faziam as nuvens passageiras, perceptíveis apenas quando as estrelas desapareciam. Então elas emergiam, parecendo cintilar com mais brilho do que antes. A casa vazia rangia com o frio; passos ressoavam por seus corredores com piso de madeira; vozes abafadas vinham dos alojamentos dos servos nos fundos. Depois da convulsão pela qual tinha passado, o silêncio da casa e o espaço vazio de fora eram um alívio. Ninguém aqui sabia o que tinha acontecido com ele e ele os apreciava mais por isso. Também apreciava mais a si mesmo por isso. Encantava-se com o tanto que havia no mundo em geral, fora de si mesmo, e se perguntava por que desde a infância sempre sentiu essa imensidão-de-outras-coisas como ameaça em vez de ver nela uma estranha tranqüilidade, até mesmo felicidade. Se árvores, montanhas, estrelas, noite, inverno, uma coruja piando veementemente na escuridão lá fora — se isso não existisse, ele tampouco existiria. Ele ocupava espaço e tinha peso, assim como eles; era feito dos mesmos materiais que eles. A diferença era que sabia o quanto era transitório e eles, não. Mas o que seriam sem a consciência que ele tinha deles? Como seriam diminuídos, ainda que não o soubessem! Por que ele repetidamente enterrara e desenterrara aquela moeda na terra de Tomasevich senão para humilhar a si mesmo, para exacerbar seus sentimentos de exclusão e impotência? Por que ele quis fazer uma coisa como aquela?

Durante um desses acessos de ociosidade meio aéreos, meio intensos, a perspectiva de ficar em Lobor de repente se apresentou a ele — como uma tentação. No mesmo momento (ou assim pareceu), soube por que a idéia tinha entrado em sua cabeça. Agora, podia *se dar o luxo* de ser tentado. Veja o que tinha feito nos últimos meses. Tinha cortejado e conquistado uma princesa — uma princesa! —, e era precisamente por essa razão que agora estava livre para se afastar dela se quisesse. No momento do teste, ele não tinha recuado. Não corria o risco de ser vítima da vergonha que, caso contrário, poderia atormentá-lo por toda a vida: a vergonha de ter sido demasiado covarde e demasiado humilde para ir em busca do que o mundo consideraria para sempre fora de seu alcance. O medo acabara para ele, ficara para atrás. Quantos dos subalternos do regimento, alguns deles nascidos em famílias mais nobres e criados de maneira mais vantajosa que ele, teriam aceitado o desafio que se colocara de repente à sua frente no Prater — teriam sido capazes de reconhecer o desafio — e ousado dominá-lo? Quantos deles teriam ousado se ver na posição em que ele estava agora, sentado à frente da lareira, olhando pela janela, rascunhando sua próxima mensagem para Louise?

Que pergunta!

Na manhã seguinte, ele se levantou com a intenção de contar à mãe a verdade sobre sua vida nos últimos meses em Viena. E também em Abazzia. Parecia lógico, de alguma maneira. Durante o desjejum solitário, ficou sabendo por um dos empregados que o conde tinha ido para Agram naquela manhã, e que a condessa estava em seu "escritório". Terminou a refeição rapidamente e foi ao encontro dela, temendo mudar de idéia se não o fizesse imediatamente.

O "escritório" era a sala de onde Anna Mattachich dirigia não apenas a casa mas toda a propriedade. (O altivo e inexperiente Oskar tinha pouco gosto por esses assuntos.) A sala era uma das mais antigas da casa, sobrevivente de uma construção anterior: uma coisa encovada, com janelas seladas alinhadas na parede externa e cinco grandes vigas nuas de um lado a outro no teto. Da viga do meio pendia um candelabro circular, de ferro fundido, com corrente e polia presa a um ferrolho no chão, para abaixá-lo e levantá-lo. Tão grande e pesado como a roda de uma carreta, com muitas velas grossas e retas fixadas. Estas não estavam acesas agora, mas no teto encaroçado e amarelo no alto havia um anel de manchas discretas que mostravam exatamente por onde a fumaça de cada suporte de vela passara nos últimos cem anos ou mais. A única vantagem que tinha essa sala para os propósitos da sua mãe, pelo que Mattachich podia ver, era a porta aberta para um lado que lhe permitia escutar tudo que acontecesse dentro e perto da cozinha.

Ela estava só, sentada à grande mesa cheia de marcas e de vários papéis. Ele beijou a mão e a face que ela desviou. Perguntou se podia dedicar algum tempo a ele. Ela empurrou os papéis para um lado e colocou sobre eles um peso na forma de mão de bronze com um indicador ereto. Como sempre, ele se sentiu constrangido sob o olhar dela. O estranho é que seus olhos azuis eram apáticos, com pouca ou nenhuma curva no branco e na íris; olhavam apertados para o que estivesse a sua frente, e não permitiam acesso para que olhassem dentro de sua mente. Seu vestido de cetim preto estava severamente abotoado até o pescoço e abaixo até os pulsos; o volumoso cabelo grisalho estava tão comprimido contra sua cabeça quanto uma escova enérgica e grampos ferozes conseguiam; mesmo o coque bem no alto, atrás, da cabeça era tão apertado como um punho. No entanto, por mais rígida, formal, quase como se presa ao suporte que era sua aparência, suas feições harmoniosamente proporcionais eram desanuviadas; sua testa, calma; e sua pele pálida e fria sempre tinha uma frescura aparente de recém-lavada.

Ele começou, ou tentou começar, confessando que "tinha uma coisa a dizer" que estava ocultando dela e Oskar. Era sobre...

Ela não o deixou prosseguir.

— Sim — disse ela. — Sabemos tudo sobre você e a princesa.

— Vocês sabem!

— Claro. Onde você acha que estamos vivendo? Na África?

— Por que não me disseram nada?

— Por que você não nos disse nada?

Isso o silenciou. Então:

— Eu não queria preocupar vocês.

Os lábios pálidos dela se alargaram mas continuaram reservadamente fechados, como se estivesse se divertindo — se é que se divertia — com alguma coisa da qual se lembrava, e não pelo que ele acabara de dizer.

— Isso foi muita consideração sua.

Outra vez, ficaram em silêncio. Ela olhou em direção aos papéis que tinha posto de lado. O momento parecia estar escapando dele. Então ele recomeçou. Tentou descrever Louise como ele a via, e como gostaria que a mãe a visse. Sua ousadia e insegurança; a vida extraordinariamente formal, cerimoniosa, confinada, que ela levava e pela qual tão pouco, ele imaginava, se deixara afetar, e da qual tão pouco havia se aproveitado. Quanto a si próprio, continuou, ainda se esforçando, como era emocionante para ele estar com ela. Como era assombroso. Inacreditável. Um tenente dos ulanos! Como ela o fazia sentir que tudo que fizeram juntos foi importante.

Mas foi difícil também, confessou. Sentia-se... vazio algumas vezes. Como se ela fosse grande demais para ele, e ele — não o bastante para ela.

Sua mãe o escutou sem fazer perguntas nem apressá-lo, o olhar pousado tranqüilamente nele, um das mãos na gola do vestido, a outra estendida sobre a mesa, a palma para baixo.

Depois de um silêncio, ele disse abruptamente:

— Tenho pensado desde que estou aqui. Talvez eu não devesse voltar. Para ela, quero dizer. Seria um esforço para mim e para ela também se eu cortasse as relações, mas... estou aqui e você está aqui e Oskar, e vejo como vocês vivem, e penso, eu posso viver assim. Não é tão ruim. Não é nada de que deva me envergonhar.

Ele não sabia que a última frase estava escondida em sua mente, à espreita de um descuido de sua língua. No mesmo instante, desejou não tê-la dito. Mas agora já saíra. A mãe respondeu com um movimento de engolir na garganta pálida; nada mais. Os olhos dela continuaram fixos nos dele. Ele esperou. Quando ela finalmente falou, estava tão calma quanto antes.

— Foi isso que você sempre sentiu a meu respeito, não é? Não diga nada: eu sei. Agora me escute. Eu nunca, nunca tive vergonha de mim mesma. Nem por um momento. Mesmo quando me sentia desgraçada, e me senti assim com freqüência, não era porque me envergonhava de quem eu era ou do que fiz na minha vida. Eu sofria por saber que *você* tinha vergonha de mim, mas isso não significava que eu tinha de compartilhar o que você sentia. Nunca. Você tinha sua vida; eu tinha a minha. Se essa grande dama lhe dá o que você quer, um pouco do que você quer, vá em frente. Não jogue fora sua chance. Aproveite-a ao máximo. Faça o que puder. Aqui não tem nada para você. Acredite-me — disse ela —, eu sei. — E apontou com desdém para a cadeira na qual o marido em geral se sentava quando estava na sala com ela. — Ele também.

A desolação da infância jorrou em Mattachich; ocupou seu antigo lugar dentro dele, como se nada mais nunca tivesse estado ali. Ele pensou com raiva: ela ainda me trata com superioridade. E também: ela tem razão; não havia nada para ele ali.

Antes de sair da sala — eles tinham ficado sentados em silêncio por algum tempo, tão em paz um com outro como jamais estiveram —, ela lhe disse:

— Você deve falar com Oskar. Deve dizer a ele o que me disse.

— Mas ele já sabe de tudo, com certeza; se você...

— Claro. Mas ele deve ouvir você dizer. Ele disse que você nunca iria embora sem se gabar do que andou fazendo em Viena.

Aquela noite ele se viu virando-se muitas e muitas vezes com sonhos que iam se desdobrando, sem piedade, de um para o outro, indo e vindo, e no entanto permanecendo o mesmo, sempre parecendo contar a mesma história incoerente. Ele estava sozinho em vários conjuntos inomináveis de prédios (um acampamento do exército, ou uma estação ferroviária, ou uma escola, ou um escritório público, ou tudo isso ao mesmo tempo), no meio de uma aglomeração de pessoas que lhe eram estranhas, embora ocasionalmente algum conhecido emergisse da multidão para olhá-lo com intimidade a poucos centímetros de distância, como se ele ou ela o conhecesse muito bem, e dizer algumas palavras que ele não conseguia escutar no burburinho. Ele sempre tinha alguma missão a cumprir (encontrar alguém, achar alguma coisa, entregar uma mensagem), mas nunca podia recordar por que tinha sido escolhido para a tarefa e o que aconteceria depois; nem, com freqüência, qual era a própria missão. Tudo o que tinha era um sentido de sua importância e urgência, e a convicção degradante de não conseguir desempenhá-la.

Então ele acordou e soube exatamente onde estava, com a aurora despontando no azul de ardósia da janela e um brilho tênue espiralado entre as cinzas na lareira.

Mais uma manhã. Era certo que já ficara muito tempo esperando aqui. Enviou um telegrama via mensageiro para Louise dizendo que já tinha passado tempo demais na Croácia e não suportava ficar longe dela mais tempo. No dia seguinte, foi de bicicleta até o correio, esperando encontrar uma resposta. Mas não havia mensagem. Em vez disso, do lado de fora do correio, deu de cara com seu padrasto, que acabara de descer da carruagem que vinha de Agram e esperava que alguém do Schloss viesse pegá-lo. Assim, eles lhe deixaram uma mensagem e foram para uma sala privada abafada, pequena, amarronzada, em uma estalagem próxima, com bancos de espaldar alto e mesas manchadas, e um cheiro forte e inefável de refeições desaparecidas, bebidas derramadas, cachimbos e charutos fumados até se extinguirem.

Depois que se sentaram, Oskar disse a Mattachich que, enquanto estava em Agram, fora ao escritório do advogado e assinara o ultimo dos papéis de adoção.

— Portanto, agora você é meu filho — anunciou, solene.

Os dois se apertaram as mãos. Por um momento, nenhum soube o que dizer. Keglevich retirou sua mão e disse:

— Devemos beber a isso

Uma garrafa de destilado de uva foi trazida à mesa. Dois pequenos copos foram enchidos com o líquido transparente e tilintaram juntos. Primeiro, um brinde para Keglevich. Eles o tomaram de um gole. Depois um brinde para o *Gräfin*, consumido da mesma maneira. Finalmente, um brinde para "Mattachich-Keglevich", como o homem mais jovem, ele contou a seu novo pai, vinha tratando a si mesmo havia algum tempo.

Outro silêncio se seguiu. No fundo, cada um deles sempre havia considerado a existência do outro desnecessária, um constrangimento, até mesmo uma afronta; algo sem o qual eles preferiam passar, se a escolha lhes tivesse sido oferecida. Estavam presos um ao outro pela mulher entre eles: nada mais. Com um profundo suspiro, Mattachich se lançou em sua "confissão" e Keglevich escutou com gula, fazendo perguntas de tempos em tempos sobre Louise e a relação dos dois, que sua esposa tinha sido demasiado orgulhosa para perguntar. Tudo isso com um tom de indiferença, um conhecimento *blasé* sobre tais assuntos, é claro. Alto, esguio, barba cinza, rubicundo, um dândi indiferente, sempre pronto a falar sobre os dois anos do final de sua adolescência que passou em Paris, Keglevich parecia mais jovem do que era. Seus movimentos eram ágeis: seus ternos caíam soltos em sua figura; ao redor do pescoço, invariavelmente usava um cachecol de seda brilhante de uma só cor (hoje amarelo); de um lado a outro de seu estômago achatado pendia uma corrente de ouro em uma curva como se fosse uma rede, da qual ficavam suspensos vários sinetes e um pequeno relógio. Sua voz era alta e a risada, uma série de sons como de tosse, discretos e sem humor, que não expressavam alegria, mas a intenção de expressar alegria. Às vezes, antes que saíssem as palavras que desejava, seus lábios podiam ser vistos trabalhando e os músculos em volta de seu olho direito, palpitando; não porque estivesse deliberando profundamente mas porque alguma coisa bloqueada dentro dele se mostrava mais forte que sua vontade.

— Você ainda não me contou o que o fez vir aqui [*pausa*] e nos contar um punhado de mentiras [*pausa*] sobre o que esteve fazendo. Como se não soubéssemos, e não fôssemos nos sentir insultados por sermos tratados como tolos... *Stallmeister*? *Bettmeister*? Esse é o trabalho para um jovem ambicioso com uma amante rica e velha.

Mattachich levantou-se, um pouco vacilante. Os três drinques que ingeria tão rapidamente haviam causado efeito sobre ele.

— Não permitirei que você fale de Sua Alteza, a princesa Louise, dessa maneira.

— Excelente! Excelente! — exclamou Keglevich. Riu, produzindo no céu de sua boca três sons ocos sem significado. — Está certo, defenda a honra de sua dama. Sempre. Não espero outra coisa de um filho meu.

Mattachich estava parado, de pé.

— Não vou voltar para sua casa depois disso. Você pode enviar minhas coisas para cá, para a estalagem.

— Excelente! Excelente! — repetiu Keglevich, da mesma maneira que antes.

Depois dessa troca de palavras raivosas e olhares de desprezo, eles continuaram bebendo juntos por outro par de horas. Era mais fácil para Mattachich falar com esse homem, de quem não gostava, do que com sua mãe, a quem temia. Também, eles se davam melhor na ausência dela do que jamais se deram em sua presença.

No entanto, em um ponto ele foi sincero no que disse. Não retornou a Schloss. O condutor que veio de Lobor pegou Keglevich e a bicicleta, e reapareceu na estalagem no dia seguinte, com a bagagem que Mattachich deixara. Ele continuou onde estava enquanto esperava as instruções de Louise.

Três dias mais tarde, deixou Agram em direção a Paris. Em Viena, mudou de trem mas não saiu da estação. O alvoroço, a multidão de pessoas, o barulho que se erguia até o teto alto coberto de vidro, fizeram com que se lembrasse dos sonhos que tivera em Lobor. Mas não ficou aturdido pelo que estava a seu redor. Sabia por que estava lá e para onde estava indo.

Ele iria a Lobor apenas uma vez mais, cerca de 18 meses mais tarde, acompanhado de Louise. Nas décadas que se seguiram, ocasionalmente pensava naquelas semanas de inverno que passara no Schloss como uma oportunidade perdida; uma chance que perdera de levar outra vida, completamente diferente. Nessas disposições de ânimo, culpava a mãe por não ter insistido com ele para ficar. Quem pode dizer o que teria acontecido se ela o tivesse feito? Em outros momentos, todo o episódio lhe parecia absurdo: uma peça de representação que por um breve tempo ele se persuadia a levar seriamente. Sonhos! Liberdade! Uma vida tranqüila, provinciana! Para ele? Que disparate!

Quatro

Em suas memórias, Louise e Mattachich tiveram pouco a dizer sobre as semanas e meses que se seguiram ao encontro deles em Paris.[36] Na tentativa de reter a solidariedade dos leitores, evitaram afirmações diretas, a não ser para culpar os outros por quase tudo que deu errado. Em nenhum dos livros, em nenhum lugar, eles admitem que foram amantes em qualquer sentido usual, físico, adúltero; escrevem um sobre o outro apenas em termos elevados, espirituais, e se estendem sobre o auto-sacrifício que foi a relação para ambos os lados. Assim Mattachich escreve sobre Louise:

> Magnanimidade e força de vontade são os traços fundamentais dessa pobre mulher que ao longo de toda a infâmia que foi acumulada sobre si conservou uma alma extraordinariamente infantil... Com uma figura de fato majestosa, um perfil clássico, cada traço delineado de maneira nobre, [ela era]... uma figura de conto de fada traduzido em realidade... [Nin-

---

[36]Mais de 15 anos se passaram entre a publicação do livro de Mattachich (1904) e o de Louise (1921). O dela foi publicado pouco antes da morte dele.

103

guém] sabia a quem pertencia, ninguém se importava com o que ela queria, nenhum advogado podia lhe dizer qual era sua posição, em todos os lugares ela sentia a fome de vingança de seu marido... Eu poderia contar tais coisas — se não fosse por rejeitar descrever a campanha que foi lançada contra essa mulher desafortunada.[37]

E Louise sobre Mattachich:

As pessoas só vêem o que querem ver. Está além da infeliz compreensão delas entender seres de alma superior e aspirações elevadas, e descrevem como infâmia o que na realidade é sacrifício... Seus inimigos creditaram a ele suas próprias motivações desprezíveis. Não quiseram ver, e negaram que, por sua grandeza de alma, ele estava muito acima de todos os cálculos indignos de interesse próprio. Em vão ele atirou ao abismo tudo o que tinha, tudo o que provavelmente possuiria. Que abnegação sublime, sufocada pelo ódio abaixo dessas invenções nefandas.[38]

Misturadas à exibição de admiração mútua e altos princípios desse tipo encontram-se incontáveis referências a conspiração, perseguição, traição, corrupção e assim por diante. De detalhes — eventos, locais, fatos —, há notável ausência; ao tratar desse período da vida deles, pelo menos. Em nenhum momento chegam perto de admitir a maneira excêntrica como se comportaram depois do reencontro; ainda menos reconhecem que o que se seguiu a esse reencontro foi uma espécie de *folie à deux* — um estado de espírito durante o qual incitaram um ao outro a

---

[37]Mattachich, *Memoiren*, pp. 8 e 24.
[38]Louise, *Autour*, pp. 186 e 218.

comportar-se de modo mais estranho do que qualquer um deles, sozinho, teria feito. Ironicamente, o mais perto que chegam de admitir a irracionalidade desse comportamento é na insistência veemente de que Louise nunca esteve "louca", como vários doutores especialmente convocados mais tarde declararam que ela estava.

Tampouco oferecem alguma explicação de seus 15 meses de viagens em ziguezague por metade da Europa. De Paris, que estava tão indesejavelmente fria e úmida como só Paris em algumas disposições de ânimo consegue ser, eles foram para Cannes; durante a estada lá Mattachich foi descrito pela primeira vez em documentos oficiais como camarista de Louise (*Kammerherr*). De Cannes, viajaram para Karlsbad, onde ofereceram uma recepção cívica a Louise, e Serguei Rachmaninov, o compositor e virtuose do piano, tocou em uma *soirée* na *villa* que alugaram. De Karlsbad, com poucos desvios paralelos, foram para Meran, no sul do Tirol; de Meran voltaram para a Riviera Francesa (para Nice, dessa vez, onde encontraram a filha de Louise, Dora); de Nice, brevemente de volta a Paris; de Paris para Londres (na esperança de conseguir ajuda financeira da enviuvada rainha Vitória, prima distante de Louise e tia-avó pelo casamento); de Londres, de volta a Paris; de Paris (suas opções agora estavam se esgotando) para Breznica, na Croácia, que era a cidade natal do empregado deles, Ozegovich, que ainda ocupava o posto anterior de Mattachich como *Stallmeister*. E, depois de Breznica, com a situação ficando mais desesperadora a cada dia, para Lobor, onde Mattachich esperava que pudessem encontrar algum tipo de refúgio.

Nada fizeram ali. A essa altura, as histórias escandalosas sobre eles e suas atividades tinham sido publicadas em jornais de vários países. Portanto, Oskar Keglevich acolheu seu filho adotivo e a princesa fugitiva, desaparecendo tão logo escutou que eles estavam seguindo naquela direção. Para trás, deixou a esposa, que recentemente começara uma ligação com o administrador da propriedade de Lobor, Claudius Fiedler: um posto para o qual tinha sido indicado pelo *Gräfin* logo depois da última visita do filho.[39]

Pode-se imaginar essas viagens cruzadas como um vaivém irreal, em movimentos absurdamente velozes, do tipo que os diretores de cinema e televisão em busca de efeitos cômicos tanto gostam. Seria mais preciso, no entanto, imaginá-las como uma embaraçosa caravana de camelos atravessando para sempre o deserto. A princesa começou a primeira fase de sua peregrinação acompanhada por cerca de cem baús de roupas, seus próprios cavalos (com um coche e uma carruagem mais leve para combinar), seus cães, uma dama de companhia, um *Stallmeister* (Ozegovich), um *Reisemarschall* (gerente de viagens, não nomeado nos registros), um *Kellermeister* (administrador da adega, idem), e enxames de camareiras, criadas de quarto, *chefs*, ajudantes de cozinha, lacaios, cavalariços, carregadores de bagagem e coisas parecidas. Para transportar esse número de pessoas e animais, e esse peso de bagagem e equipamento (bagagens dos criados incluídas), Louise contratou um trem especial, um *Extrazug*, para cada uma de suas viagens maiores. Naturalmente, já que Mattachich nada trouxe com ele, ela assumia os custos totais das viagens e dos períodos mais longos

---

[39]Esse itinerário bastante resumido de suas viagens foi extraído de Holler, *Ihr Kampf*, pp. 60-107.

ou mais curtos entre elas: aluguéis, salários, alimentação, bebida, acomodações, estábulos, a libré que os componentes de sua comitiva era obrigada a usar.

Como ela conseguia? A resposta é: ela não conseguia. Não podia. Antes de deixar Viena, havia negociado um acordo com o Dr. Bachrach, *Geheimer Justizrat, Regierungsrat* etc. etc., que receberia de Philipp um estipêndio anual de 36 mil florins austríacos. Além disso, foi combinado que o pai dela continuaria a lhe enviar sua pensão de 30 mil francos por ano. Traduzir essas somas para seus equivalentes atuais é uma impossibilidade, visto o que aconteceu com as moedas nacionais desde então, sem falar nas mudanças dos "padrões de consumo". Mas, por quaisquer outros padrões que não aqueles que Louise estabeleceu para si mesma e o amante, ela estava generosamente suprida. Podiam ter comido, bebido, ociosos, e passado o tempo em lazer por balneários e estações de água de toda a Europa, se quisessem, como as multidões dos que viviam de vários tipos de rendas e abundavam nesses lugares.[40]

No entanto, jamais foi por amor à sub-respeitabilidade de um tipo de altos gastos aristocráticos com golinhos de água mineral, jogos de tênis e visitas a cassinos que Louise tinha fugido. Ela era uma princesa real, a filha mais velha de um homem considerado (corretamente) estar entre os mais ricos de todos os monarcas da Europa, e tinha se casado com um

---

[40]Para os números e alguns dos detalhes acima, ver Holler, *Ihr Kampf*, pp. 54 e 58. Inicialmente, o grupo que partiu de Viena também incluía a filha de Louise, Dora, que estava acompanhada pela governanta e alguns criados próprios. Dora mais tarde escapou com seu noivo, Ernst Günther of Schleswig-Holstein, que previu o desastre à frente e a incitou a sair de Nice, indo para a relativa segurança da casa e ducado dele em Schleswig-Holstein. (Sobre a partida de Dora, veja Louise, *Autour*, pp. 147-50; também Holler, pp. 89-90.)

príncipe de uma família da qual ela própria descendia. Agora que suas circunstâncias tinham mudado, ela estava determinada a se fazer notar no mundo, demonstrar como deveria ser considerada e como se tinha em alta conta. Expulsa de Viena e Bruxelas, estava determinada, também, a se vingar daqueles que deixou para trás — do pai de coração negro, pela infelicidade que lhe infligiu na infância e por não ter denunciado como seu marido a tratava; do marido a quem detestou desde a noite de núpcias e todas as noites a partir daí (ou era o que agora alegava); finalmente, de Francisco José e de toda a Corte dos Habsburgo.

Chega de falar nos inimigos. Quanto ao amante, ela estava igualmente determinada a uni-lo a si de modo tão íntimo quanto possível.

De que maneira isso seria feito? Instinto e apetite a conduziram à banalidade demente da resposta que achou. Fazendo compras! Era essa a maneira. Fazendo compras! Era assim que ela puniria seus antigos inimigos e fascinaria a todos que encontrasse em sua nova vida. Quem poderia impedi-la? Certamente não o arrebatado Mattachich (arrebatado em todos os sentidos), que ficou espantado ao descobrir o estilo no qual ela se estabelecera em Paris — e que dentro de poucas semanas adotaria como seu. Daí em diante, nenhum poderia culpar o outro pelo que lhes estava acontecendo; nem alguém de fora poderia dizer qual dos dois avançava com mais imprudência em direção ao desastre comum.

Viver e viajar como eles faziam os teriam levado à ruína de qualquer maneira, mais cedo ou mais tarde. Mas eles estavam apressados. Onde quer que a caravana deles parasse, saíam em farras gastadeiras que, em comparação, tornavam até menores suas despesas do dia-a-dia. Para ele, ternos novos, vinhos e conhaques finos, charutos, alfinetes de gravata de brilhantes, pistolas, dias nas corridas e noites na mesa de jogo. Para ela, em uma escala muito mais extravagante, jóias, vestidos, peles, rendas, lingerie, cosméticos, perfumes, porcelanas — o que quer que atraísse seu olhar. Para ambos, a emoção infantil de agarrar, agarrar, agarrar sem impedimentos, e a irresistível emoção extra de serem admirados e bajulados pelo que estavam fazendo. Suas *villas* alugadas e suítes de hotéis, os mais caros joalheiros e modistas da Europa apressavam em enviar seus representantes: homens atarracados, de sobrecasaca e cartola, queixo coberto de barba, pincenê no nariz, e valises de couro acorrentadas aos punhos; homens e mulheres mais elegantemente vestidos acompanhados por carregadores com cestas de vime cheias dos últimos aviamentos desse ou daquele estabelecimento; criaturas ainda mais artísticas (outra vez de ambos os sexos) de guarda-pó amarrado frouxamente no pescoço, com portfólios de projetos que podiam ser "realizados" da noite para o dia, ou na próxima semana ou para quando sua Real Alteza desejasse. Não muito atrás vinham aqueles que ofereciam serviços "pessoais" de vários tipos, principalmente para ela: médicos (licenciados ou não), cabeleireiros, manicures, pedicures, massagistas homens e massagistas mulheres, exercícios para os olhos, reguladores dos movimentos intestinais, removedores de rugas, arrancadores de pêlos não desejados, rejuvenescedores de circulação sangüínea, adivinhos.

Eles levantavam seda e brocados até a cintura e os seios dela, braceletes até seus pulsos, anéis até seus dedos e brincos aos lóbulos de suas orelhas, colares até sua garganta, botas e sapatos até seus pés; eles rastejavam (sem exagero) ao seu redor; davam palmadinhas, afagavam, apertavam, puxavam, cortavam, penteavam, prendiam, davam um passo atrás para olhar e voltavam respeitosamente para tocá-la outra vez e inclinar a cabeça em séria contemplação do que tinham conseguido; lançavam olhares significativos para ela acima de caixas abertas apenas para seus olhos (ou assim eles diziam), onde, presos em armações de ouro ou prata, parecidas com crustáceos, ou deixados tentadoramente nus em diminutas prateleiras de veludo ou cetim, diamantes brasileiros amarelo-esverdeados e sul-africanos brancos reluziam sem nenhuma vergonha, pérolas brilhantes repousavam em filas segundo a graduação, opalas lunares e salpicadas, e safiras de azul profundo piscavam discretamente os olhos para ela, como se só eles entendessem sua natureza mais íntima. Os vendedores, homens e mulheres, encantavam-se com a beleza e a inteligência dela e com o gosto maravilhoso que ela possuía, sorriam afetados e sussurravam somas de dinheiro a seus ouvidos como pessoas revelando segredos íntimos, e partiam quando ela mostrava o menor sinal de fadiga e enviavam mensageiros na manhã seguinte para inquirir quando podiam visitá-la outra vez, ou para informá-la das mercadorias recém-chegadas que agora estavam "na posição" de oferecer a ela antes que qualquer outro cliente pudesse vislumbrá-las.

E tudo isso sob o olhar de seu jovem amante. Ele se empanturrava com o espetáculo. Só quando tinha seus próprios compromissos, ou quando sua presença era inconveniente aos "tratamentos" íntimos a que ela se submetia, ele se ausentava. Para o resto, ele estava sempre pronto, pronto para se fingir de *connoisseur*, de dar sua opinião sobre estilos, características e cores: sim, sim, combina com você, encantador maravilhoso, perfeito, é sem dúvida correto, esse, aquele, por que não os dois? Quando iam (por escolha dela) aos estabelecimentos dos próprios vendedores, em vez de fazê-los vir, quase os mesmos desempenhos aconteciam. Essas saídas tinham a vantagem de fazê-los saber que seriam olhados com inveja por completos estranhos, seja fora na rua ou dentro das lojas densamente atapetadas e salas douradas — um prazer que não era tão novo para ela quanto para Mattachich, pois ela o havia desfrutado de tempos em tempos como esposa de Philipp de Saxe-Coburgo (a quem se referia apenas como Gordo quando falava com Mattachich). Mas ela nunca gostara tanto dessas expedições como agora. Nunca antes se sentira livre para se comprazer tão intensa e incessantemente, com uma companhia tão encorajadora a seu lado, e sem precisar acatar nenhuma inclinação a não ser as próprias — nem as do marido, nem as da família ignorante, nem as de Stephanie, ou os ditados da corte imperial. Quando pensava no que teve de agüentar por tantos anos — quando acreditava estar se divertindo, ocasiões cerimoniais de todo tipo, recepções de embaixadores, bailes, desfiles, serviços fúnebres, encontros formais e todo o resto —, parecia ter passado por tudo como uma sonâmbula. Nunca antes apenas as suas predileções e as de seu amante contavam; e ele tinha tão pouco interesse em reprimi-la quanto ela reprimi-lo.

Nunca antes... Nunca antes... As palavras dobravam em seus ouvidos; ela as dizia a si mesma e a Mattachich e aos interlocutores imaginários aos quais ainda tinha o hábito de se dirigir quando a sós. Vejam o que eles tinham feito a ela, Louise dizia a Mattachich quando ele estava acessível e às paredes de seu quarto quando ele não estava, veja a vida que as pessoas a seu redor a forçaram a ter da infância em diante: dizendo-lhe isso, dizendo-lhe aquilo, proibindo-a disso, obrigando-a a fazer aquilo, alimentando-a com mentiras, impondo seus desejos sobre os dela, afastando-a da meninice para se casar com um homem que mal conhecia, sem dar-lhe tempo nem oportunidade para olhar a sua volta, para fazer coisas por si mesma, para aprender que tipos de pessoas viviam no mundo e onde ela poderia achar seu lugar entre eles. Sua infância oprimida pelo pai comprido, deselegante, nariz adunco; depois a presença dele substituída pela figura rechonchuda do Gordo, deselegante em um estilo ainda mais desprezível que o do pai, embora não menos odioso; acordando em uma cidade estrangeira para se ver presa a ele e a sua família e, em outro grau, à vasta corte imperial e seus incontáveis parasitas — que tipo de vida ela vivera? O fato de haver desprezado o Gordo desde o começo e por vezes o ter traído e mais com mais freqüência ter discutido com ele e falado mal dele para os outros não modificou nem um pouco sua sujeição a ele. Como poderia? O que quer que fosse que fizesse — infidelidade, acessos de fúria, difamações — continuava esposa dele: ser esposa dele era o único papel que lhe era disponível; o Gordo seria sempre o centro e fulcro de sua vida.

Nunca mais! Nunca mais! Era como um sino tocando para frente e para trás em sua cabeça, não como em um funeral, longe disso, sempre em celebração. Ao bater para trás, evocava "Nunca antes!" "Nunca antes!", e ao bater para a frente, "Nunca mais!" "Nunca mais!". Aos quarenta anos, ou muito perto disso, ela por fim encontrara a liberdade. Podia fazer o que desejasse. Não tinha um dono. Mattachich não era seu dono; era seu amante, cúmplice e dependente, a quem ela temia por apenas uma razão — que ele pudesse deixá-la. Sentia pavor de que alguma maquinação política ou militar já tivesse sido posta em ação em Bruxelas ou Viena para tirá-lo dela; também era atormentada pelo medo de que algum capricho dele ou, mais provavelmente, alguma mulher, pudesse atraí-lo para longe. Esse medo era acompanhado por uma esquisita fantasia matemática que não conseguia tirar da cabeça. Era que a diferença de idade entre eles na verdade estava ficando maior, de alguma maneira se estendendo a cada semana e mês que passavam, como se o tempo se movesse à velocidade diferente para cada um deles, de maneira que seus efeitos estivessem destinados a se tornar mais e mais evidentes para ele. Com roupa ou sem roupa, o físico e movimentos dele tinham aquele garbo bem definido que muitos soldados veteranos adquirem e que mantêm até ser finalmente destruído pela velhice. Mantinham-se também em forma com exercícios regulares a cavalo e com mestres de esgrima contratados por hora. Para ela tudo era diferente. Quando se examinava minuciosamente no banho ou num espelho, via coisas demais com que se preocupar: abatimento, inchaços, celulites, estrias, cavidades, frouxidão, coisa gasta. Furiosa, enfiava os dedos esticados em sua pele, muitas e muitas vezes, e observava e sentia o que lhe acontecia sob seu ataque. Veja! Veja!

Mais razões, portanto, para aproveitá-lo ao máximo, para deixá-lo desfrutar seja lá o que quisesse dela. Para ambos se empanturrarem de tudo que pudessem saquear do mundo em geral. Quarenta! Quanto tempo mais teria ela para curtir sua liberdade! Em quanto tempo estaria velha e feia aos olhos do amante? Em quanto tempo estaria morta?

"Não fale assim!", repreendia-a Mattachich quando ela não conseguiria guardar suas ansiedades e vergonha consigo mesma. "Para mim, você está mais bonita do que nunca. Quando saio com você, vejo as pessoas virando as cabeças para olhá-la. E, lembre-se, *fui eu* quem perseguiu você em Viena, *fui eu* quem ficou nas esquinas esperando você passar, foi a loucura do amor em *minha* cabeça que tornou tudo possível entre nós." Para que tivesse certeza de como era desejável, ele até inventava acessos de ciúme que nunca sentiu: "Aquele francês, eu o odeio, aquele com os dentes assim", imitava os dentes projetados do homem, puxava seu lábio superior e enrugava o nariz por cima, "aquele na Promenade des Anglais esta manhã, que não a deixou em paz." E havia outros que ele afirmava ter visto fazendo o mesmo: aquele chefe de garçons insolente aqui; aquele alemão ali; aquele conterrâneo dela; aquele belga imprestável em San Remo; aquele político de Munique que babou em sua mão. ("Graças a Deus que você estava usando luvas, ou estaria morta de hidrofobia a essa altura.") Ele também dizia: "Quando você morrer, eu também morrerei." E em outra ocasião, e com um diferente tom de voz, "não, eu morrerei antes de você. Sempre soube que não vou ter uma vida longa. Foi por isso que a segui por toda Viena. O tempo é precioso. Não devemos desperdiçá-lo."

— Eu sei, eu sei — respondeu ela, pegando a mão dele e a trazendo até o seio. Então eles se beijaram, em público, no terraço de um hotel com vista para o Mediterrâneo, indiferente a todos que talvez estivessem olhando para eles das centenas de janelas do prédio.

Bem, não completamente indiferentes. Quando se separaram, ele deu uma olhada esperançosa naquela direção.

Os débitos que estavam acumulando eram, de modo geral, não uma fonte de ansiedade para eles, mas de júbilo. No começo, pelo menos. Por que deveriam preocupar-se? Além de pagar sua pensão mensal, Philipp já tinha, silenciosamente, quitado notas que logo totalizaram algo em torno de 600 mil florins austríacos que foram debitados por Louise diretamente no nome dele.[41] A maioria dos comerciantes que se apinhava ao redor deles estavam prontos a lhe estender créditos quase sem limites; tudo que temiam era que os concorrentes pudessem arrebatar-lhes esses fregueses inestimáveis. No entanto, para aqueles que exigiam pesados pagamentos à vista em moedas para suas compras, assim como para quitar as despesas exorbitantes e sem fim do sustento cotidiano da casa, Louise também tinha recorrido — por sugestão de Mattachich — a vários agiotas vienenses a quem conhecera em seus dias de vistoso subalterno. Esses homens de paletó preto, chapéu preto, barbas grisalhas, com nomes como Reicher e Spitzer, que falavam alemão com forte sotaque galego-iídiche, estavam obviamente preparados para emprestar à princesa Louise somas incomparavelmente maiores do que qualquer uma que tivessem oferecido ao Mattachich pé-rapado, pré-Louise.

A verdade era que a má reputação do escândalo sexual pairava sobre a cabeça dos amantes; mas e daí? Era difícil para qualquer dos credores de Louise admitir que o rei Leopoldo da Bélgica e a Casa de Coburgo se recusariam a limpar o lixo de notas que ela estava deixando para trás. As propriedades dos Coburgo na Alemanha, Áustria e Hungria eram imensas; Leopoldo (Coburgo de nascimento) era tanto rei dos belgas como o "rrei soberano" (um título que ele próprio inventou) do "Estado do Congo Livre" (outra designação auto-inventada) — uma

---

[41]Isto é, 17 vezes o montante da soma anual que ele concordara "oficialmente" em lhe pagar. (Ver Holler, *Ihr Kampf*, p. 89.)

extensão da África maior do que toda a Europa Central e Ocidental juntas. Sobre esse território ele governava não como representante do Estado belga, à maneira de outros monarcas imperiais, mas em seu próprio nome, como detentor do título de propriedade de tudo. Era seu feudo pessoal, literalmente sua possessão privada. O marfim deles já lhe dera uma fortuna colossal, agora a borracha lhe estava concedendo a segunda. Mesmo em um período de febre do ouro, febre do diamante, febre das ferrovias, febre da América, Leopoldo mantinha-se sozinho no pico.

O que levanta uma questão inevitável. Imagine que, quando os amantes começaram sua orgia de gastos (em meados de 1897), eram tão ignorantes quanto a maioria das pessoas da Europa na época quanto aos métodos usados pelos agentes de Leopoldo para extrair do Congo toda presa de marfim e todo balde de borracha crua em que pudessem pôr as mãos. Imagine também que Louise e Mattachich nada sabiam das torturas, mutilações, seqüestros e assassinatos por atacado que mantinham os nativos do "Estado Livre" trabalhando, e superaram de longe tanto em atrocidades quanto em escala os crimes cometidos por qualquer um dos outros poderes coloniais saqueadores da África. Mas tendo feito essa benevolente suposição em relação ao casal, você está habilitado, até mesmo obrigado, a levantar uma questão hipotética sobre eles. Teriam se importado se soubessem?

A resposta é simples. A evidência que eles oferecem fala — silenciosamente — por si mesma. Em suas *Memoiren*, Mattachich tem muitas coisas desagradáveis a dizer sobre a família de Louise em geral, e sobre o pai dela em particular. Em 1904, quando o livro dele foi publicado, a história do que tinha sido feito aos povos do Congo já não era um segredo; estava se transformando em tema de relatórios oficiais indignados e manchetes de jornais por toda a Europa e Estados Unidos. Mattachich, no entanto, não faz menção ao escândalo que caíra sobre a cabeça de Leopoldo. Tudo de que ele se queixa é dos tormentos que o rei teria infligido à filha mais velha.

O mesmo se pode dizer da própria Louise. Ou pior. Em sua autobiografia (publicada 15 anos depois da morte de Leopoldo), ela trata de muitos ressentimentos contra o pai, enquanto apresenta a si mesma para o leitor como uma filha amorosa, virtuosa e obediente. De fato, faz uma exibição de sua lealdade à memória dele precisamente porque deseja enfatizar como ele se comportou muito mal com ela, quando criança e quando adulta. Mas, quando vem a falar de suas aquisições de territórios africanos, e do que os sabujos dele fizeram lá dentro, sua linguagem sobre ele muda: ela só tem louvores para seu "gênio" no desenvolvimento "do gigantesco empreendimento" do Estado do Congo Livre e do "valor do seu trabalho [ali] sobre o qual a História sabe". Naturalmente, ela continua apontando o contraste entre o "Grande Homem e o Grande Rei" (as maiúsculas são dela) e seus "malogros particulares", que "prejudicaram apenas a ele mesmo e sua família". Isso em 1921! Dedica então várias páginas a condenar o governo belga por não fazer a coisa louvável que seria derrubar o testamento do rei — do qual Leopoldo explicitamente a excluíra — e entregar-lhe a justa proporção da pilhagem dele.[42]

---

[42]"Se a Bélgica deve ser considerada um ser soberano, suscetível às reivindicações da honra e da razão, atenta ao julgamento da história e da humanidade como um todo, única senhora do Congo e seus milhões, deveria ter o poder de deixar de cumprir suas obrigações com as filhas daquele que lhe concedeu esses bens? Certamente que não!" (Louise, *Autour*, p. 270.)

Tudo isso aparece ao lado de algumas justificativas inigualavelmente pretensiosas de sua presteza em esbanjar o dinheiro do pai e do marido sem se incomodar de lhes pedir permissão prévia. Assim: "Confiante, não sem razão, de que minhas irmãs e eu herdaríamos grande fortuna, acreditei que deveríamos pôr em circulação os meios à nossa disposição, fazendo assim nossa riqueza ser útil a outros." E outra vez: "É verdade que em certos períodos gastei dinheiro muito liberalmente. Já disse isso e direi outra vez: *essa era minha maneira de me vingar da avareza intrometida, sufocante e mesquinha que me cercava.*" E isso: "Acima de tudo, tive pena da perplexidade de meus perseguidores diante do meu desprezo pelo deus-moeda que eles veneram!"

Agora um interlúdio. Um interlúdio absurdo, se quiserem. Também uma questão de vida e morte.

Não que alguém tenha morrido por causa disso. Por esse resultado relativamente sereno, Mattachich logo reivindicou o crédito. Os mexeriqueiros que tinham arquitetado o incidente aceitaram sua alegação como fato — e depois o condenaram por isso. É difícil dizer que aspecto da alegação de Mattachich eles consideraram mais chocante: que ele deliberadamente tenha se controlado para não matar ou ferir seriamente outro homem, ou que tenha depois se orgulhado de seu controle por fazer isso. Do ponto de vista deles, ambas as "irregularidades" tiveram um péssimo reflexo sobre ele. O fato de que também pudessem se sair mal ou absurdamente do episódio nunca entrou em suas cabeças presunçosas e regidas pelo protocolo.

Uma manhã, escreve Mattachich, ele ficou "não pouco surpreso" ao ser abordado no saguão de um hotel em Nice por dois oficiais de alto coturno do exército imperial. Um, *Feldzeugmeister* barão Géza Fejérváry, era o oficial comandante, da artilharia, no Gabinete da Guerra em Viena; o outro carregava um nome e uma posição quase improváveis: *Feldmarschalleutnant* Hugo Conce Wurmbrand-Stuppach. De aparências retesadas, sombriamente paramentados com escuros trajes civis, colarinhos brancos engomados, gravatas listradas e diminutos distintivos de mérito nas lapelas, eram tão parecidos em expressão e indumentária que Mattachich, com certo constrangimento, esperou que se revezassem ao entregar a mensagem, como um duo de atores de algum tipo. Mas só Fejérváry, que tinha obviamente uma posição mais alta, embora fosse o mais baixo em estatura, falou. Olhando direto para os olhos de Mattachich com um desprezo que não tentou ocultar, e sem estender a mão para a frente em saudação, apresentou a si mesmo e ao companheiro. Eles tinham vindo a Nice, anunciou, em nome de Sua Alteza o príncipe Philipp de Saxe-Coburgo, para "exigir satisfações" de Mattachich "de arma na mão". Esse desafio estava sendo feito por razões que o príncipe não desejava discutir, mas que seria do conhecimento de seu oponente.

Ele fez uma pausa. Mattachich nada comentou. Assim, com um leve franzir de sobrancelhas, Fejérvary continuou. Ele e o conde Wurmbrand-Stuppach, portanto, esperariam receber os dois padrinhos de Mattachich em tal e tal lugar em Viena, a tal e tal hora, onde os termos e condições do duelo seria estabelecidos entre eles. Era desejo do príncipe que o próprio encontro fosse realizado em Viena tão logo quanto possível depois disso. Preferencialmente, no dia seguinte.

Ainda outra convocação das alturas! Nos últimos meses, Mattachich tinha se desacostumado de ser ordenado a fazer isso ou aquilo, de se apresentar aqui ou ali. Dizer aos outros o que fazer tinha se tornado seu estilo. Mas não tinha escolha nessa questão. Assentiu e juntou os calcanhares. Os homens responderam apenas com um inclinar de cabeça e voltaram-lhe as costas.

Portanto, uma viagem adicional deve ser incluída no relatório feito acima sobre as viagens feitas por Mattachich e Louise. Essa foi uma viagem *solo*, no entanto: isto é, a incursão que ele fez de Nice a Viena, com o objetivo de trocar tiros de pistola e golpes de sabre (se os tiros de pistola não liquidassem o assunto) com o trêmulo Philipp.

Disputa ganha. Esse foi o primeiro pensamento de Mattachich depois que os dois homens partiram e ele se sentou em uma poltrona no saguão do hotel. Ele era quase 25 anos mais jovem que seu oponente. Tinha sido um soldado na ativa até poucos meses atrás. Não era gordo. Exercitava-se regularmente. Tudo que tinha a temer era um acidente anormal de algum tipo — estivera no exército tempo suficiente para saber que era sempre possível quando homens e armas se juntavam. Mas, nesse caso em particular, pensou, nunca seria tentado a apostar contra si mesmo — um cálculo sardônico, calmo, cálculo das chances que lhe dava prazer. Também passou alguns minutos se regozijando pelo sangue-frio que demonstrara durante o encontro com os emissários de Philipp e pela admiração com que Louise ia prodigalizá-lo no seu retorno triunfante de Viena quando tudo estivesse terminado. Quanto ao que Philipp deveria estar sentindo, e como as diferenças entre eles estariam acossando os pensamentos *dele* — bem, isso também era uma fonte de satisfação.

No entanto, quanto mais se demorava sentado ali, mais apreensivo começou a se sentir. Primeiro, ele não tinha tido nenhum conhecimento de que algo assim estava em ação em Viena, e por alguma absurda razão isso lhe parecia injusto; ele deveria ter sido avisado previamente, embora não conseguisse pensar em ninguém que pudesse ter feito isso. Segundo, e mais importante, ele compreendeu que não estava em posição de infligir nenhum outro dano a Philipp. Em parte porque sentia um certo remorso, que não podia negar, em relação a esse homem. No entanto, o problema não era esse. Havia outras razões mais críticas para que ele não prejudicasse o Gordo, se possível. O fosso político e social entre eles era uma dessas razões: quem podia dizer que punição ele e Louise poderiam sofrer se ele matasse ou ferisse seriamente um alto membro da família Saxe-Coburgo? (Sobretudo depois de lhe ter roubado a esposa!) Ainda muito mais significativo era o estado das finanças de Louise, sobre as quais ele sabia bem mais do que ela. Apesar das "ajudas de custo" que recebia de Philipp e do pai, e das muitas cobranças que ela continuava passando para Phillip quitar, ela estava cruelmente endividada. Pior ainda: em Viena havia notas promissórias acomodadas com os agiotas, que, por razões que só ele sabia, traziam endossos que era melhor serem deixados em paz por tanto tempo quanto possível. Mas se Philipp fosse morto ou seriamente ferido — o que aconteceria depois? Para onde iriam? O que fariam? Não dava para imaginar.

Não, não, ele não tinha escolha nessa questão. Ou voltava atrás em sua palavra e se recusava a aceitar o desafio de Philipp — o que era uma impossibilidade moral — ou tinha de fazer todo o possível para evitar feri-lo seriamente. Se isso significava expor-se a perigos maiores do que teria se fizesse o contrário, então que assim fosse.

Nesse ponto, ele se levantou abruptamente da poltrona e foi direto para a Villa Paradiso, a mais grandiosa que já haviam alugado até o momento. Mas não era Louise que procurava. Em vez disso, ele rodeou a casa e ali, no pátio do estábulo nos fundos, encontrou Ozegovich: quepe virado para a nuca, mãos nos bolsos das calças largas de gabardine, lábios franzidos, roliço, bochechas sardentas enfiadas para dentro como se estivesse sempre assobiando — o que não estava. Qualquer um que o visse ali pensaria que era um camarada honesto e simples — o que, por sua vez, ele não era.[43] Era vários anos mais velho do que Mattachich, sua carreira no exército tendo chegado a um ponto morto depois de uma série de escândalos financeiros e sexuais; nunca seria mais do que um segundo-tenente de meia-idade, um posto inferior ao de Mattachich; de fato, ele era agora empregado de Mattachich em vez de amigo e camarada soldado. Mas, na ausência das relações casuais e quase institucionais da vida da caserna que sustentara os dois por tanto tempo, eles agora estavam mais próximos do que nunca. Mattachich era agradecido pela aceitação prosaica e discreta de seu improvável relacionamento com uma princesa; também por sua presteza sem pejo em conseguir os benefícios que pudesse do arranjo. Portanto, ficou contente ao ver o nariz arrebitado de Ozegovich, suas sardas cor de canela, sobrancelhas desalinhadas, barriga e traseiro confortáveis, pés tortos limpos, e cotovelos sobressaindo de cada lado sobre os bolsos.

---

[43]Sobre o passado de Ozegovich, ver Holler, *Ihr Kampf*, p. 107.

— Café? — sugeriu Mattachich, em um tom bem diferente de um patrão, e Ozegovich não hesitou. Saiu para lavar as mãos e voltou abotoando sua túnica.

Eles caminharam em direção à rua principal, mas antes de chegarem lá entraram na primeira estalagem ("Les Trois Singes") que encontraram. Não era lá grande coisa, com vista para as pedras claras e a plantação de salgueiros dos jardins em declive íngreme das *villas* opostas. Sentaram-se mais ou menos perto da porta, as costas viradas para o interior do bar, com seu espelho manchado e garrafas de cores farmacêuticas e os três macacos de cobre na prateleira sobre o balcão, que não viam, não falavam e não escutavam nada de mau. Estava ensolarado mas frio lá fora, e eles estavam contentes por se protegerem do vento. E pelo golinho de conhaque que ambos pediram com seu café.

Ao escutar o que o chefe tinha vindo lhe contar, Ozegovich naturalmente presumiu que seria convidado a atuar como um de seus padrinhos, e ficou desapontado ao ouvir que esse não era o caso. Mattachich fez o que pôde para aliviar seus sentimentos feridos; não havia mais ninguém, explicou, em quem pudesse confiar para permanecer com a princesa se alguma coisa desse errada em Viena. ("Não que isso vá acontecer.") Ao contrário, o que ele pediu de Ozegovich foi seu conselho sobre outros possíveis candidatos para o serviço — do 13º regimento, evidentemente. Não demorou muito para que estabelecessem as duas primeiras escolhas (tenentes Von Saba e Von Veith) e um par de reservas.

— Algo mais? — perguntou Ozegovich, com perspicácia, no silêncio que se seguiu, e Mattachich teve de admitir que, sim, havia. Ele tinha decidido, disse, fazer o que pudesse para evitar ferir Philipp gravemente, fosse qual fosse a conseqüência. Queria que Ozegovich soubesse disso. Seu motivo, afirmou, era unicamente relutância em ferir uma pessoa a quem o mundo inteiro acreditava que ele havia ofendido. ("Embora meu sangue ferva quando penso em como ele tratava Sua Alteza. Ferve mesmo!") Sobre a diferença de *status* entre ele e Philipp, não disse nada. Do dinheiro, nada também.

Ozegovich, que ainda não havia superado seu desapontamento por ser excluído do grande evento, olhou ceticamente para ele e por fim, tendo chegado a uma conclusão, fez que sim com a com a cabeça e encolheu os ombros com desdém.

— Escute — disse ele —, se ele se sair bem e *você* for derrotado, contarei a todos o que você acabou de me dizer. Você não será envergonhado depois da morte. Isso é uma promessa. Você pode escrever isso em um pedaço de papel, se quiser. Guardarei o papel e, quando você voltar, eu o rasgo.

— Seu filho-da-mãe! — exclamou Mattachich, grato. Depois, disse: — A gente entende um ao outro. — Depois: — Agora, o ponto mais importante de todos. Não vou dizer nenhuma palavra sobre esse assunto para a princesa até que tudo termine. Nem uma palavra. E quero sua promessa de que fará o mesmo.

Von Saba e Von Veith instantaneamente telegrafaram de volta para Mattachich concordando em atuar como padrinhos. Príncipe Philipp de Saxe-Coburgo? Um ministro do Gabinete de Guerra? Um *Feldmarschalleutnant*? Essa não era uma oportunidade que dois obscuros subalternos poderiam se dar ao luxo de recusar. Três dias mais tarde, eles enviaram a Mattachich um outro telegrama dando-lhe a data e o horário combinado entre eles e os padrinhos de Philipp. Acrescentaram que "todos" sabiam que Philipp tinha lançado o desafio só depois de incitado por várias pessoas no Hofburgo, entre elas a "autoridade-mor". Esta última expressão era um termo em código para o próprio imperador.

A essa altura, Mattachich tinha dito a Louise que teria de ir a Viena no começo da semana seguinte; ficaria ali só uma noite e retornaria no dia seguinte. Sua história era que concordara em aparecer como testemunha no julgamento de honra de um amigo do regimento, acusado por outros oficiais de lhes ter roubado dinheiro. Não, ele não estava pessoalmente envolvido, mas tinha jurado manter toda a coisa em segredo até tudo terminar. Não, ele não podia dizer mais do que isso, nem mesmo para ela. Não, Ozegovich nada sabia sobre isso. Não, não havia nada que pudesse preocupá-la; não havia risco de as autoridades saberem de sua presença na cidade e aproveitarem a oportunidade para lhe criar problemas.

Ele falou calmamente, sem colocar nenhum peso particular em nenhuma de suas palavras. Louise acreditou e duvidou dele ao mesmo tempo: um estado mental que não era novo para ela. Algumas vezes, chegava a ter dificuldade em acreditar que estava envolvida com "esse sujeito", ao mesmo tempo que temia ser abandonada por ele.

— Quando você vai?

— Quinta-feira.

— Quinta-feira! Quinta-feira! Como pode dizer isso? Não conseguirá voltar a tempo!

— Para o quê? —perguntou ele, com inocência.

— Pense! Pense! Pense! — exclamou ela a sua maneira repetitiva. Assim, ele fez o que lhe foi dito, mas não conseguiu chegar à resposta que ela desejava. Ela então teve de sofrer a injúria adicional de ser obrigada a lhe dizer. Sexta-feira era o aniversário dela, ele sabia, ele tinha de tê-la escutado falar sobre isso, ela fizera planos especiais para eles, ele não se lembrava, como podia fazer uma coisa assim, era só isso o que ela significava para ele...

Ele se desculpou mas permaneceu firme. Não podia adiar o compromisso. Era tarde demais. Muitas outras pessoas estavam envolvidas. Ele tinha feito uma promessa e teria de cumpri-la. Deixaria Viena assim que seu compromisso terminasse, no primeiro trem que pudesse, e eles celebrariam no dia seguinte.

Ela estava de costas para ele, com um lenço nos olhos, e ele podia ver pela postura habitual dos ombros largos e obstinados que suas palavras não estavam lhe causando nenhuma impressão. Ela usava uma blusa branca de babados, frívola, demasiado juvenil para ela, o que fazia sua infelicidade parecer ainda mais dolorosa a ele. Por fim, sua língua gaguejante encontrou uma maneira de chegar até ela.

— Minha querida, vou lhe trazer uma *surpresa* quando voltar. Ninguém nunca lhe deu um presente de aniversário como o que vou trazer de Viena. É uma coisa que não pode ser comprada com dinheiro e eu nunca a daria a ninguém mais no mundo. Espere: quando eu lhe disser o que é, você vai me abraçar e me beijar e saberá para sempre como eu a amo.

Pronto, funcionou. Ele percebeu. Ela se rendia à infantilidade da curiosidade que ele provocara. Ele transformara sua ausência em uma espécie de jogo. Beijando-a, vendo-a sorrir, ficou fácil para ele escapar de suas perguntas. Como um homem pode evitar sentir pena das mulheres, de todas as mulheres, quando elas são como são?

Ele foi especialmente carinhoso com ela aquela noite, e nos dias e noites que se passaram antes que fizesse suas malas (uma delas contendo seu uniforme completo) e partisse para Viena. Lá ele se hospedou no Hotel Sacher. Só o hotel mais na moda na cidade serviria para ele. Dava-lhe prazer pensar que ele e Louise tinham estado lá uma vez antes, embora apenas por poucas horas; também, que era o lugar onde o imperador e sua Katti Schratt se entretinham um com o outro. Pelo que sabia, ele e os dois poderiam estar sob o mesmo teto.

Imagine-se na posição de Philipp. Todo mundo sabe que sua mulher o abandonou; que ela não tem intenção de voltar e você não tem intenção de aceitá-la de volta. Todos acham que o fracasso de seu casamento deve ser tanto falta sua quanto do homem que a tirou de você; tanto mais, já que ela sacrificou sua honrosa posição na sociedade por causa dele. No entanto aqui está você, forçado a lutar um duelo supostamente para se vingar dele, se puder, e assim lavar sua honra. Não é o caso, aqui, de um falastrão afirmando entre seus amigos e inimigos, ou pelo menos sugerindo, que dormiu com sua mulher, e de você se sentir determinado a puni-lo por isso (como o infeliz Puchkin). Nem de uma terceira pessoa mexeriqueira murmurando a mesma coisa sobre o relacionamento de sua esposa com outro homem. Portanto, de que servirá a você esse confronto arcaico com aquele que o suplantou? Vai descornar você? Parar as risadinhas? "Restaurar" a dignidade que você perdeu? De igual maneira, você poderia tentar "restaurar" a virgindade dela, ou sua fé na fidelidade dela a você.

Tudo isso era dolorosamente claro para Philipp. Como também as diferenças de idade e de preparação física para o combate, entre ele e seu oponente. Mas, depois que Francisco José foi provocado por pessoas a seu redor (particularmente os arquiduques Friedrich e Francisco Ferdinando) para retomar seu interesse pela questão, Philipp não tinha saída. Em uma carta sobre o tema, o imperador (sempre um fanático pelo protocolo) cuidadosamente apontou que o que Philipp fazia em sua condição privada "como príncipe" era de sua alçada; o que ele fazia, no entanto, "como um general do Exército austríaco" cuja "honra foi manchada [*befleckt*] pelo comportamento da esposa" era "uma questão de interesse público".[44]

A ameaça implícita nessa carta era óbvia. Se Philipp não lançasse um desafio a Mattachich, não apenas sofreria a ignomínia de sua esposa ter fugido com um subalterno desconhecido, mas a ignomínia adicional de perder seu posto no exército imperial.

O fato de o posto ser puramente nominal não fazia diferença para o imperador, nem na verdade — depois que o ponto de vista do imperador lhe foi comunicado — para Philipp. A única pessoa que estimulou Philipp a desafiar o imperador foi sua mãe. Ela sempre detestara Louise e estava preocupada, como qualquer mãe estaria, com o bem-estar do filho. Mas, se desse ouvidos a ela, ele estaria apenas empilhando mais ignomínia sobre sua cabeça calva.

Assim, às nove da manhã da sexta-feira, dia 18 de fevereiro de 1898, reuniu-se na Escola de Instrutores Militares de Equitação em Viena (não, como um historiador sugeriu, na Escola

---

[44]Citado em Holler, *Ihr Kampf*, p. 69.

Espanhola de Equitação mais famosa, onde os cavalos eram treinados para caminhar nas patas traseiras) um grupo constituído das seguintes pessoas: príncipe Philipp, o desafiante, e seus dois padrinhos, Fejérváry e Wurmbrand-Stuppach; Mattachich com seus dois padrinhos, Von Saba e Von Veith; dois médicos, um para cada duelista; e um mestre-de-cerimônias (*Kampfleiter*) de pernas longas e dentes compridos, a única pessoa do grupo que estava claramente se divertindo. Como os dois médicos de sobretudo e cartola, ele estava em roupas civis, como também o estavam o armeiro e os dois servos que trouxera consigo para carregar os estojos das armas, forrados com couro. Os duelistas e seus padrinhos estavam com os trajes e emblemas completos de seus respectivos regimentos, inclusive Philipp. Ele parecia deprimido, porém mais sereno do que Mattachich imaginara. O próprio Mattachich parecia um ator simulando respeito pela gravidade da ocasião; no entanto, ao descer do tílburi que o levara até ali, não pôde evitar que o que devia ser um encolher de ombros se transformasse em pequena vacilação.

Hoje qualquer um pode visitar o local do duelo, se quiser. Agora é o Renaissance Penta Vienna Hotel, Ungargasse, da cadeia internacional dos Penta Hotéis — um empreendimento de luxo, completo, com algumas centenas de quartos e suítes, um centro de negócios, clube de ginástica, piscina interna, lojas de presentes, cafeteria, bar e "choperia". Em outras palavras, esse tipo de coisa, se luxo é o que você está procurando e pode pagar. Tendo como frontispício de estuque ocre-rosado, elaboradas armações de janelas em arcos e cornijas de argamassa, o prédio central ornamentado nos cantos com colunas do tipo bolo de noiva coroadas no topo; estas se erguem a uma altura maior do que a linha do teto e conferem a toda a estrutura uma aparência estranhamente brincalhona, teatral. Os dois pátios circulares de equitação, com piso de areia e madeira, obstáculos perimetrais à altura do peito, há muito tempo deram lugar às amenidades descritas acima. Em nenhum dos espaços públicos ou privados do Penta Hotel você escutará o chamado de trombetas, os gritos de comando, o baque das patas com ferraduras ou as emanações reverberando dos lábios abertos, o balançar da cabeça e os estrépitos de freios e bridas que os cavalos de alta linhagem fazem para aliviar seus sentimentos. Nenhum cheiro de esterco perturbará suas narinas. Nem, por falar nisso, escutará tiros de pistolas ou (fora da academia de ginástica) os gemidos de homens que se esforçam ao máximo. Seja qual for o estrondo que chegar a seus ouvidos, terá partido do equipamento de alta tecnologia da academia de ginástica, não das lâminas de sabres.

Nessa manhã em particular, o menor dos dois pátios estava deserto. Só ao grupo de duelistas, precedido por um sargento de aparência desleixada com um molho de chaves na mão, foi permitida a entrada. Cheirava vagamente a cavalo e areia varrida e recentemente molhada. A luz penetrava através de janelas-clerestórios imediatamente abaixo do teto em abóbada. Era uma manhã fria e o ar respirado pelos homens levantava-se no ar e pairava sobre eles. Os participantes tinham se encontrado do lado de fora, onde os dois duelistas foram apresentados a todos os integrantes do grupo — mas não um ao outro. Nenhum cumprimento foi feito entre Philipp e Mattachich; só olhares tão inexpressivos quanto conseguiam fazer. Os empregados, que estavam tão solenes e tão soberbamente vestidos quanto os superiores, também foram, é claro, excluídos das apresentações. Já que estava tão frio, todos mantinham suas luvas, chapéu e sobretudo, como quem segue um enterro.

Os empregados que acompanhavam o *Kampfleiter* colocaram os estojos em uma mesa num canto e tomaram uma discreta distância. Os médicos colocaram suas valises na mesma mesa. O *Kampfleiter* retirou a cartola, revelando uma cabeça calva, estreita, em um lado da qual se estendia uma cicatriz de vários centímetros de comprimento, como uma lombriga avariada na forma, e de uma cor toda malva mas transparente; presumivelmente servia como tia de sua aptidão para presidir o serviço. Ao qual ele presidiu, com uma mistura de deleite e unção, suas palavras esparramando-se grossas pela boca enquanto lia as condições do combate acordadas pelos padrinhos. A cada condição ele escrupulosamente acrescentava o artigo do Código de Honra que o abrangia. Os antagonistas deviam ficar de pé um em frente ao outro a uma distância de 25 passos, e cada um deveria disparar apenas um tiro de cada vez. Philipp, como Parte Insultada (*Beleidigter*), deveria ter o privilégio do primeiro tiro. Se essa troca de tiros não conseguisse incapacitar um dos homens, o procedimento se repetiria. Se a segunda troca de tiros também não tivesse efeito, as pistolas deveriam ser postas de lado e o combate com sabres começaria. E continuaria até que um dos combatentes tivesse um ferimento que os médicos a serviço julgassem incapacitante.

O duelo — as ofensas que conduzem a ele, as armas empregadas, a elaborada meticulosidade que o envolve, os resultados sérios ou fatais aos quais ocasionalmente conduz — era a obsessão desse homem; ele nunca se cansava. Era também sua profissão de meio expediente; como os médicos, ele estava sendo pago pelos participantes por seus serviços e pelo uso das pistolas que descansavam nos estojos atrás dele. O público movia-se de um pé para o outro enquanto suas frases saíam, avançando e sibilando ao mesmo tempo, como ondas em uma praia, cada uma seguindo de forma implacável a que viera antes. Quanto mais ele falava, mais fulgurantemente seus olhos brilhavam no ar desolador e acastanhado. Ou talvez esse fosse apenas o efeito da luz que entrava e saía silenciosa pelas janelas-clerestórios lá do alto.

Por fim ele finalizou e se encaminhou direto para as pistolas.

O olhar de todos acompanhou o homem até a mesa. Esse era o seu momento e ele o aproveitou ao máximo. Desabotoou seu sobretudo preso até embaixo, como se para mostrar que não tinha armas escondidas ali dentro, e só depois abriu um dos estojos. O par de pistolas — canos de metal escuro, coroa e base de ébano — estendia-se boca a boca nas cavidades forradas de seda, de cor azul-real. Como se de uma vida que outra pessoa vivera, subitamente passou pela mente de Mattachich a lembrança de um joalheiro abrindo um estojo de exposição na frente de Louise; então a imagem desapareceu. O armeiro preparou as espoletas das duas pistolas com pólvora preta escura, que ele pesou com precisão em uma pequena balança de mola que emergiu de seu sobretudo. Carregou cada pistola pelo cano com uma única bola preta e por fim as entregou, de maneira quase sacramental, ao *Kampfleiter*. De maneira igualmente cerimoniosa, o último as pegou e mostrou a ambos os grupos de padrinhos. Depois, escondeu-as atrás de si e passou-as de uma mão para outra, fora da vista de todos os presentes. Quando entendeu que agora ninguém seria capaz de dizer que pistola estava em que mãos, ele convidou um dos padrinhos de Philipp a escolher uma arma, apontando para seu braço esquerdo ou direito.[45]

Com mãos trêmulas, o Insultado ficou apenas de camisa. Mattachich também. Ficaram de frente um para o outro, à distância determinada. Mesmo àquela luz, os observadores podiam ver que a cor tinha desaparecido das suas faces. Philipp ergueu sua pistola. Esta não tinha mira dianteira nem traseira; podia mirar apenas por cima do cano, o qual tinha dificuldade para manter no nível. Quase imediatamente ele puxou o gatilho. A pistola chicoteou em sua mão. A detonação pareceu menos impressionante que os ecos que foram perseguindo um ao outro, dando voltas e voltas pela área circular. O fedor da pólvora subitamente estava em todo lugar. Mattachich ficou parado onde estava, intocado. Agora era sua vez de levantar o braço. Philipp tirou seu *pincenê*. Seu rosto parecia desnudo sem eles. Mattachich atirou. Seu tiro também foi para fora do alvo. Depois das arrastadas preliminares formais pelas quais passaram, a troca de tiros acabou em um instante, quase um anticlímax. As duas pistolas foram abandonadas e um par semelhante foi tirado do segundo conjunto. O mesmo procedimento — preparar, carregar, ocultar — foi feito como antes, embora dessa vez tenha sido um dos padrinhos de Mattachich quem fez a escolha cega da arma. A friagem da área e a tensão da ocasião tinham afetado os dois homens, que só usavam as camisas para protegê-los da cintura para cima. Philipp estava claramente tre-

---

[45]Em *Ihr Kampf*, Holler (pp. 69-85) emociona-se ao descrever os procedimentos que presidem os duelos. (Isso não é uma queixa; longe disso.) Ele também publica vários protocolos e trocas de cartas tanto antes quanto depois do evento, e analisa exaustivamente como os Artigos do Código de Honra na Áustria-Hungria diferiam dos prescritos na França (como descritos em *Conseil pour les duels*, do príncipe Georg Bibesco e um certo Féry d'Eslands).

mendo: os lábios de Mattachich tremiam e ficavam quietos, em pequenos espasmos. Philipp levantou a arma que lhe foi dada e atirou de uma vez, quase sem olhar para a frente, determinado a acabar logo com aquilo. Outro malogro. Ele passou vagamente uma das mãos sobre o rosto, percebendo que, em sua pressa, esquecera de colocar o pincenê. Mattachich pegou na pistola com um pouco menos de firmeza do que antes e seu tiro também errou completamente o alvo. Portanto, isso tinha acabado. Os homens esperaram, apertando e alisando os antebraços, tentando se manter quentes. As pistolas foram abandonadas e o estojo alongado contendo os sabres, abertos. Eles estavam lado a lado, reluzindo brilhantes em suas camas duplas de veludo. Como homem e esposa dormindo, as cabeças estavam viradas para a mesma direção.

Com a incômoda arma na mão, Philipp estava tão claramente em desvantagem que até mesmo o *Kampfleiter* pareceu confuso ao observá-lo avaliar seu peso e flexibilidade e movimentá-la no ar. Mattachich, a certa distância, as costas voltadas para todos, também se aquecia. Depois de alguns momentos, os homens foram reunidos. Eles não tinham se cumprimentado antes da troca dos tiros de pistola (como estipulado, segundo o *Kampfleiter*, no art. 145 que tratava dos casos de "Insultos Agravados"), e não o fizeram agora. As pontas de suas armas, cada uma com seu único lado afiado para baixo, foram abaixadas a uma polegada ou duas do chão. O sinal de uma única palavra foi dado.

— Já!

As pesadas lâminas se entrechocaram, os homens investiram e se desviaram antes que Mattachich, de revés como um jogador de tênis, acertasse seu oponente no peito com a superfície plana de sua espada. Philipp cambaleou e caiu, sem ar. Ali ficou sentado, sobre o traseiro, na areia. Os dois médicos imediatamente se aproximaram, ordenando o encerramento da questão. Mas o velho *Kampfleiter* mostrou os dentes em uma careta zangada. Era preciso que o sangue corresse. Os médicos tinham de declarar um dos oponentes fisicamente incapacitado de continuar. O Código era claro nesse ponto. Eles estavam prontos para fazer tal declaração? Não? Muito bem! Ele fez um gesto e esperou até Philipp recobrar sua respiração e que seus padrinhos lhe tirassem o pó. Outra vez, falou:

— Já!

Mattachich imediatamente se aproximou do oponente. Apontando diretamente para a mão direita de Philipp, investiu sobre ela, e no mesmo movimento fustigou com sua lâmina. Havia um anteparo de aço para proteger a mão e o punho do espadachim, mas o golpe foi dado. Philipp gritou, seu sabre caiu, sua mão esquerda instintivamente agarrou a outra justo abaixo do punho e a levantou sobre sua cabeça. O sangue começou a correr entre os dedos apertados, caindo sobre sua testa. Os dois médicos já estavam com ele. Dessa vez, sem absurdos, o golpe fora bastante prejudicial. Um dos tendões que ligava seu polegar ao lado do punho fora cortado. Era claramente impossível que ele continuasse a luta. O duelo terminara.

Quase no mesmo instante, Mattachich deixou o prédio, sozinho. Seus padrinhos, com quem tinha combinado encontrar-se mais tarde para um almoço comemorativo, permaneceram com os outros dois para assinar o documento que o *Kempfleiter* estava preparando, e que devidamente declarava que o combate acontecera "em estreito acordo com as regras da cavalaria". Enquanto isso, os médicos cuidavam do ferimento de Philipp. A mesa na qual os estojos das armas tinham sido colocados foi imediatamente limpa pelo armeiro e deitaram Philipp ali. O cheiro de pólvora agora já fora superado por outros cheiros: primeiro o de conhaque, depois, o de iodo. Dois ou três goles de conhaque foram o único anestésico administrado ao homem ferido. Todos os outros, inclusive os empregados, se serviram em pequenos copos de prata trazidos por Fejérváry. O tendão cortado foi costurado; depois, a pele rasgada foi também suturada com pontos mais profundos. Era uma situação terrivelmente dolorosa, mas Philipp sofreu em silêncio, exceto um gemido ou suspiro irreprimíveis ocasionais. Quando terminou, e seu pulso foi envolvido com bandagem, ele ficou deitado com a mão esquerda sobre os olhos. Não ousaria se mexer até ter certeza de que não cairia no chão quando se levantasse. Não queria que isso acontecesse de novo, não com todo mundo ainda olhando.

Todos eles sabiam que ele tinha sido forçado a duelar; todos haviam visto como sua atuação como exímio atirador não fora nada convincente e como era um péssimo espadachim. Assim, seu estoicismo antes, durante e depois do duelo lhes causaram forte impressão. Fizeram comentários sobre isso entre si e depois com outros. Dentro de poucos dias, aqueles que antes mais zombavam de Philipp foram os que mais o elogiaram agora. Pronto; ele conseguira; passara por sua provação sem se vergonhar.

O que era mais do que se podia dizer sobre Mattachich. Não demorou para que começassem a circular rumores em Viena de que tinha havido alguma coisa degradante, algo suspeito, em todo o encontro. A culpa maior por isso caiu sobre Mattachich. Foi ele quem se vangloriou durante o almoço comemorativo com seus padrinhos de ter atirado de propósito para fora do alvo ambas as vezes, e ter derrubado Phillip, com desdém, usando a espada em horizontal, porque queria livrá-lo de algo pior. Essa afirmação ou confissão, que aos olhos de todas as pessoas bem-pensantes teve o efeito de transformar todo o evento em uma pantomima elaborada (sem falar no desrespeito aos sagrados Artigos do Código de Honra), era muito tentadora para Von Saba e Von Veith guardarem segredo. A história logo chegou aos ouvidos da "autoridade-mor"; depois do que os arquiduques Friedrich e Francisco Ferdinando, os principais instigadores de todo o incidente, foram obrigados pelo imperador a consultar todos os que estiveram envolvidos. (Menos Mattachich, naturalmente.) Depois de várias entrevistas e trocas de cartas, eles relataram a seu soberano que não havia nada com que se preocupar — tudo tinha sido feito sob o mais estrito respeito pelas regras — e ele se satisfez com a palavra deles sobre o assunto.

Quanto à versão de Mattachich — o que mais seria de se esperar de um homem cuja canalhice, sempre auto-evidente para todos de posição em Viena, estava se tornando mais e mais aparente a cada dia que passava? Mentiras e desonras eram o seu *métier*.[46]

Mattachich retornou em triunfo a Nice e a Villa Paradiso e contou aos ouvidos maravilhosamente receptivos de Louise onde estivera e o que fizera em sua misteriosa ida a Viena. Esse era

---

[46]Em suas *Memoiren*, p. 27, Mattachich escreve que "a preocupação ostentosa" que demonstrou com o bem-estar de Philipp durante todo o encontro recebeu "reconhecimento especial" dos padrinhos do príncipe. Em vista dos esforços envidados por todos os envolvidos para afirmar por escrito que tudo tinha sido conduzido com escrupulosa atenção ao Código de Honra, isso parece improvável. É mais plausível supor que Mattachich escreveu isso com o objetivo de infligir mais uma, adiada, humilhação a Philipp.

o presente de aniversário atrasado que prometera lhe trazer; e ela escutou cada palavra como uma glutona, e lhe disse que estava certo, ele estava certo, era o melhor presente de aniversário que ela já havia recebido. Mais tarde naquela noite, na cama, ela o recompensou tão completamente quanto possível. Mais tarde ainda, conseguiu que ele lhe contasse de novo as partes que chamou de "engraçadas". O míope Philipp, de cara limpa, olhando pelo cano da pistola. Philipp tentando manejar um sabre. Philipp sentado em seu traseiro na areia.

Na manhã seguinte, como usual, um exemplar de *La Gazette du Midi* foi trazido ao quarto da princesa. Mattachich estava deitado ao lado dela depois de uma noite que fora inquieta, cheia de sonhos confusos sobre a viagem dos dias anteriores e as tensões do duelo. Em um momento ele estava no trem, parado em uma pequena estação; agora dois homens andrajosos tentavam empurrar um carrinho cheio de batatas cobertas de terra; agora uma torre a distância virava um brinquedo quando ele a olhava; agora seu pai, a quem não via fazia muitos anos, aproximava-se, a cabeça inclinada para um lado em reprovação, como na vida... Depois de uma noite assim, mais repousante do que dormir era ficar deitado de olhos fechados embora conscientes da luz, o calor do corpo de Louise se misturando ao seu, um cheiro de café, o farfalhar do jornal quando ela virava suas páginas.

Até que o corpo dela se levantou violentamente e um grito de "Meu Deus!" explodiu nos ouvidos dele. De repente ele estava completamente desperto e totalmente confuso — ambos ao mesmo tempo. Ela estava lhe empurrando uma página do jornal. Sua boca estava aberta, as mãos tremendo.

— Veja o que ele fez conosco! — guinchou ela. — Por que você não o matou? Você teve a chance! Deveria tê-lo matado!

Ele precisou de alguns momentos para se controlar e encontrar o que ela mostrava. Era um anúncio pago, pequeno, entre vários outros:

> Sua Alteza Real príncipe Philipp de Saxe-Coburgo e Gotha deseja que todas as partes interessadas saibam que ele não aceita nenhuma responsabilidade por nenhuma dívida feita por sua esposa, Sua Alteza Real a princesa Louise de Saxe-Coburgo e Gotha.[47]

---

[47]Citado por Holler, *Ihr Kampf*, p. 93.

II

Cinco

Uma semana mais tarde Louise deu um baile improvisado em sua *villa*. Realizado ostensivamente para celebrar o retorno de Mattachich ileso de Viena, também tinha o objetivo de mostrar seu desprezo pela notícia que Philipp colocara nos jornais. Os empregados foram apressadamente enviados pela cidade com convites manuscritos dirigidos a pessoas que ela conhecera em sua estada em Nice ou que sabia estar em visita ao local de veraneio. O conjunto de portas duplas sanfonadas de vidros entre o terraço e o salão em um lado da *villa* foi aberto para aproveitar a temperatura repentinamente amena, e nesse espaço sem vegetação, iluminadíssimo, e entre as árvores e arbustos teatralmente espectrais do jardim abaixo, seus convidados se reuniram com taças de champanhe nas mãos e expressões de astuciosa curiosidade nos rostos.

Jubilosos, lascivos, ansiosos para atacar, prontos para fugir, eles sabiam por que acharam impossível resistir ao convite de Louise. Escândalo! Falência! Excitação! Os empregados que os atendiam também estavam afetados: alguns desolados, até chorosos; outros cumprindo suas tarefas apenas superficialmente, preferindo ficar aos grupos discutindo seus destinos. Dois ou três estavam obviamente bêbados, enquanto os que estavam a postos nos portões e ao longo do muro de pedra que rodeava a propriedade permitiam a entrada de vários indesejáveis — jornalistas, lojistas, ociosos de férias — e não admitiam a entrada de convidados muito mais importantes a quem Louise esperava especialmente impressionar com seu sangue-frio. Dentro da casa, os convidados tomaram liberdades a que não se permitiriam usualmente: perguntavam aos empregados quando Sua Alteza e o conde planejavam partir, manuseavam cortinas e talheres, arranhavam a penugem dos tapetes para testar sua qualidade, perguntavam-se em voz alta se os quadros das paredes tinham sido alugados com a casa; subiam furtivamente ao andar de cima para espiar os aposentos particulares e analisar os arranjos feitos para a noite.

Eles evitavam a anfitriã e o amante, preferindo estudá-los a distância, enquanto bebiam o máximo que podiam de seu champanhe e se empanturravam com os comestíveis dispostos ao acaso. O baile mal havia começado quando a banda — que sem sucesso pedira para ser paga adiantado — fez greve, forçando Mattachich e Ozegovich a levar o líder até o canto mais escuro do jardim e lhe dar uns tapas em torno da cabeça para que lembrasse de suas obrigações. Uma rixa pública começou quando um dos lojistas (penetra, e também bêbado) perdeu as estribeiras e exigiu que Louise pagasse a conta que tinha com ele. Ali e imediatamente. Um homem pequeno de rosto vermelho, gorducho, com um couro cabeludo calvo mas profundamente enrugado, como se as rugas que deveriam ter aparecido em sua testa tivessem migrado para cima, pôs a mão no bolso interno do paletó, tirou um pedaço de papel que parecia de negócios e o sacudiu no rosto dela. "Quando? Quando? Quando?", gritava ele; e vários dos penetras presentes que, com vergonha vinham evitando Louise, como se ela fosse a credora e eles, os devedores, também se aproximaram dela, gritando coisas como "Ele não é o único!" e " E eu?" e "Não somos tolos!"

Depois disseram que o homem que fez a acusação era um açougueiro, outros disseram que era um negociante de vinho enraivecido ao ver seus preciosos e não pagos champanhes desaparecerem pelas gargantas de mulheres lindamente vestidas que o esnobaram quando ele tentou puxar conversa. De qualquer modo, fosse quem fosse, fez o baile da princesa terminar mais cedo. Um empregado leal aproximou-se para expulsá-lo; dois ou três de seus novos aliados resistiram; as mulheres gritaram; os homens praguejaram; taças foram quebradas e colarinhos, rasgados; os homens da banda embalaram seus instrumentos e fugiram; a maioria dos convidados teve de achar a saída da melhor maneira que pôde. Isso não foi fácil, porque os empregados supostamente de serviço nos portões nem sequer tentavam controlar os veículos que esperavam do lado de fora. O resultado foram mais gritos, empurrões, golpes ocasionais, cascos de cavalos escorregando no pavimento, rodas e eixos rangendo, a batida soturna de uma carruagem na outra. É de admirar que ninguém chegasse em casa naquela noite com algo pior do que contusões e esfoladuras.

No entanto, mesmo aqueles convidados que mais gostaram de todo o fiasco (retrospectivamente) tiveram de concordar que Louise esteve "magnífica" em todo o evento. Vestida com longas luvas que chegavam até quase seu sovaco, uma saia de cauda cor de marfim e estampa de folhas, um corpete dourado com feixes de gaze em cada ombro, como asas truncadas, com fileiras duplas de minúsculos objetos de prata em formato de sinos suspensos em torno de sua cintura e busto, gargantilha e braceletes de pérolas trançadas, e, na mão esquerda, um leque de penas de avestruz — vestida dessa maneira, como se para um baile de coroação nas cortes da Europa e não para a humilhação pública em uma casa alugada, ela não deixou cair uma lágrima, não fez caretas, não levantou a voz. No final, inclinou a cabeça para os convidados que se deram ao trabalho de se despedir dela, fixou os olhos sem expressão nos outros que estavam sendo empurrados por Mattachich e Ozegovich, deu ordens aos empregados que pareciam prontos a obedecê-las, e só subiu para seus aposentos depois que a última das visitas tinha deixado a casa.

Foi acompanhada pela criada e pela baronesa Fugger, sua dama de companhia, mas não permitiu que nenhuma das mulheres a despisse. Em vez disso, assim que chegou ao quarto, ela imediatamente as mandou embora. Por fim, sozinha, tirou as luvas e os sapatos de cetim, que ninguém vira durante toda a noite devido ao cumprimento de sua saia, tirou as fileiras de pérola do pescoço e dos punhos, deitando-os em sua penteadeira, e se estendeu na cama, ainda com a saia pesada e o corpete duro, meias e roupas de baixo. Toda vez que se movia, os pequenos enfeites de prata de seu traje produziam um suave tinido. Ela escutou um pouco do tumulto do lado de fora da casa, onde as carruagens ainda estavam se desvencilhando umas das outras, mas não viu nada do que acontecia.

Por fim, quando tudo estava em silêncio, quando já não se escutavam mais os últimos passos dos que moravam na *villa* e a última garrafa vazia e os restos da comida deixada tinham sido jogados nos barris de madeira nos fundos da casa, Mattachich entrou no quarto. Encontrou-a deitada de bruços, com as costas da mão sobre os olhos. Ele se inclinou e pegou nas suas a mão que estava pousada a seu lado na cama.

Ela deixou. Depois, em um tom mais sombrio do que qualquer outro que ele já escutara dela, disse uma coisa que pareceu tão estranha, tão implausível, que ele teve de lhe pedir para repetir.

O que ela fez.

— *Je m'appelle Louise, et toutes les Louises sont malheureuses.*[48]

Ele ainda escutaria essa frase muitas vezes nas agitadas semanas que se seguiram; e a escutaria uma vez mais, anos mais tarde, quando eles se reuniram depois da prolongada e forçada separação. Agora, falando gravemente, com jeito infantil, sem lágrimas, ela contou a ele que o significado de seu nome lhe fora explicado na infância por uma das criadas do palácio de Laeken: uma mulher má de olhos observadores que a odiava e de quem tinha medo, e cujo sangue cigano lhe dava o poder de ver o futuro. Era uma maldição ou praga que essa mulher lhe lançara, disse ela a Mattachich: uma coisa que nunca tinha ousado repetir antes, nem mesmo para a mãe, pelo temor de que a mulher fosse mandada embora e, por vingança, lhe lançasse uma punição ainda pior. Nem tinha comentado nada depois, embora a maligna mulher tivesse deixado o palácio por sua própria vontade um ou dois anos depois. A bruxa partiu sabendo o que tinha feito. Sabia que sua vítima levaria a maldição em seu coração para sempre.

---

[48]"Eu me chamo Louise, e todas as Louises são infelizes" (citado em *The King Incorporated*, de Neal Ascherson, Londres, 1963, p. 209).

Com as costas da mão ainda sobre os olhos, só seus lábios se movendo, deixando à mostra a palma da mão e o lado inferior dos anéis que usava, ela terminou a história ordenando a Mattachich que fosse embora. Que a deixasse. Imediatamente. Essa noite. Seu nome era Louise e o sofrimento era seu destino. Para ela não havia escapatória. Mas ele estava livre. Podia separar seu destino do dela e partir agora, escolhendo viver em outro lugar em seus próprios termos, como qualquer outro ser humano. Ela havia pensado que ele, entre todos os outros, era o único capaz de salvá-la de sua maldição, mas nem mesmo ele podia ajudá-la. Não importa o quanto o amasse.

— Vá! — disse. Voltando-se de repente para agarrar a mão dele com as suas. Levantou-a até seu rosto. — Vá!

Ele viu seu rosto pálido, o clarão branco dos olhos dela, seus cabelos desarrumados, e caiu de joelhos ao lado da cama.

— Princesa — disse ele. — Nunca.

Esse foi o começo do colapso da estrutura de fantasia que Louise e Mattachich tinham construído a seu redor — que demorou mais para se desintegrar do que se possa pensar. Seu ritmo não foi o de uma frenética *danse macabre*; ao contrário, foi mais como uma aula de dança de salão à moda antiga — devagar devagar, rápido rápido, devagar devagar outra vez. Com intervalos ocasionais quando nada acontecia. Depois, começava outra vez, às vezes em várias locações simultaneamente. Os que o testemunharam ou tomaram parte variavam de monarcas como Francisco José e a rainha Vitória a três antigos criados do casal (um submordomo, apoiado por duas ou três das camareiras de Louise), que tentaram processá-la por salários não pagos e se viram acusados, em retorno, por fraude e perjúrio. Eles afirmavam que tinham sido contratados para trabalhar na casa da princesa por seu camarista, um certo "conde Keglevich"— mas um advogado contratado por Mattachich mostrou no tribunal que não havia essa pessoa na comitiva da princesa e na verdade não havia existência de tal "conde" em nenhum lugar![49]

Nas semanas que se seguiram, muitos outros empregados se viram sem trabalho, sem fundos e distantes do local para o qual haviam sido contratados. Alguns se tornaram uma dor de cabeça, protestando, escrevendo cartas, chorando. Outros, no lugar dos salários, simplesmente levaram o que puderam surrupiar da casa — sapatos, vestidos, leques, talheres, itens de jóias, os librés de botões de prata que portavam, até apetrechos do estábulo — e desapareceram. Vários comerciantes locais que vinham fornecendo mercadorias à casa teriam feito o mesmo se pudessem. Inevitavelmente eram os mais humildes desses fornecedores que ficaram em pior situação, pois os produtos que tinham entregado à *villa* (lenha, leite, peixe, pão) haviam sido consumidos, transformados em estrume e cinzas, enquanto os comerciantes mais ricos podiam mandar os valentões locais tentar retomar os móveis (pratos, mobílias, até cavalos) que não tinham sido pagos. Os mais ricos ou os mais pobres, todos estavam enraivecidos e envergonhados de si mesmos por terem permitido que o lustro social e financeiro desses fregueses os deslumbrasse a ponto de estenderem com tanta genero-

---

[49]*Eine Graf Géza Keglevich existiert überhaupt nich*" (declaração do advogado de Mattachich, citada por Holler, *Ihr Kampf*, p. 56). Em outras palavras, quando lhe convinha declarar que o título que dera a si mesmo era falso, Mattachich não tinha pudor em abandoná-lo. Quando o processo terminou, ele logo o retomou e continuou a usá-lo até o dia de sua morte.

sidade os créditos. Assim, como resultado, sentiam-se ainda mais vingativos em relação a eles.

A tarefa de lidar com essas pessoas — e com credores ainda maiores, de locais mais distantes — ficou por conta de Mattachich. Era ele quem tinha de persuadir, apaziguar, prometer, encontrar novos fornecedores onde pudesse entregar dinheiro ("por conta") quando não conseguia. Louise era dócil e desanimada, exceto quando pensava em Philipp; então, tornava-se incoerente. Procurando alguma possível fonte de fundos que não tivesse sido fechada, Mattachich a fez examinar listas de parentes cada vez mais distantes da parte da mãe, do pai, e mesmo da família de Philipp, antes de finalmente desistir da idéia de que deveria haver algum tio-avô ou primo em segundo grau esquecido em algum remoto Schloss, que poderia ajudá-los. Outra fantasia recorrente com a qual ele se debatia — em silêncio — era a de seguir o conselho que Louise lhe dera na noite da festa, e simplesmente partir. Com seu passaporte no bolso e uma pasta na mão, deixar a casa como se estivesse indo para Nice ou Monte Carlo a negócio, e de lá tomar o trem para Marselha, Hamburgo ou Brest, e então pegar o primeiro vapor disponível para a América, norte ou sul, quem se importava para onde?

Ele se importava. Esse era o problema.

Ele se importava com Louise. Importava-se consigo mesmo como consorte dela. Importava-se com a vida que tinham vivido juntos. Era de longe a série mais importante de eventos que lhe tinha acontecido. Não conseguia pensar em nada tão notável acontecendo outra vez. A única transformação remotamente comparável de que podia lembrar — e como parecia transitória e infantil agora — era a experiência de deixar de ser cadete e finalmente receber sua patente; e esperar que todo mundo na cidade-guarnição que o visse nesse dia, e nas semanas seguintes, o invejasse pela estrela em seu ombro, sua juventude, seu uniforme, as botas reluzentes, o futuro a sua frente.

Agora aqui estava ele, vivendo o futuro daquele jovem, que resultou ser mais rico e mais parecido com um sonho do que então teria ousado imaginar. Só que, como acontece nos sonhos, logo apareceu seu lado ruim oculto; estava carregado com uma ameaça que ele mesmo tinha provocado. Muito antes de seu duelo com Philipp, quando ele e Louise ainda estavam vivendo em Karlsbad, fazendo o que lhes apetecesse, confiante na imunidade deles quanto às regras e obrigações que regiam os outros, ele tinha cometido um ato criminoso — de modo preguiçoso, impreciso, alegre, sem consultar Louise antes ou lhe contar depois. Ele pensara sobre isso na época como nada mais que uma brincadeira, um gesto desdenhoso, um jeitinho (como se diz).

Mas como lhe parecia diferente agora que Philipp lhes devolvera o golpe!

O que ele tinha feito, essa proeza escondida, surgiu diretamente de um convite que Louise recebera para passar um fim de semana prolongado com os pais do noivo de Dora, Günther. O convite, que lhe foi entregue em Karlsbad, era o primeiro desse tipo desde sua expulsão de Viena, e a estimulou a imaginar que, afinal, ela não tinha sido irrevogavelmente banida das fileiras da mais alta sociedade da Europa. Do jeito como aconteceu, um dia depois de receber o convite, ela soube que um dos mais famosos joalheiros da Alemanha, um certo Herr Ludwig Koch de Frankfurt, estava de visita a Karlsbad para negociar com vários de seus visitantes ilustres. Foi-lhe impossível resistir à coincidência. Ela mandou chamar Herr Koch, que entrou em sua carruagem e foi até lá imediatamente. Dos artigos que ele trouxe consigo, ela escolheu algo para Dora; depois algo para Günther, o obeso futuro noivo; depois algo para seus pais imóveis, de troncos grandes, pescoços grossos, sem cinturas. ("Eles parecem leões-marinhos", ela disse a Mattachich, elevando o peito e mexendo a cabeça de um lado para o outro.) Por fim, inevitavelmente, escolheu algo para si mesma: um broche tão cheio de rubis que a um metro de distância parecia uma ferida coagulada — uma ferida fatal, pode-se pensar, quando usada como pretendido na cavidade abaixo do ombro esquerdo.

O custo desses itens fez até Mattachich piscar. O obsequioso Herr Koch deixou-os com ela, aguardando uma prometida "liberação de fundos". Então, pegando seus presentes, ela foi visitar seus futuros parentes por afinidade, o duque e a duquesa de Schleswig-Holstein, deixando Mattachich em Karlsbad para resolver a questão. O que ele fez instruindo o advogado de Louise em Viena, Dr. Barber, a pedir emprestado dos senhores Spitzer e Reicher a soma de 475 mil florins, pelo período de um ano, com juros a serem pagos trimestralmente.[50] Dessa vez, no entanto, Barber encontrou os agiotas relutantes em emprestar mais somas altas para Louise. Tinham escutado muitas histórias sobre as dívidas que ela estava acumulando em outros lugares. Mas como queriam mantê-la como freguês, sugeriram que ela procurasse um fiador adequado, adicional, para esses novos empréstimos. Mattachich respondeu perguntando se a princesa Stephanie serviria. Ah, é claro, veio a resposta, claro,

---

[50]Os números que aparecem acima e abaixo são citados por Holler, *Ihr Kampf*, p. 67. Dois florins equivaliam a uma coroa.

evidentemente, eles considerariam uma grande honra se a alteza real a arquiduquesa fizesse a gentileza de se dignar a....

Quando regressou, Louise encontrou as notas promissórias cobrindo a soma total a sua espera. Assinou-as, mal olhando o que estava assinando, e as entregou a Mattachich para enviá-las por correio a Barber. (O que, depois de uma pequena demora, ele fez.) A essa altura, Louise estava arrependida de ter gastado tanto dinheiro com os Holstein: não gostara da visita e tinha voltado convencida de que eles estavam interessados em sua filha sobretudo para "reabastecer seus cofres".[51] Um ou dois meses mais tarde, Mattachich enviou o advogado de Viena de volta a Spitzer e Reicher para negociar dois empréstimos adicionais e com o mesmo co-fiador. Os agiotas concordaram; os documentos foram enviados para Karlsbad; no prazo devido, retornaram a Barber em Viena com as assinaturas das duas irmãs reais inscritos neles.

Depois de recebido o dinheiro, Ozegovich foi despachado a Nice para finalizar o arrendamento da Villa Paradiso, "uma das

---

[51]Louise escreve com desprezo sobre todos os Holstein, mas Günther é seu alvo especial. Isso se deve a (a) sua traição por ter persuadido Dora a abandonar a casa em Nice pouco antes do desastre financeiro; (b) sua preocupação com dinheiro; (c) por deixar de convidá-la para seu casamento; (d) sua aparência. Na tradução inglesa de sua autobiografia — mas *não*, estranhamente, no original francês — aparece a seguinte passagem sobre o jovem Günther: "Era imperativo para ele fazer um bom casamento. Ele fracassou em muitas tentativas de matrimônio. Razoavelmente apresentável quando jovem, não melhorou quando cresceu... Quando ele primeiro pediu minha filha em casamento, e [Philipp e eu] consentimos, ele me pediu para fixar uma data. Não pude evitar dizer: 'O quê?... você está mesmo propondo levar minha filha ao altar antes de fazer alguma coisa com esse seu nariz pavoroso?'" (Louise, *My Own Affairs*, pp.146-7).

Uma possível razão para a sensibilidade de Louise em relação ao assunto dos narizes já foi sugerida. Sobre o tamanho do nariz de seu pai, Disraeli escreveu: "É o tipo de nariz que um jovem príncipe tem em um conto de fadas, depois de ser excomungado pela fada maligna, ou como você vê na primeira cena de uma pantomima" (citado em *The Coburgos of Belgium*, de Theo Aaronson, Londres, 1969, p. 34).

propriedades mais bonitas da Riviera Francesa" (cujo proprietário, sem consideração, estava pedindo para ser pago adiantado por seis meses de aluguel); e Louise, Mattachich e Dora se aprontaram para segui-lo.[52]

Portanto, por enquanto, tudo parecia estar em ordem. O único problema era que a segunda assinatura das notas promissórias que voltaram a Spitzer e Reicher fora falsificada. As assinaturas de Louise eram genuínas; mas Stephanie nada sabia sobre as tias que supostamente tinha oferecido para ajudar a irmã. A assinatura falsificada tinha sido incluída por Mattachich, ninguém mais, que inscreveu a si mesmo em ambos os casos como "princesa real Stephanie, arquiduquesa da Áustria".

Tinha sido feito num impulso: por dinheiro, claro, mas também pela emoção da transgressão. Da primeira vez, pelo menos; da segunda vez, de maneira menos confiante. Mas a superstição não deixou que ele voltasse atrás sobre o que já tinha feito: mostrar medo agora poderia fazer cair sobre ele a punição que temia. Stephanie era a irmã dedicada de Louise e (ele acreditava) amiga dele; alguém que talvez desejasse ser para ele mais do que apenas uma amiga. Não havia probabilidade de lhe pedir para pagar a conta se os pagamentos trimestrais dos juros não fossem feitos ou quando o prazo do empréstimo terminasse. Philipp já tinha descarregado somas superiores para manter o nome da esposa fora dos jornais, e sem dúvida faria isso também dessa vez. Era apenas *dinheiro*, afinal. Nenhum prejuízo real poderia lhes acontecer em relação a isso.

---

[52]Eles deixaram para trás, em Karlsbad, um rastro de contas não-pagas (padeiros, construtores, lavanderias etc.). Em resumo, o usual (ver Holler, *Ihr Kampf*, p. 63).

Ou a partir daí. Para Mattachich, Louise estava recheada com dinheiro, forrada com dinheiro; surgia de seus passos como flores aos pés da primavera; caía sobre ela em uma chuva de ouro, como fez com aquela outra mulher mítica cujo nome Mattachich se esquecera, mas de quem vira pinturas por todo canto. Philipp, o incansavelmente cobrado de tudo, de algum modo daria um jeito; ou o monstro-Midas que servia como pai dela faria o negócio; ou os tolos que estavam prontos para lhe adiantar mercadorias e serviços e dinheiro simplesmente porque ela era quem era. Ou na verdade a própria Stephanie seria condescendente, se o assunto chegasse a seus ouvidos e eles lhe pedissem perdão com suficiente humildade. Nesse caso, especialmente — Mattachich sentia, com algum fervor moral —, Philipp não estaria em posição de se queixar, já que boa parte do dinheiro emprestado fora gasto na adulação dos futuros sogros de sua única filha.

Então aconteceu o inesperado desafio de Philipp, o duelo, e logo depois disso a "traição" de Philipp a eles — que era como ambos, Mattachich e Louise, instintivamente pensavam no aviso que ele mandara colocar nos jornais. Para Louise, a notícia chegou com um golpe vil e uma humilhação; para Mattachich era algo pior. Sua desenvoltura, o sentido de invulnerabilidade que a presença de Louise lhe conferia, subitamente iam pela sarjeta. Toda Viena sabia que Philipp, abruptamente, tinha repudiado sua esposa e suas dívidas, e suspeitavam que sem os recursos dele e os da família de Louise os fugitivos eram nada. Ela era uma indigente, com efeito — e ele, o que era? Como ele poderia agora chegar até ela e confessar o que tinha feito? Ou ir até Viena e fazer a mesma confissão para Stephanie, e, já que ele estava lá, pedir-lhe que gentilmente deixasse ali suas assinaturas até...

quando? Até que Philipp anunciasse em público que continuaria a quitar as dívidas de Louise? Até Spitzer e Reicher concordarem em deixar passar o "erro" que ele cometera? Até Louise ir em peregrinação penitente a Bruxelas e convencer o pai a ajudá-la? Ou ela faria melhor se viajasse, ao contrário, para Spa, Bélgica, onde a mãe, Marie Henriette, vivia em retiro — ou para o Château de Bocottes, onde sua tia-avó Charlotte, a insana imperatriz do México, estava ainda mais rigorosamente confinada — na esperança de que uma ou a outra concordasse em salvar seu sobressaltado "amigo" croata das conseqüências de sua própria loucura?

Não, não, não. Naquela família, eles eram todos loucos, de um jeito ou de outro, mas não tão loucos assim. Eram espertos também. Nem uma vez desde que Louise deixou Viena para viajar pela Europa com o seu pretenso camarista, nenhum deles (inclusive Stephanie), nenhum deles enviou a ela sequer uma linha de cumprimento ou perguntas, sem falar em convite para uma visita. Será que esse tipo de gente, então, iria apoiar a irmã proscrita e seu amante em um momento de crise auto-imposta?

Manhã após manhã ele se levantava da cama cedo, antes do alvorecer, e caminhava ao longo da costa, olhando a chegada da maré, dobrando-se constantemente e espalhando seu linho branco como lavadeira distraída, ou olhava mais além para onde as grandes massas de água deslizavam em silêncio e erguiam-se uma contra a outra na escuridão, enquanto a mesma substância em outro disfarce ria idiotamente entre as pedras a seus pés — e tentava ver a si mesmo caminhando direto em sua direção até não poder ir mais além. Então nadar cada vez mais até também não conseguir ir adiante. E aí? O que se seguia era sempre o mesmo: dias ou semanas mais tarde ele seria arrastado de volta, morto, ensopado, inchado, quase irreconhecível.

Ai de mim!, esse sempre foi o problema. Não era medo nem horror que o segurava, ou pelo menos assim acreditava; mas o fato de ser incapaz de se excluir da cena. Ele *tinha* de continuar participando: saber o que ia acontecer, estar ali, olhando, escutando, reagindo quando acontecesse. Não do lado de fora! Ainda não! Tinha de continuar, tentar aproveitar ao máximo a situação em que estavam. Aborrecia-o ter de se preocupar com coisas assim: era um soldado, um amante, um homem de ação, não um comerciante cheio de subterfúgios, um agiota judeu de coração mole, um verdureiro falido com faturas e contas constantemente na cabeça. No entanto as dívidas deles, todas assumidas de modo tão irresponsável, tinham se transformado em uma massa inerte, congestionada, horrivelmente desconfortável, em algum lugar dentro dele, como um intestino comprimido, e as notas promissórias forjadas como um tampão final em sua bunda. E pensar que tinha poupado a vida daquele Gordo quando podia ter acabado com ele!

Muito bem, então, alguma coisa tinha de ser feita e era ele quem tinha de fazê-lo. As jóias, obviamente, eram a mais valiosa das posses de Louise, assim como as mais portáteis e capazes de funcionar como penhor. Primeiro eles teriam de estabelecer quais dos anéis, broches, braceletes, colares, brincos, tiaras e coisas assim, que ela guardava em todos aqueles estojos elegantes e saquinhos de couro mole — alguns no banco, alguns na *villa* —, tinham sido completamente pagos, e quanto ainda deviam dos outros, e para quem. Para fazer isso eles tinham de relacionar os itens individuais naqueles receptáculos com o molho de cartas, faturas e recibos em seu poder. Depois, tinham de descobrir quanto dinheiro conseguiriam obter por elas. Pelo menos, esse era o programa, e dependia bastante da capacidade dele de persuadir Louise de que esse ato de balanço e inventário não era um jogo maligno que ele tinha inventado para atormentá-la, mas de extrema necessidade. O que seria uma batalha, ele sabia. Particularmente, ela poderia não entender por que ele insistia tanto na necessidade de quitar a próxima prestação de juros devida a Spitzer e Reicher. O que havia de tão especial no dinheiro que eles emprestaram, afinal?

Mas sobre isso ele ficou mudo. Mudo.

Mesmo assim, depois de três ou quatro dias de discussões e lágrimas do lado dela e raiva reprimida no dele, ele conseguiu que ela aceitasse que dinheiro vivo, vivo, vivo era o que eles precisavam acima de tudo. A essa altura eles também tinham preparado uma lista rápida e rasteira dos itens que seria melhor ou mais conveniente ou de alguma forma menos angustiante para ela abrir mão. Mas, quando ele engoliu o orgulho e saiu como um caixeiro-viajante para conseguir o dinheiro vivo, vivo, vivo do qual havia falado, encontrou outra dificuldade. O aperto deles agora era conhecido por toda a Riviera e mais além, e todo comprador ou prestamista que ele procurava estava determinado a extrair o máximo de vantagem que pudesse da fraqueza da posição deles. Os compradores sabiam que nada tinham a perder ao resistir, fazê-lo esperar, torcer a boca e declarar que esse tipo de armação ou aquele tipo de pedra tinham saído da moda para todo o sempre. De repente, esses bajuladores antes rastejantes e sorridentes, sempre esfregando as mãos enquanto escutavam de cabeça baixa, como se ele fosse o homem mais sábio e Louise a mulher mais linda da terra, tinham se tornado peritos em fazer uma cara desapontada e declarar o pouco tempo que tinham para atendê-lo e o pouco dinheiro que tinham, infelizmente, justo nesse momento.

Em outras palavras, ele e Louise estavam pobres demais para vender! Depois de vários encontros assim, Mattachich decidiu que os itens mais preciosos tinham de ser vendidos ou penhorados por alguém incógnito, peça por peça, e o mais distante possível da Riviera. Para isso, ele precisava de terceiras pessoas em quem pudesse confiar. Assim, decidiu enviar Ozegovich a Viena para fazer o que fosse possível, já que ele era por si mesmo demasiado insignificante para que sua amizade com Mattachich fosse conhecida ali; e enviar seu novo amigo, Maximilian Jean Fuchs, um alsaciano franco-alemão, de profissão gerente de hotel, a Londres com a mesma missão.

Os dois homens de fato aceitaram a proposta, que naturalmente incluíam o pagamento de suas despesas e a promessa de uma comissão sobre o negócio que eles conseguissem.

Com Fuchs, Mattachich foi além. Deprimido, sentindo pena de si mesmo e desejando encontrar alguém mais que sentisse pena dele — também meio esperançoso de ouvir alguma solução para seus problemas que de alguma forma tivesse deixado passar —, ele tornou Fuchs seu confidente. Contou-lhe tudo.

Não, não Ozegovich, que era muito próximo, muito dependente, muito *heimisch* para que confiasse a ele esse segredo. Para Mattachich, Fuchs tinha a vantagem invertida de ser um recém-chegado. Tampouco isso era tudo. Havia algo mais em relação a ele que Mattachich achava atraente, quase irresistível. Quando os dois se encontraram pela primeira vez, tinha se perguntado se esse estranho não seria um espião dos Habsburgo, enviado a Nice para vigiar a ele e Louise. Mas logo concluiu que era um absurdo. O que mais atraía Mattachich em Fuchs era perversa e precisamente o fato de que este não o levava a sério. De qualquer forma, não como cavaleiro defensor de uma princesa desamparada. Não como um homem caçado pelo imperador da Áustria-Hungria. Não como um soldado que tinha jogado fora sua carreira no exército imperial por causa de uma grande paixão. Ele falava do *grand amour* de Mattachich como se fosse o equivalente moral do grande sucesso que ele, Fuchs, tivera no cassino em Monte Carlo poucos meses antes — um sucesso tão grande que o capacitou não apenas a parecer um cavaleiro (de tipo pouco convencional), mas a viver como um deles. Baseado nisso, ele tinha desistido do seu emprego como subgerente em um dos grandes hotéis do litoral e, desde então, não procurara outro compromisso.

Os dois homens se conheceram por acaso, em um bar; e o acaso — ou a "sorte" como Fuchs preferia dizer — era um dos seus grandes assuntos. "Sorte" era um dos traços que eles tinham em comum, Fuchs disse com firmeza na segunda vez que se encontraram, quando Mattachich lhe contou uma parte de sua história.

— A outra coisa que temos em comum é que não pedimos desculpas por nossa sorte. Nós a agarramos. Nós a usamos. Nós a *amamos*. Muitas pessoas não conseguem suportar a própria sorte, ficam nervosos, punem a si mesmos por qualquer sorte que apareça em seu caminho porque acreditam que, se não se servirem desse tipo de punição, então alguém ou algo pior virá e fará isso com eles. Ou fogem dela porque não a "merecem", não se acham bons o suficiente. Como se a bondade tivesse alguma coisa a ver com a sorte! Como se apenas os virtuosos tivessem de ser premiados. E você sabe o que acontece com eles, em conseqüência? Eles param de ter sorte. Então você pergunta a si mesmo: o que eles realmente queriam? Ter sorte, ou se sentir mal por que a têm? No entanto, para pessoas como você e eu, a sorte não é um peso. Ficamos agradecidos por ela.

— Também temos de trabalhar para ela.

— É claro. Tudo por tudo. Aceitamos os riscos. Você teve de aceitar os riscos, e você os aceitou. Eu também. Aceitar os riscos é nosso tipo de trabalho. Eu e você, nós dois.

Mattachich protestava de tempos em tempos contra esse tipo de conversa, mas sempre retornava para mais. Na companhia de Fuchs, podia chegar a um acordo com o eu adicional, secreto, descarado, que se escondia dentro dele, o inseparável irmão gêmeo daquele que só queria ser admirado. Com Fuchs, ele não tinha de fazer o esforço constante para se ver como um herói seriamente apaixonado, nem tinha de enfrentar o desprezo zombeteiro e invejoso que com freqüência sentia estar logo abaixo da superfície da amizade que encontrava nos outros. Mesmo com Louise, tinha de manter uma fachada firme e tranqüilizadora: não porque temesse seu julgamento mas porque ela era bastante propensa a receios e autocensura; ele tinha de estar em guarda mais por causa dela do que dele.

Nada disso era necessário com Fuchs e, como resultado, Mattachich ficou interessado nele, até mesmo encantado. Era como se ele fosse um estranho compreensivo que encontrara em uma viagem de uma noite e jamais fosse rever, de quem não precisava manter nenhum segredo. Um homem mais ou menos da altura e idade de Mattachich, Fuchs vinha de ambiente humilde — isso era tudo que ele dissera a respeito —, mas seus anos de trabalho em hotel, dizia, fizeram dele um cavaleiro muito antes de realmente "entrar na grana". Nunca tinha feito serviço militar de nenhum tipo, e admitiu para Mattachich que se sentia diminuído por isso. Os médicos do exército tinham descoberto que ele tinha "um coração", disse, apontando significativamente um dedo para o lado esquerdo do peito.

— Desde então — acrescentou, com uma serena vaidade —, fiz o possível para não lhe dar trabalho.

Ele usava ternos de linho claro que, em um estilo meio cafona de sua própria lavra, combinava com um chapéu Homburg preto, completo com aba chata larga e a copa denteada. Era a primeira pessoa que Mattachich conhecia que usava esse chapéu. Alguma coisa direta e descuidada em suas maneiras, assim como o cabelo escuro e a pele amarelada, a inclinação das pálpebras sobre os olhos grandes, verde-oceano, o caimento dos lábios nunca inteiramente fechados, que eram pálidos e tinham, no entanto, um toque quase púrpura, os movimentos curtos, seguros, de seus pulsos e dedos, a suavidade da voz e sua fluência em todas as diferentes línguas que falava — tudo isso o dotava de um glamour singular aos olhos de Mattachich. Também ajudava a tornar plausível sua queixa de que a única coisa da qual sentia falta de seu antigo emprego era o sortimento sempre mutante de mulheres que o acompanhava. Camareiras, ajudantes de cozinha, hóspedes, suas filhas, suas acompanhantes, o que aparecesse. Ou se deitasse.

Esse era o homem que Mattachich não conseguiu evitar fazer de confidente. Quem mais ele tinha? Esse Fuchs já não o conhecia melhor, em certos aspectos, do que alguém como Ozegovich jamais poderia? Mas, depois que a "traição" de Philipp fora publicada nos jornais, foi exatamente por isso que ele evitava os lugares onde ele e Fuchs costumavam se encontrar, e agradecia a Deus por Fuchs não ter respondido ao convite para o baile tumultuado e humilhante de Louise. Agora que a sorte de Mattachich o abandonara, como poderiam se encontrar como iguais?

No entanto, eles estavam destinados a dar de cara um com o outro, mais cedo ou mais tarde, e foi quase um alívio para Mattachich quando finalmente se encontraram à beira-mar. Cada um exclamou o nome do outro ao se darem as mãos; depois ambos ficaram em silêncio. Ficaram sem nada a dizer, apenas alguns momentos, mas que pareceram infinitos.

Fuchs foi o primeiro a falar.

— Ouvi dizer que você teve um duelo.

Isso foi tudo. Nenhuma palavra sobre a notícia dos jornais, ou sobre aquelas cenas horrorosas na *villa*, sobre as quais deviam ter lhe contado; nada sobre os credores importunos, alvoroçados. O tato do homem arrancou alguma coisa parecida a um soluço da garganta de Mattachich. Ele ouviu o som e se espantou, como se tivesse vindo de outra pessoa. Isso também o desarmou. Revelou tão claramente sua angústia que agora não havia sentido em esforçar-se para negar o que vinha passando. Sem uma palavra, com apenas um gesto do ombro como convite, ele continuou a caminhar para o leste, como se tivesse algum destino específico na cabeça. Fuchs foi atrás. À direita, intermitentemente ocultado por edifícios, estava o mar azul, calmo, como uma travessa esquentando sob a cúpula do céu. Havia alguns barcos lá adiante; fora isso, nenhuma vida; só o brilho e o tremeluzir da luz. Mais perto, à volta dele, havia palmeiras, hotéis, terraços, veículos puxados a cavalo, até o desajeitado carro a motor ocasional, observado pelos passantes como se fosse uma criatura que escapara do zoológico. Olhando direto para a frente enquanto caminhavam, Mattachich falou de como Louise estava opressivamente endividada e admitiu que ele e ela sempre tinham confiado que, no final, Philipp pagaria sua fiança, não importa que o fizesse fora do prazo e com descortesia.

E agora ele a abandonara! Tinha deliberadamente convocado aquele duelo idiota, sabendo que Mattachich o trataria com gentileza, e sempre tendo em mente, o gordo filho-da-mãe, o covarde que ele era, dar o golpe final em sua esposa depois que sua "honra" tivesse sido restaurada.

— De maneira honrosa, você entende. Honrosa...

Assim, eles estavam com problemas agora, com problemas até o pescoço, e todo mundo em Nice sabia disso. (Ainda olhando para a frente.) O mundo sabia. E isso não era o pior. De jeito nenhum. Meses atrás, quando eles ainda estavam em Karlsbad, ele, Mattachich, fez uma coisa "inacreditavelmente estúpida". (Frase que ilustrou com um gesto de uma das mãos, como se atirasse um objeto atrás de si.) Fuchs precisa jurar nunca dizer nem uma palavra sobre isso a ninguém. Não eram apenas problemas financeiros o que ele tinha, mas uma coisa pior; uma coisa que aconteceu devido a seus problemas financeiros, meses atrás, mas agora o ameaçava com vergonha e ruína completas... e só Deus sabia o que mais.

— Naquela época, não significava nada para mim! De verdade! Eu não pretendia prejudicar ninguém! Era só uma coisa pequena! Uma bobagem para evitar aborrecimento, só isso....

Sua mão voou outra vez para cima, em um gesto abrupto, como se jurasse. Ele falou com grande intensidade, como se a casualidade de sua intenção fosse, então, muito mais importante, moralmente falando, do que quaisquer conseqüências que seu "truque" pudesse ter.

— Mas quem acreditará nisso...? — As palavras saíram, desesperadoras. Como também as frases interrompidas e exclamações que se seguiram. — Eles vão me agarrar pelo pescoço.... Estavam esperando por isso.... A princesa não sabe nada... Como pude fazer isso?... Eu devia estar louco.... Mas você sabe, é difícil... — E apontando para o mar — Você não imagina quantas vezes eu pensei em simplesmente... Está lá, está esperando, está esperando, então por que.... não aproveitar....?

Finalmente, ele se calou. Eles continuaram caminhando. Fuchs ainda não disse nada. Nem mesmo "E então?" ou "O quê?" ou "Lamento". Mattachich olhava para a frente. Nenhuma vez olhou para seu companheiro desde que se puseram a caminhar; o amigo não era mais do que uma presença silenciosa a seu lado, passos, um corpo, movimento acompanhando o ritmo do seu. Companhia suficiente.

Minutos se passaram dessa maneira. De repente, Fuchs retardou os passos, seguiu um pouco atrás de Mattachich, parou, levou sua mão à boca em um gesto de lembrança. Depois, puxou o relógio do bolso do colete, praguejou com serenidade e disse que tinha se esquecido de um compromisso que simplesmente tinha de manter. Eles se deram as mãos e Mattachich ficou parado onde estava, seus olhos seguindo o outro enquanto este cruzava a rua, tomando a direção do centro da cidade.

— Fuchs! — chamou Mattachich. Sentia-se abalado, consciente de um tipo de tremor em seu peito. Depois mais alto, pois Fuchs claramente não escutara o chamado no meio do som do tráfico. — Fuchs! — Dessa vez ele parou. Mattachich fez um sinal para que voltasse. O que ele fez, atento e sem sorrir como antes.

Fuchs então se tornou o amigo especialmente escolhido, o único confidente, a pessoa que sabia sobre Mattachich algo que ninguém mais sabia, o que foi enviado a Londres com itens de joalheria valendo dezenas de milhares de florins cada um. E Fuchs foi o filho-da-puta que voltou de Londres três semanas mais tarde com uma quantia tão miseravelmente menor do que a expectativa de Mattachich, que a amizade dos dois homens — sempre um assunto vistoso, surgindo do nada como uma flor de cactus — se destruiu em minutos. Foi substituída pela raiva, suspeita, acusação, desprezo mútuo. Mattachich estava convencido de que Fuchs tinha feito negócios paralelos com as pessoas para quem vendera a mercadoria; os recibos firmados e selados que trouxe consigo de Londres não significavam nada, já que ambos os lados se beneficiariam com a ocultação das verdadeiras quantias envolvidas na transação. Em outras palavras, Fuchs era um ladrão. A essa acusação, Fuchs — sua pele semi-amarelada agora totalmente amarela, seus dentes aparecendo em ângulos pouco familiares na mandíbula inferior, as veias em seus olhos aparecendo de repente — respondeu que por certo um falsário estaria propenso a ver em todo mundo um escroque de duas caras.

— É isso! — disse Mattachich, mantendo sua voz tão baixa quanto a raiva permitia. — Percebo o que você pretendia. Porque confiei em você, você pensa que pode fazer o que quiser comigo. Pensa, ah, ele está acabado, não ousará fazer queixas, aceitará qualquer coisa que eu leve para ele.

Era a manhã depois do retorno de Fuchs de Londres. Eles tinham se encontrado em uma das salas do andar térreo da *villa*. As portas e janelas haviam sido fechadas e as cortinas abaixadas, para que ninguém pudesse ver ou ouvir o que diziam. Na mesa entre eles havia alguns recibos e pilhas de notas bancárias amarradas em feixes. Os olhos dos dois reluziam à meia-luz. Na sala só se escutava a respiração instável deles, até que o som de pássaros de repente rompeu do jardim — alguns deles em gorjeios, um pássaro maior raivosamente chacoalhando as contas de madeira que parecia carregar na garganta. Fuchs levantou-se, pegou o feixe de notas mais próximo a ele e o colocou dentro de uma pequena pasta a seus pés. Começou a dirigir-se para a porta. No mesmo instante, ela se abriu por si própria. Louise estava ali parada. Usava um traje comprido, claro, com um colarinho de babados e um lenço na mão.

— *Herr* Fuchs — disse.

Ele respondeu com a mais leve inclinação de seu pescoço. Ainda segurava o casaco em sua mão direita.

— Sua Alteza.

Ele e Louise mal se conheciam; a amizade dos homens tinha florescido fora de casa, nos bares, restaurantes, cafés nas calçadas, salões de jogos.

— Estão falando de negócios, percebo.

— Sim, estávamos sim.

— Quando voltou de Londres?

— A noite passada.

— E conseguiu realizar o que pretendia fazer?

— Não! — disse Mattachich. — Não conseguiu. Ele nos traiu. Voltou sem nada.

— Nada? — perguntou Louise ironicamente, com um gesto fraco para o dinheiro que estava na mesa.

— Nada. Nada. — repetiu Mattachich. — Nada além de insultos.

Entrando na sala, ela disse calmamente a Fuchs.

— Deve perdoar o conde. Estamos passando por maus momentos.

— Madame — disse Fuchs, esforçando-se para falar também com calma, embora sua voz tremesse —, deixe-me alertá-la. Este... amigo seu a está levando em direção a um grande problema. O que ele me disse....

Ele não continuou. Mattachich pulou de sua cadeira e correu para ele. Agarrou seu pescoço com uma das mãos e a pasta com a outra. Fuchs tentou desviar o golpe, mas caiu esparramado no chão. Mattachich levantou o casaco no ar como um troféu. Ou uma arma com que estava prestes a esmagar a cabeça de seu oponente.

— Filho-da-mãe! Chantagista! — disse ele. — Conheço seu jogo. — Depois simplesmente jogou a pasta sobre o homem, que arquejava no chão. A pasta bateu em seu ombro. — Saia!

Louise tinha dado um grito quando a luta começou; agora, silenciosa, pálida, olhando para o nada, sentou à mesa. Mattachich ficou ali atrás. Respirando pesadamente, cobriu o rosto com as mãos cansadas. Fuchs permanecia no chão, os ombros se movendo ao ritmo da respiração. No final, em silêncio, esforçou-se para levantar e olhou para baixo para a pasta, como se não soubesse o que fazer com ela. Antes de se abaixar para pegá-la, olhou apreensivamente para Mattachich, temendo que ele atacasse outra vez, até o chutasse por trás. Mas Mattachich ficou onde estava, as mãos agora caídas dos dois lados. Fuchs colocou a pasta debaixo do braço e deixou a sala sem mais palavras. Seu chapéu Homburg, que Mattachich tinha admirado e invejado, permaneceu em uma das cadeiras.

A quinzena anterior ao retorno de Fuchs de Londres tinha sido um período ruim para o casal, mesmo considerando a desastrosa situação geral. Ozegovich havia voltado de Viena com menos dinheiro do que eles tinham imaginado (embora tivesse se saído melhor do que Fuchs com as mercadorias confiadas a ele). Credores de quem eles mal se lembravam continuavam a aparecer de locais inesperados. Eles tinham fracassado na tentativa de conseguir dinheiro com o estratagema simples de penhorar localmente o aglomerado de prataria pesada que tinham alugado do proprietário da *villa*. Durante todo esse tempo, corroendo particularmente Mattachich, como uma dolorosa parte adicional de seu segredo maior, estava a convicção de que cometera um erro estúpido ao compartilhar seu segredo com Fuchs. Apenas minutos depois de ter falado, minutos depois de terem se separado à beira-mar, isso ficou claro para ele. Por que fizera isso, por Deus? Que proveito poderia tirar disso? E os danos?

Daí a perda da esperança, o senso de deserção total, que sentira quando Fuchs lhe disse o que sua viagem a Londres tinha rendido. Como lhe era familiar a convicção de fracasso e desatino, o nojo de si mesmo que então o invadiu. Ali estava ela outra vez: assim como esteve em sua infância, sempre esperando dentro dele pela oportunidade de derrubá-lo. Em momentos assim, tudo que era essencial a seu bem-estar morria instantaneamente. Ele estava liquidado, condenado, eliminado.

Esse momento "particular" demorou mais do que o usual. Esgotado, inútil, ele deixou que Louise fizesse o que podia nas semanas seguintes. Tratou com os empregados remanescentes, leu as cartas que chegaram de credores raivosos ou de seus advogados e as respondeu com promessas, subterfúgios e mentiras, recusou-se a receber os que apareceram no portão da *villa* (agora permanentemente fechado) e especulou sobre as possíveis fontes de ajuda às quais ainda pudesse recorrer. Tudo que Mattachich conseguia pensar era que deveria ir a Londres procurar socorro com a rainha Vitória, prima distante dela tanto por sangue quanto por casamento; mas isso soava tão implausível a Louise que ela o rejeitou com um gesto da mão. Em vez disso, esperando ganhar tempo e espalhar a confusão entre seus credores, ela apelou a uma pequena falsificação criativa de sua lavra, enviando um telegrama — pretensamente de um certo "conde Bechtolsheim" da embaixada austro-húngara de Paris — para a agência de notícias Agence Havras, declarando que o repúdio formal de Philipp das dívidas de sua esposa tinha sido publicado por erro, e que os correspondentes da agência deveriam publicar um desmentido.[53] Ela não tinha idéia de como, ao saber dessa falsificação relativamente trivial, seu amante ficou tentado a lhe contar sobre o que tinha feito. Mas só que não conseguiu fazer isso.

Pouco a pouco, Mattachich começou a recuperar seu ânimo e energia. O exemplo que ela acabara de dar o encorajou a redigir dois outros comunicados que não trazia pseudônimos nem assinaturas falsificadas, mas eram fraudulentos, de qualquer maneira. O primeiro foi uma carta, assinada por Louise, endereçada ao rei Leopoldo mas nunca postada, já que tinha sido redigida apenas para Barber mostrá-la aos temidos Spitzer e Reicher, na esperança de acalmá-los.[54] O segundo foi um telegrama enviado por Louise a Stephanie, que dizia, misteriosamente: "Se você me ama, não diga nada antes de receber minha carta. Nela, tudo será esclarecido. Não importa como as coisas se apresentem, eu sou inocente; o erro é de Philipp. Será de enorme ajuda para mim se você disser 'Sim'. Espere a minha carta, Louise."[55]

---

[53]Citado por Holler, *Ihr Kampf*, p. 94.
[54]"Querido pai! A situação na qual minha família me criou me compeliu a levantar dinheiro... em condições generosas... Pedi a Stephanie que me apoiasse, o que ela concordou em fazer, mas não tenho alternativa agora senão lhe pedir para nos ajudar a colocar as coisas em ordem... Por favor, faça isso em interesse tanto de Stephanie quanto de sua filha amorosa e agradecida" (citado em Holler, *Ihr Kampf*, p. 96).
[55]Citado em Holler, *Ihr Kampf*, p. 96.

Não surpreende que ambas as iniciativas dessem errado. O efeito imediato da carta de Louise supostamente endereçada ao pai foi horrorizar Barber, que desistiu de seu mandato como representante legal de Louise em Viena. Sentindo-se mais e mais enredado perigosamente em uma teia de fraudes, ele decidiu desembaraçar-se de todo o caso — e deixar "o outro lado" (isto é, Philipp) saber que ele tinha feito isso, e por quê. Quanto ao telegrama enviado a Stephanie, simplesmente nunca chegou a ela, pois alguns dias depois de enviado ela deu entrada em um hospital com um quadro de pneumonia com risco de morte. Portanto, a incompreensível mensagem de Louise chegou a seu camarista, Graf Choloniewski, um homem tão grave quanto o nome, que o levou direto a Philipp.

Tudo isso foi bastante prejudicial para as tentativas do casal de escapar do circo que estava sendo armado a seu redor; pior ainda foram as duas cartas que Philipp recebeu de um enfurecido Fuchs. Se Mattachich chegasse a ir a Viena, escreveu Fuchs, Philipp deveria tomar medidas para prendê-lo imediatamente. "Esse morto de fome que tenta se fazer passar como grande lorde", escreveu Fuchs, "nada mais é que um fraudador e patife." Sua carta seguinte, que chegou um dia depois, era ainda mais drástica no tom: "As coisas estão parecendo piores do que nunca! A princesa comprou jóias a crédito de uma firma de Monte Carlo... e enviou um certo Ozegovich a Viena para penhorá-las para que assim tivesse dinheiro vivo nas mãos para sua fuga.... Os agiotas querem levá-la à corte por perjúrio e roubo... Todo o assunto foi tramado por Mattachich."[56]

---

[56]Citado por Holler, *Ihr Kampf*, p. 92.

Dez dias depois houve uma reunião na "sala de retratos" do palácio Coburgo. A ela compareceram o príncipe Philipp, Spitzer, Reicher, o ajudante-de-ordens de Philipp, Gablens, Graf Choloniewski e o indispensável Dr. Bachrach. Sob os olhos rachados e empoeirados de uma vintena de figuras masculinas dos Coburgo do século XVIII, barbadas, de botas altas, cadarços dourados, amedalhadas, estreladas e enfaixadas, a maioria delas intermitentemente iluminada pela luz do sol entrando pelas janelas compridas, as pretensas notas promissórias assinadas por Louise e Stephanie foram colocadas para inspeção. Choloniewski deu uma olhada nelas e declarou que as "assinaturas" de Stephanie eram falsas. Ele explicou que ela nunca assinaria nenhum documento formal de nenhum tipo como "princesa real Stephanie, arquiduquesa da Áustria". Seu título oficial era "princesa real viúva [*Kronprinzessin-Witwe*] Stephanie", e, a não ser nas cartas para os parentes mais próximos, era assim que invariavelmente escrevia seu nome.[57]

---

[57]Ver Holler, *Ihr Kampf*, p. 97.

Seis

Alguns anos depois foi feito um grande barulho quanto ao papel dos agiotas em todo o incidente. Duas perguntas em particular foram feitas sobre eles. Por que pediram um segundo avalista para as notas promissórias cobrindo os empréstimos mais recentes a Louise (o que não pediram previamente); e por que insistiram com atraso na verificação da assinatura da avalista tanto tempo depois de a terem aceitado como genuína? Até esse ponto Louise tinha coberto os pagamentos dos juros devidos sobre os vários empréstimos feitos por ela — então por que de repente desconfiaram dos documentos que os afiançavam?

Alguns dos defensores de Mattachich dão uma resposta simples para ambas as perguntas. Ou melhor, eles a respondem com outra pergunta. O que mais se podia esperar de um par de judeus? Judeus arquetípicos, realmente, judeus agiotas, que como sempre só tinham dois objetivos em mente: fazer dinheiro e exercer o poder de maneira maligna, subterrânea. Suas investigações tardias sobre a autenticidade da assinatura de Stephanie foram falsas do começo ao fim. Sempre souberam que a suposta assinatura dela nos documentos era falsa *porque eles mesmos a puseram ali*. Eram eles os falsários. Com as notas incriminadoras nas mãos, aguardaram pacientemente o momento de atacar. Agora o momento tinha chegado.

Atacar a quem, exatamente? Bom, escute o testemunho proferido no parlamento imperial (*Reichsrat*) por Ignaz Daszynski, membro do Partido Socialdemocrata. Do ponto de vista dos agiotas, Daszynsi explicou, "era inteiramente conveniente" acrescentar uma assinatura falsa à genuína, "já que é um fato universalmente reconhecido que uma assinatura falsa vale mais do que uma genuína, sobretudo em transações de usura desse tipo. Assim, os usurários podem dizer: 'Com uma assinatura forjada temos escândalos, ameaças, estamos com a pistola apontada não apenas contra a testa do príncipe de Coburgo mas contra todos os elementos dirigentes do tribunal imperial'... Pois aqui estamos lidando", continua Daszynski, "com os agiotas mais ferozes, mais fanáticos, que adiantam seu dinheiro a taxas exorbitantes de juros a incontável número de pessoas no tribunal..."[58]

E por aí vai. É inútil perguntar por que seria "inteiramente conveniente" para os senhores Spitzer e Reicher acrescentar uma assinatura falsa à genuína, inutilizando assim os documentos em qualquer tribunal de justiça. Ou exatamente desde quando foi "universalmente reconhecido" que uma nota promissória forjada é mais valiosa para propósitos de chanta-

---

[58]Daszynski foi o homem que se referiu ao advogado de Philipp, Adolf Bachrach, como "um judeuzinho com pretensões feudais". Disseram que a frase provocou um "júbilo exultante" (*lebende Heiterkeit*) no legislativo.

gem do que uma genuína. Sobretudo quando a proferida falsificação é instantaneamente detectável por todos aqueles que conhecem a letra do suposto signatário. Ou por que os agiotas conspirariam para emitir documentos que não apenas colocariam em risco somas assim tão altas de seu próprio dinheiro como também os deixariam sujeitos a serem processados como falsificadores, perjuros e violadores do nome da cunhada do rei-imperador. Nada menos. Ou por que Spitzer e Reicher seriam os únicos a se alarmar com o estado das finanças de Louise depois da desautorização pública das dívidas dela e da saraivada de mensagens que estavam chegando a Viena, de Nice e de outros lugares, sobre a situação de seus assuntos domésticos.

Sem dúvida, você pode pensar em outras incógnitas que poderiam ser apresentadas ao agora há muito falecido Daszynski, mas já que essas perguntas seriam inúteis, mesmo quando ele estava vivo, por que se incomodar? Vale mais a pena ressaltar que, não obstante o teor anti-semita de seu discurso, Daszynski também pretende comparar Mattachich ao inocente capitão Dreyfus, o judeu francês oficial do exército que foi condenado à prisão na ilha do Diabo, oficialmente por traição mas de fato baseado apenas em sua raça. Nesses momentos Daszynski de repente parece lembrar-se de suas credenciais socialistas, que são exibidas em outras partes de seu discurso com referências à "mão fatal dos Habsburgo", "cobiça Coburgo" e à "alta sociedade [do império]... aprisionada em sua própria sujeira". Por vezes ele também consegue unir indissoluvelmente as duas pontas de seu argumento, como fez ao caracterizar o "judeu Bachrach" como "uma daquelas figuras que sempre são encontradas rastejando atrás do abrigo que o despotismo está louco para lhes oferecer".[59]

Isso posto, Daszynski estava certíssimo em um aspecto. Os membros do grupo que se encontraram aquela manhã na sala dos retratos do palácio Coburgo para examinar as notas promissórias falsificadas, e para decidir o que seria feito quanto a elas, concordaram que a questão deveria ser resolvida tão discretamente quanto possível, e ao custo mais baixo (em todos os sentidos) para os que estavam à mesa. Spitzer e Reicher queriam seu dinheiro de volta, fosse qual fosse a fonte a fornecê-lo. Philipp, cuja situação era a mais infeliz de todas, queria ficar permanentemente livre de Louise e das dívidas e humilhações para as quais ela sempre o arrastava. Choloniewski, em nome da enferma Stephanie, estava simplesmente ansioso para manter as conexões de Louise fora de todo o detestável episódio.

Mas como? *Como?* Quando as notas promissórias foram passadas de um lado para o outro em volta da mesa e finalmente retornaram à pasta de onde foram retiradas, e as queixas, os suspiros, os giros de cabeça, os enojados e desesperados "Ahs!" foram ditos, todos se voltaram para Bachrach. Ali estava

---

[59]Trechos maiores do discurso de Daszynski aparecem tanto em *Autour,* de Louise, pp. 232-6, quanto em *Ihr Kampf,* de Holler, pp. 193-8. Apenas duas décadas depois, uma combinação muito mais mortal de radicalismo e anti-semitismo virulento — como experimentado em Viena por Daszynski, Schönerer, Lueger e outros — seria propagada pelas ruas do mundo de fala alemã por um demagogo incomparavelmente mais eficaz.

Uma reciclagem dos argumentos de Daszynski sobre o caso Mattachich-Louise pode ser encontrada em um livrinho intitulado *La princesse Louise en fuite* (A princesa Louise em fuga), publicado em Bruxelas em 1905. Com o subtítulo de *Le Roman D'une Vie* (O romance de uma vida), sua autoria é deixada no anonimato. Incluindo um esboço a bico de pena de Louise, o livrinho fala mal de todo mundo. Defende, por exemplo, que "o estúpido do marido" de Louise (*son butor de mari*) costumava "estapeá-la como argamassa" (*la battait comme plâtre*) — mas seu tratamento dos documentos falsificados apóia-se totalmente na versão de Daszynski dos eventos.

176

ele sentado: ereto, vigilante, a calva cabeça redonda, as pontas enceradas e afiadas dos bigodes pacificamente voltadas para baixo, não para os lados nem para a frente, a boca firme, descorada e confiante, os olhos castanhos equipados com bolsas embaixo e um conjunto de rugas de aparência sábia abrindo-se a partir dos cantos. Todo o conjunto, em resumo, cuidadosamente composto — composto, você pode pensar, como se lhe tivesse sido oferecida uma escolha de expressões habituais para serem usadas e ele tivesse finalmente se decidido por uma mistura de "ironia" e "cautela", com mais de uma pitada de "severidade" por cima. Depois de fazê-los esperar em silêncio pelo que julgou ser o tempo certo, ele tossiu, olhou para o papel que estava por cima de uma pequena pilha a sua frente, e começou com uma voz de tenor clara, masculina, na qual algo quase ronronante como um baixo aparecia e desaparecia.

— Sua Alteza, cavalheiros — começou —, falo com franqueza sobre o problema perante nós, pois sei que tudo que acontecer entre nós permanecerá confidencial. Nesta tarde, foi-nos apresentada evidência direta de que um crime, o crime insidioso e vulgar da falsificação, foi perpetrado não apenas contra Sua Alteza real, a princesa real viúva Stephanie, mas também contra os dois... ahm... cavalheiros financistas presentes conosco que foram levados, por assinaturas falsificadas, a colocar grandes somas de dinheiro à disposição da princesa Louise. É de algum conforto saber que as falsificações foram reveladas quando apenas uma parte do dinheiro emprestado foi retirado. Temos também evidência direta de pelo menos duas fontes, de um certo Maximilian Jean Fuchs de Nice, a respeito de quem nada sei, e do meu colega de Viena, Dr. Barber, que as falsificações foram inscritas nos documentos pelo tenente Géza Mattachich, que denomina a si mesmo camarista da princesa Louise.

Uma longa pausa se seguiu. Então, como se repreendesse não a si mesmo mas a outra pessoa:

— Correção: o que acabou de ser dito não é totalmente preciso. As alegações feitas por Fuchs e Barber não são "evidências". Ao contrário, são acusações contra Mattachich que terão de ser avaliadas em um corte de justiça, se... *se*... o caso for passado diretamente para a polícia. O que pode parecer a maneira mais simples de se proceder.

Outra longa pausa. Os olhos de Bachrach se voltaram para Philipp, que respondeu ao olhar com um aceno meio hipnotizado. Um lampejo de luz do sol, refletido por seu pincenê, atingiu um de seus ancestrais na parede oposta e ali morreu instantaneamente. Bachrach abaixou a cabeça.

— Como partes prejudicadas, os senhores Spitzer e Reicher estão perfeitamente habilitados a ir a polícia, notificar o crime, e se assim o desejarem, registrar queixas criminosas contra o suposto acusado.— (Pausa) — Ou acusados. (A pausa mais longa até agora, enquanto ele deixa as implicações do plural se acomodarem.) — O ponto que estou levantando é este. Nós sabemos que uma assinatura falsa simulando ser a de Sua Alteza real foi inscrita em notas promissórias emitidas por nossos amigos financistas. Temos fortes razões para acreditar que a pessoa que cometeu esse crime foi o tenente Mattachich. Mas *podemos afirmar* que ele foi o único a cometê-lo? Podemos *provar* que foi ele o responsável? As pessoas que o acusam do crime alegam tê-lo *visto* cometendo-o? Em meu modo de ver, a única coisa incontestável em relação a esses documentos é que a princesa Louise, como sua beneficiária ostensiva, tinha acesso privilegiado a eles e que sua assinatura aparece neles, ao lado da suposta assinatura de sua irmã.

A cadeira de alguém rangeu. Outro alguém limpou a garganta. Ninguém ousou falar.

— Deixo ao conde Choloniewski a decisão sobre o que dizer à princesa real Stephanie — a quem enviamos nossos melhores desejos de uma rápida recuperação de sua enfermidade — sobre nosso encontro de hoje. É importante que ela compreenda que sua honra e seus interesses de nenhuma maneira estão implicados nesse negócio infeliz. A fraude foi descoberta e é reconhecida por todos aqui. Nenhuma reclamação provocada por isso pode ser feita contra ela. Não há necessidade que ela se sinta pessoalmente envolvida — exceto por seus sentimentos de irmã, é claro — nesse caso sórdido.

Enquanto fala, Bachrach dirige o olhar para a mesa em frente a ele; só durante seus silêncios ele o dirige a cada rosto a seu redor. Nesse ponto, olha direto para Choloniewski, que pondera solenemente por alguns momentos, ou faz um esforço para que pareça que é isso que está fazendo, antes de anunciar:

— É meu dever informar Sua Alteza real de tudo que lhe concerne. Repetirei a ela as afirmações que acabou de fazer.

Agora chega a hora do aperto. Todo mundo sabe. O pescoço e os ombros de Bachrach endurecem, a voz eleva-se um pouco, não em volume, mas em altura. Dessa vez seu olhar encontra Spitzer e Reicher. Eles sabem e ele sabe, e assim também os três outros na sala, que o que está entre quem fala e para quem ele fala nesse momento não é apenas um problema legal ou financeiro, mas também racial.

Com suas barbas hassídicas e trajes hassídicos, Spitzer e Reicher, "as partes prejudicadas", como Bachrach acabara de descrevê-los, estão sentados lado a lado, olhando intensamente para esse advogado semi-apóstata, de fala mansa, barbeado, esse judeu provavelmente comedor de porco, de quem eles claramente desconfiam. De seu lado, Bachrach — filho do Iluminismo, um beneficiário de terceira geração do Edito de Tolerância e da abertura, de Francisco José, das universidades da Áustria para os judeus — olha-os de modo completamente diferente. Descrito em todos os catálogos sociais e profissionais publicados em Viena como "advogado da realeza e da alta aristocracia [*des höber adels*], ele está decidido a não se embaraçar nem se irritar pela maneira como esses dois homens apresentam o judaísmo "medieval" que ele e sua família há muito tempo deixaram para trás; também está resolvido a rechaçar qualquer insinuação de uma intimidade, que eles ou qualquer outra pessoa possam ousar presumir ou sugerir. Mesmo assim, não os toma por tolos e primitivos; sente-se como um emissário do mundo real, o mundo que conhece tão bem, ao meio separado em que presumivelmente eles habitam. Também sente a necessidade de evitar antecipadamente a suspeita de que ele possa se desviar de seus deveres para com Philipp por alguma afinidade imprópria em relação a eles.

Sim, ele lhes diz, são eles que estão na posição de sofrer perdas que podem ser calculadas em dinheiro vivo e não em orgulho ferido. Por essa razão eles estão habilitados, como ele tinha dito, a recorrer aos tribunais para se proteger. Mas que vantagem lhes adviria se o fizessem? Punição para o homem "que tão lamentavelmente desencaminhara a princesa" não lhes traria de volta o dinheiro. E quanto à restituição... bom, a única esperança deles de recuperar alguma parte do dinheiro que haviam perdido estava nas mãos do príncipe Philipp, e é desejo do príncipe que a polícia não seja chamada. Não nesse momento, pelo menos. Os jornais não devem ser informados do crime. Nenhuma aproximação da princesa Stephanie deve ser tentada. Nenhuma medida deve ser tomada em nenhuma corte civil para confiscar nenhuma propriedade que a princesa Louise porventura ainda possua.

— Então, o que o senhor está sugerindo? — perguntou Reicher no final. Ele é o mais baixo, mais fornido, e aparentemente mais teimoso dos dois. — Que não façamos nada? Que apenas nos deixemos ser roubados? Como idiotas? Como coisas indefesas?

Philipp respira fundo. Mas Bachrach sorri pela primeira vez desde o começo da reunião. É uma coisa concisa, apenas uma contração dos lábios.

— Sim.

— E em retorno?

— Sua Alteza analisará com bons olhos a posição dos senhores depois que as coisas estiverem resolvidas.

Os dois homens juntaram suas cabeças, tão próximas quanto seus chapéus de abas largas permitiam, e cochicharam algumas frases um para o outro.

— O que significa "resolvidas", em um caso como esse? Outra vez a boca de Bachrach se contraiu.

— Não tenho idéia. Não no momento.

Agora é a vez de Spitzer mostrar um traço de teimosia.

— Queira me desculpar, mas o senhor está esquecendo que o príncipe repudiou as dívidas da princesa bem depois que essas notas promissórias foram emitidas? Ele é o marido dela. Se ela não comparecer, certamente ele ainda está obrigado a...

Bachrach o interrompe.

— Minha opinião legal é que não, ele não está. A notícia no jornal nada mais foi que um alerta ao público. Não implica que

Sua Alteza aceitaria responsabilidade por todas as dívidas que sua infeliz esposa tenha contraído até esse momento. Os senhores não consultaram o príncipe antes de fazer o empréstimo à princesa. Se tivessem consultado, teriam sido aconselhados com firmeza a não concluir a transação. Com certeza, os senhores ainda são livres para levar uma queixa criminal à polícia, não importa as conseqüências. Ou os senhores podem processar o príncipe nos tribunais civis. Mas existem outras considerações. Deixem de lado todos os problemas de extradição e jurisdição que a questão levantará — dado que a princesa e Mattachich estavam no estrangeiro — e analisem os seguintes pontos. Se os senhores forem à polícia, e eles conseguirem assegurar a cooperação das autoridades francesas, os senhores podem ser levados, os senhores mesmos, a um tribunal, aqui em Viena, onde a pessoa sentada no banco dos réus não será esse tal de Mattachich, que todos nós sabemos ser o falsificador, mas a própria princesa. Eu já havia indicado isso, agora o digo explicitamente aos senhores. Como se sentiriam ao ver uma tão bem nascida mulher, a filha de um rei, uma princesa da casa dos Saxe-Coburgo, irmã da enviuvada princesa real da Áustria e Hungria, sentada no banco dos réus como resultado de ações dos senhores? Como os senhores imaginam que uma cena como essa afetará o esposo dela, que com toda a honestidade e humildade de seu coração generoso está conosco aqui sentado? E se os senhores escolherem processar a ele por suas perdas nos tribunais civis, lembrem-se que isso significaria arrastar os mais íntimos problemas familiares de Sua Alteza aos jornais. O que isso fará pelos senhores? Que reconciliação com ele poderão esperar subseqüentemente?

"Eu já afirmei que não acredito que os tribunais sustentarão a queixa dos senhores contra ele. Mas eis um outro elemento no caso que os senhores devem levar em consideração. Quero dizer, o clima das opiniões hoje existente nas ruas de Viena. E não apenas nas ruas, mas nos salões e palácios também. E no parlamento. Cavalheiros, os senhores sabem bem a que estou me referindo. Os senhores testemunharam — sofreram — os excessos a que alguns elementos extremos em nossa cidade estão prontos a se entregar, dado o menor dos estímulos. Francamente, se os senhores forem aos tribunais, então seja o que for que aconteça aos senhores, vencendo ou perdendo (e estou confiante quanto a qual dos dois provavelmente vai acontecer), os senhores terão nos ombros o fardo de terem feito um grande desfavor não apenas aos senhores mesmos mas também — tenho de dizê-lo — ao seu povo. A toda a sua comunidade."

Ele podia chantageá-los dessa maneira, de consciência limpa, porque ele próprio era judeu. Ele sabia, eles sabiam, os outros na sala sabiam.

Silêncio. Mais cochichos. Spitzer e Reicher tinham passado pelo choque de saber que uma assinatura na qual confiaram era uma ficção. Agora se viam instruídos a nada fazer, a esperar, a confiar no bom caráter de Philipp. Algumas dezenas de frases desse advogado tinham acabado com eles? E talvez também com seu dinheiro?

Por fim, a confabulação dos dois resultou em uma desolada inquirição. Se eles aceitassem os compromissos que lhes estavam sendo pedidos, poderiam esperar receber alguma coisa, os senhores sabem, no entretempo, considerando, por assim dizer...?

Não, Bachrach respondeu tão calmo e obstinado quanto antes. Nada que possa prejudicar um acordo final poderia ser feito agora. Mas eles seriam informados dos passos que seriam tomados. A cooperação deles era altamente valorizada. Não seria esquecida por esse cliente honrado. Suas perdas não seriam tomadas levianamente. Longe, longe disso.

O príncipe, que tinha escutado com maravilhada atenção a tudo que seu advogado dissera, por fim falou, seu olhar e voz alta dirigidos ao teto ricamente floreado acima.

— Isso é um pesadelo — disse ele. — Tudo que se relaciona com isso é... horrível.

Um silêncio respeitoso seguiu sua declaração. Então Reicher começou de maneira argumentativa:

— Para o senhor — com um movimento do indicador que deu um jeito de não apontar nem para o príncipe nem para qualquer outro lugar —, isso é um assunto de família, mas para nós...

— Farei o melhor possível pelos senhores, fiquem tranqüilos — disse Philipp. — Esse é o meu compromisso.

Spitzer rapidamente interveio, como se para manter seu colega rebelde sob controle.

— Sim, sim, para nós também é um pesadelo. Nós somos pessoas honestas. Nosso negócio é dinheiro. Compramos dinheiro e vendemos dinheiro. Tomamos emprestado assim como emprestamos. Fazemos um para fazer o outro. É assim que vivemos. Sua Alteza não deve esquecer que nós também temos credores, a quem devemos dinheiro. Portanto, esse é um duplo golpe para nós.

Os dois homens trocaram olhares; depois Reicher falou.

— Se Sua Alteza permitir, deixaremos os senhores agora. Temos muito a considerar. Temos de consultar nossos próprios advogados.

Ele colocou os papéis na pasta de couro preto, mais parecida com uma pasta de partituras musicais, que o acompanhava a todo lugar. Seu colega, equipado com uma pasta semelhante porém menor, fez o mesmo. Eles se levantaram e curvaram-se diante do príncipe, que agradeceu a mesura com um aceno de cabeça. Com os outros, as despedidas foram as mais breves possíveis — um aceno aqui, um "Tenham um bom dia" ali. Reicher lançou um último olhar, pesado de animosidade, a Bachrach, que correspondeu com o rosto duro e um compromisso afável:

— Os senhores serão informados de como procederemos.

Tão logo os dois homens saíram da sala, todos relaxaram. Parecendo quase alegre pela primeira vez aquela manhã, Philipp disse:

— Bachrach, você tratou seus amigos com muita habilidade.

— Meus amigos?

— Sim, bem, você sabe o que quero dizer — respondeu Philipp, imperturbável, e realmente Bachrach sabia o que ele queria dizer. Como também os outros. Até Choloniewski conseguiu um sorriso afetado. Philipp continuou direto: — Agora você deve nos dizer o que precisa ser feito a seguir. É um negócio desesperador, esse.

— É sim, Sua Alteza. Por tudo que sabemos a princesa pode estar em perigo — não apenas em relação às leis ou a seus credores mas possivelmente em perigo físico também. Pense na companhia que ela está mantendo! Quem sabe do que pessoas assim são capazes? Se queremos salvá-la e não deixar que escândalos maiores aconteçam à família de Sua Alteza, devemos avançar com muito cuidado. Temos o silêncio desses dois, o que é uma dádiva, mas não sei quanto tempo a paciência deles vai durar. Primeiro, devemos enviar alguém a Nice para nos dizer exatamente o que está acontecendo na Villa Paradiso e em seus arredores. E depois...

— E depois?

— Sua Alteza, como eu disse a esses que chama de meus amigos — eu não sei. Alguma coisa vai se revelar nessa *ménage*, é tudo de que tenho certeza. Nossa chance virá. Devemos aproveitá-la quando ela vier. Quem sabe esse Mattachich tenha cometido outros crimes com os quais a princesa não pode, de forma alguma, estar ligada? Então poderemos agir. Até lá, esperemos e observemos.

Quando a reunião terminou, Philipp se queixou a Gablens de que, quanto a Bachrach aconselhar aqueles dois agiotas a se sentarem quietos e não fazerem nada, tudo bem, mas outra coisa era o maldito advogado "amarrá-lo" da mesma forma. No entanto, como tinha grande respeito pela opinião de Bachrach e não conseguia pensar em outra maneira de enfrentar o assunto, ele se consolaria nas próximas uma ou duas semanas com qualquer solução fantasiosa que sua imaginação pudesse conceber para a situação. Tal como: Mattachich pulando de um prédio alto e se esparramando estatelado no calçamento lá embaixo. Mattachich atacado por um câncer rapidamente mortal. Mattachich pego com as mãos manchadas cometendo um crime hediondo — estuprando uma das empregadas da *villa*, tentando assaltar uma das outras *villas* dos arredores, passando uma letra de câmbio falsificada. A polícia francesa prendendo Mattachich, jogando-o no calabouço, banindo-o para a Ilha do Diabo, fazendo-o retornar acorrentado à Áustria. Melhor ainda, guilhotinando-o. Louise embarcada de volta à Bélgica e passando a viver com uma pensão e casa modestas no campo. Philipp nunca mais a veria ou a escutaria outra vez.

Nenhum desses desejados eventos aconteceu. Em vez disso, o policial aposentado que Bachrach enviou a Nice com instruções para descobrir tudo que pudesse sobre o que o casal fazia telegrafou a Viena com notícias inesperadas. Ao que tudo indicava, Louise e Mattachich, junto com a dama de companhia dela, a baronesa Fugger, tinham deixado Nice de repente e ninguém sabia para onde tinham ido.

O que deveria fazer agora?, perguntou o homem. Permaneça onde está, Bachrach telegrafou de volta, e mantenha os olhos e ouvidos abertos. O que ele fez pelas próxima semanas, sem nenhum resultado.

No final, a fuga de Mattachich e Louise de Nice resultou tão inútil quanto a chegada à cidade do mercenário de Bachrach. E mais patética, em sua pura ineficácia. Eles e Marie Fugger tinham ido para Paris, onde sob nomes falsos se esconderam em um hotel durante alguns dias. De lá, foram para Londres. Louise finalmente sucumbira à insistência de Mattachich em fazer uma visita à rainha Vitória e lhe pedir uma ajuda. Afinal, ela era imperatriz da Índia, monarca do maior império que o mundo jamais vira, de algum modo prima de Louise, e se Louise não recorresse a ela agora, quando seria capaz de fazer isso? Eles não tinham nada a perder. Portanto, por que não visar ao mais alto que podiam? Por que não ir ao próprio topo da árvore? Vitória tinha celebrado o jubileu de sua coroação apenas um ano antes. Não poderia ter muito tempo de vida.[60] Por direito próprio, era tão rica quanto Crieso, provavelmente tão rica quanto Leopoldo — embora o dinheiro dela, sendo "mais velho", chamasse menos atenção. Que melhor uso poderia fazer de um minúscula parte de sua fortuna do que afiançar uma parenta não tão distante?

---

[60]Ela morreu menos de três anos mais tarde, aos 82 anos.

Até aí ia o raciocínio dele. A visão que Louise tinha da rainha ia mais longe, o que explicava seu ceticismo quanto ao projeto. As duas mulheres tinham se encontrado algumas vezes antes, e a impressão que Vitória deixara em Louise não era a de uma criatura de coração mole, impulsiva, que abriria sua bolsa para um par de adúlteros fugitivos, infratores da lei, párias sociais. Longe disso. "Como descrever o frio olhar intimidante com que Vitória examinava sua família?", escreveria Louise mais tarde. "Qualquer lapso de gosto na aparência, o menor dos lapsos nos modos, era imediatamente notado... Então ela enrugava o nariz e fechava bem os lábios, enquanto seu rosto ficava com um tom ainda mais vermelho do que normalmente tinha."[61]

Ainda assim, o que eles tinham a perder por tentar?, perguntou Mattachich. Depois que chegaram a Londres, sua pergunta foi respondida. Eles descobriram que tinham a perder a autoestima. Ou a estima aos olhos um do outro, o que significava quase a mesma coisa. Na suíte do hotel onde ficaram, tiveram uma de suas raras brigas com gritos, acusações, insultos mútuos. Por quê? Porque não tinham feito a tarefa de casa. No dia da chegada, eles ficaram sabendo, a rainha Vitória tinha deixado Londres para ir a Nice — justo lá. A barca deles e a dela na verdade tinham cruzado no canal inglês. Que vergonhoso era isso!

---

[61]Louise faz algumas referências respeitosas ao "ar de grande distinção" de Vitória e à sua "presença imponente"; mesmo assim, sua descrição da grande rainha é recheada de malícia. "[Ela] era muito baixa, e tinha um rosto muito vermelho, e era corpulenta a um grau que a fazia parecer quase deformada." Louise descreve zombeteiramente o famoso empregado da rainha, John Brown, como "aquele escocês devotado cujas ações ocupavam posição tão proeminente na *Corte Circular*, e que como outros do seu tipo... pertence a uma página não publicada da história das cortes reais..." Com a língua afiada, continua e se pergunta se a ânsia dele em restringir os passeios vespertinos que fazia com Vitória "nascia do temor de pegar um reumatismo ou resfriado que pudesse afetar sua saúde e limitar sua capacidade de cumprir seus deveres para com a rainha?.... Eu simplesmente não sei responder" (Louise, *Autour*, pp. 207 e 208.)

Que ridículo! Como isso revelava a inadequação deles para a vida que tinham tentado levar! E, quando a raiva deles passou, e as lágrimas dela secaram e o tremor furioso das mãos dele cessou, ficaram olhando as cinzas das próprias expectativas e do que conseguiram. O que fazer a seguir? Para onde ir agora?

No momento, para lugar nenhum. Permaneceram em Londres. Tentaram a sorte com o notório esbanjador príncipe de Gales, o futuro rei Eduardo VII. Mas ele, estando permanentemente empenhado com seus banqueiros e tendo escutado falar dos problemas dos dois, cuidou de evitar encontrá-los. Com nomes falsos, eles reservaram uma passagem para os Estados Unidos, mas nunca chegaram a pagá-la, muito menos a viajar até Liverpool e colocar os pés no navio. Para Louise, em particular, era uma viagem para muito longe — uma virada para um país e um futuro difícil demais para ela imaginar. No entanto, ela friamente insistiu em que Mattachich fosse: para escapar "dessa confusão" e começar uma nova vida. Sua suspeita de que ele sabia alguma coisa medonha sobre a posição deles que ela não sabia tinha se aprofundado desde que testemunhara a briga com Fuchs; no entanto, mesmo agora, não ousava perguntar-lhe o que era. Para ela, era suficiente etiquetar a situação deles como "essa confusão", dizer a ele que no final era uma confusão *dela*, não dele, já que todas as dívidas estavam no nome dela, e assegurar-lhe que "nada demasiado terrível" aconteceria a ela por causa disso. Quando tudo estivesse "resolvido", ele poderia voltar para a Europa. Ou ela se juntaria a ele no outro lado.

A resposta dele era obstinada.

— Eu disse "nunca". É uma palavra de apenas um significado. Só a morte pode mudá-la. E eu não quero dar um tiro em mim mesmo, ainda.

Portanto, eles voltaram atrás e foram outra vez para Paris com um estranho sentimento de alívio, quase de entusiasmo. Nada dera certo para eles; mas pelo menos tinham escapado da América.

Essa disposição de espírito não durou. Quando foram ao encontro da baronesa Fugger, que ficara para trás em Paris, acharam-na com uma carta de Ozegovich. Ele os aconselhava a não voltar a Nice, por nenhum motivo. Embora tivessem tentado deixar o balneário da maneira menos visível possível, a notícia da partida deles tinha se espalhado instantaneamente. Como resultado, ainda mais credores estavam sitiando a *villa*, muitos deles armados com ordens de confisco que juízes dos quatro cantos da Riveira e mais além estavam distribuindo a todos que chegavam. Um dos reclamantes também insistia que trazia um mandado de prisão para Mattachich, com o pretexto de que ele teria levado consigo itens de jóias que estavam na posse de Louise apenas "para aprovação". Jornalistas franceses, alemães, austríacos e húngaros infestavam o local — atormentando os vizinhos, credores, empregados, até os varredores da rua por qualquer punhado de fofoca que pudessem sacar deles. "Ficarão enlouquecidos", escreveu Ozegovich, se os dois reaparecerem.

Mattachich telegrafou a seu amigo para fechar completamente a casa, dispensar qualquer empregado que ainda permanecesse e partir o mais rápido que pudesse para a casa dos Ozegovich em Breznica, na Croácia.[62] Sem esquecer de levar com ele todos os itens de valor, roupas e móveis que pudesse salvar da ruína. A princesa o encontraria lá. Mattachich nada

---

[62]Ver Holler, *Ihr Kampf*, p. 101.

disse quanto a seus próprios movimentos. Mas, quando o trem com a princesa chegou a Breznica, ele estava com ela. E também Marie Fugger.

Em suas *Memoiren*, escritas seis anos mais tarde, Mattachich oferece uma razão de peso para a decisão, que tomou no último momento, de acompanhar Louise em sua viagem ao país natal dele. "Agora eu tinha apenas um objetivo em mente: voltar à Áustria para não dar a menor indicação de plausibilidade à idéia de que eu ou a princesa desejávamos fugir de nossas responsabilidades."[63] Mesmo em retrospecto, era impossível para ele confessar a verdade banal: que eles não tinham dinheiro e não conseguiram encontrar alguém que os abrigasse em qualquer outro país europeu. (As últimas cartas de súplica enviadas por Louise antes da fuga de Nice tinham sido endereçadas ao cáiser Guilherme, da Alemanha, e ao muito detestado Schleswig-Holsteins. Ambos deixaram de responder.) Menos ainda Mattachich podia confessar que algo mais constrangedor, talvez mais vergonhoso, que a falta de uma alternativa o estivesse arrastando de volta à Croácia. Inicialmente, sua intenção era que Louise ficasse "resguardada" anonimamente na remota Breznica até que ele achasse um local de refúgio para eles em algum lugar da Europa Ocidental. Mas, quando chegou a hora de Louise partir, a idéia de ser abandonado, ao próprio destino, foi mais do que ele podia enfrentar. Igualmente, a idéia de ela ficar sozinha na Croácia não era atraente. Croácia era o lugar dele, não o dela. Era o lar dele. Nesse momento de crise,

---

[63]Mattachich, *Memoiren*, p. 33. O fato é que eles não "voltaram à Áustria" como Mattachich escreve; eles foram para a Croácia — reconhecidamente então como um Bannat (governadoria) do Império Habsburgo. Mas é estranho ver a Croácia ser referida simplesmente como "Áustria" por alguém que na verdade é um croata.

era onde ele queria estar. De uma maneira quase infantil, ele se viu pensando que lá poderia salvá-la. Lar. Lar. Pense em como ele tinha amado sua terra natal em sua última visita, tinha ansiado por ela mesmo quando estava lá, quando ficava à janela de seu quarto naquelas noites de inverno no Schloss e olhava para a neve branca fantasmagórica, as estrelas brilhantes, a escuridão por todos os outros lados.

Louise aceitou de bom grado a viagem até Breznica e ficou encantada pelo fato de ele acompanhá-la. Estava de temperamento dócil. Ela sabia que a situação deles era ruim de qualquer ponto de vista, e de mais maneiras do que podia entender. Mas, desde que tudo ao seu redor estava tão claramente fora de seu controle, parecia-lhe razoável não poder ser culpada de nada, e que mais cedo ou mais tarde ficaria óbvio para as outras pessoas que ela e Mattachich precisavam de ajuda para resolver os problemas. Portanto, no final a ajuda teria de chegar. Essa convicção irracional a dotava de um tipo de calma que lhe seria útil durante as semanas, meses e anos que se seguiram.

Deixemos uma quinzena passar. Imagine Bachrach no centro dos acontecimentos uma vez mais. Bachrach recebendo mensagens de várias fontes sobre a chegada dos fugitivos à Croácia. Bachrach convencido de que, com o casal dentro das fronteiras do império, logo chegaria uma oportunidade "de resolver o problema". Bachrach viajando para a Croácia para espionar a região e verificar a veracidade dos informes que chegavam a Viena sobre o que estava acontecendo ali. Bachrach achando que as coisas estavam até piores do que havia imaginado. Agora imagine Bachrach no caminho de volta a Viena, examinando planos diferentes mas adiando uma decisão sobre estes. Seu primeiro dever era informar Philipp do que viu e ouviu na Croácia. Imagine Philipp escutando com atenção seu relato e sugerindo que também fosse apresentado a várias autoridades do Hofburgo. Dessa vez é essencial, no entanto, que o ministro da Justiça esteja entre elas.

Ótimo. Aqui está o ministro da Justiça, uma criatura mais reservada e de aparência mais diminuída do que seu título pode sugerir, embora seu olhar azul-claro seja bastante confiante ao tratar com todos os presentes (excluindo o imperador). O grupo do Hofburgo encontra Philipp, Choloniewski e Bachrach na mesma sala do palácio Saxe-Coburgo da ocasião anterior. Bachrach começa. Ponto um: ele encontrara Mattachich e Louise vivendo não em Breznica, como tinha escutado antes de sua partida, mas no Schloss Lobor, onde acharam refúgio depois de não tê-lo conseguido com o clã dos Ozegovich e ofenderem outras pessoas da vizinhança, sobretudo devido ao comportamento errático de Mattachich. Dois: o conde Keglevich, padrasto de Mattachich, já não está residindo no Schloss, tendo partido imediatamente depois de saber que Mattachich e a princesa pretendiam ir para lá. Três: legalmente ou não, a casa agora está nas mãos da condessa Keglevich e seu administrador, Fiedler, com quem ela parece ter relações íntimas. Quatro: a condessa está calada e inacessível, mas aparentemente não se perturbou com a mudança de seus arranjos domésticos. Não mostra entusiasmo em relação ao filho e sua companhia, mas é claramente leal a eles. Portanto, não será útil para o que Bachrach chama de "nossa causa". No entanto, Bachrach já conseguiu um entendimento com Fiedler. Quinto: o Schloss está constantemente sob guarda, e os empregados estão sob ordens estritas de não admitir ninguém sem a prévia autorização de Mattachich. Seis: a posição da baronesa Fugger — uma apresentável senhora de "certa idade", viúva, sem filhos — é difícil de estabelecer. Ao que tudo indica, ela é leal à princesa, mas o tom de sua voz e seu olhar sugeriram a Bachrach que ela tem uma *tendresse* por Mattachich. Sete: antes de seu encontro com Mattachich, Bachrach foi avisado por Fiedler de que o homem portava um revólver em todos os momentos e jurava atirar na princesa e em si mesmo se fosse feita qualquer tentativa de tirá-la dele pela força. Oito: a baronesa também lhe disse que a princesa parece não ter vontade própria; concorda com tudo que Mattachich diz e faz tudo que ele lhe diz para fazer.

Um quadro lamentável, sim. Mas o pior vem a seguir. Quando Bachrach e Mattachich finalmente se encontraram, este último o recebeu à porta do Schloss com um revólver na mão. Ele brandiu o revólver e avisou ao advogado que mataria a princesa e a si próprio antes de deixar que ela caísse "nas mãos de seus inimigos". Durante essa conversa, Bachrach tomou a iniciativa de sugerir que, se Mattachich jurasse deixar instantaneamente os territórios imperiais, e a sós, e para nunca mais retornar, poderia ser-lhe liberada a passagem. (Essa oferta é rejeitada, Bacharah afetadamente informa ao grupo do palácio Coburgo, com "insultos de caserna".) Mas, quando Mattachich por fim lhe deu permissão para se encontrar com a princesa em particular, ele fica chocado com o que vê: por sua expressão, sua palidez, pelas roupas que usa, pelo estado de seu cabelo — apesar do fato de Fugger e uma criada ainda estarem a seu serviço.

De qualquer maneira, ele lhe faz as propostas que fora formalmente autorizado a oferecer em nome do príncipe Philipp. Ela e ele deveriam em conjunto solicitar à corte de Viena um divórcio amigável; deveriam solicitar ao pai dela ajuda para pagar suas dívidas; ela deveria devolver aos credores todos os itens de pedrarias ainda em seu poder e devolver à família os pertencentes à coleção Coburgo. A princesa concordou com tudo isso, sem parecer prestar atenção ao que estava sendo dito. Então, levantou-se de repente para declarar: "Recebi carta de minha irmã sobre aquelas notas dos agiotas. Eu não sei quem colocou o nome dela nessas notas. É um mistério para mim. Isso é tudo o que tenho a dizer sobre a questão."[64]

Em tons neutros, advocatícios, Bachrach fez seu relato às autoridades do Hofburg. Era para isso que tinha nascido; ou assim ele pensava enquanto o fazia. E ainda não havia terminado. Com uma mudança perceptível de tom, ele continua, dizendo uma coisa sobre si mesmo que todos ali já sabem. Ele não é um médico. Mas, como um leigo, deve confessar que saiu desse encontro com a princesa muito alarmado com sua condição mental.

— Deixem-me falar tudo, cavalheiros. Os senhores podem pensar que Mattachich, com uma pistola no bolso e ameaças de assassinato e suicídio, é o mais instável das duas pessoas com as quais estamos tratando. Na minha opinião, ele não o é. Acredito que o estado mental da princesa é mais preocupante que o dele. Ele é o planejador, o ator, o agressor em atitudes, o fazedor de exigências; ela é a seguidora. É a apatia dela, sua sugestibilidade, sua sujeição aos desejos dele, que a tornam vulnerável a

---

[64]Sobre a ida de Bachrach a Schloss Lobor, ver Holler, *The Kampf*, pp.107-14. Sobre essa visita — e sobre o próprio Bachrach e aqueles que o empregavam —, Mattachich escreve em sua *Memoiren*, p. 37: "Eu não podia suspeitar que tamanha maldade poderia estar em um homenzinho de aparência tão inofensiva. Mais tarde eu veria como essa pessoa, a serviço de sua "mais alta clientela", destruiria a sangue-frio todos os mortais inferiores que se pusessem em seu caminho. Todas as portas estavam abertas para ele... e era grotesco observar a maneira sicofanta como todos, do mais alto general ao soldado mais recentemente licenciado, representavam sua parte de acordo com os sinais dados a eles 'de cima.'"

um grau que dificilmente exagero. Tenho receio de que ele tenha um domínio tão forte sobre ela que ela fará seja o que for que ele ordene que ela faça. Não importa que pareça muito esquisito. Ou autodestrutivo.

Nesse ponto Bachrach mostra seu curinga. É uma frase que lhe ocorreu em sua longa viagem de trem através das verdes planícies monótonas, sem cercas, da Hungria. (Um itinerário, como ele sabia, estabelecido por razões políticas e estratégicas: não para agradar um advogado impaciente.) Embalado pelo estrépito ritmado, o balanço do trem e o lento movimento circular da vista do lado de fora de sua janela, onde as faixas de trigo, que acabavam de surgir, se tornam ora lustradas, ora foscas, de acordo com o sol e o vento, e as aldeias de telhados de tijolos cobertos de musgo meio que se escondem entre feixes de árvores, enquanto arroios aparentemente imóveis brilham a distância — embalado por tudo isso a um estado de abstração, mesmo transe, algumas palavras deslizaram por sua mente e subitamente lhe deram a chave para a situação no Schloss. Elas também selariam, ele estava certo, o resultado da discussão imediatamente a sua frente.

— Não podemos ter outro Mayerling.

Agora, dizendo em voz alta essas palavras pela primeira vez naquela sala sombria, excessiva, do palácio Coburgo, ele escutou um suspiro profundo dos outros e viu a mudança na expressão de seus rostos. Mesmo Philipp, a quem ele dissera a frase no dia anterior, abaixou os olhos, incapaz de sustentar seu olhar. Ele, Philipp, sabia muito melhor do que todos ali o que essas palavras significavam. Estivera entre os primeiros a enfrentar a espantosa cena do "Mayerling" original.

Não que as pessoas ao redor da mesa precisassem de qualquer outro esclarecimento. Eles entenderam Bachrach imediatamente.

E você? O que você sabe sobre Mayerling? O quanto precisa saber?

Não muito, na verdade. Um dia, esse foi apenas o nome de uma edificação usada pelo príncipe real Rudolph como seus alojamentos de caça. Depois foi transformado em um evento que "sacudiu o império", como disse o povo. Durante o período de vida dos pais de Rudolph, o nome evocaria uma catástrofe auto-renovada a cada vez que pensassem nele. Para o público em geral (e mais tarde para escritores, dramaturgos e produtores de cinema), permaneceria como tópico de horripilante fascínio, por um século ou mais. Pois foi em Mayerling que Rudolph — o filho único de Francisco José e Elizabeth; o marido da princesa Stephanie; cunhado de Louise; herdeiro dos tronos da Áustria, Hungria e das terras dos Habsburgo — foi ali que Rudolph matou sua última amante, a enrabichada Maria Vetsera, de 18 anos, antes de se matar.

Ele era atraente, instável, de espírito liberal, gonorréico; ela, ávida cúmplice de sua própria imolação. Com uma bala atravessada no crânio, ela estava deitada na cama que o casal compartilhara mais cedo; ele, sentado no sofá ao lado, a pistola ainda em sua mão. Assim foram achados de manhã, quando o camareiro e dois companheiros que Rudolph convidara para uma reunião de caça no final de semana. Um deles era o conde Hoyos, que não tem interesse aqui; o outro, o príncipe Philipp.

A dor que atingiu os pais de Rudolph com a notícia, provavelmente é melhor nem imaginarmos. Para as autoridades do Hofburg, era também uma deixa para a tristeza, assim como para mentiras e pânico. Inicialmente, eles disseram que Rudolph tinha morrido de um derrame; depois, de um ataque do coração; finalmente admitiram que ele morrera por sua própria mão "durante um ataque de insanidade". (O que impossibilitou que a Igreja lhe oferecesse uma missa fúnebre completa.) Eles também fizeram uma tentativa histérica de suprimir a notícia de que dois corpos, não um, tinham sido encontrados nos alojamentos de caça, e assim apagar inteiramente a parte de Maria no drama. Enviados pelas autoridades ao lugar do assassinato — uma estrutura desordenada e lúgubre, mais parecida com um monastério do que com um lugar de lazer —, dois tios dela vestiram o cadáver com casaco e chapéu, fazendo-o sair "andando" do prédio para um táxi alugado, e o mantiveram sentado ereto entre eles até que foi entregue para um enterro rápido e secreto em Heiligenkreuz, perto de Viena.[65]

As tentativas de disfarce — não sendo a menor a montagem macabra com o corpo de Maria — inevitavelmente tiveram o efeito oposto do que foi pretendido. Nada permaneceu escondido; tudo foi distorcido pelo rumor. Disseram que Maria tinha tentado envená-lo e que ele a matou para se vingar da traição antes de acabar consigo mesmo; que o casal tinha sucumbido à decadência *fin de siècle* e à "neurastenia", das quais, por todos os lados, pessoas ímpias das classes média e alta supostamente estavam sendo vítimas; que o duplo "suicídio" era uma cobertura para um assassinato político diabolicamente planejado (com a morte de Maria servindo, para os conspiradores, como nada mais que uma camuflagem); que os jesuítas estavam por trás de tudo, ou os maçons, ou elementos da direita do exército austría-

---

[65]Desde então o túmulo de Maria foi escavado várias vezes — pelas tropas russas em 1945, entre outros, e alguns anos mais tarde por um comerciante de móveis obcecado, chamado Helmut Flatzelsteiner (ver *Last Ride to Heiligenkreuz*, www.xs4all.nl).

co que odiavam os pontos de vista políticos e sociais de Rudolph. (Se excluíram os judeus da lista de suspeitos, foi apenas porque ele era conhecido por ser fortemente filo-semita em sentimentos — um fato levantado contra ele por seus inimigos.) Outros puseram a culpa de seu estado mental no pai insensível, que acabara de exonerá-lo do posto de inspetor-geral das forças armadas; alguns culpavam sua esposa, a indiferente Stephanie, que o desprezava por tê-la infectado com a doença que estava apodrecendo a mente e o corpo dele; alguns, sua mãe, por passar para ele um traço obsessivo e autodestrutivo que ela nunca fez nenhuma tentativa de esconder.

E assim por diante. Alguns anos depois do acontecimento, os prédios de Mayerling foram convertidos em um convento carmelita por desejo, e uma dotação, de Francisco José. Na mente do público, no entanto, nada pôde tirar do lugar e seu nome a mancha de escândalo, melodrama e intriga política, assim como o fascínio de um suicídio orgástico.

Outro Mayerling? E com outra filha do rei Leopoldo também envolvida?

Uma vez dita, a frase não podia ser retirada. Uma vez percebido, o perigo parecia iminente. É claro que essa figura arrivista de Mattachich, esse "conde" croata fazedor de dramas, estaria pensando nisso! Como tal canalha megalomaníaco *não* apreciaria ver a si mesmo como um igual, competindo com o príncipe real; como não gostaria da idéia de infligir outro golpe semelhante à casa dos Habsburgo; como não sonharia em ganhar um grau de fama póstuma para si e sua meretriz real comparável ao de Rudolph e sua apatetada vítima e colaboradora, Maria Vetsera?

Aos olhos do imperador a vilania e a vulgaridade da ameaça só eram igualadas por sua crueldade. Ao escutar de seu ministro da Justiça o que tinha sido dito na reunião no palácio Coburgo, Francisco José reagiu enviando-o imediatamente de volta a Philipp, com a mensagem de que "a autoridade-mor" concordava com a utilização de "quaisquer meios" para efetuar a separação física de Mattachich e Louise, evitando assim que um fim tão horroroso e degradante acontecesse ao caso entre eles. Todos os órgãos do Estado deveriam cooperar plenamente com os incumbidos de realizar essa tarefa; as providências que necessitassem, fossem quais fossem, deveriam ser atendidas sem hesitação.

Francisco José não teve remorso em dar essas ordens. No entanto, acrescentou duas condições. A primeira foi que a separação entre as partes fosse realizada do modo mais discreto possível. A segunda foi simplesmente: "Sem sangue!". O que o imperador queria era evitar outro Mayerling, não produzir um. Como isso poderia ser feito se vidas fossem perdidas outra vez? Quanto mais desse tipo de desgraça e humilhação a família poderia suportar ver acumular-se sobre si? Portanto, ele repetiu as duas palavras-chave várias vezes, levantando um indicador envelhecido a cada repetição, antes de dispensar seu oficial de alto posto com nada mais do que um breve movimento lateral de cabeça.

Sete

Quase desde o momento em que Louise e Mattachich atravessaram a fronteira da Croácia, ele percebeu que esse retorno a seu país natal tinha sido um erro. A fantasia de que depois que estivessem lá eles de alguma forma encontrariam uma solução para seus problemas desapareceu tão logo o próprio país se tornou uma realidade. Na remota Croácia eles estavam tão profundamente endividados quanto antes, em maior perigo de serem presos do que estavam antes, e dependentes de outros para conseguir onde ficar. Todos, desde o *Banus* (governador) da Croácia em diante, sabiam onde eles estavam, os jornais de Agram inclusive. Tiveram de submeter-se à humilhação de serem transformados de patrões de Ozegovich em seus inquilinos indigentes; e a esposa de Ozegovich (sua esposa "platônica", já que ela e o marido mal se falavam) não fez segredo do ressentimento com a presença deles.

No entanto, ela convidou vizinhos distantes quilômetros para virem arregalar os olhos com esse casal notório, e os estimulou a beber demais, noite após noite, e a importunarem os recém-chegados com perguntas inconvenientes. Outrora uma atriz, Eleana Ozegovich era uma mulher alta e esbelta, com braços compridos que pendiam de seus ombros de modo curiosamente inerte, sexualmente provocante. Também tinha queixo redondo e olhos azul-bebê e se dava ares de importante ao atravessar uma simples sala — braços pendidos, mãos pendidas, os sapatos pontudos aparecendo a cada passo. Quando nenhum vizinho estava presente, ela própria assumia o papel de inquisidora e jogadora de indiretas; e o fazia também com bastante crueldade. "Por que vocês não nos contam o que *de fato* aconteceu?... Vocês conhecem tão melhor esse negócio de dinheiro do que todo aquele pessoal estúpido de Viena... Da última vez que estive lá, as pessoas não falavam de *outra* coisa..." No final, esse tipo de impertinência produziu o efeito que ela estava procurando, conscientemente ou não. Uma noite, Mattachich respondeu-lhe com rispidez que já tinha escutado o bastante, era melhor que, droga!, ela o deixasse em paz. Nesse ponto, tanto o marido quanto a mulher se voltaram contra ele. Quem ele pensava que era, eles não lhe deviam nada, ele era um hóspede na casa deles, ali ele não era patrão de ninguém, todo mundo sabia o que ele tinha armado com aqueles agiotas, e assim por diante. Terminou com os dois homens se desafiando para um duelo com espadas, pistolas, pedras, garrafas, que importância tinha, sim, agora, do lado de fora da casa, sim, na maldita escuridão, por que não, ele (Mattchich) não ia errar um alvo tão gordo e grande enquanto Ozegovich jurava por Deus que ia apenas mirar no cheiro....

A essa altura, as mulheres estavam em lágrimas, Louise agarrada em Ozegovich e Eleana em Mattachich, enquanto Marie Fugger ia de um par ao outro, implorando aos homens que se dessem as mãos. O que eles se recusaram a fazer, antes de subirem cambaleando para a cama.

Portanto, eles tiveram de partir. Depois de uma troca de telegramas, o grupo de Mattachich partiu para Schloss Lobor. Isso era algo que Mattachich tinha imaginado evitar. Keglevich havia deixado claro que não queria ter nada a ver com os fugitivos, e de qualquer forma o orgulho de Mattachich lhe tornava difícil rastejar de volta para a casa de sua mãe. Mas não tinha outro lugar para ir. Quando chegaram ao Schloss, ficaram sabendo que Keglevich tinha partido imediatamente depois de saber que eles estavam vindo. Mattachich também encontrou sua mãe e Fiedler, o administrador da propriedade, em tal intimidade que teve de se perguntar se a partida de Keglevich já não era iminente de qualquer forma.

Tudo isso aconteceu antes da visita de Bachrach ao Schloss; quando o advogado chegou, a atitude de Mattachich quanto à sua situação e à de Louise estava tanto mais estabelecida quanto mais desesperadora. Ele agora tinha uma carta na manga — ou no bolso — que o livrava do temor das ações e julgamentos dos outros. Se ele e Louise fossem "atacados", como ele dizia, daria um tiro nela e depois se mataria. Era simples assim. Para mostrar como falava sério, levava seu revólver consigo em todas as horas do dia e o mantinha à noite no armário ao lado da cama.

Essas ameaças conseguiram assustar todos a sua volta, fora sua mãe e Louise. Sua mãe não acreditava que ele fosse fazer isso — e o disse, o que o fazia conter a língua na presença dela. Louise, por outro lado, de fato acreditava nele e estava imperturbável. Mesmo antes de sair de Nice, ela lhe dissera que estava tão pronta a morrer com ele como Maria Vetsera estivera com Rudolph. ("Você acha que aquela prostitutazinha amava Rudolph mais do que eu amo você?") Os dois tinham até começado a brincar de assassinato-e-suicídio na privacidade do quarto. Ele esvaziava a câmara da pistola na frente dela, encostava sua boca na têmpora dela e puxava o gatilho. Para deleite dele, Louise às vezes desmoronava teatralmente na cadeira depois do ressoar metálico do estalo do cão da pistola; às vezes, apenas fazia um gesto afastando seu pseudo-assassino como a um garçom importuno. Então, ele encostava a pistola na própria cabeça e repetia a representação. A cada vez, cuidadosamente recarregava a pistola e a colocava de novo em seu bolso ou no criado-mudo. Já que eles iam morrer de qualquer maneira, mais cedo ou mais tarde, por que não podiam ensaiar a morte em seus próprios termos? Reconfortar-se ao pensar no desapontamento que causariam a seus inimigos?

E se fosse para morrer logo — que importa? Ele era um materialista, um niilista; acreditava que todos os significados que as pessoas davam à existência nada mais eram que ilusões que lhes eram necessárias. "Necessárias" porque os homens simplesmente não conseguiam viver sem tentar encontrar um significado no mundo ao seu redor — que não existiria *como mundo* se eles não estivessem ali para pensar nele como tal. "Ilusões" porque nenhum dos significados que eles anunciavam podia ser justificado por nada além das palavras usadas para expressá-lo. Louise, em contraste, dizia que ainda pensava em si mesma como católica, embora uma católica muito ruim. Um mundo tão complicado, ela argumentava, não podia apenas "ter acontecido"; tinha de ter sido planejado por seu criador com um propósito em mente. E qual era esse propósito? Ele tinha de se fazer conhecido por mortais quase tão inteligentes quanto ele, que conseguissem reconhecê-lo e responder a ele. Então, se merecessem, ele levaria suas almas de volta para junto dos seus. Se não, adeus.

— Pobre Deus solitário — Mattachich caçoava dela. — Ele precisa de nós para ter com quem conversar. De nós, entre todos os outros!

Conversas desse tipo faziam com que se sentissem reanimados, até virtuosos; eles tentavam renovar a ligação de um com o outro — não era tudo só dinheiro e desafio e paixão entre eles; eram almas gêmeas também. (Especialmente agora que a paixão física estava lhes faltando, e o tempo que Mattachich passava a sós com a pálida mas de belos traços Marie Fugger, com seus lábios pálidos, olhos castanhos observadores e uma cabeça de cabelos volumosos, era um tópico que ele e Louise jamais discutiam.) Nas manhãs, Mattachich acordava cedo e, em uma paródia bizarra de seus hábitos como oficial do exército, inspecionava seus guardas — pares de empregados domésticos ou homens das propriedades agrícolas, equipados com armas de fogo —, a quem tinha recrutado e colocado em posição por turnos ao redor do Schloss, nas 24 horas completas do dia. Ele genuinamente temia que "eles", as autoridades de Viena ou seus sabujos em Agram, ordenassem um ataque à casa para tentar tirar Louise dele. O propósito desses guardas, portanto, estava claro em sua mente. Ele os queria fora da casa não porque sonhasse resistir às forças armadas do império, mas para dar a ele e a Louise o tempo para tirar a vitória dos inimigos.

Depois de falar com os homens, ele caminhava pelos campos, se o dia estivesse bom, desfrutando a posse solitária do brilhante mundo a sua volta: gramado pesado de orvalho; a terra expirando o último de seus odores invernais; o dócil e inexorável raio de sol insinuando-se pelos sulcos e valas; folhas verdes desabrochando dia a dia; a faia de cobre ocasional e o sicômoro prematuro imitando por razões próprias as cores avermelhadas do outono. Como parecia remoto e oculto, realmente inimaginável, o outono, esperando por ele no lado distante de ainda um outro verão que talvez não vivesse para ver. Pássaros chiavam, assobiavam como ouriços-do-mar, recortavam o ar com os bicos de tesoura, enquanto bem abaixo as gralhas davam seus deselegantes pulos de duas patas pelos campos. Depois ele voltava à casa para o desjejum, que comia a sós com sua mãe. Louise, que sempre acordava tarde, geralmente comia o dela com Marie Fugger, em bandejas levadas ao andar de cima. Depois do que acontecera no lugar onde estavam antes — bebedeira, gritaria, jogos, tiros por diversão dentro da noite, pontuados com os acessos de fúria de Eleana —, Mattachich era grato à mãe pelo comedimento que mostrara ao receber seus hóspedes inesperados e acolhê-los a seguir. Sem alvoroço, sem censuras, sem exageros, sem curiosidade despropositada: apenas prática. Ela sabia que eles estavam com problemas, problemas sérios — todo mundo sabia —, mas era orgulhosa e atenciosa demais para pressioná-lo a falar sobre isso. Portanto, ele não o fez.[66]

---

[66]Na realidade, tanto Louise quanto Mattachich permaneceram notavelmente reticentes sobre a questão das falsificações até o final de suas vidas. Em sua autobiografia, Louise dedica uma dúzia de linhas enigmáticas no livro de 250 páginas ao assunto que provocou tanto sofrimento para ela e Mattachich. "Minha assinatura era completa e verdadeiramente minha", escreve ela (*Autour*, p. 230). "Foi por isso que tive de ficar em silêncio. A assinatura da minha irmã, acrescentada depois, era falsificada — mas perpetrada por quem? E por quê? Não me foi permitido fazer essas perguntas... O conde Mattachich nada sabia dessas notas e de como foram usadas." De sua parte, Mattachich insiste em suas *Memoiren* que as assinaturas forjadas foram acrescentadas às notas promissórias depois que estas saíram da casa da princesa, e faz uma alusão geral na direção da tese de Daszynski em relação a elas. A única outra sugestão dele aparece em uma declaração formal (citado em Holler, *Ihr Kampf*, p. 178), na qual alega que as assinaturas forjadas foram obra do Dr. Barber, o advogado de Louise. No entanto, não oferece nenhum motivo pelo qual o advogado faria uma coisa da qual não tiraria nenhum benefício e que lhe seria profissionalmente tão prejudicial.

E pensar em uma mulher como sua mãe se desperdiçando seu afeto com esse Fiedler! (Se era isso que ela estava fazendo.) Isso era um mistério para ele, mas tinha cuidado em não deixar que ela soubesse o que achava do homem. Havia um tipo de trégua entre mãe e filho: se ela não lhe perguntasse sobre dinheiro e documentos falsificados, ele não faria perguntas sobre a partida de Keglevich e sua substituição por Fiedler. No entanto, quando estava a sós com Fiedler, um corpulento, evasivo e presunçoso manuseador da própria barba grisalha, os dois homens brigavam por qualquer questão idiota que surgisse entre eles — os nomes corretos e posição social dos regimentos, a derivação das palavras, variedades de maçãs e cerejas, o treino dos cães. Fiedler não fazia esforço, quando a sós com Mattachich, para disfarçar o quanto estava aborrecido por seu improvável triunfo com a condessa ser menosprezado por esses fugitivos; nem seu desprazer pelos intrusos se portarem como se toda a propriedade estivesse em guerra com o *Banus* e todo mundo do império. Sentinelas, faça-me o favor! Armas de fogo!

O que Mattachich não sabia era que, no fim da visita de Bachrach ao Schloss, Fiedler tinha abordado o visitante em um local fora da visão da casa. Debaixo de um arvoredo ao lado da estrada de calcáreo, os dois homens chegaram a um entendimento. Fiedler assegurou ao visitante sua lealdade inabalável à coroa e ofereceu manter o *Herr Regierungsrat* informado de tudo que se passasse no Schloss. Em resposta, Bachrach lhe deu o endereço de um colega, um advogado em Zlatar, de nome Tonkovich, com quem ele deveria entrar em contato assim que tivesse algo a informar. Seus serviços não seriam esquecidos, garantiu-lhe Bachrach, quando esse "lamentável negócio" tivesse finalmente se resolvido.

Agora, imagine-se a caminho de Agram, algumas semanas mais tarde, espremido em uma carruagem com Mattachich e Louise. Uma tarde sombria. Chuva caindo pesadamente a intervalos. Vento movendo as nuvens e fazendo-as descer como cortinas, ao acaso, sobre os cumes das colinas. Árvores parecendo espectros entre a névoa e dali emergindo em fragmentos. Gado paciente, os traseiros voltados para o vento, tolerando o que não podiam mudar. Tudo isso acompanhado pela música elaborada de uma carruagem puxada a cavalos passando por uma estrada molhada — rangidos, guinchos, batidas, ruídos surdos — com um ocasional salpico ou esmagamento, para completar. Olhe para o cocheiro em seu poleiro do lado de fora, o sobretudo verde quase preto pela chuva caindo direto sobre ele ou sacudida em borrifos das abas de sua cartola, enquanto Louise, Mattachich e Marie Fugger estão sentados lá dentro, atrás de vidros borrados e bancos almofadados. Marie senta-se de costas para o condutor, de frente para os dois; todos os três têm mantas de viagem sobre os joelhos e tentam dormir. Eles passaram a noite em Breznica, *chez* Ozegovich, e essa é a razão por que agora estão tentando compensar o sono perdido na noite anterior.

A visita tinha sido do tipo para fazer as pazes, pelo menos em intenção, depois da prévia estada calamitosa na propriedade. Subseqüentemente, nenhum dos lados tinha se comunicado com o outro até que, para sua surpresa, Ozegovich recebeu um bilhete de Mattachich na qual escrevia que ele, Louise e Marie Fugger estavam partindo em breve para Agram e gostariam de saber se poderiam passar uma noite em Breznica no caminho. Ele tinha algumas perguntas a fazer a seu "velho amigo e companheiro de armas". Ozegovich respondeu de maneira igualmente amigável, embora estivesse decidido quanto a uma questão. Se lhe fosse pedido para prestar falso testemunho quando Mattachich fosse julgado — o que não tinha dúvidas de que ia acontecer mais cedo ou mais tarde —, ele não o faria.

Mas esse, como ele ficou sabendo, não era o motivo da visita. Mattachich tinha recebido uma convocação do 13º Regimento dos Ulanos em Agram, endereçado com a maior meticulosidade ao "tenente em licença prolongada dos serviços". A carta ordenava que ele fosse à cidade para exame médico, e também para recadastramento, já que o período de licença que lhe fora concedido havia expirado. Ozegovich tinha recebido esse documento? Era isso que Mattachich queria saber. A resposta era não, nada do tipo tinha chegado a Ozegovich. Depois de um silêncio, acrescentou que, se fosse Mattachich, não atenderia à convocação. Parecia-lhe suspeito. Por que, depois de todo esse tempo, o regimento estaria tão curioso sobre sua aptidão para servir? Mesmo se não existissem... você sabe... interrogações.... sobre você...

Mattachich ficou desapontado, e o demonstrou.

— Meu Deus! Recebi duas cartas do *Banus* — faça-me o favor! — me dizendo para apresentar-me ao prefeito em Zlatar e fiz ouvidos moucos. Mas essa é diferente. É o meu regimento. E o seu. E, se eu não puder confiar que eles serão honestos comigo, em quem por Deus vou poder confiar?

— Ninguém — respondeu Ozegovich.

Mattachich procurou dentro do bolso do paletó e tirou uma carta dobrada, que não abriu mas balançou no ar.

— Não foi a única carta que recebi de Agram esta semana. Esta é de um advogado de lá. Ele me diz que meu padrasto lhe deu algumas instruções. Em primeiro lugar, esse senhor afirma que devo sair do Schloss ou ele chamará a polícia para me expulsar. A propriedade é dele, não minha. Nem de minha mãe. Segundo, ele já havia escrito para um escritório em Agram lhes comunicando que estava determinado a cancelar a ordem que tinha dado para minha adoção... Ele pode fazer isso? Quem sabe? Tenho de descobrir enquanto estiver lá. — Mattachich colocou de volta a carta no bolso, e continuou como se não tivesse mudado o assunto. — Agora você me diz que o regimento também está tramando contra mim. Não posso acreditar nisso. Fizemos um juramento no desfile de aprovação — seríamos fiéis um ao outro até o final. Lembra-se? *Bis is den Tod.* Um por um, nós dissemos isso, e depois gritamos todos juntos. Está me dizendo que não significa nada? Que eles estão me traindo, exatamente como todo mundo?

Ozegovich não reparou na repreensão sugerida no que Mattachich acabara de dizer. Viu nos olhos do homem a ânsia de acreditar e ouviu a obstinação em sua voz. Portanto, ficou em silêncio.

— De qualquer forma — disse Mattachich, admitindo o fracasso, ou pelo menos sua possibilidade, a esperança agora é indistinguível do desespero —, a princesa estará comigo. Eles não ousarão fazer nada comigo enquanto estivermos juntos.

O restante da tarde eles passaram bebendo. As mulheres na casa juntaram-se a eles. Tudo transcorreu tranqüilamente e assim ficou por muito tempo.

*

A carruagem que lentamente se encaminha para Agram agora faz uma parada em uma estalagem da estrada. Os passageiros saem para se aliviar e tomar café. Logo, retornam ao veículo e outra vez tentam dormir — ou pelo menos cochilar, sentindo os corpos balançarem ao ritmo da carruagem, constantemente escutando os barulhos que vêm de baixo e do entorno, e os tomando pelo que eram e também pelo que não eram: gritos, notas musicais, tábuas rangendo sob passos, vozes humanas dizendo a mesma palavra muitas e muitas vezes. Então uma voz humana real se impõe: é a de Mattachich. Para sua vergonha, ele foi subitamente acometido de cólicas estomacais. Marie Fugger bate na divisória entre ela e o condutor e a carruagem faz uma parada. Mattachich desce com dificuldade e se apressa para trás de umas moitas. Pela porta ainda aberta elas escutam barulhos de ânsia de vômito. As duas mulheres trocam olhares preocupados. Segue-se um silêncio. Quando Mattachich reaparece, a aparência de suas roupas amarrotadas mostra que ânsia de vômito não foi só o que ele teve de enfrentar. Está pálido; sua respiração está irregular.

— Não sei o que é — diz, abatido, como as pessoas ficam nesses momentos. — Não me senti bem durante toda a manhã. E de repente... Deve ser alguma coisa que comi ontem à noite.

Dessa vez, ele puxa sua manta sobre a cabeça e se enrola no seu canto da carruagem. Ao puxar a manta, seus joelhos e tornozelos ficaram expostos, assim Fugger coloca a própria manta sobre os membros inferiores dele e Louise a ajuda a enfiá-la em volta. Ele permanece envolvido assim até a próxima parada de emergência.

O plano deles era chegar a Agram ao cair da tarde, mas a viagem foi atrasada pelas repetidas paradas que tiveram de fazer. Só por volta do pôr-do-sol o céu caprichoso se abre e brilha espetacularmente. Um cadinho de substâncias cor de fogo se derrama em todas as direções, como se um mundo novo estivesse derretendo e se fundindo lá em cima. Mas, em minutos, os jorros de ouro, bronze e prata começam a se coagular, a escurecer; as nuvens engrossam; a neblina retorna; a chuva cai; a noite começou. Por fim, houve uma mudança no som das rodas que giram embaixo deles. Tinham passado para uma estrada totalmente pavimentada e entrado nos arredores da cidade. Reanimado pelo fim iminente da viagem, Mattachich desvencilha-se de seu ninho de mantas e olha pela janela. Com voz fraca, diz a Louise que está se sentindo muito melhor; foi apenas... alguma coisa. Nada.

Logo eles se aproximam do Hotel Pruker na rua principal da cidade, onde o prestativo Fiedler, em sua última ida do Schloss para a estação telegráfica, tinha reservado quartos para eles.

No final, Mattachich facilitou mais as coisas para seus inimigos mais do que imaginavam. O fato de um homem que tinha ignorado um par de convocações do *Banus* quixotescamente obedecesse a um chamado de seu regimento era algo que Bachrach, que estava por trás de ambas as iniciativas, mal ousava acreditar. Sempre fora o chamado do regimento, e não o do *Banus*, que ele achava a melhor das duas opções de seu ponto de vista; e tinha sido justamente a que Mattachich preferira obedecer. A circunstância de um oportuno problema no estômago foi apenas pura sorte; nada mais. Quando o exausto casal foi para a cama em seu quarto e Marie Fugger no dela, detetives vestidos com roupas normais já vigiavam o saguão no primeiro andar do hotel; antes da madrugada da manhã seguinte policiais adicionais tinham sido posicionados em uma cafeteria do outro lado da rua. Observando a uma distância um pouco maior estavam Bachrach, o chefe da polícia local, Tonkovich, o advogado de Zlatar, e ainda um outro advogado. Os quartos que os visitantes ocupavam na verdade foram escolhidos pelo próprio chefe de polícia, que esteve o tempo todo em contato com Fiedler e Tonkovich, e tinha ido ao hotel e estudado um mapa de seu traçado bem antes que o grupo do Schloss chegasse.

Presente no local, escutando tudo isso, Bachrach começou a acreditar pela primeira vez que tinha realmente encurralado Mattachich. Todos os preparativos que estivera fazendo em nome da "autoridade-mor" nas últimas semanas — os telegramas e mensagens manuscritas que enviara ao *Banus* e ao punhado de oficiais-chave do exército, da polícia, do serviço civil e do sistema ferroviário, e o tempo que passara coordenando suas respostas — não tinham sido desperdiçados. Mas ainda não podia se dar ao luxo de descansar. Então, um item adicional de informação foi-lhe oferecido pelo obsequioso funcionário da recepção do hotel. Como ainda estava se sentindo fraco, Mattachich pediu que o médico do regimento viesse ao hotel para efetuar seu exame, e um quarto extra no andar de cima fora alugado para esse propósito.

Perfeito.

A própria emboscada foi realizada com uma eficiência mais do que militar. O médico do regimento chegou e foi levado ao quarto reservado para o exame. Poucos minutos depois de Mattachich ter se juntado ele, os policiais de vigia e um major do exército rapidamente entraram pela porta destrancada, agarraram o homem meio desnudo, algemaram-no e rapidamente o levaram para baixo, colocando-o num landau que estava à espera. Tudo feito em um momento. "Assim Mattachich foi preso em custódia sem contratempos", telegrafou Bachrach para Philipp naquele mesmo dia.[67]

Depois que o landau dobrou a esquina, o grupo foi para o quarto de Louise. Ela era mulher e princesa, portanto o caso aqui não era de algemas nem de empurrá-la descabelada pelo saguão do hotel e pela calçada do lado de fora. Mas eles estavam tão determinados a levar o negócio adiante quanto estiveram com Mattachich. Primeiro, mandaram o advogado Tonkovich bater a sua porta e dizer o nome dele, pois era sabido que Louise reconheceria sua voz e lhe abriria a porta — o que ela fez. Os outros imediatamente o seguiram porta adentro. Confrontada com a irrupção em seu quarto de um bando de homens, a maioria dos quais ela nunca tinha visto antes, o misto de altivez e apatia que era uma de suas especialidades veio em sua ajuda. Recusou-se a responder às perguntas de Bachrach sobre quem havia dor-

---

[67]Citado por Holler, *Ihr Kampf*, p. 125. Nas pp. 123-6, Holler faz uma descrição detalhada da prisão. Não é de se surpreender que o relato de Mattachich do evento (*Memoiren*, p. 41) esteja recheado de incontrolável rancor. Sobre a contribuição de Fiedler e Tonkovich, ele escreve: "Eles tentaram consolidar minha confiança neles com pretensos bons conselhos e falsa preocupação pelo meu bem-estar, com a diabólica intenção de me atrair para a armadilha que tinham preparado previamente. Se alguém me pedisse hoje um exemplo de completa torpeza [*Niederträchlichkeit*], eu responderia: o papel que Fiedler e Tonkovich desempenharam então. E os dois hoje desfrutam os privilégios de respeitáveis cavalheiros!"

mido na segunda cama amarrotada do quarto, ou de quem era o pijama que estava sobre ela. Quando indagada se havia alguma arma no quarto, silenciosamente apontou para a gaveta do criado-mudo e não fez nenhum comentário quando Bachrach tirou o revólver carregado. Ela só ficou agitada depois que ele lhe disse que seria levada de volta ao palácio Coburgo em Viena. Nada, ninguém, disse ela feroz, poderia forçá-la a voltar ali ou ver seu marido de novo. Bachrach então lhe garantiu que seus desejos seriam respeitados e ela não seria obrigada a nenhuma das duas coisas. Mandaram uma criada ao quarto do lado para avisar a Marie Fugger que estava sendo chamada. Ela entrou no quarto, viu imediatamente o que estava acontecendo e perguntou a Bachrach se ele tinha "a aprovação da autoridade-mor" para o que estava fazendo. Sim, respondeu ele, o próprio imperador assim queria. Daí em diante ela cooperou com os captores da princesa, embora tenha também se recusado a responder quando Bachrach perguntou quem havia passado a noite na outra cama do quarto da princesa.

Consciencioso como sempre a serviço do seu senhor, Bachrach se esforçou para encontrar evidências que poderiam ser úteis mais tarde, se Philipp entrasse com o processo de divórcio. Com isso em mente, Mattachich queixou-se mais tarde, o advogado bisbilhotou pelo quarto — "sem omitir o exame dos lençóis, esperando encontrar indícios reveladores de atos de adultério... Essa foi a mais baixa de todos as proezas que aconteceram no curso daquela manhã... Uma prostituta comum não teria sido tratada assim! O fato de a princesa não ter ficado insana com esses acontecimentos vergonhosos... mas tenha conseguido se manter notavelmente calma é por si só um teste-munho de sua estabilidade psicológica".[68]

Em uma ou duas horas, confiante de que não seria forçada a encontrar-se com Philipp nem retornar a seu palácio, Louise estava em um trem especial de dois vagões que tinha ficado à espera em uma estação fora de Agram para levá-la de volta a Viena. Mesmo antes de deixar o hotel, ela foi avisada de que Mattachich estava preso: um item das notícias que ela recebeu com a mesma calma que tinha mostrado quando os homens irromperam em seu quarto. Mas insistiu em enviar uma carta para ele, a qual entregou a Bachrach — e a qual seu pretendido destinatário nunca recebeu. Quando o trem se aproximou de Viena, Bachrach deu a Louise a notícia de que, já que ela se recusava a voltar ao palácio Coburgo, seu destino seria um "sa-natório" em Döbling, nos arredores da cidade. Logo depois, ele lhe disse que esse sanatório era de fato um asilo particular para loucos. Foi-lhe dada então para assinar uma declaração de que estava voluntariamente se apresentando para tratamento na instituição, o que ela fez. Ao que parece, não ocorreu a nin-guém que, já que ela não tinha "voluntariamente" se dirigido a

---

[68]Ver Louise, *Autour*, pp. 227-8; Mattachich, *Memoiren*, p. 49; e Holler, *Ihr Kampf*, pp. 126-7. Inevitavelmente, Mattachich e Louise odiaram Bachrach pelo restante de suas vidas, embo-ra Louise tenha conseguido atingir um tom mais alto que seu companheiro em sua vingan-ça a longa distância. "Em Viena, recentemente", escreveu, duas décadas depois daquela manhã em Algram, "vi um ser miserável, quase cego e à beira do túmulo, e o nome de um advogado judeu — repudiado por todos os judeus austríacos respeitáveis — foi murmura-do ao meu ouvido. Ele tinha sido o agente, instigador e conselheiro íntimo do ódio perverso que se esforçou tanto para me destruir... Perplexa, perguntei a mim mesma: 'Será que eles entendem... Será que podem, sem se aterrorizar com o que está por vir, lembrar de seu passado sem remorsos?'" (p. 222). De fato, os catálogos vienenses mostram que Bachrach sobreviveu ainda bons dez anos depois que ela viu esse homem supostamente moribundo (ver, por exemplo, *Österreichisches Biographisches Lexikon*, vol. I, p. 42).

Viena em primeiro lugar, sua própria assinatura no documento era um tipo de falsificação.

Louise, Marie Fugger e uma enfermeira especialmente contratada que a acompanhara no trem foram acomodadas em uma pequena *villa* no terreno da instituição. Quatro dias mais tarde Louise foi examinada demoradamente por uma equipe completa de médicos e psiquiatras, entre eles o "mantenedor" do asilo, Dr. Obersteiner. Representantes do Hofburgo e do rei Leopoldo estavam presentes no quarto ao lado, assim como o indispensável Bachrach. A única enfermidade física que os médicos registraram foi uma irrupção de "psoríase vulgar" em várias partes de seu corpo.[69] Eles concordaram, no entanto, que sua condição psicológica denunciava sérios sintomas de "insuficiência intelectual" e "debilidade moral". Com esses fundamentos, declararam que era necessário que ela permanecesse em estrito isolamento e sob constante observação no asilo pelos próximos seis meses. A tarefa de acompanhá-la durante esse período foi designada ao Dr. Obersteiner.

Philipp teria preferido uma declaração inequívoca, ali e naquele momento, de que ela estava louca. Como também as majestades imperiais, Francisco José, da Áustria-Hungria, e Leopoldo, da Bélgica. Fora esse desapontamento, todos os envolvidos (menos Louise) estavam satisfeitos com o que tinham conseguido. O perigo de que ela tivesse de aparecer em algum tribunal de Justiça — no que Philipp temia que fossem "os pro-

---

[69]Ao escrever sobre esse exame médico (*Ihr Kampf*, pp. 128-9, e pp. 134-5), Holler, que também é médico além de biógrafo, ressalta que um dos tratamentos da época para a psoríase era a administração de arsênico em forma de pastilhas ou pílulas. Em altas doses, esse tratamento pode, por sua vez, produzir uma variedade de sintomas psiquiátricos — "apatia" e "sonolência", entre outros.

cedimentos publicamente mais escandalosos que se poderia imaginar" — fora evitado. "Ao confiná-la", escreveu, "consegui prevenir desordens futuras... embora tenha sido realmente difícil realizar isso." Admitiu que nem o público em geral nem os advogados que representavam os credores de Louise acreditaram na história de sua doença mental, mas, continuou, "não podia permitir que Louise aparecesse diante de nenhum tribunal ou júri... Não podia fazer isso com minha família". Com a exibição de impotência e indignação que era sua marca registrada, ele acrescentou seu resmungo de que "nada fará Leopoldo mudar; ele não levantará um dedo para ajudar a resolver a questão das dívidas de sua filha".[70]

Isso basta quanto aos sentimentos dos inimigos de Louise. Quanto à própria Louise, vinte anos mais tarde ela descreveu esses acontecimentos da seguinte maneira: "Assim, fui de repente seqüestrada e me vi em uma cela no asilo de Döbling, nos subúrbios de Viena. Era mantida em constante vigilância através de um olho mágico na porta. A janela tinha grades. Eu escutava gritos e apelos do lado de fora... Fui colocada em uma parte do asilo onde eram isolados os mais gravemente enfermos. Durante o período de exercícios, vi um paciente correndo em volta de um pequeno pátio e se atirando com gritos terríveis contra uma parede em que colchões tinham sido enfileirados... Voltei-me, chocada e horrorizada, e me atirei na cama estreita. Tudo que podia fazer era pôr minha cabeça debaixo do travesseiro, esperando não ver nem ouvir mais nada. Mas não conseguia reprimir as lágrimas."[71]

---

[70]Citado em Holler, *Ihr Kampf*, p. 129. Leopoldo na verdade acabou oferecendo enviar-lhe a soma de 100 mil florins — que Philipp rejeitou como "esmola que me sinto obrigado a recusar".

[71]Louise, *Autour*, pp. 228-9.

No dia seguinte, no entanto, ela pediu que trouxessem um piano para seu "pavilhão" na propriedade; e logo depois disso um dos quartos da casa se transformou, a seu pedido, em um estúdio completo, com amplo estoque de tintas, telas, lápis e papel. A enfermeira que tinha viajado com ela desde Agram foi substituída por uma acompanhante, Olga Börner, que ficaria a seu lado até o final. E Marie Fugger continuou a viver na *villa* até ser descoberto que ela estava ajudando a manter uma correspondência entre Louise, em seu asilo, e Mattachich, em sua cela.[72]

Como estes últimos fatos podem se conciliar com o relato que ela faz dos horrores que acompanharam sua entrada no asilo Döbling?

É fácil, se você quiser tentar. Imagine que os dois relatos de suas reações ao que lhe aconteceu são essencialmente verdadeiros. Imagine como ela ficou ultrajada *e* aliviada com seu isolamento. Humilhada *e* reconfortada, depois dos sustos e escapadas dos meses anteriores, em saber que viveria no mesmo lugar pelo próximo meio ano. Degradada *e* agradecida por saber que não teria de tomar nenhuma decisão sobre seu futuro naquele período. Não há necessidade, portanto, de pular para a conclusão de que o que ela escreveu vinte anos mais tarde era apenas uma representação em retrospectiva. Sem aviso, ela fora seqüestrada de seu amante, levada às pressas por centenas de quilômetros, jogada atrás de muros altos e portões fechados, privada de seus direitos (inclusive o direito de ser processada assim como de se defender em um tribunal), e declarada apta a viver apenas em uma instituição fechada cheia de estranhos dementes.

---

[72]Ver, Holler, *Ihr Kampf*, pp.137 e 146. Como a baronesa era alemã, com passaporte alemão, foi fácil para as autoridades expulsá-la da Áustria.

A pura verdade é que qualquer confinamento forçado entre pessoas doentes, desesperadas e atormentadas tende a ser considerado — mesmo por aqueles que podem estar extremamente necessitados disso — uma forma de tortura em si mesmo.

Portanto, quem pode culpá-la por mais tarde ter preferido lembrar apenas um lado do "acordo" que os outros fecharam em seu nome?

Do Hotel Pruker, Mattachich foi imediatamente levado para os alojamentos de detenção da guarnição de Agram. "Embora eu não tivesse oferecido resistência", escreveu mais tarde, "o honesto major que levou a efeito minha prisão ficava me dizendo para me manter calmo. Por sua conduta pude perceber que ele tinha esperado realizar uma proeza heróica e estava desapontado com minha calma durante todo o episódio".[73]

Como ele fora detido sob leis militares, não pelas leis civis do império, as autoridades não estavam obrigadas a levá-lo a julgamento dentro de um determinado período nem mesmo comunicar-lhe que acusações teria de finalmente enfrentar. Em outras palavras, com os dois amantes confinados no limbo, Philipp e Bachrach poderiam agora juntar com folga todas as evidências que pudessem encontrar contra Mattachich e esperar sem receio o próximo exame psiquiátrico a que Louise iria se submeter. Não admira que Daszynski, o deputado que terminou levando todo o assunto à atenção do parlamento, tenha falado do que foi feito com os amantes como um exemplo de "justiça da corte" ou "justiça real" — justiça arbitrária, isto é, a justiça do despotismo, não a de um Estado limitado por suas próprias leis.

---

[73]Mattachich, *Memoiren*, p. 43.

Por cerca de sete meses, Mattachich foi deixado na prisão da guarnição de Agram. Através de suas paredes, ele escutava os sons familiares da vida militar acontecendo sem ele, como se para lembrá-lo dia e noite do que havia perdido. Perdido em todos os sentidos, já que não estava apenas afastado disso, como de tudo o mais que fora sua vida, mas convencido de que o próprio exército o traíra. "Cinco semanas se passaram", escreveu Mattachich, "antes que se aprontassem os procedimentos relativos à ofensa — a falsificação de documentos — pela qual eles afirmavam que eu havia sido preso... Nos seis meses que se seguiram, até dezembro daquele ano, fui forçado a viajar por um mundo novo para mim: o do sistema austríaco de justiça militar, uma instituição atroz à qual o povo austríaco dá pouca ou nenhuma atenção, e que portanto é deixada livre para seguir seu próprio caminho. Senti os efeitos dessa instituição em meu próprio corpo... E vocês, pais e mães austríacos, que têm no coração um cuidado carinhoso por seus filhos [que terão de prestar serviço militar] não acreditem nos ministros quando eles dizem que a reforma está em processo, pois eu sei que não está."[74]

Por quaisquer parâmetros, o julgamento de Mattachich foi uma farsa. Depois que foi informado das acusações contra ele, mais três meses se passaram antes que ele visse as evidências reunidas em Viena. Só pôde ter acesso a elas na forma escrita, portanto não teve oportunidade de questionar as testemunhas antes ou durante o julgamento. Não foi permitido a nenhum

---

[74]"Eu digo a todos aqueles que cometeram esse ato de violência contra mim", escreve Mattachich, "que em nenhum momento eu chorei, lamentei, praguejei contra meu destino. Toda a minha ansiedade e cuidado estavam dedicados ao pensamento da mulher desventurada que foi roubada de seu protetor e oferecida sem amparo à brutalidade de seus inimigos" (*Memoiren*, p. 43).

advogado falar a seu favor em nenhum momento, pois o julgamento foi dirigido por um "auditor" militar que servia simultaneamente de acusador, advogado de defesa e juiz, e que também tinha arbítrio total sobre os direitos do acusado em cada fase. Os procedimentos chegaram ao fim na véspera do Ano-novo, sete meses depois de sua prisão, quando lhe disseram para vestir o uniforme completo — trazido especialmente do Schloss — para se apresentar diante do júri que pronunciaria a decisão e a sentença. Ele foi levado a uma câmara, uma corneta soou, e o presidente do júri (também em uniforme completo, como seus colegas) declarou-o culpado e condenado a uma sentença de seis anos de prisão por seus crimes. O principal dentre eles, é claro, era a falsificação das assinaturas nos documentos apresentados ao tribunal; ofensas menores incluíam sua permanência no exterior sem permissão prévia do Ministro da Guerra, o prolongamento não autorizado da licença concedida a ele e seu não-atendimento às convocações expedidas pelo abandono de seus deveres. Os sete meses que ele já tinha passado na prisão não foram considerados; e a sentença foi ainda mais dura pelas penalidades adicionais incorporadas. Ele foi condenado a ficar sem comida todo o décimo quinto dia dos meses do calendário; a dormir numa "cama dura" (*hartes lager*) no vigésimo quinto dia de cada mês; e a passar o primeiro e o sétimo meses de cada ano de sua sentença em prisão solitária. Suas patentes e sua precária "condição de nobre" foram retiradas e ele foi enviado de volta a sua cela para aguardar transporte imediato à prisão militar em Möllersdorf, na Áustria.

Assim ele escreveu mais tarde sobre sua reação à sentença e seu retorno imediato à cela na prisão da guarnição: "Não pude evitar, mas a leitura da sentença me deu uma impressão estranhamente cômica. Calma e firmemente, segui o oficial de serviço até minha cela. Ao chegar lá, no entanto, enfurecido, rasguei o uniforme que tinha usado por 11 anos e nunca usaria. Enquanto o fazia, subitamente senti uma terrível angústia e um irresistível desejo de ficar só... Esses sentimentos duraram apenas segundos. Eu não tinha tempo para sentimentalismos; precisava de compostura e discernimento... Só com força e calma eu seria capaz de enfrentar o desespero ao qual estava sendo deliberadamente conduzido."[75]

---

[75]Mattachich, *Memoiren,* p. 54.

Oito

Imagine que um ano se passou desde que Louise e Mattachich foram encarcerados.

Como se passou para eles?

Lentamente.

Como foram afetados?

Gravemente.

Você quer especular sobre quem sofreu mais durante o cativeiro?

Não. Da mesma maneira, você pode também perguntar se foi ele ou foi ela o mais sensível ao sofrimento, e qual deles teve mais capacidade para suportá-lo. Ou como definir, em cada caso, a relação entre capacidade de suportar e sensibilidade. Essas questões apenas conduzem a outras questões, e nenhuma pode ser respondida.

O certo é que as condições físicas em que Mattachich teve de viver na sombria, lamacenta, desmantelada prisão de Möllersdorf eram incomparavelmente mais duras do que qualquer coisa que Louise teve de enfrentar. Mas será que ele sofreu mais do que ela, por essa razão ou outra qualquer...?

Reconheça aos dois o mérito de uma notável façanha. Nos anos que se seguiram, nenhum deles nunca tentou afirmar uma sinistra precedência sobre o outro nesse aspecto.

Em sua chegada a Möllersdorf, Mattachich foi colocado em uma cela úmida, fria no inverno, quente no verão, abafada sempre. Exceto às horas das refeições (duas vezes por dia, de manhã e no final da tarde, quando ele era levado a um pequeno refeitório para ex-oficiais) e durante os períodos de exercício (também duas vezes por dia, por trinta minutos), e quando era designado para serviços de secretariado nos escritórios da prisão, ele ficava na cela. Paredes grosseiras de tijolo, uma pequena prateleira fixada em uma delas, um baú igualmente pequeno embaixo da prateira, piso de cimento liso, um beliche fixo, roupas de cama, um balde com tampa de madeira, uma janela gradeada alta e pequena demais para se ver por ela. Durante o dia a cela ficava meio escura; durante a noite uma lamparina de óleo fora de seu alcance ficava constantemente acesa. Uma vez por semana lhe era permitido ir à cantina da prisão para comprar comida adicional, tinta, papel, sabão e outros luxos como esses. Aos domingos, havia serviços religiosos na capela, ao qual ele comparecia sem acreditar em uma só palavra do que era dito ou cantado. Aos domingos, também, quando se encaminhavam para a capela ou de lá voltavam, e a maioria dos guardas estava fora de serviço, os prisioneiros podiam perambular pelos pátios da prisão. O que cercava a capela, os escritórios da prisão, refeitórios e cozinhas, era um pouco espaçoso, pavimentado, decorado com algumas árvores; os outros, o que estava do lado de fora da cela de Mattachich inclusive, eram sulcados, esburacados e flanqueados por construções em ruínas que poderiam ter sido estábulos ou abrigos de gado mais do que moradias para humanos. Acontece que o cheiro que vinha do bloco da latrina era mais pesado e mais nocivo do que qualquer cheiro de estábulo. Só carnívoros podiam produzir tal fedor. Como Mattachich era um ex-oficial, era-lhe permitido contratar um outro companheiro, um ex-soldado raso, para lavar suas roupas e lavar e esfregar sua cela e seu balde; esse homem também tinha seus interesses (venda de cigarros, bebida ilegal) entre a tropa cativa que se enfileirava em suas celas em outro pátio, no canto mais distante do complexo.

Visitas eram uma raridade. A mãe dele vinha uma vez a cada três ou quatro meses, trazendo com ela o dinheiro que ele gastava na prisão; Ozegovich, com menos freqüência. As visitas do último ele enfrentava sem problemas; as da mãe o reduziam a lágrimas, embora só as derramasse depois que ela ia embora. Ele não tinha idéia — e nunca saberia, já que nunca viu nenhum registro de como havia decorrido a investigação de seu recurso — que Ozegovich testemunhara contra ele em um desses recursos. A outra variação de sua rotina era a punição extra, periódica, infligida a ele pelo "auditor" ao dar a sentença: privação de comida no décimo quinto dia de cada mês; dormir no chão da cela com apenas um colchão de palha no vigésimo quinto dia de cada mês; pior de tudo, o mês completo de prisão solitária que tinha de suportar duas vezes por ano. Ele tivera sorte de escapar no primeiro dia de sua chegada (Dia de Ano-novo), mas foi forçado a isso no mês de julho seguinte, quando ficava isolado durante as refeições e fazia seus exercícios com um guarda silencioso. Durante esse mês, os serviços de domingo na capela também lhe eram proibidos.

E era isso. Na teoria, de qualquer forma. Na prática, as coisas eram mais frouxas, ou logo se tornaram. Sua posição na prisão foi ambígua desde o momento em que ele chegou. Seu julgamento pode ter sido feito atrás de portas fechadas, mas não foi possível esconder da imprensa sua condenação e sentença, junto com o despacho de Louise para uma casa de loucos; e os jornais radicais e socialistas tinham dado manchetes sobre isso. O duplo golpe de Bachrach separando o casal de amantes que tinham enfrentado todas as coisas que deveriam tê-los separados (classe social, origem nacional, condição marital) foi transformado por esses jornais em uma "questão" política: eles a trataram como uma fuga romântica que também acontecera para ilustrar a insensibilidade, crueldade e desordem essencial da casa dos Habsburgo, "a panelinha do Coburgo" em Viena, e do abominável pai de Louise. Com as falsificações, a imprensa esquerdista pouco se importou. Comparada com a pilhagem sistemática do Congo por Leopoldo, a suposta *Verschwendungslust* ("mania consumista") de Louise era uma bobagem.

Depois a imprensa se esqueceu deles. Mas o resultado imediato do tipo de publicidade que lhes foi dada é que a chegada de Mattachich à prisão foi saudada do lado de fora da prisão por uma multidão de espectadores curiosos e solidários. E justo em Möllersdorf! Daí em diante, atormentadas pelo temor de um escândalo maior, as autoridades sentiram-se obrigadas a adotar medidas especiais para assegurar que o prisioneiro não os constrangesse ainda mais tentando cometer suicídio. Por isso a lamparina queimando a noite inteira; as inspeções irregulares em sua cela dia e noite através das grades de sua porta; as revistas pelas quais tinha de passar desnudo antes e depois de receber visitas. Por isso também o tratamento rude que recebia de alguns guardas decididos a fazê-lo saber que não estavam impressionados com sua "fama". Mas havia outros que estavam encantados por cuidar de prisioneiro tão notável e gostavam de supor que de alguma maneira, em algum lugar, ele ou sua dama amiga estavam cheios de dinheiro escondido a sua disposição. Portanto, quem poderia dizer que benefícios poderiam um dia chegar aos que eram agora obsequiosos e prestativos com ele?

Assim, o confinamento nessa instituição desmazelada e raramente inspecionada foi tanto uma bênção como uma maldição para Mattachich. A sujeira e as formas de má disciplina manifestadas por todo lado — num lugar que pretendia ser um estabelecimento militar — enojavam o que gostava de imaginar como sua alma de soldado. Mas o que se poderia esperar quando prisioneiros, guardas e os desmazelados com dragonas que supostamente os comandavam eram todos rejeitados, ociosos, sem esperanças, bêbados, lixo humano, e sabiam que eram? A única exceção era o chefe da prisão, um capitão tcheco alto, simpático, de cabeça grande, chamado Navratil, cujo comportamento não era como o dos outros e era sensível ao porte altivo de Mattachich, seus esforços para se manter em boa forma mesmo naquele ambiente. Navratil era sempre correto ao tratar esse prisioneiro; não mostrava nada da curiosidade nem lascívia que Mattachich encontrava por toda parte; ainda assim, esses dois homens sabiam que entendiam um ao outro. Em alguns de seus momentos de maior vulnerabilidade (e houve muitos), Mattachich ficava sem fôlego, mesmo trêmulo, ao escutar o capitão se dirigir a ele não pelo sobrenome mas pelo posto que antes ocupava: *Herr Oberleutnant*. O fato de estarem presos nesse beco sem saída, embora por diferentes razões, era uma fonte de amargura para ambos; nunca falavam disso, mas cada um deixava isso claro para o outro através dos olhos e dos movimentos dos lábios; escutavam isso no tom das palavras que trocavam. Assim, Mattachich ficou agradecido mas não surpreso ao se ver, antes que se passassem muitos meses, trabalhando mais ou menos em tempo integral diretamente sob as ordens de Navratil no escritório da prisão: um ato de favoritismo que teria conseqüências fatais para Mattachich — e desastrosas para seu benfeitor.[76]

Por fim, entre todas as outras coisas que o atormentavam e, mesmo assim, perversamente contribuíam para mantê-lo perseverando, estava sua obsessão com a injustiça do julgamento que o condenou. Em suas memórias ele se apresenta como alguém que tomou a decisão de suportar seu confinamento com altivo estoicismo, mitigado apenas pela preocupação com o bem-estar de sua princesa — e que então se pôs a agir justamente assim. De fato, desde o começo ele se apresentou ao médico da prisão com tal variedade de problemas — coração, estômago, cabeça, juntas, olhos, pulmões — que o médico o registrou em suas anotações como hipocondríaco e fingidor, enquanto também anotava que o que realmente o adoecia era a "preocupação contínua, destruidora de sono [*shlafrauabende*], com seu julgamento e suas tentativas de derrubar o veredicto".[77] Tampouco, Mattachich manteve suas queixas contra o tribunal dentro dos muros da prisão. Poucos dias depois de chegar

---

[76]Em suas *Memoiren*, p. 27, Mattachich mostra-se grato pelo "olhar direto e franco de Navratil, sua fala e natureza fidedignas... que me possibilitaram imediatamente reconhecer que ele era o único oficial ali que tentava cumprir seus difíceis deveres tentando melhorar as condições dos prisioneiros sob sua responsabilidade em vez de desmoralizá-los". No entanto, não menciona a enrascada em que meteu Navratil mais tarde.

[77]Citado por Holler, *Ihr Kampf*, pp. 173-4.

a Möllersdorf, ele já estava ocupado com um relatório absurdo, prolixo, ao Ministro da Guerra em Viena, no qual exigia que o príncipe Philipp fosse despojado de sua espada e seu posto no exército por uma "corte militar de honra". Os fundamentos apresentados para essa exigência eram que Philipp tinha se comportado "como um patife" (*Schuft*) com a princesa Louise. "Seus [de Philipp] sentimentos pela esposa são os de um animal asqueroso... Ele teria se dado melhor se tivesse casado com uma cozinheira e não com a filha de um rei... Eu insisto que a companhia de Sua Alteza real, a baronesa Fugger, seja convocada para dar provas de seu comportamento de canalha..."[78]

Essa foi sua primeira tacada. Depois, apelos elaborados, um atrás do outro, dirigidos a uma variedade de destinatários, emergiam da semi-obscuridade da cela de Mattachich e eram devidamente enviados. Ele escreveu para o tribunal militar que originalmente o julgou em Agram; para uma divisão superior àquele tribunal que também tinha sede em Agram; ao poder judiciário de Viena responsável pela coleta das evidências usadas contra ele no julgamento; para o tribunal central de recursos do exército imperial; e para o ministro do Hofburgo — de cuja participação no planejamento de sua prisão ele não tinha idéia. Com exceção do relatório enviado ao ministro da Guerra, seus recursos não foram rejeitados de imediato. Cuidadosos com as circunstâncias especiais do prisioneiro, os funcionários em cujas mesas eles foram parar aparentemente lhes deram atenção especial. As evidências coletadas durante e após o julgamento foram reexaminadas diversas vezes, e um punhado de

---

[78]O ministro da Guerra, um homem com o surpreendentemente apropriado nome de general Von Krieghammer ("martelo de guerra"), colocou esse perturbado item em seu cofre e daí não o retirou mais (ver Holler, *Ihr Kampf,* p. 175).

testemunhas adicionais foram convocadas em diferentes ocasiões para prestar depoimento. No entanto, não se permitiu que nenhum advogado defendesse o prisioneiro (embora um dos recursos de Mattachich tenha se dedicado apenas a essa questão), nem lhe foi permitido interrogar de nenhuma forma as testemunhas antigas ou novas. No final, todos os seus esforços não deram em nada além da descoberta de mais material desfavorável a sua causa. Alguns deles estavam no papel (por exemplo, várias cartas e telegramas manifestamente inverídicos que ele teria enviado no auge da crise para Stephanie, Leopoldo e Dora); alguns foram fornecidos oralmente por pessoas que aproveitaram a oportunidade para falar mal dele pelas costas.[79]

Depois de um ano e mais dessa atividade "roubadora de sono" — que transcorria em silêncio ou aos sussurros não apenas quando ele devia estar dormindo mas enquanto estava se exercitando, comendo, excretando, sentado em seu beliche, deitado nos períodos de punição sobre seu colchão de palha no chão, e que era traduzida nas garatujas feitas a lápis na escuridão de sua cela, ou quando não estava sendo observado, em sua escrivaninha no escritório da prisão —, Mattachich tinha esgotado todas as possíveis rotas de recurso. Também tinha exaurido a si mesmo. Ele não tinha idéia de que, quanto mais esforçadamente trabalhava em seus documentos, mais desesperados os

---

[79]Ozegovich afirmou em juramento diante de um desses tribunais de recurso que ele nunca duvidou da culpa de Mattachich. Keglevich, o ex-pai adotivo de Mattachich, fez sua parte contando aos investigadores que mais de uma vez teve de saldar dívidas que o enteado fizera sem os meios nem a intenção de pagá-las. Um até agora desconhecido casal, de nome Bog, apareceu para revelar que ainda estava esperando que Mattachich pagasse um empréstimo substancial feito a ele cinco anos antes. Suas tentativas deploráveis de burlar o pagamento dos salários dos empregados que contratara em Paris e Meran também apareceram diante dos tribunais (ver o capítulo 5 deste volume e documentos citados por Holler, *Ihr Kampf*, pp. 55-6, 118 e 180).

juízes os achavam. Nada é menos persuasivo para um advogado que exaltação misturada a noções amadoras de exatidão legal — e era esse precisamente o efeito que Mattachich conseguia. Em seu caso, havia o elemento adicional da convicção (aparentemente) paranóica do escritor de que era vítima de uma conspiração que envolvia órgãos e detentores de cargos públicos do Estado, dos mais baixos aos mais altos, sem excluir o próprio rei-imperador. Evidentemente, o homem devia estar louco. Portanto, os funcionários faziam o que acreditavam ser seu dever quanto ao caso e se voltavam com alívio para outras questões.

Repulsa, desprezo, fracasso, frustração, esgotamento, o sentimento renovado de impotência em face de uma burocracia inatingível, que por natureza era surda e cega aos apelos de um homem confinado nos muros danificados da prisão de Möllersdorf: esse era todo o retorno que Mattachich parecia conseguir com seus esforços. No entanto, esses mesmos esforços, em certo sentido, também ajudavam a fazer seu cativeiro mais tolerável do que teria sido de outra forma. Como isso era possível? Bem, tente imaginar como ele teria sobrevivido *sem* sua obsessão! Sim, ela roubava o seu sono; fendia sua cabeça dolorida em metades com um espaço para vertigem entre elas; fazia o coração se agitar em seu peito, o estômago vomitar o alimento que comia. Mas também lhe dava uma ocupação. Era a sua causa. Algo para o qual viver. Era um escudo entre ele e as pessoas a sua volta, com toda sua miséria, imbecilidade e súbitos ataques de violência ou histeria. Comparado à intensidade do que estava acontecendo em sua cabeça, seus colegas prisioneiros e os guardas com freqüência eram como espectros para ele, sem conseqüência, sem nenhum outro motivo de existir a não ser tagarelar, gesticular e distraí-lo de sua tarefa.

(Embora anos depois ele ficasse surpreso por se lembrar tão vividamente de alguns deles: as roupas que usavam, as coisas que diziam, a risada vazia daquele, o andar cambaleante deste com botas grandes demais, o hábito extraordinário de outro de cuspir não em escarros, como todos os demais, mas em jatos longos como uma cobra, lançando seu veneno de tal forma que o começo de cada expectoração atingia o chão antes que a última parte tivesse saído de seus lábios. Era um homem magro, de bigode fino e um tom ao mesmo tempo pálido e sombrio em sua cútis, como um siciliano ou maltês, pensava Mattachich que nunca tinha ido a nenhuma dessas ilhas. E seus companheiros ex-oficiais! Kotze desviou fundos do rancho; Helfrich, que tinha arrastado trêmulos garotos-recrutas para sua cama; Wahl, que vendera equipamento do exército nas horas vagas; o silencioso Von Baalen, que descobrira Deus em seu segundo ano de serviço e a partir daí nem dava ordens a ninguém nem obedecia as que eram dadas a ele...)

Não, melhor qualquer passatempo do que deixar pessoas como essas se apoderarem de sua consciência. Nem foi só isso que sua persistência em travar essa campanha desesperada fez por ele. Ela produziu mudanças ainda mais profundas. Quanto mais elaboradamente desenvolvia seus argumentos, com mais ansiedade rascunhava e voltava a rascunhá-los, quanto mais autoridades procurava para as quais enviar seus recursos e estudava os livros de direito que, como um grande favor, eram passados a ele em raros intervalos, tanto mais embaçada e incerta se tornava sua memória do que realmente tinha acontecido, do que ele tinha feito, do crime — se era um crime — que tinha cometido havia tanto tempo. Enquanto dias, semanas, meses e anos se passavam, suas *idées fixes* apagavam fosse qual culpa ou remorso ele pudesse ter sentido pela temeridade que na verdade o atirou a esse lugar e Louise *àquele* lugar, pois suas lembranças de como as coisas aconteceram foram dominadas e afinal abolidas por uma lógica fanática que ele não poderia ter elaborado previamente e nunca seria capaz de desfazer depois.

Era assim. O julgamento que decidiu que ele era culpado tinha sido um escárnio à maneira como a justiça devia ser ministrada. Isso era irrefutável. Portanto, ele era inocente.

Era simples assim. Tinha de ser.

Convencido da própria inocência, ele agora estava livre para idolatrar Louise de uma maneira assexuada, quase religiosa, como Maria. Mãe, virgem, princesa, mulher sem máculas, ela deixou tudo por ele. Estava sofrendo por ele assim como ele sofria por ela. Mas o atormentava o fato de não poder convocar sua presença por inteiro diante dele; não conseguia lembrar-se dela a não ser em fragmentos, olhares, viradas do corpo, traços. Apenas em sonhos ocasionais, e mesmo assim apenas por instantes, ela vinha até ele, seu peso e seu calor, o som de sua voz dizendo uma única palavra, o peito de seu pé envolvido pela meia de seda na palma da mão dele.

Quando era levado pela necessidade e desespero a induzir prazer em si mesmo, ele tornava questão de honra o banimento de todas as imagens de Louise de sua mente. Para essa necessidade abjeta, as outras mulheres serviam; ele podia convocar outras sombras de vagas lembranças. Se pelo menos elas estivessem aqui, qualquer uma delas!

Imagine ficar desperto com dor e desconforto, no escuro, perguntando-se como é possível que uma única noite, uma única hora, um único minuto, se estenda mais e mais enquanto você tenta ultrapassá-lo, como se tudo existisse apenas para um propósito: tirar de você sua compreensão do que significa seu passado, seu presente e seu futuro. Imagine ansiar que o dia nasça embora saiba que ele não trará nada além do que é já tão familiar e desgastante para você como seu próprio gesto de puxar a coberta e depois tirá-la, uma e outra vez, em busca de uma inconsciência que vai embora no mesmo momento em que vem. Ou assim parece. Imagine a madrugada finalmente chegando para revelar-lhe que a noite plena de tempo imóvel já caiu em um vácuo negro, nada deixando atrás de si, nenhuma lembrança de si própria, nada que a diferencie de todas as outras noites exatamente como aquelas que a precederam e as que ainda virão.

Nada mudou. O tempo não passa nesse lugar. Não pode passar, pois não tem para onde ir. Existe apenas para se prolongar. Ele se faz conhecer nesses termos apenas para os prisioneiros — loucos ou sãos, culpados ou inocentes — e os muito enfermos.

Em um asilo depois do outro, Louise se viu vivendo em pequenas *villas* parecidas com casas de campo ("casas de agentes ferroviários", ela as chamava) com telhados íngremes de ardósia, pequenos frontões, beirais e venezianas de madeira, uma cozinha nos fundos e algum tipo de jardim na frente. Entre árvores e dando vista para uma estrada de terra, de cada uma delas se podia ver o prédio principal da instituição, as estruturas menores ao redor, e os muros altos que a cercavam, de pedra ou tijolo, geralmente com uma cumeeira triangular ao longo do topo.

O lar de Louise consistia em si mesma, uma dama de companhia, Maria von Gebauer, e Olga Börner, a criada que dormia ali. Uma cozinheira vinha diariamente e um empregado trabalhava em dias alternados na casa e no jardim. Philipp nunca a visitou em nenhum desses lugares, mas cobria todos os custos da residência, e pagava por quaisquer tratamentos especiais administrados à paciente. Esses variavam de acordo com os pontos de vista dos escolhidos para cuidar dela: hidroterapia em um; eletrochoques (mais suaves do que os administrados aos pacientes vinte anos mais tarde) em outro; massagem do crânio aqui; uma dieta consistindo apenas em leite e raízes cruas de vegetais finamente trituradas ali. Às pessoas sem tato para perguntar a Philipp sobre a saúde de Louise, ele invariavelmente ressaltava — a voz subindo em altura, os olhos por trás dos óculos brilhando com a injúria — que estava fazendo muito mais do que o miserável e sovina do pai dela, que tomava o cuidado de nunca se aproximar e não contribuía com um centavo sequer para sua manutenção. A mãe dela, Marie Henriette, também se mantinha longe, mas Phillip não sabia se por escolha própria ou porque era forçada a isso pelo marido. A princesa Stephanie era outra que não fazia nenhum movimento em direção a ela. E Dora? Idem.

Em resumo, médicos e funcionários à parte, ninguém jamais visitou Louise. Ninguém escrevia para ela; ou, se escreveram, ela nunca recebeu suas cartas. Então o que ela fazia consigo mesma? Devaneios. Indolência. Acessos frenéticos. Ela voltou ao hábito, que abandonara parcialmente enquanto vagava pela Europa com Mattachich, de manter longas conversas consigo mesma: reapresentações extensivas e revisões de cenas que tinham acontecido com outros, ou que ela desejava que tivessem acontecido, ou queria acreditar que ainda aconteceriam. Cenas novas de uma semana atrás, cenas antigas de sua infância, cenas que se abriam magicamente com alguém familiar vindo por entre as árvores para visitá-la: em todas, ela assumia a parte de condutora e emergia triunfante, algumas vezes com compaixão ou magnanimidade, mais freqüentemente desdenhosa e vingativa, seus direitos como filha ou esposa, princesa ou amante, por fim reconhecidos em sua plenitude. Seus direitos como paciente também, com bastante freqüência.

Essas reconstituições de sua própria história como ela desejaria que tivesse sido ou de um futuro que esperava ver alternavam-se com surtos de ociosidade e inércia ou súbitos entusiasmos. Começou a aprender línguas, pintar e desenhar, praticando noções de botânica entre as plantas e árvores que cresciam no terreno ao redor, lições de canto, recortando ilustrações dos jornais que lhe permitiam ler e colando-as em álbuns. Cada novidade era abandonada tão abruptamente quanto começara, ainda que algumas voltassem mais tarde. Escrevia longas cartas a membros de sua família, amigos e empregados dos velhos tempos, e também a editores de jornais. Nessas, sempre exigia justiça para si mesma e para o conde prisioneiro. Entregava-as a suas acompanhantes para que as postassem quando deixassem a área do asilo; ao contrário, elas as entregavam à administração, que não deixava nenhuma chegar a seu destino. Lia romances e um pouco de poesia, e tentava escrever ela própria poesias tanto em francês como em alemão, mas nunca ficava contente com os resultados.

Felizmente para ela, e para elas, desde sua infância a princesa se dava bem com as mulheres que a atendiam, e essa habilidade não a abandonara agora. Elas conversavam, tricotavam, faziam um pouco de bordado e tapeçaria; quando se inspirava, ela lhes contava sobre sua infância e seus filhos, revelava detalhes íntimos de sua vida de casada e suas aventuras fora do casamento (os maravilhosos atributos mentais e espirituais de Mattachich sendo um tópico favorito). Falava das lembranças de seus cavalos, cachorros, dos bastidores da vida no Hofburgo. Não se importava com o que revelava nesses momentos nem o tipo de linguagem que usava.[80] Em troca, esperava um grau semelhante de franqueza de suas interlocutoras, e acreditava que era assim. O que raramente era o caso.

Não que alguma de suas confidentes tivesse muito o que confessar. Cada uma era de um ambiente social diferente: Von Gebauer era obviamente de ascendência aristocrática, o que Börner não era, no entanto eram parecidas de muitas maneiras: simples, macilentas, devotas, solteiras, de modos quase conventuais. Elas aprenderam a lidar com seus ataques de fúria e malícia, e seus colapsos em uma apatia mal-humorada — embora nunca com a recusa a se banhar que periodicamente ela anunciava e à qual aderia por dias a fio: até feder, simplesmente. Então profissionais da equipe médica vinham narcotizá-la e lavá-la membro a membro, fenda a fenda, da crosta do couro cabeludo às solas imundas dos pés. Outros surtos de não-cooperação, alguns deles assumindo formas mais malucas do que os outros, apresentavam quase as mesmas dificuldades. Comer exageradamente. Ou não comer. Cortar os botões dos muitos vestidos que mantinha dentro das malas (e nunca usava) e guardá-los dentro dos muitos sapatos que também nunca usava. Esconder (depois de usadas) as toalhinhas sanitárias que agora precisa apenas a intervalos

---

[80]Alguns dos médicos que a examinaram se perguntavam como uma "dama tão bem nascida" tinha aprendido a linguagem que ocasionalmente a escutavam falar, sobretudo quando o tema era o marido (ver Holler, *Ihr Kampf*, p. 148). Naturalmente, preferiam acreditar que aprendera com Mattachich.

irregulares. Engolir areia ou cinzas ou folhas que arrancava ao acaso de qualquer planta em que pudesse colocar as mãos. Chupar a tinta de seus pincéis.

Ela estava louca, veja bem. Sua primeira admissão ao asilo pode ter sido "voluntária", mas seu confinamento desde então se tornou oficial, e ela sabia disso. Portanto, tinha licença para se comportar de maneira tão extravagante quanto quisesse, sempre que quisesse. Dominada pelo tédio, claustrofobia e a necessidade de revidar seus carcereiros, ela os deixava saber, de tempos em tempos, seu grau de insanidade.

A declaração definitiva e final de que Louise estava insana — pela qual Bachrach e Philipp impacientemente esperavam — veio do barão Richard von Krafft-Ebing (1840-1902), chefe do departamento de psiquiatria da Universidade de Viena. Atarracado, de barba volumosa, ombros fortes e um contorno firme sob o colete abotoado até o alto, o professor tinha o olhar direto, grave, de um homem que já havia escutado tudo e a quem agora nada mais podia surpreender. Também possuía a voz para acompanhar esse grau de confiança: não o barítono estrondoso que um homem de medicina, menos seguro de si e de menos sucesso, poderia adotar, mas seu exato oposto — algo suave e rouco, a voz que você teria de levar em consideração se quisesse escutar o que lhe estava sendo comunicado.

Ele sabia, veja bem, quanto você teria a perder se não prestasse atenção a ele. Ele não era a mais alta autoridade nos temas gêmeos de loucura e sexualidade? O propagador, se não o inventor, de termos como "sadismo", "masoquismo", "fetichismo", "estado crepuscular" e vários outros que viu passar para a linguagem comum? Não foi a sua *Psychopathia sexualis: Um estu-*

do médico-legal — uma imensa compilação de histórias de casos que passou por diversas reedições nos 12 anos seguintes a sua primeira publicação — consultadas e referidas em clínicas e tribunais no mundo todo? Não tinha ele desenvolvido uma teoria da "degeneração moral" para explicar a etiologia de quase todas as doenças nervosas e compulsões sexuais? Não estava claro agora para todo trabalhador desse campo que essas eram conseqüências de uma "degeneração" às quais algumas vítimas de fraqueza hereditária não conseguiam resistir e às quais aqueles que eram apenas "pervertidos" poderiam ter resistido, se assim quisessem?

Essa foi a pessoa eminente que o escritório do Ministro da Justiça convocou para traçar o terceiro relatório requerido sobre a condição mental de Louise desde que foi transferida do asilo em Döbling para o de Purkersdorf. O primeiro dos relatórios do Purkersdorf tinha dado exemplos de seu comportamento errático e fizera referência a sua "incapacidade de autocrítica": o segundo tinha mencionado sua "necessidade de ser protegida pela lei... em vista de suas enfermidades psicológicas". Nenhuma dessas conclusões foi decisiva o bastante para contentar Philipp ou o próprio ministro da Justiça, agindo em nome do Hofburgo, que desejava ver esse caso duplamente fechado e aferrolhado. O ministro da Justiça não disse exatamente isso, claro, mas seu desejo foi entendido.

Assim, o barão Dr. Von Krafft-Ebing condescendeu. Também, a sua própria maneira, Louise. Ela estava acostumada com os exames de médicos visitantes e conhecia o tipo de perguntas que lhe dirigiam. Longe de se intimidar pela chegada de outro da mesma raça (o nome dele não significava nada para ela), Louise se ofendeu com seu ar de autoridade e a demonstração de respeito excessivo com que os outros ao redor o tratavam — inclusive o diretor da instituição. *Ela* era a princesa real; tinha o direito a qualquer manifestação de deferência que acontecesse; ela era a pessoa mais importante em qualquer lugar que pudesse estar presente ao mesmo tempo que esse homem. E também sua barba tinha uma semelhança desastrosa com a de Philipp, o que a perturbou e enraiveceu. Quanto mais a entrevista demorava, mais insegura ela ficava se estava ou não falando com Philipp, como com freqüência falava em seus monólogos dramáticos. Se era Philipp, por que tirara os óculos? Para enganá-la? "Fale logo, homem!", gritou ela quando ele lhe fez umas de suas perguntas particularmente roucas e essencialmente presunçosas, e os outros no cômodo recuaram, não porque tivessem medo dela mas porque sabiam que essa não era a maneira de falar com tão eminente cientista.

Mas isso não foi tudo. Ela emburrou, xingou, falou várias vezes a Krafft-Ebing que ele nunca ousaria lhe fazer tais perguntas se o conde Mattachich estivesse presente. "Mas ele é um homem honesto. Ele me defenderia contra essas infâmias. Enquanto você — e as pessoas como você... eu sei de que são capazes..." E, de maneira insultante, ela esfregava o polegar e o indicador na frente da cara dele, para que ele se lembrasse de que estava sendo pago por seus serviços. Isto é, se ele fosse realmente um médico e não Philipp com um disfarce ruim.

Krafft-Ebing não se deixou perturbar com esse comportamento. Por que deveria, depois de toda a sua experiência com pessoas mentalmente perturbadas? Além disso, ele sabia que poderia — e iria — arruiná-la com seu relatório.

"A senhora carece completamente de compreensão sobre os acontecimentos do passado, tem uma falsa apreensão de sua situação presente e nenhum entendimento do futuro... Vê a si mesma como uma mulher pura e aristocrática que poderia reassumir seu lugar na sociedade vienense caso se resignasse a se unir outra vez ao marido. Seu relacionamento com Mattachich, ela o considera nobre e bonito, a despeito dos esforços daqueles motivados pela inveja e o despeito para arrastá-lo à lama... Ela sonha em se disfarçar com roupas de homem e atacar a prisão para libertá-lo... Sobre a ruína que causou ao marido e a deterioração de sua própria posição social e moral, ela não tem nenhuma compreensão... A princesa sofre de fraqueza psicológica e de uma notável diminuição das faculdades mentais mais elevadas (lógica, força de vontade, padrões éticos)... Falando cientificamente, sua condição pode ser descrita em geral como uma deficiência adquirida das capacidades mentais normais. Tendo sucumbido aos encantos de um homem indigno, ela submeteu inteiramente sua vontade às sugestões dele, é indiferente à sua alta posição social e aos valores do casamento e maternidade, e vagueia pelo mundo com seu aventureiro procurando — por meio da degeneração, ruína financeira e companhia desonrosa — destruir seu casamento."

Coisa forte. Justamente o que se queria. Não demorou nada para que uma declaração oficial seguisse a entrega do relatório do grande médico.

Declaração de Tutela: Por meio desta, o ministro da Justiça torna público que, devido à deficiência de suas capacidades mentais, SAR a princesa Louise de Saxe-Coburgo, nascida como princesa da Bélgica, está sob a guarda do Dr. Cal Ritter Von Feistmantel, advogado e dignitário do tribunal.[81]

E assim foi: a "incapacitação" permanente dela, como Philipp descreveu em carta a uma pessoa de sua família, finalmente fora conseguida. Justamente o que ele queria. Não estava em questão aqui uma limitação provisória da liberdade de Louise, por um período de seis meses por vez. Graças a Deus.

Essa foi a primeira reação de Philipp. A segunda foi tentar mais um vez conseguir que Leopoldo assumisse a responsabilidade pela filha. Agora que ela fora oficialmente declarada imbecil, por certo o rei dos belgas e rei-imperador do Estado Livre do Congo se sentiria na obrigação de prover sua manutenção? Não era como se ela pudesse de repente sair pelo mundo outra vez gastando o dinheiro dele (ou do marido) e no geral desgraçando a si mesma e às famílias com as quais estava relacionada.

Leopoldo, no entanto, continuou sem se responsabilizar. Tinha coisas melhores a fazer com seu dinheiro do que jogar fora mesmo uma minúscula parte em tal criatura — sobretudo, agora, que ela já não podia provocar nenhum dano a ele. Portanto, Philipp decidiu embarcá-la para fora da Áustria-Hungria, para uma instituição em Coswig, perto de Dresden, Alemanha, que pelo menos a colocaria a uma distância dele maior do que antes.[82]

Louise nunca leu essa "Declaração de Tutela". As mulheres de seu entorno, que sabiam dessas ordens, tiveram cuidado em deixar longe dela todos os livros e jornais que não tinham sido

---

[81]Relatório médico e declaração oficial citado em Holler, *Ihr Kampf*, pp. 149-50.
[82]Em Holler, *Ihr Kampf*, p. 151.

vetados pela administração do asilo. Mas um dos atendentes de macacão marrom que trabalhava em outra parte do asilo deu-lhe a notícia da declaração. Endurecido pelos anos que tinha passado na companhia das almas perdidas a seu redor, esse homem não escondeu o fato de que isso era, com efeito, uma condenação para a vida toda. Um edito assim emitido pelo ministro da Justiça só poderia ser rescindido por seu próprio gabinete. Não havia autoridade acima dele, na sua relação com os de posição real, e não era de seu hábito mudar de opinião.

Para Louise, a conseqüência imediata da declaração foi os médicos de fora cessarem de vir vê-la. No entanto, os advogados continuaram a fazê-lo, de tempos em tempos; e ela sabia por quê. De um lado, ela estava louca; portanto, seu testemunho não tinha valor e não poderia ser usado no tribunal. Por outro lado, os esforços de Mattachich para reabrir seu caso encorajava as autoridades a fazê-la repassar tudo que tinha dito nos interrogatórios anteriores. Tinham a esperança de que ela pudesse revelar alguma coisa que implicaria Mattachich em atos criminosos ainda não descobertos. Assim, poderiam lançar novas acusações contra ele e condená-lo a outro período de prisão. E depois ainda um outro, se possível. O patrão deles queria vê-lo banido do mundo de maneira tão irrevogável quanto ela própria. Mas ela não era tão louca a ponto de não perceber essas intenções.

Será que ela realmente ficaria por trás dos muros pelo restante de sua vida? Em alguns de seus momentos mais desanimados e no entanto mais lúcidos, ela se via caminhando ao lado de todos os outros infelizes que dia a dia eram conduzidos, de ala a ala, pelo asilo. Via-os pela janela de sua casa ou quando ela própria ia caminhar com Marie ou Olga. Imaginava-se como apenas mais uma velha entre os demais, vestida como eles, fazendo gestos tão deslocados quanto eles, gritando para o céu ou para os vigias de jaleco marrom, ou chorando sem parar, como eles. Se Louise tinha alguma esperança de escapar a esse destino, era apenas por intermédio de Mattachich, sobre quem pensava em termos quase mágicos: ele era seu herói, seu salvador, seu Rolando, seu Lancelot. E esses advogados desgraçados esperavam que ela o traísse! Às vezes, quando vinham vê-la, ela simplesmente se retirava para seu quarto e se recusava a sair de lá; outras vezes, de maneira ainda mais desconcertante para eles, entrava na sala onde estavam esperando por ela, tomava uma cadeira, virava-a de costas para eles, fixava os olhos no teto e ficava em silêncio até que desistissem e saíssem.

Quando, em raras ocasiões, ela falava, era apenas para repetir o que já tinha dito muitas vezes antes. Não, ela não tinha idéia de quem tinha falsificado a assinatura da irmã. Não podia se lembrar do conteúdo específico dos documentos divulgados por Reicher e Spitzer, mas tinha certeza de que quando saíram de suas mãos tinham apenas uma assinatura: a sua. Era assim que tinha sido. O conde Mattachich colocava todo tipo de papel a sua frente, ela os assinava, ele os dobrava, mensageiros os levavam. Ela lhe dera completa autoridade em todos os assuntos relacionados com seus negócios. Tinha "fé ilimitada" na integridade e fidelidade dele. Sim, podia haver alguém em seu "entorno" maquinando contra ela e o conde, e podia ter tentado criar problemas para eles. Agentes de Philipp, talvez. Ou ladrões entre seus próprios empregados. Dessas pessoas ela não podia falar. Mas, quanto ao corajoso e leal conde Mattachich, seu único defensor, o único homem honesto a seu serviço, o último homem honesto do império, ela falaria sob juramento em qualquer tribunal do mundo. Mas eles jamais a deixariam fazer isso. Jamais lhe dariam a oportunidade. Não enquanto Philipp e Bachrach e o todo-poderoso imperador, um homem com uma pedra no lugar de coração e uma pedra no lugar do cérebro, quisessem mantê-lo na prisão.

Quando, por uma ou duas vezes, lhe foi insinuado que suas "circunstâncias" poderiam ser "reconsideradas" se ela "cooperasse" com seus visitantes, ela respondia endireitando os ombros, levantando a cabeça e a voz, e fazendo sua própria declaração. Que fossem para o inferno. Ela foi traída por todos: por seu pai, seu marido, sua irmã e sua filha, que nunca vieram visitá-la, até por sua mãe. Mas nunca pelo conde. E agora as pessoas vinham se esgueirando a seu redor como ratos — como ratos! — esperando que ela *o* traísse...

Assim, eles desistiam. A mulher era louca. Portanto, melhor que fique sozinha onde já está.

Foi por sua mãe que Mattachich ficou sabendo da "tutela" imposta a Louise. "Eles querem que ela morra ali", disse ele, os olhos secos, e sua mãe assentiu. Ela não vinha vê-lo fazia vários meses. A voz dele estava apática; seu rosto, enrugado e com aparência seca; ele tinha perdido peso.

— A mulher não merece isso — disse a mãe. — Eu a achava uma criatura fraca, mas isso...?

Eles ficaram em silêncio, os olhos dela procurando os dele, como se esperassem descobrir algo neles que não tinha visto antes. Mas eles estavam sem vida. A sala onde estavam era friorenta e pouco guarnecida: uma mesa de madeira, duas cadeiras, paredes encardidas, forro grosseiro de gesso e piso tosco de tábuas, um guarda barrigudo sentado a um canto, desfrutando a escuta que era uma de suas tarefas oficiais. Se as vozes deles ficavam baixas demais para que escutasse, ele só dizia duas palavras:

— Mais alto!

A mãe e o filho sentavam-se com as mãos estendidas sobre a mesa, a dele sobre a dela. Ambos sentiam que o encontro das suas mãos criavam o único local cálido na sala. Ele tinha contado a ela sobre o fracasso do último de seus recursos. Agora não havia mais lugar para onde apelar. Tudo estava acabado.

— Você não deve desistir — disse a condessa.

Ele respondeu depois de uma pausa abafada:

— Já desisti.

Ele inspirou e expirou algumas vezes, não em resposta ao gesto protetor que ela fizera; apenas em preparação para o esforço de dizer mais.

— Estamos na mesma posição, eu e ela... Ela está lá até morrer e também eu... aqui. Não agüentarei mais três anos disso. Eu sei. Fiz tudo que podia para fazê-los escutar... — Um dedo levantou-se da mão dela e voltou a se baixar. — Mas nada terá resultado. Eu fracassei. Fracassei. Fracassei. Acabou.

Não havia raiva em sua voz; só apatia. Falava como se a certa distância de suas próprias palavras. Ficaram sentados em silêncio, uma película úmida nos inabaláveis olhos azuis dela. Os deles permaneceram sem expressão, extintos.

— A senhora não precisa vir me ver, mãe. Está vendo como estou. Não vou melhorar. Eu fiz o que quis fazer e foi aqui aonde isso me trouxe. Não há mais nada a dizer.

Ela afastou suas mãos das deles e de repente lhe sussurrou arrebatada.

— Sim, há. Diga a eles que ela é a culpada! Diga a eles que foi ela! Ela já está acabada. Eles a pegaram. Não há nada a perder. Diga a eles que você sabia de tudo mas não podia falar antes, para protegê-la. Mas agora...

Com sua barriga e tudo, o vigia se agitou em seu canto.

— Mais alto!

— Faça isso! — disse ela. — Você não pode piorar mais as coisas para ela do que já estão.

O vigia estava de pé.

— Mais alto! Mais alto!

Ela se virou para olhá-lo, dando-lhe o privilégio de seu olhar fixo e insolente. A voz dela subiu um tom e, olhando diretamente para o guarda, como se fosse com ele que estivesse falando, como se fosse mesmo ele a quem viera visitar, ela continuou:

— Eu sempre achei que ela era a culpada e que você a estivesse protegendo, como um valente e estúpido homem honrado. Bem, eu sou sua mãe, e vou lhe dizer que não estou interessada em minha honra nem na sua. Se você a culpar e acabar com isso você poderá... você poderá... livrar-se de tudo isso...

Ao dirigir as palavras a ele, ela silenciara o aturdido e hesitante vigia. Agora, virou a cabeça para olhar para seu filho.

— Não haverá motivo para eles, tampouco. Por que continuariam com você aqui? Ela está a salvo de você e você está a salvo dela. Portanto, faça isso, Géza! Faça isso!

Ela se curvou para pegar sua bolsa no chão, abriu-a, tirou um lenço e assoou o nariz. Mattachich observou suas mãos pálidas recolocarem o lenço no lugar e fecharem a bolsa.

— Não — disse ele, quando ela se endireitou outra vez —, eu não envergonharei Louise. Nunca. E não iria adiantar.

Ela fez um movimento para se levantar mas se aquietou. Nenhum dos dois falou. Minutos se passaram antes que ele quebrasse o silêncio. Foi o primeiro comentário que tomou a iniciativa de fazer desde que foi escoltado até a sala. Ele contou a ela que ainda estava realizando o trabalho nos escritórios da administração. Isso o tirava da cela por algumas horas todos os dias. Mas nunca o ajudaria a transpor mais três anos. Também lhe contou, ainda com mais distância do que antes, mas incapaz de esconder dela esse novo elemento em sua vida, que descobrira um lugar em um dos pátios onde os prédios e os muros desapareciam completamente se ele pusesse sua cabeça o mais para trás que pudesse e olhasse direto para cima. Era para lá que agora ele ia nos períodos de exercício. Era isso que ele fazia. Simplesmente ficava lá, olhando para o céu. O céu sempre parecia em paz, como um domo, mesmo quando as nuvens estavam atrás umas das outras, ou quando a chuva caía, ou quando flocos escuros de neve erravam por ali até atingir um ponto onde subitamente ficavam brancos. Quando o céu estava todo azul, havia outras formas contorcidas e transparentes para as quais olhar lá em cima. Ele tentava focar em uma delas, mas elas nunca ficavam imóveis, nunca o deixavam fazer isso. Ele sabia que elas eram apenas imperfeições de sua própria visão que ele nunca conseguiria captar e que nunca iriam embora.

Nem ele nem Louise nem a condessa Keglevich tinham a menor idéia de que uma ajuda estava à mão. Nem em seus sonhos mais fantasiosos eles poderiam imaginar o lugar de onde viria. Ou a maneira pela qual se revelaria. Ou quais seriam as conseqüências.

III

Nove

O culto ao herói pode surgir em qualquer lugar e procurar seu objeto em quase qualquer direção. Os que amam esperam que seu amor seja recíproco; os que são religiosos esperam ser recompensados no céu ou na terra por sua fé; os que cultuam um herói nada esperam ganhar de sua paixão além do prazer de admirar a beleza, coragem e poder do outro. Talvez tenha sido por isso que Thomas Carlyle foi levado a escrever em seu *Heróis e culto do heroísmo* que "nenhum sentimento mais nobre nem mais sagrado habita o coração do homem".

Ele estava falando idealmente, é claro. O problema é que, em certos casos, o "sentimento sagrado" de Carlyle pode se tornar uma mania ou um tormento para a pessoa tomada por ele. Veja os fãs e seguidores que se tornam perseguidores, caçadores à espreita, até assassinos das figuras desejadas, inatingíveis, nas quais estão fixados. Tomados pela obsessão, começam a achar intolerável a indiferença de seus heróis em relação a eles, seu desconhecimento do turbilhão de emoções que desencadearam nos peitos de seus admiradores desconhecidos. Só se a relação for reconhecida, respondida, igualada, os adoradores retomarão suas próprias vidas outra vez. Negue a possibilidade e o amor deles se transformará em raiva.

O culto do heroísmo de Maria Stöger em relação a Mattachich, no entanto, era de um tipo até mais raro do que a variedade "pura" de Carlyle, ou a de (digamos) Mark David Chapman, o assassino de John Lennon. Pela intensidade e duração de sua paixão ela transformou a *si mesma* em heroína. Mais ainda, ela conseguiu fazer isso sem nenhum dos estímulos disponíveis atualmente aos adoradores de heróis — concertos de rock, websites, filmes, Copa do Mundo de futebol e assim por diante.

Muito bem. É hora de Maria dar um passo à frente. A primeira coisa que você provavelmente notará em relação a ela é um sinal de nascimento pequeno, uniforme, perfeitamente circular, de cor vermelho-amarronzada e fixado imediatamente abaixo da pálpebra inferior de seu olho esquerdo. Não é maior que a unha de seu mindinho; e pequeno e uniforme demais para ser considerado um defeito. No entanto, à primeira vista, você ou qualquer outro estranho sentirá que deve ser um aborrecimento ou irritação para ela, um tipo de borrão em sua própria visão da qual mais cedo ou mais tarde ela tentará se livrar ao piscar. Um momento depois a firmeza de seu olhar dispersará essa idéia, e o rosto surgirá como o todo bem proporcionado que é — embora uma sensação de algo não revelado e daninho em relação a ela permaneça. Ela tem uma pele clara, traços regulares e dentes bancos; semblante aberto; olhos castanho-escuros e cabelo castanho macio cortado abaixo das orelhas, deixando exposta sua nuca esguia. O corpo é frágil; o passo, leve; as mãos, pequenas e hábeis. Três manhãs por semana ela faz a limpeza e lava a roupa para uma família judia em Josephstadt; duas tardes por semana, trabalha como balconista em uma loja de ferragens perto do apartamento. Seus empregadores a consideram uma jovem comum, honesta e trabalhadora que merece mais do que o pouco atraente marido com o qual está encalhada.

Karl Stöger é muito mais velho do que a esposa. Como o pai de Maria, ele era um soldado mas, tendo se aposentado do exército com uma pequena pensão, agora trabalha como empregado civil no departamento de polícia de Viena. Seu salário é parco, e o hábito de passar boa parte de suas noites bebendo *schnapps* e perdendo nos jogos de cartas em um bar da vizinhança faz com que Maria esteja constantemente se virando para cobrir as despesas da casa. Ele e ela só têm um filho, Viktor — um garoto pálido, ansioso, de sete anos, que se queixa das tarefas escolares e "não corre o suficiente", de acordo com o pai obeso que só se mexe quando é obrigado. Moram em um pequeno apartamento perto da ferrovia que vai para Stüdbanhof: é escassamente mobiliado mas bem cuidado por Maria, que também cozinha e leva o garoto para a escola e depois o traz de volta, exceto quando está fora trabalhando. Então um vizinho cujo filho freqüenta a mesma escola a substitui.

Filha de mãe croata e pai de língua alemã, Maria tem agora 25 anos. Está casada com Stöger há oito. Quando ela o conheceu, foi precisamente a diferença de idade que a atraiu: ele lhe parecia tão adulto, tão conhecedor do mundo. Em sua companhia, ela imaginara, seria capaz de se tornar adulta de um pulo. Agora, considera-o mais criança do que ela jamais foi: mais comodista, petulante, de má vontade. Mais gordo e mais preguiçoso também. E mais sujo. Tudo isso ajuda a entender por que eles não tiveram outro filho. Quando ele tenta de forma perversa puni-la e, no entanto, ao mesmo tempo se aproximar, maltratando o menino, ela reage com o rosto pálido e uma expressão de desprezo silencioso que ele conhece, odeia e o assusta. Então, segue reclamando para seu antro de bebida, enquanto ela e o menino jantam e fazem juntos o dever de casa antes que ela o ponha para dormir.

Então ela volta à mesa da sala, onde lê o jornal diário de ponta a ponta, anúncios e tudo. Isso a ajuda a "ir em frente", diz ela. Da mesma forma, os romances que toma emprestado por alguns trocados da tabacaria e biblioteca itinerante, na esquina. Da mesma forma, as cartas que escreve ocasionalmente, sob nome e endereço inventados, para o tenente Mattachich, na prisão Möllersdorf. (Nenhuma da quais lhe é entregue.) Ela está cheia de desejos que se dirigem não a qualquer futuro imaginado com Mattachich ou qualquer outro, mas ao passado que antes, enquanto o vivia, queria tanto que passasse e terminasse. O futuro então parecia ferver com inúmeras possibilidades; tudo o que tinha a fazer era agarrá-lo e algo inimaginável, uma forma, um destino com o qual se admirar, se revelaria.

Esse.

Tarde demais agora. Hora de ir para a cama — uma cama no quarto do menino, atrás de um porta aferrolhada, não a cama que ela antes dividia com o marido.

Isso é tudo para suas primeiras impressões sobre Maria. A primeira impressão dela de Mattachich foi que ele não era tão alto quanto ela imaginava que seria. Era mais velho também. Menos ereto. Com a expressão mais grave. Os olhos mais afundados. A presença menos imponente. A pele sem luz; os dentes precisando de atenção. Os retratos em esboços e as fotogravu-

256

ras ocasionais que vira dele nos jornais de Viena sempre o mostravam com um bigode cheio e aparado; mas isso evidentemente tinha acabado na prisão; em conseqüência, seu lábio superior desnudo parecia comprido e desconsolado.

Mesmo assim, ela não ficou desapontada ao vê-lo como ele era; de jeito nenhum. Ele era *verdadeiro*, não era apenas um fragmento meio insano da sua própria imaginação, como às vezes tinha pensado que era, quando tentava tirar da cabeça a preocupação com ele e seus problemas — e não conseguia uma e outra vez. Além disso, ao vê-lo ela sentia ainda mais pena dele do que pensara ser possível. O pobre coitado! Olha o que fizeram com ele! Era isso que o olhar umedecido dela silenciosamente lhe dizia — embora ele não a olhasse para ver. Ela sabia que os olhos dela estavam deslumbrados e não se importava.

De pé na sala com ele, os dois momentaneamente sozinhos ali, ela então descobriu outra coisa que jamais poderia ter imaginado antes. Ela também era *verdadeira*, como ele. Essa louca aventura pela qual ela abandonara o marido, deixara sua casa, alojara o filho com seus pais em Graz, tomara o trem para Möllersdorf, chegara lá sem lugar para ficar e sem planos na cabeça além de dizer às autoridades da prisão que era parente de Mattachich e tinha necessidade urgente de falar com ele — nada disso tinha sido tão louco, afinal, como lhe parecera antes de começar a agir. Geralmente é nos sonhos que as coisas algumas vezes se juntam com facilidade e rapidez implausíveis; no entanto, nesse caso, as especulações dela sobre o que podia acontecer-lhe foram cheias de ansiedade, até terror, enquanto a realidade, o próprio mundo, se rendera a ela como se apenas seu desejo importasse. E tudo tinha culminado em um êxito do qual Mattachich nada sabia.

Mas logo ficaria sabendo.

— Ah, o capitão Navratil não está aqui? — perguntou ela com a boca seca, depois de entrar nesse escritório com a esperança de que o capitão não estivesse e ali encontrasse o verdadeiro objeto de sua busca. E aí estava ele, atrás de uma escrivaninha, tendo se posto de pé. No momento em que entrou pela porta, ela soube que era ele; o coração batendo forte lhe disse isso mesmo antes de seus olhos e cérebro. Nenhuma dúvida quanto a isso. Ele era dela, ele tinha sido dela por tanto tempo em sua ausência, como poderia não reconhecê-lo quando estivesse a sua frente?

— *Herr Oberleutnant* Mattachich, eu tenho uma mensagem para o capitão.

Ela falou em alemão, e ele também.

— Não — disse ele, apontando para a porta aberta atrás dela, fazendo-a se voltar para o corredor vazio do outro lado. — O capitão está mais adiante. Três portas para lá.

Ela foi de novo até a porta, mas apenas para fechá-la. Inspirou profundamente e falou de novo, em croata dessa vez.

— Por favor, deixe-me dizer isso. Comecei agora a trabalhar na cantina. Eu trago uma mensagem do senhor Drexler, o gerente, para o capitão Navratil. Mas o senhor precisa saber... o senhor é a pessoa que eu queria encontrar.

Ela falou com franqueza, ousadia, calma, como se eles tivessem se encontrado em um escritório de uma cidade da província, nunca dentro de uma prisão militar. Desde o momento em que ela lhe dirigiu a palavra por seu posto militar e nome, ela vira alguma coisa — uma indagação, uma desorientação — surgir na expressão dele; que cresceu quando ela falou em croata. Para rapidamente desaparecer. Ela viu isso acontecer. Ele era um criminoso, um prisioneiro, um condenado; ela era uma jovem mulher sobre quem ele nada sabia. A janela atrás dela só deixava ver o ramo de uma árvore e um vislumbre mais atrás do inevitável muro alto, encardido, rebocado. Um pedaço do reboco tinha caído, revelando pedregulhos e terra cinzenta por trás.

— Não sei quem é você — disse ele em alemão, olhando para baixo para os papéis em sua escrivaninha e falando com voz controlada. Sentou-se de novo em sua cadeira. — Não sei do que está falando. Se quer ver o capitão Navratil, deve ir à sala G, como já deve saber. Não desejo vê-la outra vez.

Ele levantou rapidamente a vista — nada mais — antes de acrescentar:

— E você pode dizer isso a quem a enviou aqui.

Ela ainda estava de pé com as costas voltadas para a porta. Ficou em silêncio e ele também. Ela olhou para o topo da cabeça dele: o cabelo ainda era forte, embora estivesse se retraindo e houvesse um grisalho difuso em suas pontas. As mãos gretadas, ásperas, sobre os papéis. Uma das mãos se moveu sem propósito, como se consciente de estar sendo examinada. Foi apenas um reflexo, mas fez com que ela falasse outra vez, e outra vez em croata.

— Tenente, eu sei quem o senhor é. Li sobre o senhor. É por isso que estou aqui. Eu queria conhecê-lo e quero ajudá-lo. O senhor tem sido tratado de maneira abominável. Se me der a chance, eu lhe provarei como me sinto em relação ao que lhe fizeram. Estou do seu lado. O senhor deve acreditar nisso. Não tenho outro motivo para estar aqui. Não falei com ninguém sobre isso. Ninguém me enviou. Não sou uma espiã. Pareço uma espiã? Falo como uma? O senhor acha que uma espiã iria...

Ela parou abruptamente, antes de continuar ainda mais corajosamente, já sem se surpreender com sua coragem, arriscando tudo que já tinha ganho até agora em sua busca por ele.

— Se o senhor não acredita em mim... se não quiser me dar uma chance... então vá ao capitão Navratil e lhe diga o que acabei de lhe dizer. Eles me expulsarão imediatamente e o senhor nunca me verá outra vez... Ou também me prenderão.

Ela piscou e o sinal sob seu olho piscou também, com um efeito improvável de humor.

— Mas eles não me colocarão *nesta* prisão — disse ela. — Pode ter certeza disso. Nunca mais teremos outra chance.

Eles olharam um para o outro. Mattachich não conseguia se lembrar da última vez em que olhou nos olhos de outra pessoa por tanto tempo, tão direta e firmemente. Esses eram também os olhos de uma mulher: ternos e firmes, mas obstinados. Eles o fizeram recordar do que era antes: comum — um ser humano — não um prisioneiro — não um banido — não para sempre consciente da ruína em que sua vida se transformou.

Ele sufocou instantaneamente esse lampejo de redescoberta, essa lembrança de ser uma pessoa.

— Vou esperar para ver — disse ele. Em croata.

Ela saiu da sala sem dizer outra palavra e foi, três portas adiante, entregar a mensagem escrita de seu chefe para o capitão Navratil.

Desde alguns anos antes, Maria vinha compilando um álbum secreto de recortes dos jornais sobre o "caso Mattachich". O álbum no qual colou os recortes, comprado especialmente com esse propósito, tinha páginas comuns e capas de cartão mosqueado; era encadernado com um tipo de musselina na lombada. Ela o encapou com um papel amarronzado e usou os creions de Viktor para decorar a capa com desenhos de folhas verdes e flores vermelhas. Não colocou título.

Ela colecionava toda referência que via também sobre Louise; mas, embora indispensável para a história, para ela Louise era uma figura secundária. Irritava-a o fato de os jornais dedicarem tanto espaço à princesa — seu casamento fracassado, sua devassidão, a fortuna do pai, a irmã viúva, sua loucura — em comparação com o que era escrito sobre o ulano. A coragem dele em quebrar as barreiras de condição social e protocolo entre ele e a princesa emocionava Maria; o preço que lhe fizeram pagar por isso a enchia de ultraje. Não admira que eles o odiassem por tê-los envergonhado a todos ao arrebatar a amante do meio deles — esses Habsburgo e Coburgo e todos os outros altos aristocratas que se juntavam em volta do palácio imperial, festejando, bebendo, caçando, jogando, dançando, dormindo com atrizes e dançarinas e com as mulheres uns dos outros, navegando pelo Mediterrâneo em seus iates, comprando carros a motor da última moda e usando os telefones da última moda, e nunca dirigindo sequer um pensamento para os pobres e famintos ao seu redor. (Não era por nada que o socialista *Arbeiter-Zeitung* era o jornal que ela lia mais devotadamente.) No entanto, ao mesmo tempo, sabia que um tanto do glamour de Mattachich para ela estava parcialmente relacionado ao fato de ele ocupar uma posição na sociedade tão acima da sua. Ele tinha um título, era um oficial, um ulano, um espadachim, alguém que usava uniforme de botões festonados e engalanado, cavaleiro de um daqueles cavalos cujo desfile de tropel e retinidos pela cidade ela, como milhares de outras vienenses, assistia e escutava com prazer. Embora antimonarquista, essas exibições freqüentes a faziam sentir-se enobrecida e alegre, como todos a seu redor. Só de olhar, eles também se transformavam em parte do espetáculo que estavam desfrutando.

Talvez, ela fantasiava, ela tenha visto Mattachich em uma dessas ocasiões, ou muitas vezes, sem saber; talvez tenha ficado perto dele, olhando-o — quando o desfile parava e os brilhantes cavalos controlados por seus brilhantes cavaleiros mexiamse inquietos, as patas com ferraduras batendo nas pedras do calçamento como aço na pedra dura — sem nunca suspeitar que um dia esse determinado cavaleiro dominaria sua imaginação. Agora ela sonhava em se tornar sua amiga ideal, companheira, confidente, inspiradora de qualquer maneira que ele quisesse que ela fosse. E por que ele entre tantos como ele? *Porque* ele foi desmontado de seu cavalo, despido de seu uniforme, sua espada lhe foi tomada, ele foi jogado em uma prisão por um "crime" que não cometeu, depois de um julgamento realizado atrás de portas fechadas porque a prova contra ele era demasiado frágil para ser apresentada em tribunal aberto. Para ela estava claro que fora Louise — tinha de ter sido Louise — quem inscreveu a assinatura da irmã naquelas notas forjadas sobre as quais lera. Quem mais teve a oportunidade e o motivo e sabia como era a assinatura da princesa Stephanie? Quem mais seria tão desembaraçada e ousada com o nome da princesa real, se não ela?[83] Mas jamais uma palavra de culpa ou acusação saiu dos lábios ou pena do bravo amante. E para fazer

---

[83]Maria nunca mudou de opinião a respeito disso. Ela foi para o túmulo acreditando que foi Louise quem realmente perpetrara as falsificações (ver Holler, *Ihr Kampf*, pp. 100 e 361). É notável que Holler tenha baseado essa afirmação na entrevista que fez com Maria em 1952; isto é, meio século depois do seu encontro com Mattachich.

justiça a Louise, o que Maria tentou fazer, ela também tinha jogado tudo fora, sua família e posição real inclusive, por causa dele. Como era estranho para ela pensar nessas pessoas sofisticadas, socialmente tão superiores, como nada mais do que crianças na floresta — ele porque era demasiado fidalgo para dizer a verdade sobre ela; ela porque, até encontrar Mattachich, não tinha visto nada de verdadeiro ou sincero no mundo corrupto em que vivia. Não admira que eles a tenham declarado louca e o jogado na prisão: eles tinham de puni-lo por tê-la arrebatado deles e tinham de puni-la por reconhecer os valores de firmeza e honra que ele personificava.

Imagine esse tipo de pensamento obcecando a cabeça aparentemente fria de uma jovem mãe, uma esposa indiferente, arrumadeira consciensiosa e balconista prestativa de uma loja de ferragens. Quem acreditaria nisso? Ela mal podia acreditar em si mesma. O escândalo atraiu pela primeira vez seu olhar quando leu um relato do duelo na Escola de Equitação, imediatamente seguido pela notícia da rejeição do príncipe Philipp às dívidas da esposa. Ela falou sobre isso com seu desinteressado marido, em uma explosão de espanto, ultraje quase alegre — depois do que mal disse uma palavra sobre o assunto com ele ou qualquer outra pessoa. Simplesmente não havia ninguém com quem ela pudesse falar. Seus empregadores não tinham interesse nesses assuntos, nem seus vizinhos, nem seus pais em Graz, que não se importavam com nada que não os tocasse pessoalmente. Só ela, de todas as pessoas que conhecia, estava realmente afetada pela história; e por essa razão sua "descoberta" de Mattachich se tornou uma redescoberta de sua própria solidão. Examinar os jornais à procura de qualquer item que pudesse encontrar em relação ao caso e colá-los em seu álbum secretamente tornaram a obsessão ainda mais valiosa para ela. Às vezes uma avalanche de itens sobre o caso aparecia em vários jornais; às vezes havia uma seca; com freqüência ela lamentava o tempo que perdeu por não ter começado o álbum mais cedo.

Era loucura, sem dúvida, mas depois de alguns meses ela desconfiou que se sentiria ainda mais louca se desistisse. Havia momentos em que realmente tentava se livrar de tudo aquilo, apenas deixando de comprar jornais; mas ela estava viciada neles; sentia falta demais deles, e não apenas por causa de Mattachich. Eles eram como um seriado sem fim. Se não fossem os bôeres e os ingleses na África do Sul, então seriam os bósnios e sérvios mais perto da casa, ou os americanos e filipinos, ou os russos e japoneses. De qualquer forma, quase todo item das notícias domésticas, de alguma maneira, podia ser relacionado com Mattachich e suas desgraças: tribunais circulares, promoções no exército, as proezas dos Saxe-Coburgo, que pareciam ter passado as últimas décadas se apossando da metade dos tronos da Europa. (E um no México.) Uma maneira de se curar dessa mania, ocorreu-lhe, podia ser decidir ter outro filho; mas fora preciso um ano de esforços dela e de Karl antes que ficasse grávida de Viktor, e passar por tudo aquilo de novo para adquirir uma responsabilidade que ela não queria — onde estava o sentido disso?

Então o mal-amado e indesejado Stöger resolveu a questão para ela. Ele descobriu o álbum. Ela o guardava no fundo da gaveta de uma cômoda no quarto que dividia com Viktor, e tinha escolhido aquela gaveta porque era difícil de abrir: só se movia quando puxada primeiro para a esquerda e depois para a direita, como um dente sendo arrancado do maxilar. Considerando a indolência do esposo, parecia um lugar bastante seguro. Mas ele chegou lá. Ela não podia imaginar o que ele estaria procurando ali, debaixo das roupas dobradas que sempre colocava sobre o álbum. Talvez estivesse à caça de provas de infidelidade. Se era isso, ele tinha achado um equivalente moral. Ela voltou para casa da loja de ferragens uma noite e encontrou o álbum de recortes aberto à frente dele na mesa da cozinha — revelado em toda a sua crua tolice, sua distância de quem ela era e como vivia.

Obviamente, ele tinha ficado muito tempo ali, esperando que ela retornasse. Ele não a cumprimentou; apenas levantou a vista, sobrancelhas franzidas. Ela não falou. O choque de ver sua vida secreta exposta a paralisou. Então, ela disse "isso é meu", e tentou pegá-lo. Mas as palmas das mãos dele baixaram sobre o álbum e não se mexeram.

Agachado em um lado do piso, Viktor estava jogando sozinho num tabuleiro. Ele os examinou de onde estava: a mãe abaixada sobre a mesa, o pai sentado, curvado sobre o álbum de recortes como um animal protegendo sua comida. O menino sabia como eram as brigas deles. Levantou-se em silêncio e saiu da sala.[84]

— Então?

— Então? — ele a imitou. — Que besteira é essa? O que significa todo esse disparate? Quem são essas pessoas? O que você tem a ver com eles? É de se supor que você seja uma mulher adulta, não uma adolescente. Você deita na cama brincando consigo mesma, sonhando que é uma princesa nos braços

---

[84]A partida que Viktor estava jogando era de "Cobras e Escadas". Tinha sido importado da Índia para a Inglaterra dez anos antes, e daí se espalhou pelo continente.

desse elegante cavalheiro, é isso... Ooohh! Oooh! Oooh! — gemeu ele e contorceu seu grande quadril, fazendo com que a cadeira em que estava sentado também rangesse. — Desse jeito, é? É isso que você quer? Não admira que tenha abandonado minha cama, sua vagabunda, você tinha coisas melhores a fazer sozinha...

Um rubor de fúria tinha inundado o rosto dela; agora o rubor havia sumido e só restava a palidez. Ela deu um ou dois passos se afastando da mesa, ainda curvada, como se seus quadris o joelhos fossem ceder se ela tentasse se erguer. Lançando um olhar para ela, Stöger agarrou o álbum na mesa e começou a tentar rasgá-lo ao meio. O cartão da capa era muito grosso, portanto ele abriu o álbum e o rasgou pela lombada, de cima a baixo. A encadernação de algodão rompeu um pouco, algumas páginas se soltaram; por fim agora havia duas partes rasgadas, ainda penduradas uma na outra. Ele tentou rasgar pelo meio das páginas, mas elas também eram mais do que ele conseguia. Então ele começou a arrancá-las em molhos, do que restava da lombada, dez ou vinte ao mesmo tempo.

Mas então ela tinha saído dali. Eles não falaram um com outro na manhã seguinte, embora ela tenha servido a ele e a Viktor o pão e o café matutinos — o do pai, preto; o do filho, com muito leite. Ela própria nada comeu. Do seu álbum, não havia sinal; Stöger tinha juntado as páginas e as enfiado no forno preto redondo da cozinha com sua tampa destacável. Foi preciso um bom tempo para queimar tudo; ele não quis sufocar as chamas para que não restasse nada que ela pudesse recuperar.

Como era o costume, ela levou Viktor para a escola, depois que Karl já tinha saído do apartamento. Quando ele voltou para casa naquela noite, ela e o menino tinham ido embora.

Assim como a maior parte das roupas deles. Não havia nenhum bilhete para ele no apartamento.

As coisas aconteceram tão facilmente, depois que deixou seu filho com seus pais em Graz, que Maria foi tentada a se perguntar por que não tinha ousado agir antes. Aconteceu que Möllersdorf estava acostumada à chegada de mulheres sozinhas de todas as idades que vinham visitar seus parentes na prisão, portanto a presença dela não despertou nenhuma curiosidade em particular. Ela se mudou imediatamente para um quarto em uma das estalagens da cidade, que dividia com três outras mulheres. Um dessas, também relativamente nova no lugar, trabalhava na enfermaria da prisão, e encorajou Maria a ver se havia chances de se empregar ali. As pessoas estão sempre vindo e indo, disse ela. De Mattachich, Maria não disse nada; quando lhe perguntavam, ela dizia que era uma jovem viúva que tinha vindo a Möllersdor porque agora estava noiva de um camponês da vizinhança.

Ela repetiu essa história ao sentinela no portão da prisão, quando foi lá perguntar por trabalho. O guarda com quem ela falou lhe disse para perguntar ao Sr. Dresder na cidade — ele e seus sócios, eles também ex-soldados, administravam as cozinhas e a cantina para os funcionários e os prisioneiros, assim como a pequena loja da prisão. O Sr. Drexler revelou-se um homem diminuto com um grande nariz em bico desproporcional ao restante dele. Como se para conseguir um equilíbrio, usava uma cartola de feltro na cabeça o tempo todo, dentro e fora das casas. Apesar do seu estimulante hábito de assentir enquanto ouvia o que alguém tinha a dizer, Maria logo descobriu que ele era um negociante duro. Mas a aparência e modos dela o atraíram, e Maria tinha sua própria razão para concordar com o que quer que ele tivesse a oferecer. Quase uma semana depois de chegar a Möllersdorf ela passou, quase sem acreditar, pelos portões da prisão pela primeira vez, apertando um passe de Drexler em sua mão.

"Olhe! Olhe!", uma voz silenciosa lhe dizia enquanto isso. Depois de passar pelos portões, ela viu que a instituição por dentro era muito maior e mais informalmente disposta do que tinha parecido do lado de fora.[85] Os prisioneiros estavam divididos em grupos segundo um sistema que ela não conseguiu entender, e havia um ir e vir constante de guardas, trabalhadores civis, visitantes e fornecedores de mercadorias. Como ela conseguiria se situar nisso? E encontrar Mattachich sem mostrar sua curiosidade? E fazer isso enquanto trabalhava no ritmo feroz de Drexler em um par de cozinhas muito maiores e barulhentas do que qualquer outra que tinha visto antes?

Paciência. Discrição. Docilidade. Ela deveria ter um grande suprimento de tudo isso. Tinha praticado por tempo suficiente durante os anos silenciosos de sua vida de casada. No final, esse trio de supostas virtudes foi recompensado. O chefe a enviou com uma mensagem para Navratil no bloco da administração, que ela então já sabia que era onde Mattachich trabalhava. Alguém no escritório de recepção do andar térreo lhe disse para ir direto ao Escritório G, do segundo piso. O primeiro lance de escadas era de pedra; o segundo, de madeira gasta e lascada. Uma dúzia de portas fechadas davam para o corredor, cada uma com uma inexpressiva e simples letra maiúscula, pintada

---

[85]Um dos prédios mais antigos tinha originalmente servido como casa de caça para a imperatriz Maria Teresa (ver Holler, *Ihr Kampf*, p. 162).

no alto. Nenhuma placa com nomes em nenhuma delas. Ela aproveitou a oportunidade para esquecer que lhe haviam dito para ir direto ao Escritório G. Bateu com suavidade na primeira porta que encontrou. Sem resposta. Tentou a maçaneta. Trancada. Na porta seguinte (D), a mesma coisa. Na seguinte, Mattachich.

É claro que ele não conseguiu resistir. Você acha que teria conseguido? Se acha, pense outra vez. Imagine-se naquela prisão com mais três anos de encarceramento ainda por vir, com os esgotantes castigos adicionais acrescentados a intervalos prescritos — e agora tente imaginar-se recusando o conforto oferecido por uma fêmea jovem, simpática, determinada, de voz suave, bem-humorada, que apareceu de lugar nenhum e que por sua própria conta desistiu de tudo o que possuía para estar com você? E então? Sim, você tem receio de que seja uma agente do governo, uma armadinha, uma mentirosa; receio suficiente para mantê-la afastada por oito semanas desde a primeira vez que a viu — tempo no qual ela esteve apenas duas outras vezes em "seu" escritório, porém muitas vezes na deplorável sala onde você e um punhado de *Privilegierten*, os outros ex-oficiais, comem suas refeições longe das centenas dos outros prisioneiros. Pois foi nessa sala (uma empregada tão cheia de boa vontade como se mostrou, e impressionando tão bem o Sr. Drexler) que ela conseguira assegurar um lugar.

Agora imagine essa mulher — cujas expressões e tom de voz, como seu jeito de caminhar, os movimentos de seus braços e semblante, até as dobras que aparecem em sua nuca quando ela abaixa a cabeça se tornaram familiar a você —, imagine-a vindo uma outra vez a seu escritório, que é o único lugar na prisão, fora de sua cela, onde você está freqüentemente sozinho. O que você faz dessa vez? Manda-a embora? Rende-se a ela? Ataca-a? Como você pode saber a diferença entre se render e atacar quando se vê de repente lhe fazendo uma investida de homem prestes a se afogar? O que é a escuridão que cai sobre você? A força que o arremessa em direção a essa pessoa insuportavelmente fêmea com sua pele e corpo de mulher, nuca e cabelo de mulher, partes de mulher escondidas debaixo do vestido e do avental desajeitado? Ela está a sua frente, ela procurou você, esses são os olhos dela olhando para você, esse é o peito dela pulsando com sua respiração, os braços dela agora envolvendo você — tudo dela, que logo será seu, a qualquer momento, nesse momento, agora. Seus lábios prendem sua nuca, as mãos voam para onde podem, duas mãos nunca suficientes para tudo que você quer agarrar, pegar, apertar, esmagar, devorar. Depois de tanto tempo...! Agora você está no chão, puxando, arrancando, arquejando, faminto, mal consciente da ajuda que ela está lhe dando, agora você já está quase lá, lá, lá, e a mão dela cobre sua boca para impedir que você grite alto no momento que ela sabe que você não pode evitar e sua saliva escorre pelos dedos dela e a vida jorra de você lá embaixo.

Pronto. Depois que se separam, eles retomam o fôlego, sentam-se, ajoelham-se, esforçam-se para se pôr de pé, ajeitam as roupas.

Ele diz a ela:

— Agora você vai me contar como escapar daqui, e depois contar para eles onde me pegar? É esse o plano?

Ele tinha pretendido que a pergunta fosse sarcástica, desdenhosa, um homem retomando a posição que mantivera com ela antes. Mas foi impossível. Ele ouviu o alívio e a gratidão em sua própria voz, e ela também ouviu. Ela lhe lança um olhar — improvisado, borrado, caridoso.

— Não há lugar no mundo onde eu queira estar, se você também não estiver.

As palavras dela resolveram a questão? O rubor em sua face? A cavidade entre suas clavículas revelada pelos botões soltos do vestido? A maciez escura de seu cabelo? Aquele sinal de nascença, só dela?

De qualquer maneira, esse foi o fim de suas dúvidas. O que tinha sido uma idéia louca para os dois agora era um fato. Eles estavam tendo um caso. Sim, na própria prisão. Maria sozinha tinha feito isso acontecer, e parecia que ninguém podia resistir a ela. Com certeza, não o Sr. Drexler. Acatando sugestão dela, ele a pusera para trabalhar na sala onde os ex-oficiais comiam; depois deixou que assumisse um trabalho adicional atrás do balcão da pequena loja da prisão. Atrás da loja havia um depósito que era um lugar de encontro menos perigoso para ela e Mattachich do que o escritório no bloco da administração. Maria também ficou amiga de um dos guardas que cuidava das celas nas quais os ex-oficiais ficavam confinados; logo, convencido por seus pedidos e subornos, ele concordou em deixá-la saber quando ficaria só em serviço. Como resultado, ela podia visitar Mattachich também em sua cela. Ele não falava mais em morrer na prisão; em vez disso, dizia que viveria para "desapontá-los". Ainda que eles encontrassem novas razões para mantê-lo ali, o que estavam sempre procurando, ele agüentaria. Por causa dela.

Nada disso teria sido possível se a prisão fosse um estabelecimento administrado menos frouxamente por uma equipe menos negligente; de qualquer maneira, o que ela conseguiu foi extraordinário.[86] Mas ela não estava satisfeita. Agora que seu antes distante e mítico herói chorara lágrimas reais de alívio e gratidão em seus braços, suas ambições tinham mudado. As fantasias que ela cultivara em Viena de fazê-lo sair às escondidas da prisão tinham murchado em vista dos guardas da cela e dos muros altos e grossos a seu redor. Portanto, pela primeira vez, seus pensamentos se voltaram para a idéia de começar uma campanha pública para a libertação do amante. Por azar, nesse momento, ela descobriu que estava grávida.

Quando deu a notícia a Mattachich ele sugeriu, como os homens estão inclinados a fazer mesmo em circunstâncias menos difíceis que as deles, que ela deveria "fazer algo" sobre isso.

— Não posso ser um pai para essa criança — disse ele a ela. — Aqui? Neste lugar? E como você fará sozinha?

— Terei de dar um jeito. *Ele* é seu. É por isso que ele é precioso para mim.

Menos de um ano depois de entrar na prisão pela primeira vez, ela deu à luz um menino. Na certidão de batismo da criança ela colocou "Karl Stöger" como pai — o que se revelou um erro tático.

Stöger, de fato, a visitara em Möllersdorf algumas vezes depois que ela o abandonou, mas eles não retomaram as relações maritais. Portanto, quando ele soube do nascimento, e da certidão que

---

[86]Holler, que não é dado a exageros, descreve o que ela realizou ao entrar nos muros da prisão, e o que depois fez lá, como *das schier Unmögliche* — "o simplesmente impossível" (*Ihr Kampf*, p. 185). A maneira como Mattachich se refere a Maria é agradecida mas muito mais reservada: de fato, opaca (*Memoiren*, p. 135). Ele lhe paga tributo mas nada revela sobre a verdadeira natureza da relação deles: "Durante alguns meses", escreve ele, "me mandaram trabalhar na administração do estabelecimento. Isso deu uma oportunidade para uma mulher de grande coração, Maria Stöger, que estava empregada na cantina da prisão, me estender a mão da amizade — por pura compaixão por um ser humano desventurado — e deixar o público saber como meus direitos estavam sendo violados." Depois disso, refere-se a ela só uma vez, de passagem, e não pelo seu nome, como sua *Kameradin*.

veio junto, imediatamente começou a processá-la com o divórcio. Como co-réu, pôs o nome de Gèza Mattachich-Keglevich, cujo endereço deu como "prisioneiro, Prisão Militar, Möllersdorf". Ainda mais maldosamente, ele escreveu para o Ministério da Guerra, informando-os sobre o que estava fazendo — e por quê. O Gabinete ficou encolerizado com essa informação, é claro; e mais ainda quando suas primeiras investigações revelaram que o relacionamento entre o prisioneiro e a encarregada da cantina era amplamente conhecido na instituição.[87]

Maria foi imediatamente demitida do emprego e proibida de entrar na prisão sob qualquer pretexto. Mattachich foi condenado a 14 dias de solitária em sua cela, e quando saiu descobriu que os privilégios que tinha desfrutado previamente (incluindo seu trabalho no escritório) haviam sido abolidos. Nos próximos meses, sanções mais duras se seguiram, entre elas um período de dez dias no escuro na cela de castigo — um pequeno buraco com três passos e meio de comprimento e apenas dois de largura — e uma dieta de água e pão, com tábua para se deitar e um balde fétido deixado abafado em um canto para suas excreções.

"A escuridão", escreveu depois, "era mais perturbadora e desafiava mais meus poderes de resistência do que qualquer outra coisa que tive de suportar na prisão... Não era a primeira vez que tinha a sensação de que o objetivo das autoridades era ou me matar ou me enlouquecer."[88]

A resposta de Maria a esses infortúnios foi firme e não arrependida. Ela conseguiu outro trabalho em Möllersdorf (como costureira); e dessa base frágil retornou ao projeto que esteve

---

[87] Holler, *Ihr Kampf*, pp. 187-206, relata a convulsão burocrática em Viena e Möllersdorf e as punições impostas a Mattachich em conseqüência.
[88] Mattachich, *Memoiren*, p. 151.

considerando antes de ficar grávida e dar à luz. Sem ajuda, começou a tentar derrubar o veredicto pronunciado pela corte militar de Agram mais de três anos antes. Durante os meses seguintes, viajou tão freqüentemente quanto pôde a Viena — em geral passando primeiro pela casa dos pais, onde deixava o bebê e passava um tempo com seu filho mais velho, fazendo o mesmo ao voltar para Möllersdorf.

Jovem e ardente; simpática e de fala suave; de modos recatados mas carregando um passado libertino (veja em que ela se meteu com esse Mattachich! E numa cela de prisão!); uma jovem da classe trabalhadora envolvida escandalosamente com pessoas de classe social incomparavelmente mais elevada do que a sua — que combinação! Você pode imaginar o sucesso que ela fazia com os jornalistas que trabalhavam nos jornais e revistas cujo apoio ela buscava. Só em um aspecto ela desapontava seus novos amigos. Não retribuía seus olhares prolongados, a maneira especial como apertavam seus dedos, o roçar acidental em seu peito, a colocação às escondidas de uma perna contra a sua sob a mesa de um restaurante, enquanto a refeição vinha e ia e todos eles conversavam sobre política. Ela não se deixava distrair. Conseguiu plantar várias notas na imprensa sobre a difícil situação de Mattachich, mas sua grande jogada veio quando Ignaz Daszynski, o membro do parlamento, concordou em assumir o caso.

A "interpelação" de Daszynski no *Reichsrat* foi crucial para tudo o que se seguiu. Criou um furor dentro e fora do parlamento — que ele e seus aliados parlamentares não deixaram morrer. A essa altura, Mattachich tinha passado perto de quatro anos na prisão, incluindo seus sete meses de encarceramento enquanto esperava o julgamento, e todos os aspectos do julgamento com os quais Philipp e Bachrach ficaram especialmente satisfeitos agora se voltavam contra eles. O fato de ter acontecido a portas fechadas em uma corte militar; de os recursos de Mattachich terem sido apresentados em segredo e rejeitados sem o debate aberto de seus méritos; de o testemunho de Louise ter se tornado inadmissível por seu confinamento em um asilo de lunáticos, e de até mesmo sua dama de companhia, a baronesa Fugger, ter sido expulsa das fronteiras imperiais — tudo em relação ao julgamento agora parece mais feio do que antes. Os sentimentos antimonarquistas tinham crescido nos quatro anos anteriores; como também o sentimento nacionalista entre os eslavos; como também a suspeita de que os Habsburgo fariam qualquer coisa para obsequiar os Saxe-Coburgo e vice-versa.[89]

Acovardados pelo renascimento de um escândalo do qual o Hofburgo e o Ministério da Guerra tinham esperado jamais ouvir falar outra vez, eles fizeram uma grande asneira para enterrá-lo de novo. Um comandante notoriamente brutal, de nome major Schönett, foi encarregado da prisão de Möllersdorf, com a incumbência especial de manter Mattachich sob controle, e uma sucessão de declarações formais negando qualquer injustiça cometida por alguém em qualquer momento começou a emergir do Ministério da Guerra. Essas duas medidas falharam. A coligação de jornalistas e deputados parlamentares — da qual Maria Stöger foi mais do que parteira — agarrava qualquer notícia de punição extra acumulada sobre Mattachich, e a própria coligação cresceu em tamanho, sobre-

---

[89]Mesmo no momento da entrada de Louise no asilo Purkersdorf, Philipp tinha escrito a um familiar, à sua maneira usualmente cheia de autopiedade: "Todos a consideram um tipo de mártir e a mim um cruel libertino" (citado em Holler, *Ihr Kampf*, p. 140).

tudo porque os eslavos agora o estavam considerando não um andrajoso parasita da corte, mas um "dos seus". Embora ele ainda tivesse três anos de condenação formal para cumprir, a crença de que a coisa toda simplesmente desapareceria, pelo menos até que esse período transcorresse, de repente perdeu toda plausibilidade.

Ainda assim, a rendição das autoridades pegou todo mundo de surpresa. Em uma reunião foi julgado impensável que a agitação em curso pudesse ser recompensada com a liberação do homem; na seguinte, foi decidido que seria mais embaraçoso mantê-lo onde estava do que deixá-lo ir. Para salvar as aparências, foi também decidido conseguir dele uma confissão de culpa, junto com uma petição de perdão, antes de soltá-lo. Philipp relutantemente deu sua aprovação à sugestão; Bachrach, como tinha feito em um contexto diferente quatro anos antes, disse que Mattachich não aceitaria a oferta.

Sem aviso, ao raiar do dia, Schönett entrou na cela na qual Mattachich agora mofava em solidão e ócio quase a maior parte de todos os dias.

— *Aufstehen!* — gritou ele, como sempre gritava, e Mattachich levantou-se do beliche em que estava deitado. Como sempre, outra vez, Scönett deixou-o ficar em silêncio por algum tempo enquanto o inspecionava minuciosamente e de perto, aproveitando ao máximo a vantagem de sua própria falta de centímetros para tornar o processo tão humilhante quanto conseguia. Um homem nanico, encorpado, com uma cara grande, lisa, redonda da qual se ressaltava um nariz pequeno, pontudo e chato, Schönett tivera a esperteza e a audácia de conseguir algo assustador e útil com sua aparência repulsiva. Um homem inferior, com essa figura e rosto, poderia ter se inclinado a uma amabilidade premeditada; mas não ele. Ao odiar, ele queria ser odiado. No olho esquerdo, usava um monóculo sem aro nem fita; na cabeça com o cabelo cortado rente usava um quepe muito pequeno, de borda estreita; quando abria a boca, exibia dentes escurecidos, gengivas descoloridas e profundidades manchadas mais para baixo. A qualquer momento, também podia alterar a voz de um sussurro para um rugido, e todo o seu rosto, mesmo sua testa, tendia a inchar, ao que parece espontaneamente, até seus poros ficarem tão visíveis quanto os de uma laranja.

Essa era a criatura que enfrentava Mattachich a uma distância de poucos centímetros na semi-escuridão da cela. A sua maneira sussurrante, Schönett lhe disse que os idiotas de Viena estavam prontos para deixá-lo livre; ele poderia sair da prisão e mijar onde diabos bem entendesse se assinasse um pedaço de papel que ele, Schönett, trazia no bolso naquele momento.

Deu um tapinha no bolso esquerdo do seu paletó e esperou.

Inevitavelmente, Mattachich suspeitou de uma armadilha. Portanto, franzindo a testa, não deu nenhuma resposta.

Outro longo silêncio e outra inspeção bem de perto se seguiram. Schönett moveu-se para um lado; Mattachich olhou direto à sua frente, como aprendera a fazer nos seus primeiros dias no exército.

— Se dependesse de mim — rosnou Schönett no ouvido um pouco acima de sua própria boca —, eu manteria você aqui, pelo prazer de ver toda a merda ser chutada de você. Mas tenho de cumprir ordens. Aqui estão elas.

Deu um tapinha no bolso do paletó outra vez, mas não fez movimento para abri-lo e pegar o documento que dizia trazer ali. Deu uma volta para encarar diretamente Mattachich nos olhos.

Mattachich começou a tremer. Humilhava-o não conseguir evitar isso, parado tão perto de seu inimigo. Medo e fraqueza física causaram o tremor; também a investida da esperança. Forçando-se para controlar a voz e o lábio inferior, ele perguntou por fim:

— O que tenho de fazer?

— Assinar!

— Assinar o quê?

— Seja qual for o pedaço de papel que eu lhe dê para assinar.

— O que está escrito nele?

— Você verá quando o assinar.

— Isso é impossível!

— Como você quiser — disse Schönett. Ele se virou e saiu da cela, com um aceno para o guarda que esperava do lado de fora com as chaves na mão. A porta bateu e se fechou. As chaves giraram nos três cadeados, cada volta produzindo um som diferente: estalido, coaxo, rangido.

Três dias mais tarde Schönett reapareceu. Como se fosse uma deixa, Mattachich começou a tremer.

— Você quer saber o que tenho no bolso?

Uma lambida seca nos lábios. Uma inclinação de cabeça.

— Tudo bem, dê uma olhada.

Schönett tirou a carta do bolso mas não a entregou. Em vez disso, desdobrou-a e a ergueu na frente do rosto dele.

— Leia.

Mattachich teve dificuldade para focar. A metade de baixo do papel, debaixo da prega, inclinava-se para fora.

Ele olhou para o major.

— Está escrito que eu peço o perdão do imperador pelos crimes que cometi.

— E então...?

Mattachich fechou os olhos, como se para se distanciar das palavras que estava prestes a proferir.

— Eu não cometi nenhum crime.

— Isso é lá com você — disse Schönett com indiferença. Mas havia um lampejo de satisfação, mesmo de júbilo, em seu olho de monóculo. Dobrou o papel e o recolou no bolso, abotoou-o, virou-se e saiu. A porta comportou-se como sempre: estalido, coaxo, rangido.

Esse jogo continuou por quase três semanas. Às vezes Schönett era mais ofensivo, mas, já que sua única psicologia era a do provocador, não lhe ocorreu domar a vontade de Mattachich com uma gentileza, com uma demonstração de entendimento e respeito. Na visão dele, de qualquer maneira, era típico de seus "chefes" quererem soltar esse Mattachich. Assim como estavam prontos a rastejar na frente dos cretinos e pederastas que enchiam as bancadas do *Reichsrat*, da mesma forma queriam recompensar esse prisioneiro e sua puta por fazerem-nos de palhaço, justo aqui em Möllersdorf. Mas era diferente com o major Schönett. Se o idiota não assinasse o pedido de perdão, então tudo bem, ótimo, excelente, deixe que ele fique onde está, apodrecendo, sofrendo o tormento adicional de saber que isso estava acontecendo por escolha própria.

Em Viena, depois das demoras usuais, a gangue usual se reuniu para discutir o que fazer com esse impasse. Depois de muita conversa, chegaram a uma solução quase tão ridícula quanto o dilema em que haviam se metido. Foi o estúpido

Choloniewski, o tesoureiro da princesa Stephanie, quem fez a sugestão. Se Mattachich não queria fazer o favor de admitir sua culpa com o objetivo de ter sua libertação, então eles deveriam encontrar o representante mais velho da família dele para fazer uma admissão a seu favor. O ministro da Guerra misericordiosamente atenderia ao pedido e depois todo o clã de Mattachich, se é que havia tal coisa, podia ir para o inferno. Depois de averiguações, ficou decidido que a pessoa óbvia a ser abordada era o conde Keglevich, o pai adotivo do prisioneiro. Assim, no devido tempo, Keglevich recebeu um comunicado do Ministério da Guerra, redigido com cautela, informando-o de que, *se* ele fizesse tal petição em nome de seu filho adotivo, sua majestade imperial *poderia* se dar ao trabalho de considerá-la favoravelmente. A resposta do conde a essa sugestão foi cortês, com tom até mesmo bajulador, mas também firme. Em primeiro lugar, ele escreveu, o decreto anunciando a adoção do "ex-tenente Mattachich" tinha sido anulado a seu próprio pedido. Segundo, ele tinha pedido essa anulação porque a pessoa em questão, segundo o "conhecimento desse seu humilde servidor e súdito mais leal, era um patife da mais baixa categoria". Por esse motivo, o abaixo assinado respeitosamente implora o perdão de Sua Excelência por recusar o pedido que lhe foi feito de...

Nem mesmo então as autoridades pensaram em se dirigir à formidável mãe de Mattachich. Como mulher, sua posição era muito desfavorável e seus direitos legais e cívicos, bastante circunscritos (mesmo na relativamente esclarecida Áustria-Hungria) para que fosse considerada uma suplicante adequada em tal caso. Era claro que qualquer mãe faria tudo para tirar um filho da prisão: portanto, a assinatura dela em uma petição não teria o peso desejado. Em desespero, o ministro então procurou o conselho do *Banus* da Croácia, e depois de consultas ele apareceu — dentre todas as pessoas! — com o pai bêbado do prisioneiro, o velho Mattachich, a quem Gèza não tinha visto e com quem não se comunicara desde os dias de escola. Que seja ele o autor do pedido a sua majestade imperial.

O que, evidentemente, o velho fez. Ele se sentiu honrado em ser abordado. Suas mãos tremeram; seus olhos se encheram de lágrimas; seus dentes já tinham se acabado; seus cabelos e barba brancos aparentemente não tinham sido visitados por pente nem tesouras havia várias semanas. Sua casa tinha pisos que gemiam e tremiam quando pisados, teto que deixava cair lascas de estuque nas pessoas embaixo, tapetes que cheiravam horrivelmente a cachorro. Apesar disso, sua governanta de feição severa tinha feito alguma força para botar o velho em forma — a julgar pelos olhares constrangidos que ele lhe enviava —, vestindo-o com um uniforme azul de colarinho levantado, botões de bronze sem brilho e cadarços dourados desamarrados ao redor dos punhos. O tremor tornava difícil para ele assinar o documento apresentado por dois oficiais que o trouxeram de Agram; mas, depois que isso foi feito, ele lhes pediu para fazer um brinde à próxima libertação de seu filho.

— Nada é mais importante para um cavalheiro do que ver seu filho ser libertado — disse ele tão convicta e modestamente egocêntrico quanto a idade lhe permitia; e eles beberam a esse sentimento. Depois, acharam outros sentimentos aos quais beber (inclusive à saúde do rei-imperador e o futuro da amada Croácia), até que a governanta pegou a garrafa e a trancou em um armário vertical de pinheiro, cuneiforme, colocado em um canto da sala.

Dez

"Mais uma vez, no decorrer daquela noite, eu revivi todos os anos que tinha passado na prisão. Nada deles tinha permanecido, nada deles veio à minha mente, nada a não ser tristeza... Quando as portas da prisão finalmente se abriram a minha frente, eu pensei nas pessoas horríveis que tinham se alegrado — prematuramente — quando essas mesmas portas se fecharam atrás de mim, jamais acreditando que no final chegaria o dia em que eu surgiria de dentro delas."[90]

E é suficiente para a amargura que Mattachich sentiu ao ser solto. Alguns dias mais tarde, Louise — que tinha sido enviada para tomar as águas do balneário de Bad Elster, na esperança de conseguir alívio dos ataques de psoríase e gota de que vinha padecendo — retornou ao asilo de Lindenhof, perto de Dresden, que tinha sido seu lar nos últimos dois anos. Uma das primeiras coisas que ficou sabendo ao voltar foi que Mattachich era agora um homem livre. O dono da instituição e chefe dos médicos, de nome Nelson Pierson, um meio-inglês elegante,

---

[90]Mattachich, *Memoiren*, p. 155.

pequeno, que se vestia de cinza, com um tórax redondo, barriga de pardal e os sapatos muito engraxados de um manequim de vitrine, observou-a detidamente ao lhe dar a notícia. A essa altura, a política de mantê-la totalmente ignorante de informações com relação a seu próprio caso havia muito tinha sido abandonada. (Nem sua estada em Bad Elster foi seu primeiro período de licença fora do Lindenhof, embora lá também tenha estado o tempo todo sob supervisão direta.) Naquela tarde, Pierson sentou-se para escrever com termos pernósticos ao tutor de Louise no asilo. Dr. Feistmantel, em Viena. A paciente, escreveu, "pareceu bastante contente com as notícias da soltura de Mattachich, mas não especialmente emocionada". Também relatou que ela disse que esperava que Mattachich não fizesse nenhum esforço para se aproximar dela, embora não se importasse de "vê-lo a distância".

Ao que tudo indica, não ocorreu a Pierson que Louise pudesse estar fazendo uma representação em seu benefício. Muito mais tarde ela escreveria que, durante o encarceramento nos três asilos, sempre vira em Mattachich a sua "única esperança de liberdade". Agora, ao saber que finalmente ele fora solto, sua confiança nele não vacilou: "Depois que ele foi solto, o sol da minha própria liberdade levantou-se no horizonte... Eu tinha certeza de que a hora da minha libertação estava chegando."[91] Na verdade, dois outros anos de encarceramento, durante os quais ela passou por períodos tão tristes quanto outros que já tinha suportado, tinham de transcorrer antes que a sua "hora de libertação" realmente chegasse.

Agora imagine — ou tente imaginar — o recém-libertado Mattachich juntando-se a Maria e se estabelecendo com ela

---

[91]Citado em Holler, *Ihr Kampf*, p. 225.

para levar uma vida pequeno-burguesa comum no miserável distrito de Florisdorf, em Viena. Sem nenhuma renda com que contar.

Você não consegue?

Não?

Não fique desanimado. Eles também não conseguiram. Maria tinha saído de Möllersdorf antes de Mattachich e encontrou um apartamento no qual esperou enquanto os documentos relativos à soltura dele eram processados em várias partes do império. Quando ele chegou a Viena, tudo estava pronto: Maria, o apartamento, os poucos móveis que ela havia comprado ou alugado, o bebê, e seu filho mais velho, o ansioso Viktor — cujo nervosismo sobre sua integração nesse novo esquema imediatamente deu nos nervos de Mattachich. Ele próprio também tinha sido um tipo de enteado na maior parte de sua infância e não gostara da experiência: sempre se ressentira com a presença de Keglevich na casa e a posição subordinada de seu pai afastado. O fato de sempre ter achado que seu pai não servia para coisa melhor não facilitava a questão. E, no entanto, aqui estava ele, saindo da prisão depois de um extenuante período de quatro anos e meio e de repente se vendo não apenas como um estranho no mundo em geral, mas pai e padrasto também. Faça-me o favor.

Depois do que eles tinham passado, tanto Maria quanto Mattachich inevitavelmente experimentaram um sentimento recíproco de anticlímax. Para Maria, havia o anticlímax de viver todo santo dia não com a vítima e herói que havia criado para si mesma a partir das notícias de jornais e de sua própria imaginação; a quem tinha amado no improvável ambiente de uma prisão; e por quem havia desafiado o poder do Estado para abrir duas vezes os muros da prisão. (Uma vez para que ela entrasse na prisão: outra vez para tirá-lo de lá.) Agora ela percebia como ele era mal-humorado e difícil de satisfazer, como era impaciente com as crianças, impaciente com ela, como era ansioso e egoísta. No entanto, o que mais se poderia esperar de um homem que, por sua vez, estava vivendo o anticlímax de descobrir como a euforia inicial da libertação se evaporava tão rapidamente? Ainda assim, era maravilhoso respirar de novo ar fresco, comer alimentos cujo gosto ele não sentia havia anos, ver e ouvir ao seu redor os barulhos de uma cidade, ir ao teatro, olhar as vitrines da loja e as multidões de mulheres passando pela rua, alugar um cavalo e passar um dia cavalgando pelos Bosques de Viena, maravilhar-se com as mudanças mecânicas que tinham ocorrido nos anos em que estivera ausente (mais carros a motores e bondes elétricos nas ruas; mais lojas e casas iluminadas pelos filamentos espiralados e inflexíveis das lâmpadas elétricas em vez das chamas bruxuleantes a gás; mais blocos de apartamentos se levantando para além do Gürtel; telefones e exibição de filmes acessíveis a quem morasse nos bairros certos). Mas e daí? O que viria depois? Havia momentos em que ele ficava tão amedrontado pelos espaços e multidões desconhecidas, que tinha de se sentar ou se encostar em uma parede com os olhos fechados, temendo cair, desmaiar, ser pisoteado. Em outros momentos, sufocava de raiva por tanto de sua vida lhe ter sido roubado; nessas horas, tinha de se controlar para não agarrar completos estranhos e gritar na cara deles a história das injustiças que sofrera. Sobre esses momentos, e mais que momentos, ele podia falar com Maria; mas nenhuma palavra passava por seus lábios sobre a estranha saudade que o sobrepujava da cela fétida onde tinha suportado humilhações que o fizeram muitas vezes esperar não conseguir sobreviver a elas. O desejo de voltar para lá parecia tão improvável, repulsivo, mesmo louco, que ele nada dizia a ninguém. No entanto, podia também perceber a perversa atração disso. Na prisão, o propósito a que servia cada dia sucessivo era sempre muito evidente. Sempre o conduzia para mais perto de quando esse tormento da prisão chegaria a um fim — pela morte, se necessário.

Mas e agora? O que ele devia fazer? Como devia viver? Alguns dos contatos de Maria tinham colocado o retrato dele nos jornais, e vários publicaram entrevistas com ele, nas quais ele dava vazão a seu nojo por uma sociedade que deu mais valor à palavra dos "grandes capitalistas e agiotas de péssima reputação na cidade" do que à veracidade de um oficial e cavaleiro como ele.[92] Isso era ótimo, agradava sua vaidade; mas por quanto tempo esse tipo de episódio poderia sustentá-lo? Ele deveria contentar-se em ser um pai e padrasto gentil para essas crianças? Um bom semimarido para Maria? Um consciencioso instrutor de equitação para as ambiciosas filhas de lojistas e contadores? A viver indefinidamente em um apartamento como o que agora eles ocupavam?

Enquanto se debatia com questões como essa, nunca lhe ocorreu que Maria poderia estar descobrindo coisas sobre si mesma que eram quase tão chocantes para ela quanto a descoberta de uma nostalgia pela cela da prisão era para ele. Não podia imaginar a aflição que ela sentiu ao descobrir que Mattachich, a vítima-herói, o mártir aprisionado, o macho tão desamparado quanto um cachorro, ansiando pelo corpo dela,

---

[92]Mattachich, *Memoiren*, p. 57.

lhe era mais atraente, mais devastador para sua mente e seus sentidos do que essa pessoa insone, rabugento, comum, que não queria mais tocá-la e a quem ela tampouco se importava muito em tocar.

Imagine essas estranhas reciprocidades constantemente ocorrendo dentro deles, e a isso acrescente o efeito das diferenças de classe social entre os dois — diferenças que eles conseguiram ignorar na prisão mas que agora insistentemente se faziam sentir. Aqui em Viena ele era o aristocrata (ele tinha, é claro, reassumido seu "título" no momento em que saíra da prisão), o oficial, o ex-consorte da filha de um rei: ela era uma balconista, uma costureira, uma empregada de cantina. O que tornava tudo ainda mais irritante para ele era que o grupo com que agora conviviam estava inclinado a considerá-lo dependente de Maria, beneficiário da coragem e determinação dela. Em seus dias de glória com Louise, ele tinha aprendido a reconhecer o olhar zombeteiro, condescendente, nos olhos de estranhos que o viam como nada mais que o oportunista, o arrivista preferido de uma princesa envelhecida; na época, tinha se consolado com a idéia de que a maior parte deles teria avançado se tivesse a chance de trocar de lugar com ele. Mas esse consolo não estava disponível como companheiro de uma mulher que revelava sua origem de classe trabalhadora cada vez que abria a boca, e cuja companhia, seja como for, era preferida em relação à dele pelos únicos amigos que eles tinham. Sem Maria ele nunca teria encontrado essas pessoas — boêmios, jornalistas, socialistas, piolhentos, escrevinhadores, judeus destribalizados, antimilitaristas, zombadores da idéia de império —, a quem ele simultaneamente invejava e se esforçava para desprezar. Proeminente entre eles era o tal Dazsynski, que tinha falado tão apaixonadamente no *Reichsrat* sobre as injustiças feitas a Mattachich e que agora o tratava apenas como um de seus troféus políticos.[93] Essas pessoas amavam Maria por ser ao mesmo tempo da classe trabalhadora e uma heroína; enquanto ele (era nos olhos deles que outra vez via isso) continuava um maçante, cavaleiro-gigolô, que agora tentava se passar por algo que não era.

Mais e mais, enquanto as semanas passavam, Mattachich optava por responder com truculência a esses novos conhecidos, sobretudo depois de umas e outras. No começo, escutara-os respeitosamente; agora, não mais. Com a autoridade que lhe dava sua formação no exército e seus sofrimentos nas mãos da "panelinha dos Habsburgo", tentou dominar as pessoas a seu redor. Ainda de rosto amaciado, afundado ao redor dos lábios, marcado na testa, o cabelo recuando mas ainda escovado direto para trás à moda militar, ele deixou claro como era um animal diferente deles. Sim, ele era tão antimonarquista como eles, tão anticapitalista quanto anticlerical. Mas era também anti-socialista, antiigualitarista, anti-revolucionário, pessimista, alguém que acreditava não na democracia mas no destino dado a uma minoria para comandar a massa crédula, lúbrica, estúpida e sem atenuantes, de homens e mulheres. De todas as classes. O tipo de liderança que ele tinha em mente, insistia, nada devia ao status nem ao sangue nem à educação. Tudo isso era uma grande e conservadora *Schwindelei* e *Betrügerei*. A verdadeira liderança, a liderança real, originava-se do dever de um homem consigo mesmo. E como era possível reconhecer esse

---

[93]Em suas *Memoiren*, Mattachich refere-se (apenas uma vez) a Daszynski como "meu amigo... a quem devo minha liberdade" (p. 98) e faz citações do seu discurso no *Reichsrat*. No entanto, ele reproduz um trecho menor do discurso do que Louise em sua autobiografia.

dever? Porque exigia dele que agisse não por *causa de* mas *apesar de*! Essa era uma distinção que tinha se tornado talismânica para Mattachich por razões que Maria acreditava que só ela entendia.

— Você ajuda as outras pessoas não *por que* acha que são merecedoras, mas *apesar de* saber que não o são. Você arrisca sua vida por elas *apesar de* saber que nunca sonhariam em fazer o mesmo por você. Você as ajuda nas dificuldades *apesar de* ter certeza de que não retribuirão por isso. Você trabalha tão conscientemente quanto pode *apesar* do fato de a maioria das pessoas não saber a diferença de um trabalho bem-feito e outro que merece ser cuspido. Você não faz isso pela glória maior de Deus mas *apesar de* saber que ele não está lá, nunca esteve, e não haverá ninguém lá em cima no céu para lhe dar uma palmadinha na cabeça quando você estiver feito e acabado. Então por que se incomodar? Por que se esforçar? Por vergonha — esse é o motivo! Ou por orgulho, se preferir. Pense na alternativa! Pense em ser uma dessas pessoas que sempre fazem seus cálculos prévios, que sempre perguntam o que tem aí para mim, o quanto pagam? Padres, lojistas, pequenos funcionários, gerentes de hotéis, agiotas judeus, advogados... Você sabe como chamo esse bando? Os *Por-causa-de*! Eles são a forma mais baixa de vida humana — esses *Por-causa-de* — o que significa que são a forma mais baixa de todas as criaturas viventes. O verme que come você depois que você está morto e apodrecido não usa uma coroa na cabeça nem estrelas no peito. O pássaro que caga no seu ombro não quer dizer nada ao fazer isso. Baratas não escrevem manifestos nem se candidatam nas eleições...

Essa era a imagem que ele agora assumia: sedentário, desdenhoso, lançando uma frase atrás da outra, na fumaça do charuto e no cheiro de conhaque desse ou daquele café: sua contribuição às marés de vociferação que se levantavam e caíam a seu redor. Os que se sentavam perto o suficiente para entender o que ele estava dizendo ficavam em parte impressionados, em parte divertidos, em parte desdenhando esse falsário apaixonado e queridinho das mulheres defendendo o dever e a honra. Então, voltavam a falar sobre o que quer que estivessem falando antes.

Silencioso, subitamente esgotado, Mattachich sentia um tremor nas costelas, como se dedos estivessem correndo por elas pelo lado de dentro. Seus ouvintes não podiam acreditar que ele levava a sério o que estava dizendo; mas ele levava, sim. Tinha refletido sobre tudo isso na prisão.

E havia a questão de Louise. Maria imagina que ele tentaria entrar em contato com ela logo que chegasse a Viena; ou pelo menos que falasse sobre isso. Mas ele não fez isso. Então, ela tentou dar um desconto: ele tinha de se firmar, encontrar seus pés, acostumar-se a ser um homem livre outra vez. E assim por diante. No entanto, enquanto as semanas passavam, seu silêncio e inatividade justamente sobre esse assunto a faziam sentir-se mais e mais constrangida. Um mês se passou, um segundo, um terceiro. Ele teria se esquecido do que haviam combinado muito tempo antes? Claro que não. Ou isso significaria menos para ele do que supusera? Ela sentia que, de muitas maneiras, isso teria sido até pior.

Pois Maria acreditava que eles tinham feito um pacto a respeito de Louise. Tinha sido selado da primeira vez que o nome dela surgira entre eles, durante o verão da chegada dela a Möllersdorf. Fora então que ele havia jurado a ela que, se sobrevivesse ao restante de sua condenação, faria tudo que pudesse para tirar Louise de qualquer buraco infernal em que os inimigos a tivessem posto. Faria disso seu principal objetivo de vida. Nada o impediria; menos ainda os riscos que pudessem estar envolvidos.

Ela não tinha instigado essa declaração. Era coisa dele. Falando de maneira taciturna, para dentro, como se sob compulsão, sem descansar seus olhos nem nos dela nem em outro lugar, ele ficou de pé na frente de Maria e lhe disse que nunca permitiria que o que tinha acontecido entre eles tirasse Louise de sua cabeça. Nunca. Ele pensava nela quase constantemente e sempre com uma única sensação apenas — culpa, culpa, culpa. Se não se tivesse deixado levar por suas próprias fantasias, se não tivesse ficado à espreita dela pelas esquinas de Viena, se não a tivesse em Abbazia e não tivesse viajado com ela, ela nunca teria sofrido nenhuma das desgraças e humilhações que se seguiram. Esse negócio da loucura (frase dele) com certeza era a pior delas. Ele nunca tinha sido seu protetor, como imaginara; ao contrário, fora o agente de sua destruição. Se em algum momento ele tivesse o poder de chegar até ela outra vez, ajudá-la, consertar o que pudesse, então o faria. Jamais poderia abandoná-la.

Nessa tarde em particular, ele supostamente estava a caminho do hospital da prisão onde deveria ser examinado pelo médico visitante; Maria, tendo terminado seu turno na cantina, já devia ter deixado o recinto; em vez disso, eles tinham se encontrado como combinado no pequeno depósito danificado, desconfortável, atrás da loja da prisão. Ele ficou de pé o tempo todo; ela se sentou bem baixo, em uma caixa de madeira cheia de barras de sabão de cheiro forte, com manchas azuis e brancas. Havia também um cheiro de queijo no local. A luz do final da tarde entrava em ângulo através de uma pequena janela de barras, dourando a parede oposta e imprimindo nela outra grade de sombras das barras de ferro. Os dois falaram quase em sussurros, que era como sempre falavam um com o outro. Gritos e apitos e batidas de pés maltrapilhos podiam ser escutados no pátio lá fora, onde os prisioneiros de "outra posição", de volta dos locais de trabalho, estavam sendo contados antes de voltar em grupos para as celas comunitárias.

— É tudo culpa minha — disse ele. — Fracasso meu... minh... — Sua voz ficou ainda mais baixa, arrastada, mal emergindo de algum lugar de sua garganta. — Minha... confusão.

Isso foi o mais perto que ele jamais chegaria de falar das notas promissórias falsificadas que, afinal, foram sua ruína e a de Louise. "Confusão" foi a única palavra para a névoa, a incerteza, semelhante a náusea, que se abria e fechava dentro dele, como a boca de um polvo, sempre que a recordação do episódio agitava sua mente. O que tinha acontecido? Ele fizera isso? Quem tinha feito isso? Já não havia duas assinaturas, não uma, nesses malditos pedaços de papel quando ele os viu pela primeira vez? De qualquer maneira, quem podia diferenciar a letra de uma irmã da outra... Então quando... como... e qual era o significado...?

Maria esperou. Ela estava sentada na caixa de sabão com os braços meio dobrados a sua frente, como se protegessem o peito: uma das mãos apoiando um cotovelo; a outra, seu queixo. Ela sempre soubera que uma conversa desse tipo tinha de acontecer, mais cedo ou mais tarde, mas nunca se atrevera a imaginar como começaria, o que ele diria, qual seria a resposta dela. Tudo que conseguia pensar agora é que era melhor o momento ter por fim chegado do que ficar ainda esperando por ele. Mesmo assim, tinha medo de ficar sabendo de alguma coisa sobre o passado dele que ela não queria escutar, e de explodir em lágrimas como resultado.

Como se tivesse lido seus pensamentos, ele disse:

— Se você pudesse entender como ela é infantil — e ela mesma de repente quis chorar. "E eu? E eu?", clamava a criança dentro dela, mas não em voz alta.

Silêncio outra vez.

Ela se mexeu e falou tranqüilamente, como alguém pedindo informações de um estranho.

— Então você ainda pertence a ela? E sempre pertencerá?

— Não.

— Não? Você acabou de dizer que não consegue tirá-la de seus pensamentos. Que fará qualquer coisa para libertá-la. Então, onde isso me deixa? Tenho a permissão de ser sua só enquanto você está aqui? Nesse lugar vil.

Ela apontou para baixo, para as tábuas desbotadas, grosseiras, ressecadas do piso do depósito e, no momento seguinte, com um gesto do braço, para a janela gradeada à direita.

Ele ainda não tinha olhado para os olhos dela.

— Tenho certeza de que ela sofre por mim — disse ele. — Tenho certeza de que culpa a si mesma pelo que me aconteceu, assim como eu me culpo por ela. — Depois: — Ela nunca reconhecerá o que sinto por você.

— Como você sabe?

As mãos dele estavam frouxamente em volta da cintura; agora ele as deixou cair e ficar penduradas vazias. Seus olhos voltaram-se para a parede manchada de sol e as grades de sombra. Foi para a parede que ele fez sua declaração.

— Eu amo você também — disse. — Com Louise é diferente. Eu não penso nela... assim. Não acredito que o faça jamais, outra vez. Nós estamos longe um do outro há tempo demais. E de qualquer maneira... mesmo antes... — Por fim ele olhou diretamente para ela. — Deitado lá na minha cela, noite após noite, mês após mês, eu me treinei a não pensar nela... desse jeito. No final foi mais fácil do que você poderia pensar. Estou lhe dizendo a verdade. Tenho de cuidar dela. Ela é minha responsabilidade. Ela sempre estará em minha vida. Mas eu não penso nela como... como penso em você.

— Em mim? Ou em qualquer outra mulher... disponível... aqui... em um lugar como este..?

— Outra mulher! Outra mulher! — A raiva o fez levantar a voz; o medo a fez levantar um alerta com a mão. — Não seja estúpida! — sussurrou ele, tão furioso quanto antes. — Que outra mulher teria vindo aqui para me encontrar? Só você.

O estado de espírito dela mudou abruptamente. Ele não viu mas sentiu sem dúvida o fulgor dos seus olhos escuros vir e ir em um instante.

— Então você reparou finalmente! Eu *sou* estúpida. Se eu não fosse estúpida não estaria aqui! Você deveria ser grato à minha estupidez. Dia e noite.

Algo entre um sorriso e uma careta apareceu nos lábios dele.

— Eu sou grato — disse ele. — Dia e noite.

Ele se inclinou para ela e tocou sua testa, por cima do seu perturbador olho esquerdo, com um único dedo. Estava feito então, selado, um pacto entre eles.

No entanto, aí estava ele, mais de três meses depois de retornar a Viena, perambulando pelo apartamento, indo à cidade em correrias sem propósito, dando aulas ocasionais de equitação (em um pequeno estábulo de aluguel perto de Renneweg), ameaçando começar a escrever um livro, passando o tempo em cafés, falando demais. Ele também tinha feito uma visita à mãe na Croácia e retornado de lá com um cheque visado surpreendentemente alto como presente. De que fonte esse dinheiro se tornou disponível a sua mãe ele não sabia e não tinha perguntado. Ela ainda estava vivendo com o odioso Fiedler, informou, e estava "do mesmo jeito". Recusara seu convite para vir a Viena e conhecer Maria e o neto.

— Ao que tudo indica, ela não aprova — disse ele secamente, deixando que Maria se esforçasse, se quisesse, para entender o que isso poderia significar. Com um toque de orgulho pela obstinação da mãe, disse outra vez. — Do mesmo jeito.

Depois retomou sua vida de desocupado. Maria tinha conseguido um emprego de meio expediente como ajudante geral em uma revista mensal solidária à "causa" deles; ela também trabalhava duas tardes por semana em uma padaria. Ele não fazia nada. Um dia, uma discussão trivial sobre a recusa dele em cuidar das crianças uma tarde, quando ela estava ocupada, desencadeou uma raiva incontrolável. Ela se lançou sobre ele.

— Se você não pode fazer sequer isso por mim, então pelo amor de Deus vá e faça alguma coisa para a sua preciosa princesa!

Ela nunca tinha falado assim com ele antes, e ficou parada onde estava por um momento, surpreendida entre o choque e o alívio. Mas, tendo sido a agressora, ela foi também a primeira a se recuperar. Foi atrás dele outra vez, até mais ferozmente do que antes.

— Ou você quer que eu faça isso? É isso que você está esperando? Eu tirei você daquele Möllersdorf imundo, então você acha que pode deixar que eu também faça o mesmo por ela?

O rosto dele mudou de cor. Sem uma palavra, ele se virou e saiu do apartamento, batendo a porta atrás de si. Ficou fora por quase dez dias. Durante esse tempo, ela se perguntou como ele estaria se saindo sem seu sobretudo, mudas de roupas, sua navalha. Também se perguntou se algum dia voltaria a vê-lo. Mas no fundo ela estava confiante de que ele voltaria. Mais do que isso: sentia-se tranqüila, quase serena. O cansaço da vida que eles estavam levando juntos tinha se transformado em uma expectativa, a perspectiva de uma outra aventura. Sim! Ele não tinha a força ou a autoconfiança para fazer a tarefa por sua própria conta; isso agora estava claro para ela, apesar de todas as lindas palavras dele sobre isso. Nem ela poderia fazer isso sozinha. Mas juntos...?

Ela não tinha medo de Louise. Ela não tinha medo dele. E não sentia nenhum medo por si mesma. Da maneira como as coisas iam, ela nada tinha a perder.

Agora imagine-se do lado de fora do asilo de Lindenhof. Você está sentado com Louise no modesto cabriolé no qual ela e sua criada, Olga Börner, vão fazer seus passeios vespertinos no campo ao redor do Lindenhof. Essas saídas acontecem duas ou três vezes por semana, se o clima permite, e são outro elemento do regime mais relaxado que o amistoso e prestativo Dr. Pierson tinha arranjado para essa paciente especial. As duas damas estão acompanhadas por um jovem cavaleiro que sabe que seu trabalho não é apenas dirigir a carruagem, mas também vigiar a princesa. Ocasionalmente, eles vão a Coswig, a cidadezinha mais perto do asilo; com mais freqüência, passeiam sem rumo na floresta ondulante entremeada por clareiras, campos semeados, casas de fazenda, a serraria ocasional de onde guinchos e resmungos terríveis emergem de vez em quando. Pinheiros florescem no solo arenoso, mas também sicômoros, freixos, carpas, carvalhos. É o começo de outubro e as folhas efêmeras das árvores já se espessam e perdem o brilho, em preparação para o florescimento da cor e do grande desnudamento que acontecerá em um ou dois meses. Bolotas caem solenemente na macega, enquanto as finas sementes são sacudidas a intervalos dos pendões soltos e das estruturas em forma de pagodes que engalanam outras árvores. Por vezes o cabriolé tem de esperar a passagem de uma carroça ou vagão de fazenda carregando madeira; às vezes tem de parar, a cevadeira é colocada para alimentar a égua dócil encarregada de puxá-los, e as duas damas vão dar uma caminhada farfalhante pelo bosque. Nunca longe demais, no entanto; o cocheiro grita para chamá-las quando acha que estão demorando muito. Ele sempre se sente mais à vontade quando elas estão sentadas em segurança em seus assentos atrás dele e ele vira o cabriolé em direção ao Lindenhof.

Imagine que essa é a direção para a qual eles se viram agora, depois de uma hora de passeio sossegado. O clima está bom, o céu está nublado mas calmo, as damas pedem que a capota do cabriolé seja levantada. Os veículos são raros nessa estrada; ninguém se agita pelas fazendas e campos. Portanto, é um tipo de distração quando, em um trecho lentamente curvo da estrada, um ciclista solitário aparece a distância. A inclinação da estrada está contra ele, que pedala com esforço, a cabeça diligentemente inclinada sobre o guidom da bicicleta. Ele usa um conjunto de culotes marrons e um boné de *tweed* com palas na frente e atrás.

Ao escutar a aproximação do veículo, ele olha argutamente. Está bem barbeado, vestido com roupas pouco familiares e montado em uma bicicleta comum; está a pelo menos cinqüenta ou mais passos à frente. Mas Louise o reconhece instantaneamente. Como poderia não reconhecer! Vendo a carruagem leve se aproximar, ele desce da bicicleta e se move um pouco para o lado da estrada. Ele também a reconhece, ela não tem dúvidas sobre isso. Ele olha direto para a frente enquanto o cabriolé lentamente se aproxima. Está agora quase ao nível dele. Ele segura a bicicleta com uma das mãos, o selim encostado em seu diafragma. Seus olhos estão tão intensamente fixados em Louise que ele não nota a saudação do cocheiro, nem olha para Olga. Ele e Louise estão ao lado um do outro agora; não há nada entre eles exceto o ar, apenas centímetros de ar, enquanto o veículo continua a se arrastar para a frente. Apenas alguns segundos incomensuravelmente estendidos são dados a cada par de olhos para se fixar no outro. Pouco demais e o suficiente: ambos.

Eles não estão mais no mesmo nível agora e o tempo reassumiu seu ritmo usual. Horas mais tarde, cada um deles se lembrará não apenas dos olhos fixos mas muito do que não tinham tomado conhecimento no momento: mãos, cabelo, até a grama na beira da estrada e os pinheiros atentos atrás, parecendo conter a respiração. O silêncio também, e o ranger das rodas da carruagem capeadas de ferro no cascalho que realçava em vez de quebrar o silêncio. Então, um arfar que Louise não pôde controlar. Pareceu-lhe tão alto que a surpreendeu o fato de Olga não escutar. As mãos de Louise ainda estão agarrando a porta da carruagem quando ela se vira para olhar de novo para ele: o rosto oval, pálido, menor do que ela se lembrava, sob o boné amarronzado com tiras finas de couro amarradas em um laço no alto da cabeça. A bicicleta tinha caído e ele se inclinara para pegá-la. Finalmente, ele viera por ela! Como ela fora desleal nesses últimos meses desoladores, imaginando que ele a tivesse esquecido; acusando-o de abandoná-la à própria sorte, enquanto ele festejava a liberdade que era negada a ela.

A necessidade de se apoiar em alguém era tão forte como sua necessidade de falar, e ela segura a mão de Olga entre as suas mãos enluvadas e aproxima sua cabeça da cabeça da criada.

— Olga — sussurra ela, preocupada para que o cocheiro não a escute —, você sabe quem era aquele cavalheiro?

— Não, madame.

— Olga, você tem alguma afeição por mim?

— Madame... como pode perguntar...?

— Então jure que nunca repetirá nenhuma palavra do que vou lhe dizer.

— Madame... é claro... o que a senhora quiser.

— Aquele cavalheiro pelo qual passamos... você não pode vê-lo agora... ele é o meu *amigo*!

— Ah, madame, que maravilha! — foi tudo que Olga pôde dizer, pelo que foi recompensada por sua patroa com um beijo na face totalmente sem precedente. Depois as duas choraram um pouco.

Todo o dia seguinte Louise choramingou para sair em outro passeio, mas o clima se voltara contra ela; o céu fechado fez cair uma chuva copiosa, e esse seu pedido irracional foi recusado por uma autoridade não menor que o próprio Dr. Pierson. O único recurso que lhe restou foi tentar reconstruir a primeira visão que teve dele a distância e quando passaram um pelo outro; e quanto mais ela se detinha no episódio, mais misturado tudo se tornava com sua lembrança da primeira troca de olhares deles, silenciosa também, no Prater, anos antes. Era primavera então; ela estava sentada em um landô aberto, laqueado, engalanado com brasões, com um lacaio de libré atrás dela, um cocheiro de cartola lá em cima, e uma dama de companhia frivolamente vestida a seu lado; enquanto ele, de uniforme, reafirmava seu domínio sobre um hão preto rebelde.

Nada humilde, de pé ao lado de uma bicicleta — uma bicicleta, pelo amor de Deus!

No entanto, essas diferenças eram inconseqüentes em comparação ao que os encontros tinham em comum. Os olhos dele e dela se unindo, para não se separarem nunca mais.

A chuva parou tarde aquele dia e o primeiro pensamento de Louise ao acordar na manhã seguinte foi sair imediatamente para um passeio nos bosques. Mas ela se conteve e só na parte da tarde o grupo de três passou outra vez pelos portões do Lindenhof. No entanto, não era o mesmo trio de antes; Olga Börner foi substituída pela senhora Von Gebauer, pois era seu turno de acompanhá-la no passeio.

Dessa vez eles não tiveram de ir muito longe antes de Mattachich aparecer. Vestido com o mesmo traje e ainda usando seu boné "inglês", ele parou no meio da estrada, levantando a mão para parar o veículo. Sua bicicleta estava deitada na grama a um lado. Quando o cabriolé parou, ele fez um gesto para Louise descer. O cavalariço olhava enquanto ela e Gebauer desciam agitadas. Mattachich conduziu-as a uma pequena distância entre as árvores. "Agora eu pude me aproximar da princesa", escreveu ele sobre o encontro não muito tempo depois. "Ela encostou-se em uma árvore, estendeu sua mão para mim com lágrimas nos olhos, e disse: 'Então Deus existe, afinal.'"[94]

Constrangidos pela ausência prolongada um do outro e a presença de Gebauer, eles se abraçaram brevemente. Louise não tentou apresentar o recém-chegado a sua companhia, que não tinha dúvidas sobre sua identidade. Ela ficou parada a um lado, culpada, e os deixou conversar por alguns minutos. O cocheiro, sabendo que alguma coisa ilícita estava se passando, veio em seu socorro. Escutando os passos dele na trilha, ela insistiu para Louise voltar imediatamente para a carruagem. Mattachich ficou onde estava e as viu partir. "Eu me separei dela", o trecho de seu livro continua, "sabendo que a princesa tinha seus sentimentos inalterados, em sua determinação, em seu espírito inocente. Seus traços nobres estavam anuviados por anos de sofrimento, mas eram ainda mais bonitos do que antes."[95]

Aquela noite Gebauer, a quem Olga nada contara sobre o encontro anterior, foi direto ao Dr. Pierson, como se fosse a um padre, e lhe confessou o que vira no bosque. Ele imediatamente escreveu ao Dr. Feistmantel em Viena para avisá-lo que Mattachich estava outra vez aprontando; ao mesmo tempo, tentou não dar importância à excitação de Louise por ver e falar com seu antigo amante.[96] Como esperado, Feistmantel passou a carta para o príncipe Philipp, que por sua vez a enviou a Bachrach — que reagiu no verdadeiro estilo bachrachiano. Já que o asilo de Lindenhof ficava na Saxônia (um dos Estados do

---

[94]Mattachich, *Memoiren*, pp. 174-5. Ver também Louise, *Autour*, pp. 243-4.
[95]Mattachich, *Memoiren*, p. 175.
[96]Pierson (citado por Holler, *Ihr Kampf*, p. 233) usa a mesma palavra de Mattachich sobre o estado de espírito da princesa; isto é, "inocente".

império do cáiser Guilherme), ele escreveu para as autoridades saxônicas para lhes recordar que a princesa era comprovadamente uma louca que vivia em sua jurisdição. Eles estavam, portanto, obrigados a frustrar qualquer tentativa proveniente da fronteira da Áustria para libertá-la. A incapacidade de realizar essa tarefa afetaria gravemente as relações entre os dois impérios, já que a princesa estava tão intimamente relacionada ao Hofburgo e o imperador dedicava um interesse especial a seu caso. Para ajudar a polícia alemã a capturar seu suposto "seqüestrador" — descrito também como o "ex-prisioneiro de nome Mattachich com a mania de 'resgatar' Sua Alteza real e nenhum respeito pela justiça e a lei" —, Bachrach enviou-lhes uma descrição por escrito e uma fotografia embaçada do homem.[97] Também alertou a polícia de Viena sobre as intenções de Mattachich e lhes pediu para vigiar seus movimentos ainda mais de perto que anteriormente.

O resultado de tudo isso foi Louise ser proibida de sair da área do Lindenhof e ver negado seu acesso aos jornais. Sua *villa* era vasculhada com regularidade. Nenhuma comunicação de fora da instituição podia chegar até ela antes de ser examinada. As relações entre ela e Gebauer se deterioraram profundamente depois que esta lhe falou da confissão anterior, feita ao Dr. Pierson. Como se para exacerbar a convicção de Louise de que o mundo todo conspirava contra ela nesse momento, ficou sabendo que sua mãe — que tinha sido banida anos antes da presença do implacável Leopoldo — estava à morte. Pierson deu mostras de estar pronto a deixar Louise fazer uma última visita à mãe, desde que ficasse sob estrita supervisão o tempo todo;

---

[97]Mattachich, *Memoiren*, p. 69.

mas Leopoldo não queria nem ouvir falar disso. Nem permitiu que ela fosse ao funeral, que aconteceu logo depois.[98]

Nenhuma notícia de Mattachich nem sobre como ele penetrou pela barreira armada em volta dela. Só muito mais tarde ela soube que logo depois do encontro deles no bosque ele voltou duas vezes aos arredores na esperança de vê-la outra vez. Mas a forte presença da polícia ao redor do asilo o forçou a desistir das tentativas.

Ao retornar a Viena de sua primeira excursão ao Lindenhof, Mattachich falou de maneira calma e desembaraçada de seus encontros com Louise. Ela parecia mais velha, ele disse; ganhou peso; eles só trocaram algumas frases; os dois ficaram muito emocionados quando se viram de novo. Depois acrescentou:

— Ela não me culpa pelo que lhe aconteceu. De maneira alguma.

— Você imaginava que ela culparia?

— Temia que sim.

— Isso significa que você parou de se culpar?

— Não.

— Você falou com ela sobre mim?

Outra vez a resposta foi não.

— Tivemos minutos juntos, só isso, e a outra mulher estava escutando. Mas não se preocupe. Vou contar a ela sobre você quando puder.

Ele e Maria agora estavam amigos. Mas as duas visitas breves que, subseqüentemente, ele fez aos arredores do Lindenhof deixaram-no deprimido e irritado. O número de policiais aglo-

---

[98]Mattachich, *Memoiren*, p. 69.

merados ao redor do lugar só podia significar uma coisa. Ele estava sendo seguido. Espionado. Escutado. Tinha de ser isso.

— Eles nunca poderiam manter tantos policiais lá permanentemente. Viena lhes passa a informação quando eu viajo e depois quando volto. Não sei o que fazer.

Então Maria lhe forneceu um outro elemento sobre o qual pensar. Desde a sua libertação eles tinham falado com freqüência sobre o livro que ele devia escrever sobre seu relacionamento com Louise, o julgamento e os anos que passara na prisão. Agora ela lhe contou que durante sua primeira ausência ela entrara em contato com editoras na Áustria e Alemanha, e tinha aventado a idéia de um livro assim. Uma dessas casas editoras (Ödenburg, em Leipzig) respondera positivamente, mas ela nada tinha feito a respeito porque estava esperando para saber se ele ficaria diretamente ocupado com a ajuda a Louise, ou pelo menos tentando ajudá-la. Nesse momento isso parecia impossível... e então?

Quase imediatamente Mattachich abraçou a idéia. Essa seria sua maneira de manter o caso vivo na mente do público, até encontrar uma maneira melhor. Ficou ainda mais entusiasmado quando ela conseguiu encontrar editores na França e na Espanha que também adiantaram algum dinheiro pelo livro.[99]

Depois que ele começou a tarefa, para sua surpresa descobriu que gostava. Reescrever seu passado lhe deu um sentido de poder que não conhecia desde que a vida com Louise na

---

[99]Ver *Mémoires inédits: Folle par raison d'État* (Paris, 1904); *Loca por razón de Estado* (Madri, 1904) — título cuja tradução em ambos os casos é "Louca por razões de Estado". As palavras equivalentes não aparecem na folha de rosto do original da versão em língua alemã. Ao que parece, nenhuma tradução do livro para o inglês foi feita. A edição alemã está composta em um cursivo gótico particularmente rebarbativo e usa aleatoriamente modelos de tipos de tamanhos diferentes. As entrelinhas na página também variam aleatoriamente.

Villa Paradiso tinha sido destruída. Com a caneta na mão ele era o senhor. Podia ser obsceno e sardônico com seus inimigos, excessivo em seus elogios a Louise, e mais do que justo a suas próprias melhores características. A Maria foram concedidas apenas duas breves aparições nessas páginas, e a criança que às vezes brincava ao redor de seus pés enquanto ele escrevia à mesa da sala de jantar não foi mencionada sequer uma vez.

Ocupado dessa maneira, ele se viu levando uma versão da vida burguesa banal que parecera tão implausível aos dois quando começaram a viver juntos em Viena. Mesmo isso, no entanto, se baseava no entendimento de que todo o arranjo era provisório e que tudo ao redor deles logo iria mudar. Radicalmente.

Onze

Uma das grandes vantagens de ser mulher, Maria aprendeu com suas experiências em Möllersdorf, era que a maioria das pessoas supunha que isso era uma desvantagem. Tornava-a inofensiva aos olhos deles, insignificante, quase anônima. Para a polícia de Viena, ela era apenas um apêndice de Mattachich: sua amante, a mãe de seu pequeno bastardo, uma fêmea volúvel, leviana, que tinha conseguido ficar grávida dele enquanto era empregada na prisão de Möllersdorf, e depois completou o delito deixando-se ser usada por um bando de políticos andrajosos e jornalistas esquerdistas. Agora que Mattachich tinha sido libertado, as autoridades não viam razão para prestar atenção especial a ela — o que significava que ela podia viajar sozinha para Dresden e Coswig sem ser observada. Durante essas viagens, ela ficou amiga de uma mulher que trabalhava na equipe do asilo e através dela fez contato com Olga Börner. A história de Maria era que ela era uma jornalista interessada no caso de Mattachich, e portanto queria saber tudo que pudesse sobre a condição de Louise e as circunstâncias de seu confinamento. Olga não ousou levar Maria ao asilo para encontrar sua patroa, mas prometeu entregar-lhe qualquer carta que Maria ou Mattachich escrevessem, e informar Maria, através de um endereço de posta-restante, sobre qualquer mudança na situação da princesa.

Com essa duvidosa linha de comunicação estabelecida, Maria saiu em busca de parceiros para o projeto em que ela e Mattachich tinham se envolvido: o de tirar Louise do asilo. Já que Louise estava ali sob uma "tutela" legal imputada ao ministro da Justiça — contra quem não poderia haver recurso legal ou médico —, parecia-lhes evidente que seus esforços significavam a organização de uma conspiração criminosa. Também sabiam que não poderiam fazer isso sozinhos nem contratar gente de fora para fazer por eles. Qualquer um que tomasse parte do esquema de fato teria de pagar pelo privilégio de pôr em risco sua própria liberdade.

Preocupado em escrever as páginas finais de suas memórias, convencido a essa altura de que teriam um efeito "explosivo" na opinião pública da Áustria, Mattachich simplesmente deixou Maria seguir em frente. No final, depois de alguns falsos começos, ela conseguiu juntar um grupo de companheiros conspiradores. Eles eram Joseph Weitzer, um simplório cordial, valentão, bem-humorado e careca; o dono de um *pub* na esquina do apartamento de Maria em Florisdorf, que ficou excitado com a idéia de se unir a essa aventura romântica da alta sociedade, e que conseguiu se convencer de que, se tivessem sucesso, o pai fabulosamente rico de Louise o recompensaria com pagamentos muito superiores à soma que ele ofereceu colocar no empreendimento.[100] E havia também um deputado socialde-

---

[100]Nem é necessário dizer que Leopoldo não fez tal coisa. No final, Weitzer se limitou a tentar conseguir recuperar seu dinheiro justo com o príncipe Philipp. Também ali não teve sorte. Ver Holler, *Ihr Kampf*, pp. 228 e 317.

mocrata do parlamento alemão e visitante freqüente de Viena, Albert Südekum, que Mattachich conheceu através de Daszynski e que se uniu à conspiração por um generalizado entusiasmo antimonarquista, junto com a esperança de que uma proeza desse calibre aumentaria seu prestígio com seus camaradas na Alemanha.

Finalmente, e mais importante, havia um jovem jornalista francês chamado Henri De Nousanne que trabalhava como freelance para *Le Journal*, um jornal de Paris, e que engenhosamente persuadiu os pais e o próprio jornal a contribuir para um fundo com o objetivo de providenciar a Maria e Mattachich a maior das contribuições financeiras de que precisavam. *Le Journal* fez isso nos termos de um contrato tão "moderno" em estilo e linguagem que você, ao lê-lo, talvez se sinta ofendido em seu orgulho do século XXI. O que foi combinado entre Maria, Mattachich e De Nousanne de um lado, e *Le Journal*, de outro, foi que em retorno por contribuir com a parte do leão do dinheiro para o projeto, o jornal teria direitos exclusivos à história da fuga de Louise do cativeiro.[101] (A ser escrita, é claro, pelo próprio Nousanne.)

Os três mosqueteiros, era como se autodenominavam os integrantes do grupo que Maria reuniu. Estavam todos em busca de aventuras; eles admiravam Maria e concordavam que ela merecia alguém melhor do que Mattachich; tendo se comprometido com o projeto, persistiram até o final — até de fato conseguirem

---

[101]Ver Holler, *Ihr Kampf*, p. 228.

arrebatar Louise de seus captores e colocá-la fora das fronteiras dos impérios austríaco e alemão.[102]

No entanto, todos os ajudantes de Maria ficariam desapontados no final, embora por uma razão diferente em cada caso. Weitzer nunca viu seu dinheiro de novo, muito menos o bônus pelo qual tinha esperado; a carreira de Südekum não decolou como resultado das manchetes de jornais conseguidas pela fuga de Louise; e mesmo Henri De Nousanne, o mais jovem dos três e aparentemente o grande ganhador entre eles, saiu do golpe como uma figura ainda mais desesperançada do que fora antes de assinar o contrato. Ele escreveu seus artigos sobre a fuga; foi pago por eles e depois promovido à equipe do jornal, em vez de trabalhar apenas como freelance. O problema com De Nousanne, no entanto, foi ter se apaixonado por Maria — seriamente apaixonado, esperançoso, desesperado, de todas as maneiras que sabia se apaixonar, inclusive algumas que não teria achado possíveis antes. Maria não foi seu primeiro amor; da meninice em diante ele tinha o hábito de se apaixonar; mas ela se tornou seu último amor, no sentido de que ela continuou como seu ideal perdido, aquela que ele não conseguia esquecer, o modelo pelo qual julgava todas as outras paixões, e perdas, antes e depois.

O único defeito dela a seus olhos era a ligação com Mattachich — "o jóquei", como ele venenosamente o considerava. Porém, mesmo quando se perguntava como uma mulher como

---

[102]Francisco José, da Áustria-Hungria e Guilherme da Alemanha não se importavam um com o outro, pessoal e politicamente. No entanto, tinham cuidado em manter termos amigáveis, já que eles e seus conselheiros se apegavam à idéia de que, se uma guerra acontecesse na Europa, uma aliança das "Potências Centrais" os salvaria de serem esmagados entre os exércitos da França, a oeste, e a Rússia, a leste. (Sem falar nos sérvios, que aproveitavam o momento para ameaçá-los a partir do sul.) O que essa aliança realmente ajudou a realizar foi a Primeira Guerra Mundial — que destruiu as duas monarquias e levou à catástrofe maior da Revolução Bolchevique, ao advento de Hitler e à Segunda Guerra Mundial.

Maria podia ter se apaixonado por criatura tão superficial, vazia, presunçosa, ele estava atormentado com a idéia de que, se ela não tivesse se tornado amante do homem, ele nunca a teria encontrado, nunca teria se aproximado dela. Que absurdo! Que estupidez! Ela amava Mattachich a ponto de ajudar sua antiga amante a fugir do encarceramento; ele, Henri, a amava a ponto de ajudá-la nesse empreendimento; enquanto no momento o próprio Mattachich não ajudava ninguém e não fazia nada a não ser continuar escrevendo seu livro.

O que fazia Henri torturar-se com a idéia dos lábios e língua de Mattachich apascentando o corpo de Maria como um boi no pasto, a respiração dele penetrando pela boca e narinas dela, suas mãos passando por toda parte, por todos os lugares que seu amante não declarado nunca visitaria. E até pior, Maria se emocionando com cada carícia crua! Seu único consolo era pensar que ninguém imaginaria o que ele sentia por ela; que ninguém poderia ver através de seu jeito frívolo, casual, infantil, que era tanto seu disfarce como sua maldição, já que nunca poderia mudá-lo. Mesmo seu cabelo prematuramente grisalho, os cachos não aparados caindo sobre as orelhas e as hastes de seus óculos com aros de metal, eram parte desse disfarce; como também o era o único canino branco que vinha descansar em seu lábio inferior quando ele sorria. Embaixo do qual se assentavam uma melancolia e vulnerabilidade que precederam de muito seu encontro com Maria e permaneceriam com ele muito depois da sua última visita a ela.

Ele fez essa visita — justo em Möllersdorf — ao ficar sabendo que, depois de muitos anos, ela voltara a morar ali. Partiu para essa viagem com o estado de espírito dividido que lhe era muito familiar: incapaz de reprimir a débil esperança de que ela pudesse agora aceitá-lo como pretendente, e a incurável convicção de que ela não o faria.

Ainda assim, ele tinha de ir, mesmo sendo apenas porque sabia como se reprovaria se pelo menos não tentasse. Anos antes, Mattachich sentira o mesmo ao se aproximar da princesa Louise. Mas com um resultado muito diferente.

A publicação do livro de Mattachich produziu menos "explosão" do que ele tinha esperado. Philipp e Bachrach certamente ficaram desgostosos com os insultos lançados contra eles e o alto comando do exército, colérico, com seus ataques ao sistema da "justiça militar". Mas, assim como a escrita do livro o tinha distraído de sua incapacidade de se aproximar de Louise, agora a idéia de chegar outra vez até ela o ajudou a superar sua decepção com a acolhida do livro. Ele, Maria e seus co-conspiradores discutiram vários esquemas de resgate, alguns deles mais estouvados do que outros. Uma incursão armada, à luz do dia, ao asilo? Seqüestrar Louise quando ela tivesse permissão para sair em um de seus passeios rurais? Entrarem disfarçados na instituição como pacientes voluntários? Entrarem (com documentos falsificados) como membros da equipe?

No final, uma oportunidade lhes foi oferecida pelo próprio Dr. Pierson, o senhor do Lindenhof. Tendo permitido que Louise retomasse seus passeios fora dos muros, ele propôs ao Dr. Feistmantel que ela voltasse a Bad Elster por algumas semanas, em agosto próximo. Ele tinha certeza, escreveu, que ela se beneficiaria tanto física quanto psicologicamente com a mudança. Ela ficaria no Wettiner Hof Hotel, como tinha feito antes, assim os arredores lhe seriam familiares, e o assistente dele, Dr. Mauss, e dois guardas, assim como a criada e a dama de companhia dela, estariam a seu lado o tempo todo. Feistmantel concordou, providenciou para que a polícia local fosse avisada dessa visita e se juntasse à vigilância que se faria sobre ela.[103]

Pierson aceitou essa condição sem objeção e atravessou bamboleando o terreno da instituição para contar às damas da *villa* a diversão de verão que conseguira para elas. Louise não reagiu à notícia, mas as *fräuleins* von Gebauer e Börner ficaram encantadas. Para elas, qualquer ruptura da rotina era bem-vinda. Pierson fez a inclinação profunda que sempre fazia a sua patética prisioneira real, e deixou a *villa* — sem saber que imediatamente depois que passou pelos portões do jardim que se abriam para a trilha de terra da instituição, Olga foi até seu quarto e escreveu um bilhete apressado para Maria. Vários meses tinham se passado desde que as duas mulheres se encontraram, e na ausência de Maria ela desenvolvera uma espécie de xodó por ela, ou pela idéia dela: essa jovem mulher, "jornalista" independente, levando uma vida tão diferente do seu próprio enfadonho e duplo confinamento — não, triplo confinamento — como uma criada em uma *villa* cuja própria localização era dentro de um asilo. E pensar que sua amiga estava em contato, talvez diariamente, com o simpático cavalheiro da bicicleta, vergonhosamente famoso, a quem ela, Olga, tinha encontrado no bosque no último outono! Ela passou a Maria as datas em que a princesa e seu grupo estariam em Bad Elster, e onde estariam e quem as acompanharia. Não agüentava pensar nas conseqüências que sua carta podia ter para si mesma ou mais

---

[103] "Dr. Pierson sempre me manteve em estrita vigilância", escreve Louise em *Autour* (p. 248), "embora suas maneiras sempre fossem corteses. Ele sabia que eu não estava louca, mas também sabia o quanto ganhava me mantendo no Lindenhof. A perspectiva de me perder como 'paciente' era-lhe, portanto, muito desagradável."

alguém, incluindo o simpático cavalheiro. Mas tampouco conseguia manter silêncio.

Com grande ousadia, ela acrescentou no final da carta: *De sua amiga confiante confiável, Olga.*

Dois dias mais tarde, a carta foi lida em voz alta para Mattachich por Maria. Produziu um resultado imediato.

— Agora é a nossa chance! — gritou Mattachich para Maria. — Mostrarei aos canalhas! Vou lhes dar uma lição!

Esse foi seu primeiro pensamento: de vingança. Escrever seu livro tinha absorvido um pouco, embora nunca o bastante, da amargura que ele sentia com sua prisão, sua carreira arruinada e o futuro sem perspectiva; mas nada fez em relação à ofensa que sofreu em seu orgulho como militar. Funcionários bobões do Estado-maior em Viena, miseráveis como Bachrach e Fiedler, traidores de seu próprio regimento conspirando com espiões desconhecidos e policiais imbecis em Agram — todos tinham montado uma elaborada emboscada ao estilo militar para ele; e ele, com a confiante Louise atrás, tinha cortesmente caído nela. Incapaz de defender a si mesmos, pegos nus (sem exagero, no caso dele; por pouco, no caso de Louise), foram separados e jogados nas celas de seus captores. Isso foi tudo que seus anos de treinamento como soldado fizeram por ele, os meses que tinha passado em manobras, as palestras a que havia comparecido e os planos de batalha que tinha estudado, as histórias militares que lera e com as quais sonhara em seu tempo livre. Tudo por nada. Tudo desperdiçado.[104]

---

[104] "Motivado pela pura paixão de servir, e contra os desejos de meus pais, eu me tornei um soldado; e posso dizer com total convicção que fui um cavaleiro de primeira classe!" (Mattachich, *Memoiren*, p. 107). Várias passagens semelhantes podem ser encontradas no livro.

Mas e Bad Elster? Isso era outro assunto. Que lugar melhor para demonstrar sua coragem e liderança do que uma cidade de veraneio pequena, pacífica e inundada de visitantes em agosto? Depois de suas viagens com Louise, como ele conhecia bem esses lugares, com suas multidões de inválidos e hipocondríacos, ociosos e impostores, jogadores e criados. Superlotando os hotéis, passeando em coches e cadeiras de banho, seguindo suas bagagens pelas ruas, caminhando nos parques, andando de barco nos lagos, escutando música, bebendo as águas, imergindo nas piscinas das várias casas de banho antes de se embrulharem em camadas de lençóis... quem, nessa multidão, repararia nele e seus co-conspiradores? Era perfeito. Se não pudessem seqüestrar Louise ali, nunca conseguiriam fazer isso.

— Dê-me dois dias — disse ele a Maria — e prepararei um plano. Eles nunca esquecerão do que farei com eles.

— *Nós* faremos — disse ela.

Ele ignorou a correção. Arrebatado, respondeu com palavras pronunciadas por algum oficial esquecido em algum exercício esquecido muito tempo atrás.

— Devo ter quatro coisas — e ele começou a enumerá-las com o indicador da mão direita nos dedos abertos da outra mão: — Objetivo firme, idéias claras, disciplina, coragem.

Só seu polegar permaneceu intocado. Maria fechou sua mão sobre ele.

— Sorte.

O prático Weitzer foi o primeiro a partir para Bad Elster. Ele reservou um quarto no Wettiner Hof por todo o mês de agosto, e passou seus primeiros dias espionando o plano geral do hotel e aprendendo o máximo que pôde de suas rotinas; também estabeleceu em quais quartos Louise, suas damas e os guardas do asilo ocupariam. O papel que assumiu como hóspede do hotel, o maior e mais caro do balneário, ajustou-se a ele com facilidade: fez-se passar por um negociante que venceu pelo próprio esforço (o que realmente era), originário das classes trabalhadoras (idem) que tinha vindo tomar as águas devido a sua gota (da qual de fato sofria). Tendo trabalhado em um bar toda a sua vida, e sendo sociável e inescrupuloso por natureza, não teve muita dificuldade em perceber quais integrantes da equipe do hotel poderiam ser mais utilmente subornados. Sua primeira escolha foi o chefe dos garçons do serviço de quarto, com quem bebia nas horas de folga do homem, e a quem terminou confidenciando seu verdadeiro propósito ali. Seu confidente prontamente se autodesignou como o homem que levaria a bandeja de desjejum da princesa para o quarto toda manhã — dessa maneira providenciando um meio de comunicação entre os conspiradores e ela. O segundo recrutamento de Weitzer foi uma pessoa da segurança do hotel, que providenciou chaves duplicadas do quarto de Louise, da entrada de trás do hotel, e do portão nos fundos. Os dois homens se mostrariam tão leais à conspiração quanto desleais a seus empregadores, e foram recompensados não apenas pelo dinheiro pago a eles por Weitzer mas também por uma referência entusiástica, ainda que autocentrada, na autobiografia de Louise.[105]

A seguir: Maria. Depois de deixar o infeliz Viktor de volta com seus avós, ela levou o pequeno Berthold e partiu com ele para Bad Elster, junto com uma babá recentemente contratada.

---

[105]Louise, *Autour*, p. 253: "O chefe dos garçons era um homem que merecia confiança. Foi assim que uma correspondência entre eu mesma e o conde [Mattachich] começou.... Fiquei sabendo o que deveria fazer e o que deveria esperar quando o momento chegasse. Um vigia noturno também tinha se tornado aliado nosso. Este homem, como o garçom, estava colocando em perigo mais do que sua posição. Tal era o grau de lealdade que a perseguição que fui obrigada a suportar evocava no povo solidário de todo lugar."

Lá, alugou dois quartos em uma pensão modesta, onde se fez passar por uma viúva se recuperando da triste perda do marido. Disse estar sofrendo dos "nervos" como resultado do luto recente e contratou o proprietário de um fiacre para sair ocasionalmente em passeios insones à luz da lua — alguns dos quais às vezes se estendia até tarde, duas ou três horas da manhã. Ela achava essas saídas muito calmantes, explicou ao cocheiro. As primeiras saídas ela fez sozinha; depois, era acompanhada a cada vez por dois ou três cavalheiros amigos. Durante o dia ela raras vezes saía depois que o grupo da princesa chegou, para minimizar o risco de ser vista por Olga. Quem sabe o que ela poderia revelar sem querer se soubesse que alguma coisa estava em ação?

Por fim, partindo de Viena em trens separados e hospedando-se em pensões distintas, veio Südekum, seguido quase imediatamente pelo nervoso mas financeiramente indispensável De Nousanne, e então pelo próprio Mattachich, que tinha passado várias semanas sem sair de casa em Viena, deixando a barba crescer. Os três homens fizeram como ele tinha feito em Coswig quando esperava encontrar Louise nas vizinhanças do asilo: alugaram bicicletas na cidade, nas quais saíam em longos passeios por estradas pouco conhecidas no campo dos arredores. Também intermitentemente, acompanhavam Maria em suas excursões noturnas. A intenção deles era encontrar a melhor maneira de atravessar a fronteira próxima entre a Saxônia e a Bavária sem ter de providenciar nenhum tipo de passaporte.[106]

---

[106]Mais de trinta anos tinham se passado desde que Bismarck finalmente conseguira unir a Alemanha sob o cáiser. No entanto, cada um dos vários reinos, grã-ducados, ducados e principados (assim como as "cidades livres") continuavam ciosos de seus direitos e zelosos em manter o que restava de sua autonomia.

Então esperaram Louise e suas damas, seus guardas e seu médico Mauss chegarem a Wettiner Hof. Era tarefa de Weitzer comunicar-se com ela através do amigo, o chefe dos garçons, e se sentar no terraço tomando nota das vezes em que a polícia e os guardas particulares vinham e iam. O outro amigo de Weitzer, o segurança, cuidou para que os ferrolhos e cadeados dos portões e portas relevantes estivessem bem azeitados previamente. Na noite escolhida, Louise foi orientada a usar suas roupas mais escuras.

Tudo caminhava de acordo com o plano, de certa forma, embora muitos momentos tensos se passassem antes que todos os envolvidos pudessem começar a se sentir confiantes de que o esquema havia tido sucesso. Um desses momentos, que deixou dois deles sem fôlego, foi o de levantar Louise e fazê-la passar através da janela aberta de seu quarto, primeiro os pés envolvidos em meias, e depositá-la na varanda do lado de fora. O momento mais perigoso aconteceu quando dois policiais ficaram parados na rua do lado de fora do hotel, conversando à toa (em vez de atravessá-la a continuar a patrulha em direções diferentes como deveriam fazer), enquanto a apenas poucos metros deles a fugitiva e seus amigos estavam agachados atrás de um martirizantemente fino biombo de arbustos. Quase tão tensa foi a demora no cruzamento sob uma cobertura de árvores, determinado como o lugar onde o grupo de resgate encontraria o fiacre e sua passageira insone. Ele deveria estar esperando ali, mas não estava. De Nousanne foi à procura dele pelas ruas desertas e o encontrou esperando no lugar errado.[107]

---

[107]Louise, *Autour*, p. 259: "Ocorreu uma catástrofe. A carruagem não estava onde deveria estar. Tivemos um momento de desespero. Que noite! Que suspense! Toda essa agonia de espírito ocorreu sob as árvores que pareciam cheias de medonhos fantasmas. Por fim um dos nossos amigos nos conduziu até a carruagem. Ela foi em frente, mas com que lerdeza se moviam os cavalos cansados!"

Fora os percalços desse tipo, todos os envolvidos fizeram tudo que foi solicitado deles — de Mattachich, o planejador-chefe e supervisor da operação, ao intrigado proprietário do fiacre, que não podia entender por que seus passeios tarde da noite com essa cliente especial, essa simpática dama viúva, tinha sido interrompido tão abruptamente e terminado de modo tão estranho, quando três homens e uma mulher que ele nunca vira antes pularam com grande pressa em seu veículo e lhe disseram que passassem apenas por estradas secundárias até que, antes de atravessarem a fronteira entre a Saxônia e a Bavária, chegaram a uma pequena cidade da principal linha rota ferroviária para Berlim. Ali o grupo desceu e desapareceu em um modesto hotel perto da estação, depois de se certificar de que o cocheiro descansaria ali à noite e seus cavalos seriam alojados e alimentados. Nesse momento, já passava das duas da manhã. De madrugada o cocheiro foi pago pelo serviço que tinha feito e lhe deram uma soma adicional para que esperasse na estação até o final da tarde. Foi-lhe explicado que o grupo agora partiria em uma excursão maior por trem, e necessitaria de seu veículo mais tarde para levá-los de volta a Bad Elster. O primeiro trem para o norte chegou, eles subiram, o trem partiu, o cocheiro esperou o dia inteiro — e nunca mais viu nenhum deles.[108]

Os três homens que entraram no fiacre foram Mattachich, De Nousanne e Südekum. Weitzer permaneceu em Bad Elster, curtindo a consternação e as recriminações que se seguiram — o momento do qual ele mais gostou foi o desmaio público da

---

[108]Trechos do depoimento do cocheiro foram publicados em Holler, *Ihr Kampf*, pp. 259 e 263. Holler dedica 24 páginas à fuga; Louise a descreve em 14. As páginas de Holler incluem uma discussão das questões legais levantadas pela fuga, assim como citações de matérias de jornais na Alemanha, Áustria e França.

senhorita Von Gebauer quando descobriu que a princesa tinha desaparecido. (Deixando quase toda sua bagagem atrás, o que escandalizou Gebauer quase tanto quando o próprio desaparecimento.) Depois de esperar para ver seus dois amigos saírem ilesos do interrogatório do gerente do hotel e da polícia local, Weitzer lhes deu uma piscadela de olhos, tranqüilamente pagou sua conta e partiu para Viena. A babá e a criança o tinham precedido vários dias antes. Os três se juntariam aos outros mais tarde.

Os viajantes, por seu turno, ficaram no trem até chegar a Berlim, depois deixaram a poeira assentar, na casa de Südekum, esperando que a excitação da imprensa diminuísse. Quando acharam que era seguro, eles partiram (embora não como grupo, e com várias paradas no meio) de Berlim para Paris. Isso implicava passar pela Bélgica e era considerado a parte mais arriscada da viagem. A essa altura o ministro da Justiça em Viena tinha emitido um severo lembrete a todos os governos europeus, que, de acordo com a Convenção de Haia de 1896, eles eram obrigados a devolver imediatamente a princesa fugitiva para a Áustria — "e pela força, se necessário".[109]

Uma vez em Paris, no entanto, eles estavam salvos. A imprensa francesa e a opinião pública francesa estavam do lado

---

[109]Sobre a passagem pela Bélgica, Louise escreve (*Autour*, p. 261): "Depois de longo tempo, eu via outra vez meu país mas, infelizmente!, não ousei sair do trem. O rei estava trabalhando de mãos dadas com o príncipe Philipp. Não pude sequer me sentar perto da janela e tive dificuldades em controlar o tremor de minhas mãos. Como foi irônica a pergunta-padrão dirigida a mim pelos guardas da alfândega que entraram no trem: 'Alguma coisa a declarar?'... E como tinha! Se pelo menos minha declaração pudesse chegar até Laeken e ressoar na residência do rei!"
A exigência do ministro da Justiça de que a princesa fosse devolvida sem demora à Áustria está citada em Holler, *Ihr Kampf*, p. 276.

deles, e o governo francês não tinha intenção de mostrar submissão a Francisco José e seu ministro da Justiça. Os fugitivos, encantados, se estabeleceram no Westminster Hotel e, depois que *Le Journal* publicou seu relato da fuga, deram entrevistas para quase todos que lhes pediram.

Uma questão permanecia, no entanto. Exatamente quem, agora, eram "eles"?

Quem, na verdade? Para uma resposta a essa pergunta, é necessário voltar ao pequeno hotel espartano no qual Louise e seus libertadores tinham esperado para pegar o trem para Berlim. Foi uma noite curta em uma locação sem importância; no entanto, ali ocorreu um evento — se algo que aconteceu tão tranqüilamente pode ser chamado de "evento" — inesperado como nada que os interessados tenham passado nos sete anos anteriores.

Imagine mais uma vez, então, o fiacre superlotado parando na frente do hotel. Ele já estava fechado havia horas. Situado na parte de baixo da cidade, dominava as pequenas moradias indefinidas que se espalhavam ao redor simplesmente porque tinha dois andares sobre o nível da rua. Algumas árvores eram os outros únicos objetos altos que se viam. Nenhuma luz brilhava nas casas vizinhas ou no próprio hotel. Não havia sinal de aurora no céu, mas o ar tinha o cheiro do final do verão e as árvores, de vez em quando, se mexiam em expectativa só para outra vez se silenciarem até a chegada da próxima brisa suave. Há uma campainha ao lado da porta do hotel, e um dos homens do grupo a aperta com força. O cocheiro permanece sentado em seu lugar, bem acima deles, perguntando-se em que havia se metido e se essa cliente, essa jovem viúva que tinha impressionado tão fortemente seu velho coração gentil, era só o que aparentava ser. Depois de longa demora, uma mulher com uma lamparina a óleo na mão é vista espiando pelo grosso painel de vidro na parte superior da porta. Tranqüilizada pelo que vê (o cocheiro, as duas mulheres), gira a fechadura. Ela é forte e atarracada e está vestida com uma camisola leve e uma touca de babados. Erguendo a lamparina à frente, diz a eles que sim, pode oferecer-lhes acomodações pela noite. Mas existe uma dificuldade: ela só tem dois quartos disponíveis, um com duas camas, outro com uma cama de casal. Em um minuto, uma terceira cama pode ser trazida para o quarto com duas camas; nada pode ser feito em relação ao outro quarto.

Um momento de embaraço. Uma troca de olhares. Mattachich toma a iniciativa. As damas dormirão na cama de casal; os três cavalheiros, no outro quarto. É a coisa óbvia a fazer. Ninguém objeta. Os cavalheiros pedem que uma garrafa de conhaque e alguns copos sejam entregues em seu quarto; as damas pedem chá. Ninguém pede comida. Cada um dos homens leva uma pequena valise; as damas, apenas bagagem de mão. Nada disso escapa à proprietária, que também sabe que nada disso é de sua conta. De Nousanne ajuda um porteiro sonolento — de compleição forte, mangas levantadas, campônio de movimentos lentos, com um andar estranhamente manco — a trazer a cama adicional para o quarto dos homens. O porteiro acende a lâmpada nos quartos e vai mancando até o fundo do prédio, onde cuida do cocheiro e dos cavalos. Os homens caem no conhaque no momento em que a senhoria o traz ao quarto deles. Cada um se serve com uma boa dose e, mesmo antes de ela fechar a porta atrás de si, eles se abraçam, batem nas costas um do outro, riem, mostram um pouco do alívio e entusiasmo que tentaram cuidadosamente esconder do cocheiro.

As coisas são diferentes no quarto das damas, como a senhoria descobre minutos mais tarde, ao lhes trazer o chá. A mulher mais velha está sentada na única cadeira do quarto, uma coisa torcida de madeira com palhinha trançada no assento; a mais jovem senta-se sem jeito na grande cama de casal. Aqui não há alívio e entusiasmo; apenas silêncio. O quarto cheira a umidade e mofo; a cama quase não deixa espaço entre ela e a parede de ambos os lados; o lavatório tem um jarro de louça florida com lascas antigas nas bordas e uma bacia no mesmo estado; a cortina de filó na única janela está amarelada pelo tempo e fumaça de tabaco. Mas a senhoria tem certeza de que não é o ambiente que torna as damas tão caladas.

A jovem murmura uma palavra de agradecimento quando a bandeja é colocada sobre a pequena cômoda. Levanta-se para servir o chá, enquanto a outra olha timidamente a seu redor. A porta se fecha atrás da senhoria. Seus passos podem ser escutados se afastando pelo corredor com piso de madeira do lado de fora.

Sentada com ambas as mãos ainda segurando a bagagem de mão em seu colo, Louise é a primeira a falar.

— Quem é você?

— Uma amiga do conde — responde Maria. Ela acrescenta embaraçada, depois de uma pausa: — Sua Alteza. — Depois de outra pausa: — Sua amiga também, senhora. — Outra pausa. — Se a senhora quiser que eu seja sua amiga.

Elas dormiram pouco aquela noite. No final da primeira hora, Louise sabia de "tudo". Sabia sobre o casamento de Maria e seu filho mais velho; sobre o álbum de recortes de jornal de Mattachich e da própria Louise; sobre sua separação do marido, sua viagem até Möllersdorf e o trabalho dentro da prisão que ela deu um jeito de conseguir; sobre o caso com Mattachich e o nascimento do pequeno Berthold; sobre o trabalho que ela fez em Viena para conseguir tirar Mattachich da prisão; até sobre as visitas que fez aos arredores do asilo e a carta que Olga Börner tinha escrito dando as coordenadas da estada de Louise em Bad Elster. (A qual, por razões de segurança, Maria não tinha respondido.) Louise escutou tudo isso com uma mistura de espanto, dor e inveja. Que período excitante essa jovem de origem humilde tinha conseguido arquitetar, enquanto ela própria apodrecia e envelhecia no asilo.

E agora isso! *Ela* era quem tinha passado tantos anos pensando no ausente Mattachich, às vezes se enfurecendo contra ele, com mais freqüência tentando se lembrar de seus braços a envolvê-la e seu corpo perto do dela, tentando imaginá-lo no quarto consigo ou simplesmente aparecendo de lugar nenhum a sua frente, de trás de uma árvore ou depois de uma curva na trilha de um dos asilos nos quais ela foi aprisionada, sorrindo-lhe ao se aproximar até por fim chegar perto o suficiente para tomá-la pela mão e então libertá-la, tirá-la de seu encarceramento, assim como tinha feito quando eles saíram de Viena: só que mais. Agora ele de fato tinha feito isso: poucas horas antes ele a ajudara a transpor o peitoril de uma janela aberta e a passara para estranhos, todos bem dispostos, que a conduziram magicamente de uma porta fechada a outra, até ganharem a estrada vazia onde esperaram pelo som e a visão de um coche se aproximando, com lâmpadas presas em sua estrutura e uma única lâmpada balançando à sua frente. Agachada na escuridão contra uma cerca de pedra, ela e os outros homens — Mattachich era o único que ela conhecia —, não ousara se mexer até o veículo parar, sua porta se abrir e a voz de uma jovem mulher chamar suavemente: "Gèza!"

No momento em que o nome saiu da boca da própria Louise, ela o escutou claramente e se atirou de comprido na cama. Não tinha idéia de como falara em voz alta de tudo que foi surgindo em sua cabeça momentos antes. Mas o nome, ela se escutara dizer claramente. Ficou deitada de frente para a parede, as costas viradas para Maria.

— Quem é você — gemeu ela de novo, como se Maria ainda não tivesse dito uma palavra sobre si mesma. — Por que está fazendo isso comigo? Por que não me deixou onde eu estava?

— Jamais! Jamais! — respondeu Maria.

Ela também se deitou, atrás de Louise, e pôs um braço à sua volta — surpresa, ao fazer isso, com a circunferência do corpo da mulher. Mas não sentiu desprazer. Piedade, na verdade, como poderia ter se estivesse deitada ao lado de uma criança. Ficaram deitadas assim, Maria esperando até que os soluços que estremeciam o corpo sob ela parassem. Aconteceu quase repentinamente; um soluço que soou como o anterior simplesmente não foi seguido por outro. Depois de um longo silêncio, e com voz vacilante, Maria falou para a cabeça de cabelos contra seus lábios.

— Agora me escute. Eu não odeio você e não quero feri-la. Gèza não poderia viver como um homem livre enquanto você ainda estivesse trancada. Isso o envergonhava demais. Estava acabando com ele. Eu podia ver isso acontecendo quando ele pensava em você e quando tentava não pensar. E quando falava em tentar ajudar você. Portanto, o que eu podia fazer? Se você continuasse presa, nos destruiria aos dois. Eu tinha certeza disso.

Se você fosse libertada... talvez não! É tão ruim assim? Além disso, eu estava curiosa... sobre você... e orgulhosa do que tinha feito por ele... e pensei que poderia fazer a mesma coisa por você. E fiz. Eu fiz. Todos nós fizemos. É maravilhoso... — continuou ela, murmurando o que lhe vinha à cabeça, ficando mais e mais sonolenta enquanto falava. — Somos todos iguais, você e eu e Gèza... Cheios de sonhos, ambiciosos demais. Com muito pouco juízo, muito pouca paciência. Mas leais! Veja como você e Gèza foram leais um ao outro. Veja como estou tentando ser leal a vocês dois. Se eu amo Gèza, então devo também amar você...

Ela acabou se mexendo para tirar os sapatos de Louise, e jogar os dela também no chão. Havia um cobertor dobrado aos pés da cama, sobre a colcha, e ela o puxou sobre as duas. Elas pegaram no sono. Mais tarde acordaram e falaram um pouco mais.

— Você é tão *corajosa* — disse Louise na escuridão.

— Não, eu só estava apaixonada.

— Ainda está? — perguntou Louise.

— Apaixonada? — Depois de um silêncio: — Não.

— Mas ainda é leal?

— E você também. É uma maldição. Ser leal a sua própria imaginação...! O que pode ser mais estúpido?

Outro silêncio, quebrado no final por Louise.

— Mas tente só imaginar você mesma sem ela! Não é possível.

Elas não pegaram no sono outra vez, mas não tinham nada mais a dizer. Quando se levantaram de manhã, trocaram um beijo. Estava selado entre elas: eram amigas. Velhas amigas, de fato. Estranhamente, era como se os anos que cada uma delas tinha passado em separado com Mattachich se tivessem tornado uma propriedade comum a ambas, fonte de uma provisão de entendimentos compartilhados.

Ao entrar na sala de jantar do andar de baixo, fria, pouco mobiliada — o ar ainda pesado com o cheiro da carne comida na noite anterior —, encontraram os homens esperando por elas. Mattachich mais uma vez fez as apresentações que primeiro tinham sido feitas na escuridão do coche durante a fuga de Bad Elster. As mulheres e De Noausanne e Südekum trocam palavras reservadas, ociosas, mantendo as vozes baixas para evitar que alguma coisa que dissessem chegasse aos ouvidos do punhado de hóspedes desarrumados nas outras mesas. Depois de fazer as apresentações, Mattachich permaneceu em silêncio. Cada vez que Louise e Maria falavam uma com a outra, ou apenas trocavam olhares, seus olhos endureciam. Sabendo que ele tinha sido primeiro o amante de uma e depois da outra, e era o responsável pela presença de todos eles nessa sala — um lugar triste que apareceu do nada, para nunca mais ser visto —, seus companheiros acharam que ele podia estar constrangido com a situação que tinha criado. Mas a ferocidade de seu olhar sugeria outra coisa. Vendo os olhos de Mattachich fixados nas duas mulheres, e sensibilizado por sua própria mágoa, De Nousanne de repente saltou para uma conclusão que o espantou e o fez latejar com um momento doloroso de esperança. Alguma coisa tinha acontecido entre as duas mulheres durante a noite. Elas não estavam com ciúme uma da outra. Era Mattachich que agora estava com ciúme das duas.

Quando Mattachich e Maria conseguiram ter um momento juntos sem ninguém por perto, ele lhe disse acusadoramente:

— Você contou a ela sobre nós, não é?

— Sim — admitiu Maria. — Como você sabe?

— Logo percebi. Qualquer tolo perceberia. Nós combinamos, era eu que contaria a ela, não você. E na primeira oportunidade que você tem, você abre sua boca...!

— Sim, sim, sim — respondeu Maria com raiva, defendendo-se. — Agora tudo mudou. Não estrague!

Meia hora mais tarde, o trem para Berlim apareceu na estação de uma única plataforma, praticamente do outro lado da rua do hotel. A essa altura, De Nousanne, que tinha seu próprio moinho para moer, suas próprias esperanças para alimentar, tinha certeza de seu pressentimento. A princesa e Maria aceitaram a liderança de Mattachich, mas já não eram mais dele. Se pertenciam a alguém, era uma à outra.

Apitando, silvando, ostentando uma estola branca de vapor sobre a cabeça, o trem começou a se apressar para seguir em frente.

Doze

Imagine que um ano se passou desde que o grupo dos cinco pegou o trem para Berlim, e em seguida viajaram de lá até Paris. Dessas cinco pessoas, quatro ainda estão em Paris; só Südekum deixou a cidade para reassumir seu trabalho no *Reichstag* alemão. Weitzer, sem o qual o sucesso em Bad Elster teria sido impossível, tinha vindo e ido, depois de saber que nunca veria um centavo das 30 mil coroas que colocara no resgate de Louise, muito menos teria algum lucro por seus esforços.[110] De Nousanne está trabalhando em seu jornal — *Le Journal* —, mas só ocasionalmente vê os outros três.

Mattachich e Louise estão vivendo sob um único teto em um hotel parisiense, como tinham vivido quando pela primeira vez se reencontraram na cidade cerca de oito anos antes. No entanto, há diferenças entre as condições de então e agora. Eles já não dividem o mesmo quarto. A saúde deles não é o que era. A passagem do tempo e as dificuldades que atravessaram marcaram irrevogavelmente seus rostos e corpos. Ambos se mo-

---

[110]Ver Holler, *Ihr Kampf*, p. 228.

vem com mais dificuldade do que antes; Louise ganhou peso e Mattachich perdeu um pouco. Ela ainda carrega um grande coque de cabelo no alto da cabeça, de cor mais chamativa do que antes. Mattachich veste-se com elegância, com ternos escuros e camisas brancas providas de colarinhos incomumente altos e duros que o obrigam a manter a cabeça e o olhar inclinados bem para trás, como o camarada íntegro e honesto que gostaria de ser. Mas ele está começando a se curvar com a artrite da cintura e seu cabelo ficou mais ralo e recuou. Tenta compensar o cabelo que perdeu deixando o que lhe resta crescer mais e penteando-o para trás sem nenhum repartido. Também o tinge regularmente ao redor das têmporas e sobre as orelhas. Se você não soubesse nada sobre ele, poderia pensar que era um profissional fatigado mas bem-sucedido — um contador, um médico, um banqueiro. Ou, possivelmente, um vigarista, alguém atento às viúvas necessitadas.

Como antes, embora de maneira muito mais modesta do que nos primeiros dias da fuga, Louise tem uma comitiva própria, que está alojada com ela e Mattachich no Westminster Hotel. Consiste na fiel Olga Börner e uma dama a quem Louise oficialmente deu a posição de "chefe da casa". Referência a essa dama nas colunas sociais dos jornais parisienses com freqüência são acompanhadas de cotoveladas e piscadelas metafóricas em direção ao leitor. Ela é descrita como a "amiga do peito" da princesa, sua "amiga inseparável", sua "companheira sempre solícita". Palavras como "surpreendente", "comovente" e "pouco comum" são usadas para o calor do relacionamento das duas, e os jornais também ocasionalmente se referem aos dois filhos "órfãos" e "sem pai" dessa dama, que vivem no hotel com o restante do grupo.

Não é preciso dizer-lhe quem é ela. Os jornais não mencionam que, se não fosse ela, Mattachich talvez ainda estivesse na prisão e Louise certamente estaria atrás dos muros do Lindenhof. Ou possivelmente na instituição na Áustria muito menos cara que o Dr. Feistmantel tinha inspecionado por insistência de Philipp um pouco antes da sua fuga. Mas tudo isso agora é história.[111] O ministro da Justiça tinha desistido de suas tentativas de conseguir a extradição dela para a Áustria depois de ter sido oficialmente informado pelo governo francês que (a) claramente não é o caso de a princesa ter sido trazida à França contra sua vontade, e (b) uma mesa-redonda de eminentes psiquiatras franceses tinha desprezado as alegações feitas pelos colegas alemães e austríacos quanto à "idiotia moral" e "incompetência mental" da dama.[112] Um inesperado subproduto desse relatório psiquiátrico, no entanto, foi o príncipe Philipp processá-la pelo divórcio, o que ele não podia fazer enquanto ela permanecesse sob a tutela legal. Com o objetivo de conseguir que todo o assunto fosse concluído tão rapidamente quanto possível, ele tinha oferecido, e Louise aceitado, uma doação de 400 mil coroas em dinheiro e um estipêndio anual de 70 mil.[113]

Quanto às insinuações dos jornais sobre um elemento perverso ou ilícito na relação entre as duas mulheres — esqueça. A

---

[111]Holler, *Ihr Kampf*, p. 254.

[112]"A princesa dá todas as indicações de estar em plena saúde física e mental... Expressa-se com fluência e com exatidão, e sempre da maneira adequada a alguém de sua posição na sociedade. Está no completo controle de si mesma e de sua imaginação... Nós nos admiramos que alguma pessoa pudesse descrever sua condição como de imbecilidade, mania ou raiva irracional" (relatório citado por Holler, *Ihr Kampf*, p. 309).

[113]Somas citadas por Holler, *Ihr Kampf*, p. 314. O pagamento anual é mais do que o dobro da quantia oferecida pelo desafortunado Wietzer para ajudar a libertar Louise de seu encarceramento.

característica mais "surpreendente" ou "pouco comum" dessa coabitação de três é que nenhum deles divide a cama ou o quarto com algum outro. Um acordo silencioso foi feito entre eles para evitar riscos desnecessários à situação em que se colocaram. Era frágil demais e muito importante para todos eles, para sofrer interferências — e o mesmo vale, nesse estágio, para as perguntas sobre o que "de fato" aconteceu com aquelas infelizes notas promissórias. Eles estão vivendo em Paris como pessoas livres, sem perseguições, sem processos: isso não é bastante espantoso depois do que passaram? Deixe Mattachich sair em busca de outras mulheres se sente vontade — o que ele faz de tempos em tempos — e deixe as duas damas nada dizerem sobre isso a ele ou uma para a outra, contanto que ele nunca traga nenhuma dessas criaturas para casa. Tampouco as damas procuram amigos-cavalheiros para si mesmas, embora Maria não consiga resistir a caçoar e atormentar De Nousanne sempre que o vê. Ela ainda está encantada por estar em Paris (sua primeira vez no exterior) e curte os novos luxos com os quais Louise a cumula — jóias, vestidos, restaurantes caros, camarotes na ópera, um lugar ao lado de sua princesa em uma ou outra das carruagens ou carros a motor que utilizam. Seus dois filhos também se beneficiam com a generosidade de Louise. Eles são os alvos regulares de seus beijos e carícias, e Viktor vai toda manhã de uniforme e boné vistosos a uma escola particular para a qual ela paga a mensalidade.

Para Maria, Louise agora é sempre "Sua Alteza" e Mattachich sempre "o conde", exceto quando ele e ela estão sozinhos. No entanto, sendo de criação meio camponesa e imensamente voluntariosa, Maria não diz nada sobre o fato de que começou a vender alguns dos itens que Louise lhe dá e enviar o lucro para sua antiga senhoria em Möllersdorf, que está comprando uma pequena casa para ela bem perto de onde vivera. Só na época de suas infelizes perambulações pela Europa, mais tarde, é que Louise e Mattachich ficarão sabendo da existência dessa casa, e agradecerão por se abrigarem ali por um tempo.[114]

Prudência de Maria, veja; nunca deles. Receios sobre o que o futuro poderia reservar para ela e seus filhos. Nunca deles.

Imagine que agora é a sua vez de ser favorecido com um grau de previsão muito maior do que a própria Maria jamais teria. Quanto tempo mais, então, depois de seu retorno a Paris, Mattachich viverá? A resposta é 17 anos. E Louise? O mesmo, com apenas seis meses a mais. Mattachich cairá morto com um ataque de coração em uma rua parisiense, com a idade de 56. Louise, ainda acompanhada pela fiel Olga, então deixará a cidade, e irá para um pequeno hotel particular em Wiesbaden, Alemanha. Ali, no quarto, pouco depois de seu aniversário de 64 anos, uma trombose — seguida poucos dias depois por pneumonia e embolia — a levará.

Ela e Mattachich ainda estarão vivendo juntos no momento da morte dele? Sim. Os anos que precederam a morte deles serão calmos e felizes? Não. Não. Não. Sem chance. Eles são incorrigíveis. Uma existência assim sempre estará fora do alcance deles. Tudo que podem fazer com sua associação é tentar ressuscitar o modo de vida ocioso mas inabalável que os levou, a eles e a outros, à ruína durante seus primeiros 18 meses juntos. Inevitavelmente os resultados serão o que foram naquela época — falência, fuga, a coisa toda. Com mais um período de

---

[114]Ver Holler, *Ihr Kampf*, p. 331.

prisão para Mattachich no meio. (Dessa vez, não por falsificar notas promissórias.) Eles também sofrerão de problemas de saúde; e serão repetidamente alcançados por guerras, revoluções, contra-revoluções e rodadas violentas de inflação. Por essas calamidades, pelo menos, eles não podem ser considerados responsáveis.

E depois? Quando a Primeira Guerra Mundial terminar e eles conseguirem encontrar um ao outro e retornarem a Paris, o que farão? Irão se recuperar e tentar fazer tudo outra vez.

É verdade, os gastos deles nunca serão outra vez tão maníacos ou orgiásticos como antes do desastre em Nice. Nenhuma carruagem de luxo, nem estábulos de cavalos, nem aluguel de trens especiais, nem aluguel de mansões, nem librés e salários para tribos de criados, nem aquisição incessante de butins de qualquer joalheria, costureiros, vendedores de sapatos e seda e móveis antigos que acontecesse de visitarem, ou de os donos os visitarem. Só ocasionalmente Mattachich perderá o controle nas pistas de corrida ou mesas de jogo. Nem, no começo, as coisas serão muito ruins para eles. Os pagamentos da pensão de Philipp chegarão mensalmente. O dinheiro do patrimônio da mãe de Louise continuará chegando em pequenas quantias (com Leopoldo questionando todos os pagamentos). Os comerciantes com apenas uma vaga lembrança do que aconteceu da última vez ficarão felizes em vê-los. Paris estará tão cheia como sempre esteve de pessoas socialmente ambiciosas, prontas para fazer qualquer coisa — por um tempo, de qualquer forma — para serem vistas na companhia de uma genuína princesa real, ainda que mal-afamada. Alguns banqueiros otimistas descontarão os empréstimos de hoje contra os esperados grandes ganhos que estão destinados a Louise assim que sua indescritivelmente rica, demente, sem filhos, tia Charlote, ex-imperatriz do México, for enterrada num mausoléu apropriadamente rebuscado.

Ainda assim, praticamente desde o dia da chegada deles à cidade, viverão além de suas posses, e, à medida que o tempo passar, a expectativa de quitarem as dívidas iniciais, sem falar das novas que constantemente acumulam, ficará cada vez mais e mais remota. A briga de Louise com o pai sobre o espólio da mãe vai engolir mais e mais da escassa renda proveniente dessa fonte. Ela descobrirá que nenhum de seus credores é mais insistente em ser pago (no total, e com juros acumulados) do que a equipe dos eminentes e caros psiquiatras franceses contratados para declará-la perfeitamente capaz de administrar seus próprios negócios. (De alguma maneira, ela havia suposto que eles estavam fazendo isso pela glória de tratar de paciente tão proeminente e pelo prazer de administrar uma severa repreensão a seus colegas alemães e austríacos.) A longevidade que afligia sua tia Charlotte não mostrará sinais de declínio.[115] Quando a consciência de Maria a forçar a alertar seus companheiros de que estavam em vias de ter problemas, Mattachich simplesmente a dispensará com um gesto, e Louise ou chorará ou responderá de modo insolente, como se Maria estivesse impugnando seu sangue real, ou seu amor por Mattachich, ou o amor dele por ela, ou seu amor pela própria Maria.

Em resumo, será a mesma velha história, em uma versão mais pobre e menos sensacional do que a anterior, mas que se

---

[115]De fato, Louise não viveu o bastante para receber o dinheiro de sua tia. Charlotte era mais de trinta anos mais velha que a sobrinha, mas foi Louise quem morreu primeiro.

desenrola não menos inexoravelmente. Seja como for, o fato de que as somas de dinheiro envolvidas são bem menores do que eram antes fará todo o processo parecer ainda mais humilhante do que tinha sido. O gerente do Westminster Hotel, onde o "pagamento por conta" crescia continuamente menos do que a própria conta a cada dia, será o primeiro a estourar. Então Louise e seu grupo desdenhosamente abandonarão o local e irão para outro, um estabelecimento de menor importância e simplório o bastante para deixá-los ficar. À frente deles — embora nem ela nem Mattachich pudessem ver, e provavelmente não conseguiriam mudar o jeito de ser se pudessem — estende-se o protelado declínio, que os conduzirá de um hotel a outro, e depois de uma pensão a outra, de um país europeu a outro. Mas, aonde quer que forem, seja à Alemanha, à Itália ou à Áustria, credores e importunos contratados pelos credores estarão latindo em seus calcanhares. A deflagração da Primeira Guerra Mundial, que os pega na Áustria, levará Maria e seus dois filhos de volta a Möllersdorf (de onde ela continuará a oferecer toda ajuda que puder). A guerra também resultará na convocação de Mattachich, por incrível que pareça.

Depois que o exército o pegar em suas garras, a razão para sua convocação se tornará aparente. Tendo respondido à convocação, ele será imediatamente jogado em um campo de internamento reservado aos suspeitos de deslealdade ao império.[116] Agora você tem de imaginar Louise, acompanhada por Olga Börner, aparecendo sem anunciar e em estado abjeto às

---

[116]Ver Holler, *Ihr Kampf*, p. 334. A acusação contra Mattachich era a de ter estado em contato com um grupo de croatas nacionalistas que conspiravam para derrubar a monarquia dos Habsburgo. É impossível não acreditar que vários oficiais de alto posto aproveitaram a oportunidade para acertar antigas contas com ele.

portas do castelo na Silésia no qual viviam sua filha Dora e Günther. Eles lhe oferecerão abrigo e sustento com a condição de que ela aceite imediatamente a imposição de uma nova "tutela", que será administrada por eles e a destituirá do controle de seus negócios. Ela concordará, se retratará e será mandada embora.

A seguir, imagine-a na prisão de Budapeste, onde, no caos do final da guerra, os comunistas de Bela Kun tomaram o poder. Eles estão ocupados fuzilando seus "inimigos de classe" em todos os lugares, mas depois de repetidos inquéritos sobre Louise na prisão e fora dela, pensarão melhor e decidirão não executá-la, mas apenas expulsá-la do país.[117]

Tudo isso poderia ter sido evitado se Louise e Mattachich conseguirem fazer uma de duas coisas. A primeira teria sido mudar seus hábitos e viver dentro de suas posses, como Maria lhes aconselhara. A segunda, no que se refere a Louise, teria sido aceitar a oferta feita apenas a ela por um enviado de seu pai.

O nome do enviado era Sam Wiener. Ele chegou a Paris não muito antes de ela estar prestes a deixar a cidade com seus três companheiros (incluindo Olga) e começar a perfazer outra vez a trilha desgastada e infrutífera pela Europa que ela e Mattachich haviam percorrido muitos anos antes. Advogado, senador do parlamento belga e membro do conselho administrativo do "Estado Livre do Congo", Wiener foi contratado pelo rei Leopoldo como "seu" judeu — assim como Bachrach era

---

[117]Louise, *Autour*, p. 307, escreve que viveu em um "pesadelo" nos "dias insólitos" em Budapeste, onde passou por "visitas, interrogatórios e confisco de propriedades" pelos bolcheviques. "Mas subitamente meus infortúnios desarmaram até os selvagens representantes do comunismo húngaro... No começo deste livro registrei as palavras de um soldado daquele exército que me disse: 'Veja isto! Eis uma filha de um rei que é mais pobre do que eu!'"

contratado por Philipp e outros dos Saxe-Coburgo de Viena como "deles". Vistos por seus patrões como possuidores de dons especiais ou mesmo misteriosos como negociadores e comerciantes, essas pessoas eram consideradas também peculiarmente leais em matérias confidenciais, precisamente por causa do status semimarginal. O que esses judeus da corte seriam se pessoas eminentes não lhes concedessem mais seus favores? Socialmente falando, nada. Daí por que eram dignos de toda confiança.[118]

No entanto, sentada com Wiener na sala de estar pouco atraente do hotel onde estava vivendo, Louise, não seu visitante, era quem se sentia vulnerável. Desde seu casamento com Philipp, a agressão vinha sendo seu único recurso ao tratar com o pai. Mas aqui? Agora? Em uma sala como esta? Abafada, empoeirada, lustrosa, cortinas e carpetes puídos, a pintura cheia de marcas, o papel de parede despregando das paredes e cornijas que supostamente decoravam, a sala dizia a seu visitante mais do que ela queria que ele soubesse sobre sua situação. Sentiu-se também em desvantagem porque havia pensado que Wiener era gorducho, meticuloso e nervosamente despachado, como Bachrach. Mas esse, ela disse a Mattachich mais tarde, "parece americano" — e com isso ela queria dizer que era alto, tórax largo e cabeça e olhos enormes, assim como suas mãos e sobrancelhas. O cabelo grisalho, duro, estava cortado curto; a voz era profunda; ele tinha o nariz altivo e a covinha no queixo

---

[118]A intervenção de Wiener na vida de Louise é mencionada tanto por L. Bauer, em *Leopold the unloved*, p. 187 — em que ele é descrito como o "factótum de Leopoldo" — e por Neal Ascherson, *The King Incorporated*, p. 211. No gigantesco verbete sobre Wiener na *Biographie Nationale Belgique*, vol. XI, suplemento 10, pp. 822-37, ele é descrito como membro de uma família judia da Europa Central que rapidamente se tornou proeminente em várias esferas da vida belga — engenharia, bancos, exército, políticas e artes, entre outras.

de uma peça da estatuária romana. Tinha também a importância de ser o primeiro mensageiro que seu pai lhe enviava em uma década ou mais. O último enviado desses lhe tinha apresentado uma escolha inflexível. Ou ela daria um fim imediato a suas "cabriolas obscenas" com "esse moleque de rua croata" ou nunca mais o veria nem a sua mãe.

Agora, depois do que lhe parecia toda uma vida, aqui estava Wiener para lhe apresentar outro par de alternativas reais. Mas não de imediato. Primeiro, um preâmbulo. Sua Majestade, começou Wiener, estava decepcionado por ela ter recorrido à lei na questão do testamento da mãe...

— Eu não recorri à lei! Ele recorreu!

O olhar de Wiener continuou imperturbável. Mas mudou ligeiramente o rumo.

— O rei fica muito infeliz com familiares em litígio entre si em corte aberta. Ele acredita que os assuntos familiares devem ser resolvidos privadamente, não discutidos por advogados e escritos nos jornais.

— Se ele quer resolver o caso, ele sabe como fazê-lo.

Ele esperou de modo categórico, antes de começar outra vez.

— Sua Majestade com certeza quer deixar esse negócio infeliz para trás. Mas essa não é a razão para eu estar aqui. Não é segredo em Bruxelas que a senhora outra vez se encontra em uma situação financeira desesperadora. Sua Majestade ficou sabendo que um novo escândalo está prestes a desabar sobre a senhora. Essa expectativa o consterna. Ele se lembra do que aconteceu na última vez em que a senhora esteve nessa posição. Ele quer salvar a família dele e a senhora de passar por... processo semelhante outra vez.

— Então ele deve deixar que eu e minhas irmãs tenhamos

todas as coisas que Sua Majestade, a rainha, que Deus dê descanso à sua alma, quis que nós herdássemos. Ele pode também usar um pouco de sua própria fortuna em meu benefício — por uma vez. Nenhum pai amoroso acharia que essa é uma idéia tão estranha assim.

— Ele está pronto a fazer isso.

— Está?

— Sim. — Ele fez uma pausa, esperando alguma resposta ácida. Mas ela ficou em silêncio, deixando o olhar perplexo, desconfiado e desdenhoso em seu rosto falar por ela. Depois de registrar perfeitamente o olhar, Wiener continuou: — A senhora deve entender. A saúde do rei não é mais o que era. Ele tem plena consciência do pouco tempo que lhe resta. Quer estar reconciliado com os familiares antes que seja tarde demais, e vê-los reconciliados entre si. Ele sabe que as relações entre a senhora e a princesa Stephanie ficaram tensas desde aqueles infelizes eventos... dos quais não direi mais nada hoje. Como rei, ele realizou muitas coisas — grandes coisas —, coisas que provocaram a admiração do mundo. Mas ele agora sente que fazer as pazes com sua família e no seio da família seria algo ainda maior para ele. Eu testemunhei a mudança que sua doença recente provocou. Tão próximo do final de sua vida — como ele próprio se sente — e todos nós esperamos que não — quer reunir a família perto dele uma vez mais.

— O que o senhor de fato quer dizer — respondeu Louise, inclinando-se descontraidamente para trás para mostrar como estava pouco afetada por essas declarações solenes —, é que os jornais estão publicando histórias tão terríveis sobre ele que ele quer que o mundo veja que pai amoroso ele é. É isso? Torturador, mercador de escravos, assassino de crianças, o verdadeiro rei canibal do Congo... Do que falta ele ser chamado? Eu vejo quando abro o jornal.

A voz de Wiener estava tão firme como antes.

— Alguns jornais. Isso é apenas política. Coisas vis são ditas sobre todos na vida pública. Só seus inimigos políticos e seus mercenários falam dessa maneira. Não tem nada a ver com o tipo de homem que ele de fato é. Ou com o que sente em relação à senhora. — Ele acrescentou, como se nem fosse preciso dizer: — Ou com o que está acontecendo no Congo.

— Nada disso é verdade?

Sentado em sua poltrona de costas retas, olhando para ela por cima da pequena mesa entre eles, os dedos juntos um pouco abaixo do queixo, ele a olhou como um homem íntegro e com autoridade.

— Nada.

Então ele apresentou a oferta do rei. Que veio a ser não muito diferente da outra que lhe foi trazida pelo mensageiro anterior do rei. No entanto, essa estava enfeitada não por ameaças, mas estímulos e pedidos por compreensão. O rei não desejava mais escândalos na família. Era um homem velho. Seus pensamentos tinham se voltado para assuntos muito mais importantes para ele do que dinheiro.

— Mais importante do que dinheiro? Para ele! O que pode ser isso?

Com o rosto imóvel, Wiener respondeu:

— O estado da alma dele. Sua dívida com Deus.

— E Caroline Lacroix? — aparteou Louise, lançando-lhe o nome do capricho mais recente e profundo do rei, uma exprostituta cinqüenta anos mais jovem, que recentemente ele tinha enobrecido como baronesa Vaughan.

Wiener ignorou o aparte. A oferta de Sua Majestade, continuou, era essa. Ele passaria para Louise um *chateau* com uma excelente propriedade adjunta que possuía havia muitos anos perto da cidade de Colônia; ele também lhe passaria uma renda anual de 150 mil francos, a ser-lhe paga sem nenhuma relação ao que ela estivesse recebendo do ex-marido ou a qualquer benefício que ainda pudesse herdar de sua mãe.[119] Ele também procuraria uma pronta resolução para as filhas e ele próprio na questão do testamento da mãe delas. Louise poderia viver no *chateau*, com o estilo apropriado a seu status e renda. O rei não a visitaria lá e não esperaria que ela o visitasse antes que relações mutuamente agradáveis se estabelecessem entre eles. Então, por fim, esperava que ele e Louise e suas irmãs pudessem reunir-se como uma família outra vez.

Só uma condição, continuou Weiner, estava ligada a essa generosa oferta...

Com um grito de justificação, mesmo de triunfo, Louise deu um pulo ficou em pé.

— Eu sabia! Eu estava esperando por isso! O conde deve ir embora! Estou certa? — e outra vez: — Estou certa? Estou certa?

Ele abaixou a cabeça, concordando.

Ainda de pé, ela falou em um tom subitamente precipitado, coloquial:

— Espere aqui. Voltarei em um momento.

Enquanto ela estava fora, ele caminhou até a janela. Como a sala onde estava, a rua lá embaixo tinha o ar de abandono de

---

[119]Ver Bauer, *Leopold the Unloved*, p. 187.

quem já viu melhores dias. Nuvens infantis, redondas, cinza e púrpura, juntando-se, afastando-se, estavam suspensas a pouca distância dos toldos e telhados inclinados dos prédios, algumas árvores niveladas, pessoas passando na calçada.

A porta se abriu atrás dele. Louise entrou, seguida por Maria e Mattachich. Os três ficaram de pé perto da porta. Com seu jeito ao mesmo tempo imperial e adolescente, Louise disse:

— Diga a meu pai que eu... — e fez uma pausa de anticlímax, lembrando-se de que não havia apresentado o estranho a seus acompanhantes. Então decidiu não fazer isso. — Diga a ele que não estou interessada em sua oferta. Ele fala de família. Diga-lhe que *esta* é a minha família. Se ele quer me comprar, então deve comprar também minha família. Não haverá venda sem eles. Diga-lhe que essa é a *minha* condição. Ele não me conseguirá de nenhuma outra maneira.

Do outro lado da sala, Wiener examinou os recém-chegados com cuidado, como se estivesse fixando seus traços na memória. Depois, inclinou outra vez a cabeça, mais lentamente do que antes.

— Darei a Sua Majestade essa mensagem. Dir-lhe-ei que eu a lamento. O que é verdade.

Ele procurou seu chapéu e casaco, pegou-os, pendurou o casaco no braço e equilibrou o chapéu sobre ele com a outra mão. Deu um passo em direção à porta.

Os outros se moveram para o lado para deixá-lo passar. Outro passo. Uma pausa.

— A escolha que a senhora fez é infeliz. Mas acho que a entendo. Isso é algo que não direi a seu pai.

Sem pressa, sem trocar olhares com nenhum deles, saiu da sala.

*

Não há muito mais agora. Você já sabe que, na segunda jornada deles pela Europa, só conseguiram topar com outras séries de infortúnios — e como não iriam, vagando por um continente convulsionado pela guerra mais sangrenta que já fora vista? "Se eu fosse viver durante séculos", escreveu Louise, "não veria tais tormentos retornarem. Tronos foram derrubados e coroas levadas embora pelas tempestades dos acontecimentos. Eu me perguntei se estava realmente vivendo no mundo que conhecera ou se estava presa em sonhos terríveis... Eu estava convencida, como todos ao meu redor, de que um período inimaginável da história tinha começado."[120]

Não há exageros aqui. Libertado do confinamento no final da guerra, Mattachich voltou a Viena, onde quase seis séculos do reinado dos Habsburgo tinha acabado de ser substituído pela recém-proclamada República da Áustria. Da Hungria, Louise viajava na mesma direção. Nenhum sabia onde o outro estava; ambos pediram a ajuda de Maria em Möllersdorf. Através dela o trio se reuniu. Não muito depois, Olga também se dirigiu para Viena. Maria tinha deixado seus filhos em casa — embora o tímido Viktor já não fosse mais criança; e sim um jovem, ex-soldado são e salvo. Maria ajudou a instalar seus companheiros em um hotel na cidade e depois, às lágrimas, os deixou. Sua despedida de Mattachich foi particularmente prolongada. Juntos, eles revisitaram a casa onde viveram depois que ele saiu da prisão, mas não entraram; ficaram apenas parados do lado de fora, olharam para as janelas do apartamento deles no segundo andar e admitiram que nunca foram felizes ali — que haviam se sentido mais próximos um do outro não

---

[120]Louise, *Autour*, p. 307.

apenas na prisão de Möllersdorf mas também durante sua ligação sem sexo em Paris. Ainda assim, esse apartamento tinha sido deles em um período particular de suas vidas, e de mais ninguém, e nada do que foi feito e sentido ali poderia ser desfeito ou negado. Eles se separaram, suspeitando que nunca mais se encontrariam.

Não se encontraram. Nesse ponto, Maria desaparece da história — para reaparecer só cerca de trinta anos mais tarde, depois de ter sido rastreada pelo incansável Dr. Holler. Então avó, e sobrevivente de uma guerra ainda mais terrível, ela contaria a ele algumas de suas reminiscências.[121]

Dos três que permaneceram juntos (Mattachich, Louise, Olga Börner), foi Mattachich o mais prejudicado pelas experiências que tinha acabado de passar. Louise estava velha e cansada; mas ele tinha saído de seu segundo período de encarceramento com bronquite crônica, ataques recorrentes de malária e — ainda pior, certamente no que se refere a suas finanças — viciado em morfina, administrada a ele com muita prodigalidade na enfermaria do campo.[122] O dinheiro, ou sua ausência, continuou muito mais do que um "problema" para eles; era uma preocupação constante, degradante. Leopoldo morreu não muito depois da visita de Wiener a Louise em Paris, mas pouco antes ele havia tomado medidas extras para assegurar que apenas um fragmento de sua opulenta fortuna seria em algum momento dividida entre suas três filhas. (Nem mesmo sua filha mais nova, Clementine, que nunca se casou e tinha permanecido lealmente a seu lado o tempo todo, escapou

---

[121]Ver Holler, *Ihr Kampf*, p. 348.
[122]Ver Holler, *Ihr Kampf*, p. 349.

de seu malefício *post-mortem*.) Muito pouco veio da herança da mãe de Louise. Os pagamentos da pensão de Philipp se tornaram quase sem valor pela violenta inflação que tomou conta da nova República Austríaca.

Os três viajantes (Louise, Mattachich e Olga) permaneceram enquanto puderam em Viena. Depois, não sabendo que outra coisa fazer, prepararam as malas que ainda tinham e de novo voltaram para Paris.

O que você acha que Louise e Mattachich fizeram agora? Cresceram? Mudaram de caráter? Redimiram-se? Passaram por algum tipo de conversão tolstoiana? Pararam de prejudicar a si mesmos e aos outros?

Ou você imagina que eles se comportaram exatamente como nos anos em Paris antes da guerra, só que agora em circunstâncias ainda mais abjetamente reduzidas do que as de então? Ainda prejudicando a si mesmos e a outros; ainda enganando a si mesmos, e fazendo o possível para enganar aos outros; ainda encantados com o drama de suas próprias vidas; acima de tudo o mais, ainda juntos — e assim provando a si mesmos, a cada dia que passava, que não haviam se enganado um com o outro, que de fato foram escolhidos um para o outro por Deus ou pelo destino, e não poderiam ter evitado essa união assim como não poderiam ter mudado a cor dos olhos ou o tamanho das pernas.

Como poderiam voltar as costas um para o outro? Permitir que o sofrimento deles fosse para o lixo? Veja o que eles passaram. Veja a fidelidade com a qual um se agarrou ao outro e a tenacidade com que fizeram isso. Veja as mudanças pelas quais passaram e como permaneceram os mesmos: ele, para sempre o jovem ulano, subindo alto; ela, a princesa cativa em sua torre, inclinando-se para ajudá-lo a entrar em seu quarto.

Durante esse último período em Paris, a maior preocupação de Louise era escrever sua autobiografia. Era mais do que um passatempo para ela. Como Mattachich, ela esperava ganhar algum dinheiro com isso, pois dinheiro, dinheiro de qualquer tipo, era sobre o que pensava incessantemente.

Ele tinha escrito suas memórias quase vinte anos antes; agora era a vez dela. Os dois livros estão cheios de meias-verdades, um quarto de verdades, omissões e incoerências, pelas quais eles de fato revelam mais sobre si mesmos do que se deram conta; certamente mais do que gostariam. O curioso é que o pouco instruído ulano talvez seja o melhor escritor dos dois: ele conta sua história com um grau de coerência, um controle de detalhes e um alcance de tom que a princesa não consegue. O livro dela, em contraste, é composto tão ao acaso que algumas partes são quase impossíveis de seguir, e desvia-se erraticamente da autobiografia para o tratado moral, da apologia às fofocas sobre as outras realezas, de ataques aos inimigos da autora à especulação religiosa (catolicismo bom, protestantismo mau), generosamente entremeados com declarações sobre os gostos literários, pontos de vista políticos e pressentimentos históricos da autora. E alguma afetação sobre o assunto de sua própria beleza.

Tudo isso dito, o livro também contém várias passagens vívidas sobre pessoas que ela conheceu e acontecimentos pelos quais passou. No entanto, sua característica mais notável, o elemento que o domina do começo ao fim, é a admiração por Mattachich, e a profundidade da ligação da autora com ele é constantemente expressa. Ela escreve sobre ele como um homem honrado e corajoso, um dedicado portador da verdade que sacrifica a si mesmo, o único homem em um mundo corrupto em cuja lealdade ela pôde sinceramente confiar.

Enquanto escrevia sobre Mattachich com essa veia, ela devia estar sabendo como ele estava mal, mas é improvável que pudesse ter adivinhado como estava próximo da morte. Seja como for, e por mais difícil que possa ser comparar as palavras dela com o que se imagina sobre os dois, você não sente inveja do prazer que ela teve ao escrever sobre ele do modo como escreveu? Ou inveja do prazer que ele teve em ler o que ela tinha escrito?

Ele de fato o leu. O livro foi terminado e publicado justo a tempo.

Uma espécie de final feliz, portanto. Se você se sentir generoso o bastante para conceder-lhes isso.

FIM

Nota do autor

Alguns anos atrás, enquanto lia *The king incorporated*, de Neal Ascherson, uma biografia do rei Leopoldo II da Bélgica, deparei-me com seu relato do caso entre a princesa Louise e Géza Mattachich. A história, que é contada por Ascherson em menos de dez páginas, me pareceu extraordinária, e logo me senti atraído pela idéia de escrever sobre ela. Sem falar da natureza inerentemente dramática da história, minha curiosidade foi atiçada pelo fato de que os dois personagens principais tinham escrito seu próprio relato do caso e suas conseqüências. Consegui os livros deles, e mais tarde de outros que a eles se referiam e, quanto mais eu lia, mais determinado ficava em escrever a história deles em meus próprios termos, não como um historiador ou biógrafo, mas como um romancista, um criador de ficções.

No entanto, como os dois personagens principais da história tinham falado tão claramente sobre si mesmos, eu queria que continuassem fazendo isso. Como seria possível? Como poderia usar as palavras deles e, no entanto, tratá-los do começo ao fim como personagens de ficção? Incorporar simplesmente ao texto passagens de suas lembranças, como se eu tivesse inventado o material que queria citar, me pareceu injusto — e também contraproducente para mim, já que a característica notável de ambos os personagens era a ânsia de se verem, e forçar os outros a vê-los, sob uma luz heróica, até mítica. Modos diferentes de auto-apresentação dos personagens secundários também apareciam em muitos dos interessantes documentos — cartas, relatórios e itens semelhantes — disponíveis em outras fontes: sobretudo, em *Louise van Sachsen-Coburgo: Irhr Kampf um Liebe und Glück.* Como eu poderia melhorá-los?

Este livro é minha resposta a esses problemas — e oportunidades — descritos acima. Alguns personagens no romance representam obviamente figuras históricas; outros, não. As notas de rodapé indicam todas as citações extraídas dos relatos disponíveis. (Com exceção daquelas de número 20, 35 e 50, cujas traduções são minhas.) As notas de rodapé também fornecem alguns itens de informação histórica relevante e mostram de quais fontes deduzi uma idéia geral de para onde se dirigiram os amantes fugitivos, ou aonde foram forçosamente enviados, e como eram julgados por seus contemporâneos. Quanto ao restante, inventei todas as conversas e descrições de cenas e cenários no romance. O mesmo é verdadeiro quanto aos motivos, modos, intenções e estados de espírito imputados aos personagens. Sou totalmente responsável pelas interpretações dadas a suas ações e aos acontecimentos nos quais eles foram envolvidos, assim como ao que foi escrito sobre seus modos e aparência física — embora eu tenha examinado fotografias dos principais personagens. Os acontecimentos retratados foram condensados, estendidos, omitidos e reordenados da forma que me pareceu mais dramaticamente adequada. Os nomes de personagens secundários, alguns deles retirados do estudo de Holler, foram associados aqui e ali, conforme desejei.

Portanto, que o comprador se acautele.

Além das duas biografias mencionadas acima, e aos outros escritores mencionados nos rodapés, tenho de agradecer às seguintes pessoas sua ajuda: Gabrielle Annan, Rosemary Ashton, Ivan Danicîc, William Godsey, Bill Hamilton (de A. M. Heath & Co.), Margaret Jacobson, Anthony Julius, Tony Lacey (da Penguin Books), Donna Poppy, Munro Price, Zelda Turner, René Weis, e as equipes da Biblioteca Britânica, da Biblioteca de Londres, da biblioteca da University College London, da Biblioteca Real da Bélgica, da Biblioteca Nacional da Áustria e do *Journal de Tramway*, de Viena.

Este livro foi composto na tipologia Minion,
em corpo 11,5/16, e impresso em papel off-white
80g/m², no Sistema Cameron da Divisão Gráfica
da Distribuidora Record.